우리들의

아동청소년문학의 세계

타화상

우리들의 타화상

김경연 평론집 ● 아동청소년문학의 세계

창비

지나온 길은 놓아버리자고 생각하면서도 기어이 글들을 묶어 낸다. 역시 부끄럽다. 평론집 이야기가 나온 지 몇년을 미적거린 것도 기실은 이 부끄러움이 한몫한다.

아동문학 공부를 시작한 계기는 소박하다. 내 아이들이 자라면서 아이들 책에 관심을 갖게 되었던 것이다. 출발은 소박했으나 내심 척박한 아동문학 연구에 찰진 거름 하나는 보태리라 슬그머니 욕심이 생겼더랬다. 하지만 어느새 십년의 세월이 훌쩍 지나고 이것저것 건드리기는 했는데 어느 것 하나 곰삭은 공부가 없다.

제1부는 청소년문학에 관련된 글을 묶었다. 청소년문학을 어떻게 이해할 것인지에 대한 글이 두 편이나 되면서도 두 글 사이의 논의에서 큰 진전이 보이지 않는 것은 두 글 사이의 5년이라는 시간 내내 똑같은 질문이 내게 주어졌기 때문이다. 그다음의 글 네 편은 청소년들에게 읽힐 만한 청소년책 이야기를 해달라는 웹진 『문장 글틴』의 제안 때문에 나온 글이다. 청소년소설은 성장소설이어야 한다는 생각을 가진 이들이 많았기 때문에 다른 종류의 청소년소설을 찾고 싶었고, 권장도서나 추천도서를 소개하는 관행을 벗어나 청소년소설을 통해 문학이란 것이 무엇인지 함께 생각해보

는 계기를 마련하고 싶었다.

제2부는 아동문학의 형식 가운데 그림책과 지식정보책, 판타지에 대해 쓴 글을 모았다. 지식과 정보를 주는 책에 관련된 글이 여러 편이라 이 분야에 관심이 더 많은 것처럼 보일 수도 있으나, 이는 그동안 이 분야에 대한 논의가 거의 없었다는 안타까움 때문이지, 내가 더 많이 알아서는 아니었다.

제3부는 외국문학 전공자라는 명목 때문에 외국의 사례를 살펴보았으면 좋겠다는 요청에 따라 쓴 글들이다. 길지 않은 분량이라 외국 아동청소년문학의 수용사를 제대로 점검하기에는 부족하지만 일단 시작은 했다고 스스로를 위로한다.

제4부는 외국작가론과 우리 아동문학사를 다시 공부하는 심정으로 쓴 글들을 모았다. 특히 『열린어린이』에 발표했던 「우리 동화 속의 아이들」은 아동문학을 이야기하면서도 그 출발점이 되는 아동상에 대한 연구는 드문 것이 안타까워 시작했으나 개인 사정으로 연재를 중단하고 만 것을 묶은 것이다. 가장 아쉬운 것은 역사와 사회, 어른들이 주는 이런저런 삶의 무게로 유난히 주눅 든 아이들을 짚어내지 못한 채 끝낸 것이다.

해외 연구소나 도서관에서 연구한 경험이 조금 있다는 이유로 외국의 독서문화라든가 도서관에 대해 이야기를 듣고 싶어한 이들이 많았기에 쓴 글들은 부록으로 묶었다. 과연 이 평론집에 묶을만한 가치가 있는지 회의가 일었으나, 현재로서는 이 정도의 경험도 많지 않다는 주변의 설득에 못 이기는 체 넘어갔다.

이렇게 그동안 쓴 글을 네 부와 부록으로 나누어 묶긴 했으나 아귀가 딱 들어맞는 글은 드물다. 좋게 말하면 다양하고, 솔직하게 말하면 주된 중심이 없다. 그런 가운데서도 늘 붙들고 있던 생각이 없었던 것은 아니다. 아이들을 위한 문학이 이른바 '교육'에 복무하는 실용문학이 되어서는 안되는 것처럼 비평 역시 짐짓 더 많이 아는 양 훈장 행세를 해서는 안된다는 점이 그것이다. 또한 일반문학을 아동문학의 잣대로 삼아서도 곤란하다고 생각했다. 이런 맥락에서 문학의 하위 장르로서 아동청소년문학이 지닌 어떤 고유성을 캐어보고 싶었고, 아동청소년문학의 연구자들이 구렁이 담 넘듯 사용해온 개념과 관념 들을 정리해보고 싶었다. 이러한 속내가 잘 드러나지 않는다면 그만큼 할 일이 많이 남아 있다는 뜻일 게다.

여기까지 쓰다 보니, 책을 엮는 것도 어쩌면 지나온 길을 놓아버리는 좋은 방편과도 같다는 생각이 든다. 중요한 것은 늘 초발심인데, 유독 그것만 놓아버렸다는 반성이 인다.

문득 많은 얼굴이 스쳐 지나간다. 외국문학 전공자로서 할 일을 일깨워주고 우리 아동문학사 공부를 하도록 격려해주며, 비록 불발로 끝났으나 전문 리뷰지를 만드는 데 동참해주었던 김중철 선생, 공부 초기에 함께 아동문학사를 공부했던 최윤정 선생과 엄혜숙 선생, 창비의 '아동문학을 생각하는 모임'부터 시작해서 계간 『창비어린이』에 이르기까지 활발한 연구와 활동으로 자극을 준 원종찬 선생, 끊임없이 질문을 퍼부으며 공부를 재촉한 편집자 전소현 씨, "안될 거 뭐 있나!" 한마디로 아동청소년문학을 주제로 박사논문 쓰는 것을 허락해주신 서울대 독문학과 허창운 선생님, 연구기반을 마련해주려고 많은 애를 써주신 이화여대 독문학과 최민숙 선생님, 한없는 머뭇거림을 기다려 마침내 부족한 글들을 묶어준 창비와 편집자 김민경 씨…… 지면 관계로 일일이 꼽을 수는 없지만 이 책이 나오기까지 고마운 분들 투성이다. 이 자리를 빌려 진심으로 감사의 말을 전한다.

2008년 12월
김경연

차 례

제1부 청소년문학의 이해

청소년문학, 어떻게 이해할 것인가

　청소년문학은 아동문학과 마찬가지로 독자 대상에 따라 성인문학과 구별되는 문학 개념으로 받아들여지고 있다. 그러나 청소년들이 읽는, 또는 청소년들에게 권하는 작품들을 보면 그 양쪽 경계가 그다지 명확하지 않다. 이런 불명확성은 수용자인 청소년의 범주와 특성에서 비롯되기도 하겠지만, 그렇다고 여기서 논의를 그친다면 고작해야 청소년문학은 실체가 없다는 결론에 귀착하고 말 것이다. 그러므로 다시 한번 묻기로 한다.

　청소년문학은 무엇인가? 무엇이 어떤 작품을 청소년문학으로 받아들일 수 있게 하는가? 내용인가, 문체 또는 글의 난이도인가? 만약 그런 기준이 경계의 모호함에서 보이듯 아동문학과 청소년문학, 성인문학을 구별하는 충분히 명확한 기준이 아니라면 바꾸어 물어보자. 누가 어떤 작품을 청소년들이 읽기에 적합하다고 보는가? 작가인가, 출판사인가, 서점인가? 그 작품을 권하는 교사 또는 부모인가? 아니면 직접적인 독자인 청소년인가? 그리고 그 각각의 결정은 서로 얼마나 일치하는가? 청소년을 주인공으로 하거나 청소년의 세계를 다룬 작품을 청소년문학이라고 한다면, 동일한 소재를 다룬 성인문학과 어떻게 구별되는가? 이 글은 이런 질문들에서 출발하여 청소년문학에 대해 생각해보고자 한다.

1. 아동문학, 청소년문학, 성인문학

청소년문학이란 무엇인가에 대한 답을 모색하던 중, 어느 대학 독문과에 '독일청소년문학'이라는 강좌가 개설되어 있다는 이야기를 듣고 귀가 번쩍 뜨였다. 적어도 대학이라면 기본적인 개념 규정을 기대해볼 수 있기 때문이다. 그런데 듣자하니 거기서 다루는 작가들은 아스트리드 린드그렌, 미하엘 엔데, 에리히 케스트너, 헤르만 헤세, 토마스 만 등이라고 한다. 구체적으로 어떤 작품들이 다루어지는지는 모르나 우리나라에서 린드그렌[1]과 케스트너의 작품들은 아동문학에서 소개되고 있고, 헤세와 토마스 만의 작품들은 일반 성인문학에서 소개되고 있다. 청소년문학 강좌라고 하지만 우리 통념으로 보아 아동문학과 성인문학이 뒤섞여 있는 셈이다.

우선 이 강좌가 다루는 작가 목록에서 보이는 청소년문학과 아동문학의 모호한 경계에 대해서는 짐작이 가는 바가 있다. 그것은 우리나라 독문학계에서 독일 청소년문학에 대한 정보가 부족한 데서 온다고 설명할 수도 있지만, 더욱 근본적인 문제는 '청소년'이라는 용어 사용의 차이에서 비롯하리라고 여겨진다.

우리나라에서는 통념상 아동은 초등학교 학생들로, 청소년은 흔히 1318로 일컬어지는 중고등학교 학생들로 보고 있다. 그러나 독일에서는 아동(Kinder)과 청소년(Jugend)이 역사적으로 오랫동안 같은 시기를 일컫는

---

1 아스트리드 린드그렌은 전후 독일의 새로운 아동청소년문학에 큰 영향을 끼치긴 했으나 독일 작가가 아니라 스웨덴 작가이다.

두개의 다른 단어로 쓰여져왔다(Ewers 1995). 그에 따라 어떤 연구자는 아동문학(Kinderliteratur)을 청소년문학(Jugendliteratur)까지 포괄하는 개념으로, 어떤 연구자는 청소년문학을 아동문학까지 포함하는 개념으로 썼다.[2] 따라서 앞서 거론한 강좌의 '청소년문학'은 아동문학까지 포함한 넓은 의미의 개념으로 이해하는 것이 좋을 것이다. 굳이 독일의 특수한 용어 문제를 거론하는 까닭은, 청소년문학에 관심을 가진 이들이 '독일청소년문학'에서 어떤 시사를 얻을 수 있으리라는 기대를 표명하는 것을 보았기 때문이다.

하지만 아동과 청소년을 어느정도 구별하여 써온 우리나라에서도 아동문학 작품과 청소년문학 작품이 그다지 명쾌하게 구분되는 것 같지는 않다. 예를 들어 권정생의 『몽실 언니』라든가 황선미의 『마당을 나온 암탉』, 이금이의 『너도 하늘말나리야』 등은 아동문학에서 이야기되지만, 청소년 권장도서 목록에도 들어 있다.[3] 거꾸로 청소년 대상임을 명시한 출판물[4]에서도 사정은 마찬가지다. 이들 출판물의 목록을 보면 아직은 번역물이 주종을 이루는데, 아동문학과 청소년문학을 한 범주로 이야기하는 독일 작품들은 말할 것도 없고 영어권의 작품들도 그 나라에서는 '아동문학'(Children's Literature)에서 거론되는 작품이 대부분이다. 이렇게 보면 아동이 읽을 것이냐 청소년이 읽을 것이냐는 출판사 또는 추천자의 판단에 달려 있는 것처럼 보인다. 그리고 이 판단들이 언제나 일치하는 것은 아

---

2 이러한 개념의 혼란을 피하기 위해 독일에서는 1970년대에 아동청소년문학(Kinder- und Jugendliteratur)이라는 용어를 채택한다. 1966년 테오도르 브뤼게만의 연구 논문 「아동청소년문학의 이론적 기초」에서 처음으로 등장한 이 용어는 1973년 스웨덴 아동문학이론가 예테 클링베리의 개론서 제목, 즉 「아동청소년문학 연구」로 받아들여지고, 클라우스 도더러가 편한 『아동청소년문학 사전』(1975~1982) 항목에 아동문학과 청소년문학, 다시 말해 목표집단을 근거로 일반 성인문학과 대비되는 문학을 총칭하는 공식 명칭으로 채택되기에 이른다.
3 간행물윤리위원회의 청소년 권장도서, 어린이도서연구회 중학생·고등학생 권장도서, 전국교원노동조합 권장도서, 책읽는교육사회실천협의회의 '2000년 청소년 교양 도서목록'을 참조했다.
4 사계절의 1318문고, 우리교육의 기획들을 예로 들 수 있다.

니다.

추천자의 판단이 더욱 결정적인 경우는 성인문학과의 관계에서 나타난다. 앞에서 말한 '독일청소년문학' 강좌에서는 아마도 청소년의 세계를 다룬 작품들, 예를 들어 헤세의 『수레바퀴 밑에서』 『데미안』이라든가 토마스 만의 『토니오 크뢰거』 등이 다루어지리라 짐작되는데, 이 작품들을 읽어본 사람이라면 청소년의 세계를 다루었다 해서 그 문체나 텍스트의 난이도가 성인문학과 구별된다고 여기지는 않을 것이다. 사실 어느정도 독해 능력을 갖춘 연령인 청소년에게는 텍스트의 난이도가 그다지 큰 의미를 지니지 않는다. 현재 청소년의 학부모가 된 어른들의 중고등학교 시절은 말할 것도 없고 지금 중고등학생들에게 권장되는 작품들을 보면, 이른바 세계문학의 고전들은 물론 현대 한국문학 작품들이 그 목록을 차지하고 있다. 성인문학, 청소년문학이 따로 없는 것이다.[5]

추천이나 권장에 의한 청소년문학의 예는 독일에서도 찾아볼 수 있다. 19세기말 독일의 아동청소년문학 이론가 하인리히 볼가스트는 당시 청소년문학의 질에 대해 회의하면서 일반문학에서 청소년들이 읽기에 적합한 책들을 찾아보는데, 이때 그는 청소년 독자의 흥미를 끌 수 있으면서 이해할 수 있는 소재에 일차적인 관심을 갖는다(Wolgast 1950). 물론 순수 서사적 언어, 구성의 통일성, 완결성, 인물과 현실의 생동성, 진실성 등 그가 생각하는 예술적 가치들은 기본전제이다. 독일에서는 그의 영향에 힘입어 오랫동안 테오도르 슈토름[6]이니 아달베르트 슈티프터, 요한 볼프강 폰 괴테

---

5 아동청소년문학의 역사에서는 원래 어른을 대상으로 쓰인 작품이지만 아이들이 좋아함으로써 아동청소년문학에 편입된 경우가 종종 있다. 『로빈슨 크루소우』 『걸리버 여행기』 『돈키호테』 등이 그 예이다. 이 경우는 대부분 축약하거나 쉽게 고쳐 쓰는 형태의 '개작'을 거쳐 제공되기 때문에 특정 목표집단을 염두에 둔 문학, 그러니까 통념상의 아동청소년문학으로 포함시키는 데 크게 이론을 제기할 사람은 없을 것이다. 그러한 개작을 비판적으로 보느냐 찬성하느냐는 별개의 문제이다.

6 특히 볼가스트의 강력한 추천과 찬사를 받았던 슈토름은 이제는 청소년문학의 고전 작가로 받아들여진다. Kümmerling-Meibauer 1999, 1025f 참고.

등의 작품들이 청소년이 읽기에 적합한 문학으로 추천되고 또 '독본'
(Lesebuch)[7]의 목록을 채워왔다.

독일에서 아동청소년문학 작품들이 독본에 받아들여진 것은 1963년 안
나 크뤼거의 『학급에서 읽는 아동청소년 책』에 와서이다. 크뤼거는 그간
의 연구를 토대로 아동청소년문학이 문학적 가치의 측면에서 전통적인 독
본 텍스트들 못지않게 학교에서 읽히기에 적합하다는 결론에 도달하고,
아스트리드 린드그렌, 에리히 케스트너, 리자 테츠너, 쿠르트 헬트 등 당대
아동청소년문학 작가들의 작품을 독본의 텍스트에 포함시킨다. 아동청소
년문학의 문학적 질이 확보되었다고 판단될 때는 굳이 성인문학만을 권하
지 않는 것이다.

위의 예에서 볼 수 있듯이 성인문학에서 청소년들에게 적합한 문학을
찾아보려는 생각이 강하게 나타나는 경우는 청소년에게 마땅하다고 여겨
지는 작품을 찾기 어려울 때, 청소년문학으로 제공된 작품의 문학적 가치
나 질을 인정하기 어려울 때이다. 그렇다면 황순원의 『소나기』라든가 이
문열의 『우리들의 일그러진 영웅』이 중고등학교 교과서에 실렸거나 실리
고, 『당신들의 천국』(이청준)이라든가 『광장』(최인훈) 등 성인문학이 청소
년 권장도서 대부분을 차지하는 것은 청소년문학의 한 '역사적' 현상이라
고도 할 수 있다.

과거에 청소년에게 적합하다고 여겨지거나 청소년 대상 도서였다고 해
서 그 기준이 변함없이 유효한 것은 아니다. 몇년 전 뮌헨 국제청소년도서
관에서 잠시 있었을 때 한 전문 독서지도사가 초등학교 3학년 학생들에게
미하엘 엔데의 『모모』를 중심으로 책읽기 수업을 하는 것을 보았다. 물론
그들의 이해가 초등학교 고학년 학생들이 이해할 수 있는 정도나 범위와

---

7 학생들을 위해 여러 작품을 발췌하거나 골라서 수록한 책으로, 일종의 선집이다. 우리나라에서 예를
   들어본다면 '국어시간에 소설 읽기' '국어시간에 수필 읽기' '국어시간에 시 읽기' '우리소설 50선'과
   같은 선집이 여기에 속할 것이다.

일치한다는 뜻은 아니지만, 의도하는 독자 대상의 연령이 시대와 사회에 따라 유동적임을 보여주는 예라고 하겠다. 더욱 홍미로운 것은 다른 매체로 소개되는 경우이다. 우리가 청소년문학으로 알고 있는 오트프리트 프로이슬러의 『크라바트』를 영화화했을 때는 추천 연령이 '여섯살부터'로 내려가는 것을 볼 수 있다.

이상에서 간단하게 살펴보았듯이 청소년문학은 아동문학과 마찬가지로 목표집단 내지 수취인을 근거로 일반 성인문학과 구분되는 개념이지만, 실제 그것은 텍스트 자체에서 결정된다기보다는 오히려 청소년이 읽기에 적합한가 아닌가 하는 판단에 의해 결정되는 양상을 보인다. 이와 관련하여 요즘 눈에 띄는 것이 바로 성장소설에 대한 관심이다. 최근 한 출판사는 "소설을 통해 청소년의 정신의 여백을 채워주려는 의도"로 "성장소설선"을 기획하여 선을 보이고 있거니와,[8] 많은 추천자들 역시 청소년에게 적합한 문학작품으로 특히 성장소설을 주목하고 있는 듯이 보인다. 따라서 다음 장에서는 성장소설을 중심으로 청소년문학을 이야기해보기로 한다.

2. 성장소설, 청년소설

우리나라에서는 특별히 청소년기의 내면적 성장을 다룬 소설을 '성장소설'이라는 말로 부른다.[9] 성장소설은 청소년기의 성장을 다루기는 하지만

---

8 이 출판사의 목록을 보면 역시 일반 성인문학 작품들이 섞여 있다. 여기서도 다시 한번 청소년문학 또는 성장소설로 편입되는 것은 청소년에게 알맞다고 생각하는 출판사의 결정이 우선함을 알 수 있다. 그밖에 텐텐문고라든가 '중학생이 보는…' 류의 기획들은 이른바 '고전' 중심으로 짜여져 있다.

9 『두산세계대백과』는 성장소설과 독일의 '교양소설'(Bildungsroman)의 상관성을 언급한다. 교양소설은 "주인공이 그 시대의 문화적·인간적 환경 속에서 유년시절부터 청년시절에 이르는 사이에 자기를 발견하고 정신적으로 성장해 나가는, 이를테면 자신을 내면적으로 형성해 나가는 과정을 묘사한 소설"

원래 청소년을 대상으로 쓰여진 것은 아니며, 독자 역시 청소년으로 국한시켜 생각하지도 않았다. 성장소설이 청소년 대상 소설이라는 생각은 앞에서 언급했듯이 최근에 출판계에서 먼저 정착된 듯이 보이는데, 이는 여러 복합적인 이유에서 그동안 관심에서 벗어나 있던 청소년이라는 독자 대상을 고려하기 시작한 증거로 볼 수 있을 것이다. 박상률의 『나는 아름답다』 『봄바람』이 이렇게 특별히 청소년을 대상으로 발표된 성장소설의 예이다. 이러한 현상의 흥미로운 선례는 1980년대 독일 아동청소년문학에서 찾아볼 수 있다.

1980년대 이후 독일에서는 청소년기를 다룬 소설들이 아동청소년문학 장르로 자리를 잡기 시작하는데, 이 새로운 현상에 대해 독일 연구자들은 성인 대상의 '교양소설'과 구분하여 '청년소설'(Adoleszenzroman)이라고 부른다. 이 장르의 성립과 이해는 앞으로 자리잡게 될 우리 청소년소설 내지 성장소설이 어떻게 발전하게 될지를 가늠하는 데에도 많은 시사를 주기 때문에 비교적 자세히 살펴볼 필요가 있다.

요즘 아이들은 사춘기가 빨리 온다고들 한다. 그런 반면 교육을 받는 기간은 할머니 할아버지 세대보다는 말할 것도 없고 부모 세대보다도 무척 길어졌다. 여러가지 정보와 지식, 경험을 얻을 수 있는 기회가 많아지면서 어른들의 세계에 일찍부터 눈을 뜨고 접근할 수 있는 반면, 경제적 독립과 결혼, 직업활동 등은 때로는 30대까지, 심한 경우에는 40대까지 미루어지기도 한다. 다시 말해 청소년기의 시작은 빨라진 반면 독립적인 성인으로서기까지의 기간은 길어진 것이다.

1950년대까지만 해도 독일에서 청소년기는 아동기와 구분해서 쓰이지 않거나 설령 구분하더라도 통념상 열두살에서 열다섯살에 이르는 비교적

로서, "성장소설 또는 발전소설"이라고도 한다고 되어 있다. 우리나라 작품으로는 박경리의 『토지』를 예로 들고 있다.

짧은 과도기로 받아들여졌다. 하지만 1960년대 후반에 이르면 에버스도 지적하고 있거니와 아동기는 빨리 끝나는 대신 청소년기는 크게 확장되는 것으로 파악된다(Ewers 1997, 7면). 기존의 아동청소년을 대상으로 제공된 작품들로는 변화된 청소년기의 독서 욕구를 충족시키기 어렵게 된 것이다. 그에 따라 독서력이 있는 청소년 독자들은 오히려 로베르트 무질의『생도 퇴를레스의 혼란』(1906)이라든가 제롬 샐린저의『호밀밭의 파수꾼』(1951), 귄터 그라스의『고양이와 쥐』(1961) 같은 성인소설에 손을 뻗친다.

한편 1950년대부터 성인문학에서 다시 청소년기를 다룬 작품들의 "르네상스"(Gansel 1999, 112면)가 시작된다. 이 계열 작품들은 1970년대를 거쳐 1980년대에 이르러 청소년문학의 한 장르로 자리를 잡는데, 이러한 새로운 소설들을 일컬어 연구자들은 1980년대말 '청년소설'이라는 명칭으로 부르자는 데 의견을 모은다. 이 용어는 아직 문학사전에 채택되지는 않았으나, 청소년소설은 기존의 모험 이야기라든가 역사소설과 같은 하위 장르들을 포괄하는 상위 개념으로, 그리고 '청년소설'은 그러한 청소년소설 가운데 1950년대 이후에 나타난, 청소년기를 주제로 하는 새로운 장르를 일컫는 개념으로 받아들이는 데 별 이의가 없는 듯하다(Gansel 1999, 106면, Ewers 1997).

독일의 청년소설은 독일 근대 교양소설에 뿌리를 둔다. 독일의 근대 교양소설은 괴테의『젊은 베르테르의 고뇌』(1774)에서 이미 그 특징을 보이기 시작하여『빌헬름 마이스터』에서 새로운 장르로 자리잡게 되고, 1900년경에 이르면 라이너 마리아 릴케의『체조 시간』(1904), 헤르만 헤세의『수레바퀴 밑에서』(1906), 또는 로베르트 무질의『생도 퇴를레스의 혼란』처럼 학교소설로 전개되기도 한다.

교양소설이 청년소설로 발전하는 데 새로운 단락을 열어준 작품으로는 샐린저의『호밀밭의 파수꾼』이 이야기된다. 1951년 미국에서 발표된 이 작품은 독일에는 1956년에 소개되었는데, 당시 젊은 세대의 생활감정을 잘 표현해주었다는 점에서 대대적인 호응을 얻는다. 또하나 중요한 작품은 동서독에서 다같이 선풍을 불러일으킨 울리히 플렌츠도르프의 『젊은 W.의 새로운 고뇌』(1973)이다. 물론 이 작품 역시 특별히 청소년 독자를 대상으로 한 것은 아니었다. 하지만 이 두 작품은 청소년문학의 새로운 장르인 청년소설의 길을 열었다는 점에서, 현재는 청년소설로 받아들여진다.

이 책들에 대한 반응에서 보이듯 청소년들의 자기발견을 다룬 텍스트들에 대한 강력한 욕구가 아동청소년문학 출판사들에게도 자극을 주어 미국의 청년소설들이 1970년대에 전격적으로 독일에 소개되는데, 그 가운데 바버러 워스바의 『사회의 유용한 구성원』(1972: 미국 1970, *Run Softly Go Fast*)은 독일청소년문학상을 수상하기도 한다. 이러한 청소년문학 쪽의 관심에 성인문학 쪽에서 플렌츠도르프의 성공이 덧붙여져 1970년대 독일어권에는 청년소설의 본격적인 돌파구가 형성된다. 이후 레오니 오소브스키, 오토 F. 발터, 이리나 코르슈노프, 루돌프 헤르푸르트너, 다크마르 히돌루에 같은 작가들, 그리고 아울러 스웨덴의 잉에르 에델펠트의 작품들이 청년소설의 활발한 행보에 중요한 몫을 한다.

이들 1970년대와 1980년대의 청년소설과 이전의 전통적인 청년소설이 구별되는 특징 중 하나는 '세대간의 갈등'이다(Gansel 1994, 19면). 1950년대 미국의 이른바 비트족 청년문화의 감수성을 보여주는 『호밀밭의 파수꾼』의 주인공 홀든은 나이들어간다는 것, 어른이 된다는 것이 두렵고 성(性)도 두렵다. 그러한 두려움 밑에는 당시 미국의 생활방식에 대한 거부가 깔려 있으나, 그의 위기가 부모들과 관련되는 것은 아니다. 홀든은 기성사회의 제도들을 거부하지만 아버지와 아들, 부모와 자식의 관계를 문제삼지는 않는 것이다. 결국 홀든은 집으로 돌아간다.

그러나 현대 청년소설, 예를 들어 워스바의 『사회의 유용한 구성원』에서는 가족 및 세대간의 갈등이 소설의 "구조를 형성하는 갈등"으로 등장한다. 현대 청년소설은 전통적인 청년소설과 마찬가지로 학교라든가 가족을 공격하기는 하지만, 나아가 그 실존적 가치까지 의문시한다는 점에서 전통적인 청년소설과 차이가 있다고 간젤은 지적한다. 이러한 지적은 이른바 우리의 신세대소설들[10]과 비교해볼 수 있어 더욱 흥미롭다.

하지만 1980년대 이후의 청소년문학에서 세대갈등은 핵심적 위치를 상실한다. "청바지, 그것은 바지가 아니라 입장을 나타내는 거라고 생각해." 플렌츠도르프의 『젊은 W.의 새로운 고뇌』의 주인공 에드가의 말에서 드러나듯이, 1970년대까지만 해도 기성세대와 기존의 사회제도에 대한 반항과 거부의 표출이 청소년문화와 청년기를 보여주는 중요한 척도였다고 한다면, 1980년대부터 새로운 변화가 나타나기 시작한다. 이제 청소년문화는 청소년의 전유물이 아니라 간젤이 예리하게 지적하듯이 "마케팅 수준에서 생산되고 상업적으로 이용"되어 1980년대말에는 "신분을 강조하는 일상의 문화"로 변화한다(Gansel 1994, 35면). 나이든 세대들 편에서도 그들의 그런 저항과 거부를 관용으로 받아들이게 되고, 아니 오히려 '젊음' 자체를 미덕으로 받아들이게 되며, 전통적으로 권위적인 부모의 역할은 들어설 자리가 없고, 따라서 전통적인 세대갈등은 첨예함을 잃는다.

또한 젊은이들 편에서 보면 경험과 지식은 더이상 어른들의 전유물이 아니다. 게다가 소비사회가 끊임없이 제공하는 새로운 물건으로 선택의 고통이 따른다. 이제 청바지를 입는 것은 별 의미가 없다. 이제는 어떤 브랜드를 입었느냐가 문제다. 너도나도 다음에 제공되는 물건을 허겁지겁 쫓아가든지, 아니면 이것도 저것도 다 따분하다고 여긴다. 그래서 크리스티안 트라우트만은 『소도시의 우울』(1990)에서 "인생은 제록스다. 우리는 그저 복사물일 뿐이다."라고 토로한다. 바로 1990년대 이후 포스트모던한 감정이 담긴 청년소설들이 형성되는 것이다. 이들 소설은 형식면에서도

---

10 우리나라 신세대문학은 신세대를 다룬 문학이 아니라 신세대에 속하는 작가가 쓴 문학을 일컫는 듯하다. 황순재 「세대라는 이름의 감옥」 『오늘의 문예비평』 1998년 가을, 통권30호 참조.

현대 성인소설들과 차이를 보이지 않는다. 무라까미 류우, 요시모또 바나나 등의 작품들이 우리나라에서 '신세대문학'이라는 레테르를 달고 있기는 하지만 여전히 성인문학에서 소개되고 있는 것과 비교할 만하다.

앞에서 보았듯이 성장소설 내지 교양소설과는 달리 '청년소설'이라는 용어는 독일에서 1980년대에 와서야 통용된 것으로, 내용과 소재에 따른 분류이며 형식상으로는 성인들을 위한 소설과 차이를 보이지 않는다. 혹시 우리의 성장소설 내지 청소년소설 역시 이와 비슷한 길을 따라가지 않을까 조심스럽게 예진해본다. 이와 관련하여 그간 귄터 랑게, 하인리히 카울렌, 간젤과 같은 독일 아동청소년문학 연구자들이 정리한 청년소설의 특징을 일별해보자(Lange 1997, Kaulen 1999, Gansel 2000).

① 우선 한명 또는 여러명의 청소년을 중심으로 청소년기에 집중해서 서술한다. 전통적인 청년소설에서는 주로 남자주인공이 다루어지는 반면, 1970년대 이후의 현대 청년소설에서는 여자도 주인공으로 등장한다. 여기서 해방적인 소녀문학으로 이행하느냐는 유동적이다.

② 소설에서 다루어지는 시기는 사춘기에 제한되는 것이 아니라 정체성을 추구하는 과정 전체를 포괄한다. 따라서 사춘기 전기(11~12세)에서 청년기 후기(때로는 30대까지 포함되기도 한다)까지가 여기에 해당된다.

③ 이른바 청소년문제를 다루는 작품들과는 달리 현대 성인소설과 마찬가지로 전체를 아우르는 시각에서 서술한다. 인물들은 어떤 무엇의 전형이 아니라 철저히 개별적인 존재로서의 개인이다. 외부세계의 포착과 아울러 내면세계와 심리적 과정의 형상화도 이루어진다. 이와 상응하게 현대소설의 서술방식들이 채택된다.

④ 청소년 주인공은 내적인 동요를 겪고 깊은 정체성의 위기를 맞기도 하지만, 이 시기를 자신을 시험할 수 있는, 즐겁고 열려 있는 가능성의 시기로 체험할 수도 있다.

⑤ 부모로부터 떨어져 나오기, 자신의 가치관 형성, 최초의 성적 체험,

독자적인 사회관계의 발전, 독자적인 사회적 역할로 들어서기 또는 그것을 거부하기와 같은 영역들 역시 청년소설이 다루는 영역들이다.

3. 맺음말 — 새로운 청소년문학에의 기대

우리의 청소년 대상 성장소설은 어디까지 와 있을까. 이 글을 쓰면서 줄곧 그 생각이 머리를 떠나지 않았다. 아주 최근에 몇몇 시도가 있기는 하지만, 독어권이나 영어권의 경우에 비하면 갈 길이 멀다는 느낌이다. 물론 알게 모르게 이미 외국의(특히 최근에는 일본의) 청년소설들이 우리에게 들어와 있다. 다만 그런 류의 작품들이 특히 청소년에게 '적합한' 책을 고르고자 하는 이들에게는 거의 고려되지 않았을 뿐이다. 예외가 있다면 『데미안』이라든가 『호밀밭의 파수꾼』 정도를 꼽을 수 있을까. 진정 문학이 주는 영향을 고려한다면, (기성세대의 눈에) 못마땅해 보이는 작품을 놓고도 토론할 수 있는 장이 마련되어야 하지 않을까 싶다. 그리고 그 토론의 장은 사교육의 영역이 아닌 공교육의 영역에서 활성화되는 것이 문학교육에 있어서는 무엇보다 중요할 것이다.[12]

---

12 미국 동부에서 잠시 딸을 중학교 2학년에 보내고 있는 한 친구가 딸이 받아온 책읽기 과제물을 보고 소식을 전해왔다. 미국의 학교에서 이루어지고 있는 독서교육의 한 단면을 보여주는 것이라 여겨져 여기 소개한다. 학생들은 다음 가운데 하나를 선택해서 과제물을 낸다고 한다. ① 모험 — '화자가 없는 드라마'인 모험 이야기들은 대개 강력한 갈등구조(흔히는 인간 대 자연)를 갖는다. 갈등이 가장 치열한 장면을 하나 골라서 두 페이지 이상의 드라마로 써보라. 화자가 없으므로 등장인물들 자신이 갈등의 본질을 드러낼 수 있어야 한다. ② 일반적 허구 — 매년 많은 책들이 상을 받는다. 일반적인 허구 작품 중에 수상작을 선정해보라. 그 상의 다섯가지 기준을 정하고 이 작품이 어떻게 그 기준에 맞는지 설명하라. 상장(트로피)을 디자인하여 만들어보라. 그리고 수상작 선정의 기준과 이유를 밝히는 발표문을 써라. ③ 10대의 갈등 — 주인공의 입장에서 일기를 써보라. 그 갈등상황을 해결하는 데 있어 그(또는 그녀)가 직면한 선택을 보여줄 수 있어야 한다. ④ 판타지 — 이야기의 신빙성을 얻기 위해 작가는 독자가 보고 듣고 느낄 수 있는 장치를 마련해야 한다. 그 장치를 상세히 그려(만들어)보라. ⑤ 스포츠 — 책에서 다루어진 문제들 중 하나(가령 선수들의 연봉문제라든가)를 택하여 스포츠 기사를 하나 써보라.

물론 앞에서 간단하게 언급했듯이 청소년문학이 성장소설만은 아니다. 그러나 청소년 자신들에 대한 이야기가 청소년문학의 중요한 몫을 차지한다면 1950년대의 작품이, 혹은 그 시대의 감수성이 지금의 청소년들에게 얼마나 호소력을 지닐 수 있을까? 내가 누구이냐를 묻기 전에 어떤 브랜드를 내 것으로 할 것인가, 다음에는 머리를 어떤 색깔로 바꿀 것인가가 주된 관심사인 아이들에게? 그들의 관심사에서 멀어진 글들이 책으로부터 그들을 더 멀어지게 하는 것은 아닌지?

다른 한편 혹시 '적합한' 책을 고른다면서 이른바 고전들만, 혹은 이미 오랫동안 권장도서 목록에 올라 있는 '건전한' 내용의 책들만 선택하는 것은 이미 검증을 거친 작품들을 고르는 것이 새로 나오는 책을 일일이 살펴보는 것보다 편하기 때문은 아닌지 한번 생각해봄직하다. 여기서 예로 든 현대 청년소설 이후의 작품들은 어른들의 기준에서 적합하지 않다고 생각해 미리 차단한다면(그렇다고 효과가 있는 것도 아니다), 아이들은 자신의

진짜 기사처럼 제목을 붙이고 사진을 곁들여라. ⑥ 논픽션 — 작가의 에이전트와 대형방송사 간부 사이의 통화(에이전트는 별로 내키지 않아하는 방송사 간부에게 그 이야기가 텔레비전 영화로만 만들어지면 얼마나 근사할지 설득한다)를 녹음한 테이프를 만들어보라. 두가지 다른 음성을 사용하라. ⑦ 일반적 논픽션 — 책의 내용을 보여주는 웹페이지를 만들어보라. 주제의 다양한 측면을 고루 보여줄 수 있어야 한다. ⑧ 전기 — 모모씨를 인터뷰하려 하지만 바쁜 스케줄에 쫓겨 그 사람의 전기를 읽을 시간이 없다. 그 사람으로 하여금 자신과 자신의 삶에 대해 털어놓도록 만들 열가지 통찰력 있는 질문들을 만들어보라. 그리고 가장 어려운 질문에 답해보라. ⑨ 싸이언스픽션 — 싸이언스픽션의 작가들은 아직 실현되지 않은 과학적 발전이나 기술을 상상하여 줄거리를 만들어낸다. 신빙성을 얻기 위해 그들은 ㉠ 그 기술을 상세히 묘사하거나 ㉡ 그런 기술 및 기술의 결과를 확고히 믿는 인물을 등장시키거나 ㉢ 그 과학기술이 만들어낸 사회를 보여준다. 작가가 이 세가지 테크닉을 어떻게 사용하여 신빙성을 획득하는지, 찬찬히 밝힌 글을 써보라. ⑩ 역사 — '미래에 살기 위해서는 과거로부터 배워야 한다'는 말이 있다. 오늘날의 사회교사가 되어, 책의 내용에 담긴 '미래를 위한 교훈'을 보여줄 20분짜리 수업을 준비해보라. 창의성을 보여줘야 한다! ⑪ 유머 — 유머책의 작가들은 사회, 정치, 시사 문제 등에 대해 나름대로의 논평을 한다. 책의 의도를 제대로 이해했는지 보여줄 수 있도록, 책이 표적으로 삼은 문제에 관한 유머러스한 대화를 써보라. ⑫ 미스터리 — 긴장이 가장 고조된 장면을 드라마로 만들어 실제로 연출해보라(반 친구들을 등장시켜보라! 이 과제에는 특별 가산점수가 부과됨!). ⑬ 자서전 — 자서전은 일반적인 전기보다 책을 쓴 사람의 내적인 생각과 감정들을 더 잘 보여준다. 책을 다시 검토하여 그런 대목들을 찾아내고, 주인공의 입장에서 그 대목들에 감정을 넣어 읽어보라.

현재를 토론해볼 기회조차 박탈당하는 것은 아닐까? 이 말은 청소년문학
의 매개를 담당하는 교사나 부모, 생산을 담당하는 작가와 출판사에게도
해당될 수 있을 것이다. '수용자의 관심'과 '문학교육'이라는 두 마리 토끼
를 다 잡는 일은 그 양쪽에 걸맞은(그 이름이야 성장소설이라든가 청소년
소설, 청년소설 무엇으로 부르게 되건) 작품들이 주어져야 가능할 것이기
때문이다.

| 참고문헌 |

황순재 「세대라는 이름의 감옥」 『오늘의 문예비평』 1998 가을, 통권 30호.

Theodor Brüggemann, Literaturtheoretische Grundlagen des Kinder- und
    Jugendschriftums(1966), in Aspekte der erzählenden Jugendliteratur. Hrsg. v.
    Ernst G. Bernstoff, Baltmannsweiler 1977, S. 14-34면.

Klaus Doderer, Lexikon der Kinder- und Jugendliteratur. Bd. 1-4. Hrsg. v.
    Weinheim, Basel 1975-1982.

Hans-Heino Ewers (Hrsg.), Jugendkultur im Adoleszenzroman, Jugendliteratur der
    80er und 90er Jahre zwischen Moderne und Postmoderne, Weinheim/ München
    1994.

Hans-Heino Ewers, 'Kinder- und Jugendliteratur' - Entwurf eines Lexikonartikels, in
    Kinder- und Jugendliteraturforschung 1994/ 95. Hrsg. v. Hans-Heino Ewers u. a.
    Stuttgart, Weimar 1995, S. 13-24면.

Hans-Heino Ewers, Was sind "moderne Jugendromane"? in Lesen in der Schule mit
    dtv pocket. Unterrichtsvorschläge für die Klassen 6-11면, München 1997, S. 5-14면.

Carsten Gansel, Der Adoleszenzroman, in Lange, Günter: Taschenbuch der Kinder-
    und Jugendliteratur. Bd. 1. Grundlagen-Gattungen, Baltmannsweiler 2000, 359-

98면.

Carsten Gansel, Jugendliteratur und jugendkultureller Wandel, in Hans-Heino Ewers

(Hrsg.), Jugendkultur im Adoleszenzroman. Jugendliteratur der 80er und 90er

Jahre zwischen Moderne und Postmoderne, Weinheim/ München 1994, 13-42면.

Carsten Gansel, Moderne Kinder- und Jugendliteratur, Ein Praxishandbuch für den

Unterricht, Berlin 1999.

Heinrich Kaulen, Jugend- und Adoleszenzromane zwischen Moderne und

Postmoderne, in 1000 und 1 Buch 1999, H. 1, 4-12면.

Göte Klingberg, Kinder- und Jugendliteraturforschung, Eine Einführung, Wien, Köln,

Graz 1973.

Anna Krüger, Kinder und Jugendbücher als Klassenlektüre, Analysen und

Schulversuche, Weinheim u. a. 1963.

Bettina Kümmerling-Meibauer, Klassiker der Kinder- und Jugendliteratur. Bd. 1-2,

Stuttgart 1999, 1025f.

Günter Lange, Adoleszenzroman, in Baumgärtner, Alfred C./ Pleticha, Heinrich

(Hrsg.): Kinder- und Jugendliteratur, Ein Lexikon, Meitingen 1995(3. Erg. Lfg.

1997, 1-22면).

Heinrich Wolgast, Das Elend unserer Jugendliteratur, Ein Beitrag zur künstlerischen

Erziehung der Jugend, 7. Aufl. 1950.

_문학과교육 2001년 17호

청소년문학은 시작되었다

청소년문학, 궤도 진입?

2001년 『문학과교육』에서 청소년문학 특집을 마련할 때만 해도 청소년문학이라는 용어에 '낯선 느낌'이 이야기되었던 것을 기억한다(박기범 2001). 2004년 봄 계간 『창비어린이』 좌담에서는 '청소년문학, 시작이 반이다'라는 표제를 택하는 것으로 청소년문학의 약진을 바라는 희망을 담았다. 그리고 2년이 지난 지금, 우리의 청소년문학은 사뭇 다른 모습을 보여주고 있다. 우선 양적인 면에서 비약적으로 발전했다. 2006년 6월 현재, A 온라인서점에서 '청소년 시와 소설'이라는 항목으로 분류된 1,200여종의 책들 출간일을 보면 약 80%가 2003년 이후에 출간된 것으로 나타난다. 그중 2004년 이후에 출간된 책은 전체 목록의 약 60%를 차지한다. 물론 분류 기준이 문제가 될 수 있기에 이 수치를 액면 그대로 받아들일 일은 아니지만 양적인 증가라는 측면에서 참고할 만하다고 본다.

안을 들여다보면 '중학생이 읽어야 할' 내지 '고등학생이 읽어야 할' 류로 대표되는 일반문학의 청소년판이 여전히 큰 자리를 차지하고 있다. 그러나 이 범주를 벗어난 작품들 역시 눈에 띈다. 그리고 외국 청소년문학 작품이 단연 우세한 가운데서도 몇몇 출판사를 중심으로 우리 청소년소설의 선전이 눈에 띈다. 더불어 양적 변화와 함께 담론화의 시도도 꾸준히 증가하고 있다. 2001년 『문학과교육』의 청소년문학 특집과 2003년 『북페뎀』의 청소년출판 특집, 2004년 계간 『창비어린이』의 청소년문학을 주제로 한 좌담, 2006년 『어린이와문학』의 청소년문학 특집이 그것이다. 또한 한국문화예술위원회 발행 『문예연감』에서도 비록 아동문학의 틀 안에서이긴 하지만 2004년부터 청소년문학을 다루고 있다. 그러나 무엇보다도 가장 분명한 시도는 이 글을 주문한 『청소년문학』의 창간이 될 것이다.

내가 받은 과제는 "우리나라에서는 청소년문학이란 개념이 확실히 정립되지 않은 것 같"으니 "청소년문학의 역사와 경향 등을 살펴봄으로써 청소년문학이란 무엇인지에 대한 개념 정립"을 시도해달라는 것이다. 하지만 "청소년을 위한 문학과 청소년이 직접 창작한 문학, 그리고 청소년을 위한 교양을 아우르는 청소년 문예지"라는 자기규정에서 이미 청소년문학에 대한 일정한 상을 갖고 있다는 인상을 받는다. 바로 '청소년을 위한 문학'이 그것이다. 여기에는 청소년에게 '읽히기 위한' 문학과 청소년이 '읽기에 적당한' 문학이라는 의미가 아울러 내포되어 있다고 판단된다. 물론 기준은 다르다. 전자의 경우에는 생산자의 의도가, 후자의 경우에는 매개자의 판단이 기준으로 드러난다. 그리고 그 기준에 따라 범주는 얼마든지 달라질 수 있다. 그런데도 청소년문학의 상이 분명하게 다가오지 않는다고 한다. 왜일까?

청소년 독자의 발견

인류가 존재하는 한 청소년은 존재했고, 문학이 존재하는 한 청소년은 문학을 읽어왔다. 하지만 청소년문학을 이야기하려면 독립된 독자로서 청소년을 이야기해야 한다. 이를 아동문학에 견주어 정리해보자. 아동문학이 근대적 의미의 아동을 발견한 것과 더불어 시작되었음은 일반적으로 받아들이는 사실이다. 다시 말하면 '독자로서의 아동'을 발견한 것을 뜻한다. 이를 청소년문학에 적용하면 청소년기가 물리적 연령 구분만이 아닌 아동기와 성인기의 중간적 존재로서 고유한 특성을 지닌 독립된 시기임이 발견되어야 하고, 독자로서 청소년을 발견하는 것이 전제되어야 한다.

청소년은 사전적 의미에서 청년과 소년을 아울러 일컫는 말이다. 연령상으로는 대개 1318로 이야기되는 10대를 뜻하며, 대체로 중고등학생에 해당한다. 그리고 이 시기는 육체적·정신적으로 성인이 되어가는, 다시 말해 성호르몬의 분비가 증가하여 2차성징(性徵)이 나타나며 생식기능이 완성되기 시작하는 시기, 즉 사춘기로 지칭되기도 한다. 하지만 역사적으로 보면 청소년기 전반은 아동기와 동일하게 받아들여졌음이 드러난다. 1920년대 우리 아동문학의 산실이었던 『어린이』지의 독자가 지금 생각하듯 초등학생 연령이 아니라 16~17세의 소년까지 포괄했음을 생각해보라. 이는 당시의 아동 개념이 지금의 청소년 개념을 포괄하고 있었기 때문이라 풀이할 수 있다. 소년소설이라는 장르가 아동문학에서 이야기되는 것도 같은 맥락이다.

이러한 현상은 서구의 경우에도 다르지 않다. 우리가 이른바 서구 아동문학의 고전으로 알고 있는 『로빈슨 크루소우』라든가 『걸리버 여행기』 『15소년 표류기』 『작은 아씨들』 『빨간머리 앤』 씨리즈, 『키다리 아저씨』 『톰 쏘여의 모험』 『허클베리 핀의 모험』 등이 과연 지금 생각하는 아동문학인가? 이들 가운데는 물론 아이들 독자를 고려하지 않은 일반문학 작품도 있지만 최근 들어 청소년문학으로 재분류되는 모습을 보인다. 이들 작품이 그동안 우리나라에서 아동문학으로 받아들여진 데는 용어 번역상의 문제도 크게 작용한다. 영어에서 'Children'은 우리의 아동과 청소년을 포괄하는 단어임에도 불구하고 아동으로만 옮겨왔기 때문에 우선적으로 아동문학으로 받아들여진 것이다.[1]

이처럼 청소년문학의 성립을 이야기하려면 언제 청소년이라는 독자층을 독립시켜 염두에 두었느냐 하는 점이 중요하다. 그리고 이것은 나라마다 차이가 있지만, 서구에서도 비교적 최근의 일이다. 청소년을 독립된 독자로 가장 먼저 인식한 미국에서 "2차 세계대전 전에는 청소년문학이란 존재하지 않았다"(Watson 775면)라는 진술이 나오는 것은 이러한 맥락에서 이해된다. 이때 청소년문학은 틴에이지(teenage) 또는 영어덜트(young adult) 문학을 지칭한 것이다. 같은 영어권이어도 영국은 1960년대에 영어덜트문학에 대한 관심이 시작되며, 독일이 영미권과 유사한 의미에서 '사춘기소설'(Adoleszenzroman)[2]에 주목하게 된 것은 1980년대에 와서이다.

과도기의 청소년문학, 그 분화와 확대

물론 일반문학은 일찍부터 이러한 시기에 주목한다. 청소년을 독자로

---

1 김경연 「독일 아동청소년문학의 몇 가지 개념에 대하여」, 『보림 세미나 자료집』 2006년, 「독일 청소년문학을 연구한 아동문학가 김경연」, 『어린이와문학』 2006년 1월호.
2 졸고 「청소년문학, 어떻게 이해할 것인가」에서는 상정하는 독자층이 영미권보다 높아서 '청년소설'이라고 옮겨보았다. 독일이 이 용어를 채택하기까지의 과정이 흥미롭다. 왜냐하면 우리나라의 청소년문학에 대입할 수 있는 단어가 이미 존재했기 때문이다. 그러나 이때의 청소년문학은 독자의 물리적 나이만을 고려할 뿐 청소년 시기 고유의 관심사를 강조하는 소설이라는 의미는 들어 있지 않다. 새로 등장한 이 계열의 소설을 지칭하기 위한 모색의 결과가 '사춘기소설'이라는 용어이다.

의도하지 않고도 청소년기를 다룬 문학이 큰 줄기를 차지한다. 독일문학의 예를 들자면 『젊은 베르테르의 슬픔』이라든가 『빌헬름 마이스터의 수업시대』 『데미안』 『수레바퀴 밑에서』 등의 교양소설이 여기에 속한다. 우리나라에서는 이런 작품들을 '성장소설'이라 지칭하며 청소년문학으로 받아들인다. 「청소년문학, 어떻게 이해할 것인가」에서도 언급했듯이 성장소설이 청소년 대상 소설이라는 생각은 최근에 출판계에서 먼저 정착된 듯 보인다. 하지만 그 목록을 보면 대부분 일반문학 작품들이다. 실제로 청소년들은 오랫동안 일반문학 작품을 읽었고 또 읽어왔다. 그 결과 많은 이들이 일반문학 가운데 청소년들이 읽어온 문학, 또는 청소년들이 읽기에 적합하다고 여기는 문학을 청소년문학이라고 간주하는 듯하다. 가령 김슬옹은 「청소년의 정체성과 청소년문학의 정체성」에서 "청소년들의 삶과 문제를 다루면 그게 청소년문학"이라고 말하면서 일반문학 작품들을 논의에 끌어들이고 있는데, 이는 내가 보기에 과도기적 현상이다.

제롬 셀린저의 『호밀밭의 파수꾼』을 효시로 청소년문학의 발걸음을 가장 먼저 내딛기 시작한 영어권에서 10대 독자를 겨냥한 최초의 소설로 꼽히는 작품은 1956년 비벌리 클리어리의 『열다섯』이다. 이 작품 이후 사랑에 눈뜬 10대의 떨리는 기분과 첫키스, 가족 내의 문제는 미국 틴에이지소설이 즐겨 다루는 주제가 된다. 이것은 당시 10대 독자들의 요구이기도 하다. 이전 세대에 비해 자기주장이 강하고 독립적인 전후 미합중국 10대들은 자신들의 정서를 인정받을 책을 원했고, 출판사들은 점차 이들이 좋은 구매자일 수 있음을 발견한다.

하지만 이러한 상업적 기획 속에서 새로운 10대의 갈증을 채워준 것은 무엇보다도 그만그만한 로맨스소설이었다. 사랑을 여러 다양한 각도로 보여주는 작품도 존재하겠지만, 대부분은 근육질 남자와 금발머리 여자의 그렇고그런 사랑 이야기가 전개되는 '하이틴 로맨스' 말이다. '하이틴 로맨스'는 지금 우리나라의 책시장에서도 잘 드러나지 않는 베스트셀러이다.

물론 기성 권위에 저항하고 자신의 정체성을 모색하는 영어덜트문학의 계보도 꾸준히 이어진다. 당연히 주제의 금기도 깨어진다. 첫키스가 아니라 섹스를 다루며, 동성애를 다룬 작품도 나타난다. 뿐만 아니라 관심의 영역도 청소년들의 삶과 문제를 벗어나 역사와 사회 문제로 확대된다. 번역 소개된 낸시 파머의 『전갈의 아이』(비룡소 2004), 샤를로테 케르너의 『1999년생』(경독 2005), 라헬 판 코에이의 『바르톨로메는 개가 아니다』(사계절 2005) 같은 작품을 생각해보라. 청소년문학 역시 원칙적으로 문학에서 가능한 모든 형식과 주제가 가능해진 것이다.

1950년대는 우리 청소년문학사에서도 주목할 만한 시기다. 1954년 조흔파의 『얄개전』이 청소년잡지 『학원』에 연재되면서 이른바 '명랑소설'이라는 이름으로 6, 70년대를 휩쓰는 청소년소설의 막이 오르게 된 것이다. 명랑소설은 이후 『학원』을 중심으로 인기를 몰아간다. 조흔파의 「고명아들」, 최요안의 「청운의 합창」 「은하의 곡」 「해바라기의 미소」, 유호의 「형제는 즐겁다」 등이 그 작품들이다. 하지만 이들 청소년 대상의 명랑소설은 "한국전쟁을 기점으로 한 사회의 급격한 자본주의적 변동과 교육제도의 변화에서 '학생'으로서 겪어야 했던 혼란과 불안"을 웃음을 매개로 포착한 초기의 성과에도 불구하고 후대로 갈수록 "당대 아이들의 삶에 대한 관심 없이 모험이나 질 떨어지는 유머로 일관"하는 상업성에 매몰됨으로써 청소년문학의 한 계보로 인정받지 못하고 잊힌다(정미영 2004, 199면).

그리고 이때 잊힌 것은 명랑소설만이 아니라 청소년소설 자체일 수도 있다. 1980년대의 이오덕 역시 아동문학의 독자를 15세까지로 규정하고 있는데, 이는 청소년문학을 따로 이야기할 필요성을 느끼지 않았다는 뜻이 된다. 그리하여 미하엘 엔데의 『모모』라든가 『끝없는 이야기』 같은 작품이 독일에서는 아동청소년문학으로 출간되었음에도 불구하고 1980년대초 우리나라에 소개될 때는 일반문학으로 출간된 것이다. 이들 작품이

청소년문학으로 다시 자리를 잡게 된 것은 1990년대 중반, 청소년 독자에 대한 관심이 나타난 다음의 일이다.

결론을 대신하여 ─ 누가 왜 청소년문학을 이야기하는가?

청소년문학의 출판시장을 살펴보면, 독자 대상이 대부분 10대 전반에 그치는데, 이는 어찌 보면 당연한 일이다. 고등학생 연령에 해당하는 10대 후반은 아동으로의 역행을 원하지 않는다. 흔히 생각하듯 어른이 아이들에게 어른 되기를 강요해서가 아니라, 아이들 스스로 어른 되기를 바라기 때문이다. 그들은 육체적으로나 사회적으로 어른의 담론에 끼기를 원하지, 통제되고 제한당하는 아동으로 되돌아가기를 원하지 않는다. 그들을 계몽하고 계도해야 할 청소년으로 묶어두고 싶어하는 것은 어른들이다. 이것은 누가 청소년문학을 요구하는가를 따져보면 더욱 분명해진다. 청소년문학에 대한 요청이 강하게 들려오는 곳은 무엇보다도 교육계와 출판계이다. 우선 교육계는 문학교육의 새로운 모색이라는 맥락에서 청소년문학에 주목한다.

최근에 문학교육의 위기, 나아가 문학의 위기를 심각하게 논의하는 상황에 이르게 되자 그 위기의 원인을 독자의 경험과 수준에 맞는 텍스트를 제공하지 못한 데서 찾게 되면서 '청소년을 위한 문학'에 관심이 모였다.(박기범 24면)

청소년문학의 가장 강력한 매개자인 교육자들은 이 진술에 공감하리라 여겨진다. 그러나 한걸음 더 다가가면 비록 '독자의 경험과 수준'을 이야기하기는 해도 문학, 그것도 전통적인 의미의 본격적인 문학에 중점을 두고 있음을 알 수 있다. 바로 청소년이 '읽기에 적당한' 문학이 중요한 것이다. 이 견해를 극단적으로 밀고 나가면 청소년문학은 따로 필요하지 않다. 아이들에게 '적합한' 또는 매개자가 '적합하다고 판단한' 문학이 있으면 된다. 우리 교육제도 내 문학교육 현장을 보면 현실적으로 청소년문학이 들어설 자리도 별로 없다. 모든 것이 입시제도에 맞춰져 있는 교육상황에서 어떤 청소년이 자신들의 이야기를 맘 편하게 읽고 앉아 있을 수 있겠는가. 최인훈의 『광장』(문학과지성사 1976)과 박정애의 『환절기』(우리교육 2005) 가운데 하나를 택해야 할 상황이라면 무엇을 아이들에게 먼저 권할지 묻고 싶다.

출판계 쪽에서 보면 독자로서의 청소년은 언제나 존재했다. '중학생을 위한' 류의 출판시장을 생각해보라. 변화가 있다면, 1990년대 아동문학 시장이 유례없는 활기를 띠면서, 아동문학 독자들이 청소년이 되었을 때 무엇을 읽힐 것인가 하는 물음이 제기된 것이다. 아동문학 시장의 활기가 386세대의 교육열과 맞닿아 있기도 하지만 논술을 중심으로 한 교육과정의 변화에 힘입은 바 컸음을 기억하면, 청소년문학에 대한 관심도 서구와는 달리 청소년들 자신의 요구에서 비롯된 것이라기보다는 미래의 구매자를 의식한 출판계의 대응인 측면이 크다.

여기서 청소년문학을 진지하게 고민한 편집자와 함께 청소년문학을 생각해보자. 최옥미는 다섯가지로 나누어 청소년문학의 특수성을 생각한다. 첫째, 독자 대상으로는 청소년을 둘째, 소재 및 제재로는 청소년의 경험세계를 셋째, 관점으로는 청소년의 눈을 넷째, 지향점으로는 교육성을 다섯째, 표현방식과 분량, 어휘 측면에서는 일정한 '거름장치'를 이야기한다(최옥미 2003, 110면). 어쩌면 『청소년문학』에서 청소년문학의 개념을 정립해달라면서 은연중에 기대했을 모범답안이 아닌가 싶다. 그러나 안타깝게도 내가 동의할 수 있는 것은 첫째 국면과 제한적으로 (앞에서 성장소설을 이야기할 때 언급했듯이) 둘째 국면밖에 없다. 교육성을 생각하고 일정한

'거름장치'를 생각하는 한 청소년문학은 문학성을 희생시키는 교훈주의
로부터 벗어나기 어렵다는 생각 때문이다. 이는 그간의 아동문학의 역사
가 증명한다. 만약 청소년문학이 그렇게 방향을 잡는다면, 실제 청소년 독
자들은 설령 문학을 즐길 수 있는 시간이 허락된다 해도 로맨스나 판타지,
또는 요시모또 바나나, 하루끼, 귀여니 등의 작품으로 달려갈 것이다. 그
러한 지침을 받은 작가 역시 갈피를 잡지 못하는 것은 당연하다. 최옥미는
작가들이 "자신의 청소년기 경험을 떠올리며 쉽게 접근하는가 하면, 일반
문학과는 다른 '청소년문학의 특성'을 지나치게 의식한 나머지 스스로의
'검열'에 부딪혀 극단을 오가는 경우가 빈번"하게 나타났다고 고백한다.

　청소년 독자가 원하든 원하지 않든, 이제 청소년문학은 시작되었다. 이
말은 청소년 독자를 별개의 독자로 생각하고, 그 독자를 위해 쓰겠다고 생
각한 작가가 생겨났고, 그 작품을 출간할 별개의 출판사가 생겨났다는 뜻
이다. 그런데도 이렇다 할 청소년문학의 상(像)을 그리지 못하는 까닭은
우선 이러한 소통체계를 도외시한 채 담론을 펴기 때문이리라 여겨진다.
지금 이 시점에서 어떤 작가가 "그럼 어떻게 해야 하느냐?"고 묻는다면,
청소년 독자를 겨냥한 청소년문학 출판사를 택해 작품을 발표하되 "문학
작품을 쓰라"고 대답할 수밖에 없다. 그리고 이 체계 안에서 청소년문학은
자신의 특성을 형성해나갈 것이다.

　이미 이러한 체계에 들어선 우리 청소년문학 작품들에서 최근 들어 질
적인 변화의 조짐이 눈에 띈다. 기존에 흔히 접할 수 있던, 작가의 청소년
시절에 대한 회고조 문학이 아닌 지금 청소년들의 삶 속으로 들어오려는
시도들이 그것이다. 이경혜의 『어느 날 내가 죽었습니다』(바람의아이들
2004), 이경화의 『나』(바람의아이들 2006)와 같은 작품이 그 예이다. 하지만 이
러한 시도 역시 다른 나라의 청소년문학 역사를 보면 갈 길이 아직 멀다.
청소년은 다른 모든 연령의 독자들처럼 자신들의 이야기뿐만 아니라, 과
거와 현재와 미래까지 포함한 사회의 모든 국면에 대해 폭넓게 이해할 필

요가 있기 때문이다.

| 참고문헌 |

김경연 「독일 청소년문학을 연구한 아동문학가 김경연」 『어린이와문학』 6호 2006.
김슬옹 「청소년의 정체성과 청소년문학의 정체성」 『문학과 교육』 17호, 문학과교육
　　연구회 2001.
박기범 「청소년문학의 진단과 방향」 『문학과 교육』 17호, 문학과교육연구회 2001.
정미영 「'학원'과 명랑소설」 『창비어린이』 6호, 창비 2004.
최옥미 「이제 본격적인 청소년문학의 깃발을 올리자」 『북페뎀 03』 한국출판마케팅
　　연구소 2003.
황광수 외 「청소년문학, 시작이 반이다」 『창비어린이』 4호, 창비 2004.
Humprey Carpenter and Mari Prichard, The Oxford Companion to Children's
　　Literature, New York : Oxford University Press 1999.
Julia Eccleshare, "Teenage Fiction: Realism, Romances, Contemporary Problem
　　Novels," in International Companion Encyclopedia of Children's Literature, Peter
　　Hunt(ed.), London, New York: Routledge 1996.
Victor Watson ed., The Cambridge Guide to Children's Books in English, Cambridge
　　University Press 2001.

_청소년문학 2006년 창간호

열여섯, 우리들의 타화상

아동문학과 청소년문학의 공통분모는 어른 작가가 다른 연령층의 독자에게 보여주기 위해 쓴다는 점이다. 따라서 거기에 담기는 아이들의 모습은 기본적으로 '타화상'이라고 불러도 좋을 것이다. 이제까지 청소년문학은 작가 자신이 청소년기를 회고하는 식의 자화상적 성격이 강했다면, 최근에는 '요즘' 아이들을 담으려는 노력이 보인다. 여기서는 바로 그러한 모습들을 한번 살펴보고자 한다.

어느 날 내가 죽다

최근 우리 청소년문학 작품 가운데 『어느 날 내가 죽었습니다』(이경혜, 바람의아이들 2004)는 제목만으로도 눈길을 끌기에 충분하다. 이 제목을 보는 순간, 사회문제로 떠오른 청소년들의 자살을 떠올린 사람이 적지 않을 것이다. 결론부터 말하면 이 책은 중학교 3학년 남학생의 죽음을 다루지만,

프롤로그에 일찌감치 밝혀놓았듯 자살이 아닌 사고사를 다룬다. '도시락 특공대'라는 노래로 1990년대말이라는 시대적 배경을 암시하는데도 불구하고, 문화적으로는 엘비스 프레슬리니 채플린이니 하는 7, 80년대 정서가 불쑥불쑥 튀어나오며, 게다가 인물들의 말투는 이따금 중년부인의 수다를 연상케 하고, 연령으로 미루어 '서울의 봄'과 '광주항쟁' 시기인 1970년대 후반 또는 1980년대 중반을 보냈을 부모 세대의 캐릭터들로 인해 설득력이 떨어짐에도 내가 이 작품에 관심이 간 이유는 바로 이 측면이었다. 그것은 되도록 그의 죽음에 대해, 우리가 청소년의 자살에 대해 쉽게 예측하고 단언하듯이 사회적 책임을 묻지 않겠다는 태도였기 때문이다. "어느 날 내가 죽었습니다. 내 죽음의 의미는 무엇일까요?" 사회적 책임을 도외시하겠다면, 대체 작가가 제시하고자 하는 그의 '죽음의 의미'는 무엇일까?

베르테르와 재준

이 작품을 읽으며 『젊은 베르테르의 슬픔』(괴테, 민음사 1999)을 떠올렸다. 한 젊은 영혼의 죽음을 다루었다는 것 말고도 죽은 이의 육성을 직접 들려주는 형식을 취하고 있기 때문이다. 베르테르는 그가 남긴 일기 형식의 편지로 자신의 내면을 독자에게 드러내고, 오토바이 사고를 당해 죽은 재준은 일기를 남긴 것으로 설정된다. 편지와 일기로 설명될 수 없는 부분을 위해서 따로 해설자가 도입되는 것도 비슷하다. 『젊은 베르테르의 슬픔』에서는 그가 남긴 자취들을 편집하고 정리하는 편집자가 있고, 『어느 날 내가 죽었습니다』에서는 재준의 일기를 읽어가는 가장 친한 친구 유미가 있다.

결정적인 차이는 있다. 베르테르의 편집자는 개인적인 프로필이 전면

이 작품에서 주인공 '재준'이 자살이 아닌 사고로 죽은 것은 퇴행이나 일탈을 필연적으로 보는 청소년기에 대한 통념에 저항하려는 작가의 시도로도 읽힌다. ⓒ 이경혜 『어느 날 내가 죽었습니다』 바람의아이들 2004

에 부각되지 않는다. 그의 역할은 독자에게 베르테르에 대한 자료를 보여주는 것뿐이다. 그가 해설자로 나서는 것도 베르테르의 편지가 끊기고 그 뒤의 행적을 설명할 필요가 있는 부분, 즉 뒷부분에 집중된다. 그러나 유미는 처음부터 재준의 일기를 보충하고 설명하는 역할에만 그치지 않는다. 유미 자신의 삶이 재준의 이야기와는 별개의 담론을 이룰 정도로 스토리의 큰 부분을 차지한다. 그렇다면 유미의 스토리는 재준의 죽음의 의미를 밝히는 데 얼마나 기여하는가?

삐딱한 아이, 유미

화자인 유미는 이혼한 후 재혼해서 유미와는 크게 터울이 지는 동생을 낳은 엄마와 함께 산다. 통념상 얼마든지 신파로 흐를 수 있는 환경을 유미는 시쳇말로 '쿨하게' 받아들인다. 자신의 처지가 "남다른 환경"(84면)임을 모르지 않으면서도 엄마의 이혼에 대해서 "그렇게 엄마는 아빠와 결혼

했고, 살다 보니 서로 싫어하게 되어 헤어졌다."(56면)고 담담하게 생각한
다. 새아빠에 대해서도 마찬가지다. "나는 새아빠를 절대로 아빠라고 부
르지 않는다. (…) 그건 친아빠에 대한 유일한 의리였다. 그렇다고 친아빠
를 새아빠보다 더 좋아하냐고 물어온다면 나는 솔직히 대답을 못 하겠다."
(74면)고 털어놓는다. 적어도 가정은 유미에게 갈등을 일으키지 않는다.

그러나 유미는 자신을 "삐딱"하고 성질 더러운 아이라고 부르는데, 유
미의 이런 성격과 태도가 이 작품을 성립시키는 가장 중요한 계기이다. 유
미가 그런 아이라서 재준과 가까워졌기 때문이다. 하지만 유미는 자기가
원래부터 그런 성격은 아니었다고 고백한다. "초등학교 때까지만 해도 나
는 온순하고 순종적인 학생에 속했다. 언제부터 내 성격이 이렇게 비뚤어
지게 된 것일까?"(79면) 유미는 자문한다. 그리고 그것이 엄마 아빠의 이혼
에서 비롯된 것이라고 생각하는가 싶더니 이내 부정한다. "물론 그렇게
말하면 모든 게 간단해지기는 한다. 사람들은 누구나 잘 이해하겠다는 눈
길로 고개를 끄덕일 것이다. 그러나 그것은 진실이 아니다."(83면) 이런 유
미의 진술과 함께 '문제아 뒤에 문제가정 있다'는 통념을 거부하려는 작가
의 의도가 읽힌다. 여기에는 이혼가정, 패치워크 가정이 반드시 문제가정
은 아니라는 주장도 포함된다. 만약 작가가 유미를 통해 이런 주장을 담론
화할 의도가 없었다면 유미가 어떤 이유에서든 그저 삐딱한 아이이면 되
는 것이지 유미의 가정환경은 아무래도 좋았을 것이다.

시체놀이, 재준

남다른 형태의 가족 속에서 살고 있는 유미와는 달리 재준은 친부모와
동생과 함께 사는 보통 가정의 밝고 명랑하고 얌전해 보이는 아이이다. 하
지만 속내를 들여다보면 남자답지 못하다고 나무라는 강한 성격의 아버지

와 신경줄이 여려 천식을 앓고 있는 어머니가 있다. 재준에게 가정은 일기에서 밝혀지듯이 "감옥"과 같다. 그런 재준이 "시체놀이"에 매료되고, "어느 날 내가 죽었습니다"라는 장난 글귀를 쓰게 된 것이다.

> "그러니까 내가 이미 죽었다고 생각하고 모든 것을 바라보는 것이다. 그렇게 하면 모든 것이 얼마나 소중하고, 달라 보일까?"(94면)

재준은 지금 이 현실의 소중함을 확인하고, 현실의 고통을 치료하는 "만병통치"(161면) 약이자 "두려움"(179면)을 극복하는 방편으로 시체놀이를 선택한다. 그런데 놀이가 현실이 된다. 이 의미에 대해 유미는 고백한다.

> 네 죽음의 의미는… 모르겠다. 아마도 평생토록 나는 그걸 생각하며 살아야 할 것 같다. 내 평생도 얼마가 될지는 모르겠지만 누군가 태어났다면 반드시 죽는다는 사실을, 그것도 언제 죽을지 모른다는 사실을, 그리고 그 죽음이 지극히 어이없고, 하찮은 것일 수도 있다는 사실을 네가 가르쳐 주고 갔으니까. (…) 네 죽음의 의미는 내가 너를 다시는 볼 수 없다는 뜻이지. 그 한 가지는 너무도 확실하지. 황재준이라는 내 친구가 짧은 시간 이 세상에 머물다 떠났다는 거. 그 짧은 시간 동안 내 마음 속에 도저히 파낼 수 없는 무거운 사랑을 남기고 떠났다는 거… 잘 가라, 재준아. 이제는 떠돌지 말고 편안히 잘 가라…(184~85면)

이것은 화자인 유미의 해석이다. 만약 이것을 작가 또는 작품이 내린 해석으로 받아들인다면 맥 풀릴 일이다. 기실 존재론적 의미에서 죽음은 의미를 기대하지 않는 '무'에 불과하기 때문이다. 이것이 의미를 지니려면 '관계' 속에서 해석되어야 한다. 그러나 작가는 죽음을 자살이 아닌 사고로 처리함으로써 개인적이든 사회적이든 관계에 책임을 돌리지 않겠다는 의도를 드러낸다. 이는 "어린 나이에 어이없이 사라져 간 소년들"에게 "유별나고, 극적이고, 고통스런 삶을 살게 하고 싶지 않"다는 작가의 말에서도 찾아볼 수 있다. 작가는 말을 잇는다. "그 어디에도 비극의 그림자가 스미지 못하는 그런 평화롭고 사소한 시간을 누리게" 해주고 싶었노라고. 작가의 이러한 소망은 주인공이 자살로 삶을 마감한 『젊은 베르테르의 슬픔』이나 정신병원에 수용되는 『호밀밭의 파수꾼』처럼 일탈과 부적응으로 끝나는 청소년문학의 계보와 거리를 두려는 시도로 보이기도 하고, 다른 한편 퇴행이나 일탈을 필연적으로 보는 청소년기에 대한 일반적인 통념에 저항하려는 시도로도 읽힌다.

다시, 베르테르와 재준

잘 알다시피 베르테르의 슬픔 또는 괴로움(원제의 Leiden은 괴로움에 더 가깝다)은 이미 약혼자가 있는 로테를 향한 사랑, 즉 이루어질 수 없는 사랑에서 비롯한다. 그렇기는 하지만 편지 곳곳에서 괴로움의 보다 근본적인 이유는 이른바 합리성으로 무장한 17세기 독일 시민계급의 규범 때문인 것으로 드러난다. 한 아름다운 영혼을 죽음에 이르게 한 사회에 대해 질문을 던지는 것이다. 그가 로테의 남편이자 합리적인 사고의 소유자인 알베르트의 권총으로 자살한 것도 상징적이다.

그러나 재준의 죽음은 오토바이 사고 때문이다. 여기서 우리는 오토바이라는 아이콘에 주목해볼 필요가 있다. 알다시피 청소년들에게 오토바이는 우리 사회에서 자기과시와 집단행동의 수단이자 욕구불만을 드러내는 하나의 문화적 아이콘이기 때문이다. 말하자면 청소년의 자기표출 수단 가운데 하나가 의도하지 않았음에도 불구하고 자신의 죽음을 초래한 것으로 그려지는 것이다. 이 자체로는 자칫하면 청소년문화와 그들의 저항에 대한 부정으로 보일 수 있다. 그런데 재준이 오토바이를 타게 된 동기는 그가 사랑하는 소희의 인정을 얻기 위해, 즉 자신의 남자다움을 확인하기 위해서다. 재준은 일부 청소년들의 가치관 자체를 의심하지 않고 내면화함으로써 자기멸망을 초래하고 어른이 되지 못한 채 영원히 소년으로 남는다. 이것이 독자들이 읽어낼 수 있는 그의 죽음의 의미 가운데 하나이다. 이러한 의미가 선명하게 다가오지 않는다면, 그것은 죽음의 의미를 해석하는 역할을 맡은 유미의 이야기가 더 강한 메씨지를 보내오기 때문일 것이다.

새는 알을 깨고 나온다

"새는 알을 깨고 나온다." 독일 작가 헤르만 헤세의 『데미안』(1919: 민음사 2000)에 나오는 말이다. 이처럼 현실이 답답하고 억압적이라 느낄 때, 뭔가 돌파구가 필요하다고 느낄 때 옥죄는 현실을 떨치고 자유로운 비상을 꿈꾸게 하는 마력을 지닌 말이 또 있을까. 알은 보호와 안정을 보장해주지만, 날고자 하는 새에게는 구속이다. 알 속의 새는 알을 파괴해야 비상이 가능하다. 파괴는 새로운 출발과 창조의 전제이다. 여기서 특히 청소년기를 떠올리게 되는 것은 알과 새가 내포하고 있는 상징성 때문일 것이다. 이경화는 『나의 그녀』(바람의아이들 2004)에서 직접 『데미안』을 인용하며 그 비상의 모색과 가능성을 열여섯의 나이에 부여한다. 이런 직접인용에서도 드러나듯이 작중화자인 '나', 즉 김준희와 그녀와의 관계는 싱클레어와 데미안과의 관계에 대입할 만하다. 그러나 두 작품은 당연하게도 많이 다르다. 우리는 여기서 이 다름이 무엇을 의미하는지, 의미할 수 있는지 한번 생각해보기로 하자.

이 작품은 감각적인 언어구사, 이중감정의 섬세한 심리
묘사, 동성애 등을 다루며 독자의 공감을 이끌어낸다.
ⓒ 이경화 『나의 그녀』 바람의아이들 2004

나의 알

　지금으로부터 약 80년 전의 독일과 2000년대 한국의 현실은 당연히 다를 수밖에 없다. 『데미안』의 시대적 배경이 제1차 세계대전이 발발하던 무렵임을 알아차릴 수 있는 것은 겨우 말미에 와서이다. 그만큼 이 소설은 주인공 싱클레어가 '나를 찾아가는 길'에 집중한다. 이야기는 열살 때 악동 크로머를 만남으로써 어둠의 세계를 알게 되는 데서 시작하는데, 그때까지 싱클레어는 가정으로 대표되는 '빛'의 세계에 산다. 보호와 아늑함으로 충만한 세계, 즉 알이 일차적으로 상징하는 바가 그대로 충족된 세계다.

　그러나 그러한 빛의 세계는 『나의 그녀』에서는 흔적도 찾을 수 없다. 현실은 구질구질하기만 하다. 적어도 '나' 김준희가 파악한 자신의 현실은 그렇다. 엄마는 일찍 세상을 떴고, 집안에서 유일한 고졸이면서 직업도 없이 살아온 아버지는 "담배 냄새가 배어 있는 후줄근한 옷을 입고 수염도 깎지 않은 지저분한 얼굴을 하고는 새벽녘에 술에 잔뜩 취해 토악질을 해"(166면)댄다. 그렇다고 엄마에 대해 좋은 기억이 있는 것도 아니다. 엄마는 남편이 자신의 인생을 망쳤다고 생각했고, 늘 울거나 찡그리고 있었으며, 죽기 전에 재산을 다른 곳으로 빼돌렸다. 남은 사람들에게 엄마는 "애초에 없었던 사람"(25면)과 같다. 한마디로 어디 마음 둘 곳 없는 가정인 것이다.

이는 가정이 흔들리고 파괴되어가는 우리의 사회현실을 반영하는 것일 수 있으나, 다른 한편으로 자기 바깥의 문제만으로 벅찬 현실은 헤세 식의 '나'를 찾는 치열한 모색을 피해가는 데 좋은 구실이 될 수 있다. 준희는 구질구질한 현실로부터 '상상의 세계'로 기꺼이 도피한다. 그곳은 "철저하게 혼자일 수 있는 곳, 아무도 나를 괴롭히지 못하는 곳, 나만이 주인공이고 나만이 빛나는 곳"(57면)이다. 그리고 그 상상 속의 나는 "현실에서 받은 상처가 아물 때까지 아무도 보지 못하도록 커튼을 쳐 주고 아픈 곳을 어루만져"(57면)준다.

하지만 준희는 일찌감치 이 세계가 깨야 할 알과 같은 세계임을 예감한다. 그는 자신이 만들어놓은 세계에서 지치는 걸 느끼다가 마침내 작품 말미에서 "이제 상상만 하면서 사는 건 재미없"(193면)다고 토로한다. 시간이 흐르면서 여러 인물을 만나 고독과 침묵, 냉소와 방탕, 두려움과 불안을 통해 조금씩 허물이 벗겨지고 알 껍데기가 부서지는 체험을 할 수 있었던 싱클레어에게서보다 훨씬 수월하게 진행되는 깨달음이다. 한데 이는 독자의 나이를 고려해서 일부러 가볍게 처리했는지는 모르지만, 깊이를 기대한 독자에게는 실망을 줄 수도 있다.

그러나 『나의 그녀』에서 상상의 세계는 현실도피라는 부정적 측면만을 뜻하지는 않는다. 준희의 글과 그림은 창조적 세계의 원천이기도 하며, 도피적 상상의 세계는 떠나야 할 것이지만, 창조적 상상의 세계는 만화라는 잠재적인 터전을 확보한다. 그것이 꼭 만화학과라는 틀에 끼워져야 했는가는 생각해보아야 하겠지만 말이다.

나의 그녀와 데미안

'내'가 나의 재능을 미래와 연결시켜 생각하도록 도와준 것은 정아와 '그녀'이다. 그러나 처음 나의 안중에는 정아가 존재하지 않는다. 나의 눈은 오로지 그녀에게 향한다. 비록 선생과 제자 사이이긴 하지만 나에게 그녀는 감각으로 다가오는 이성이기도 하다. 그녀는 보통 어른과는 다르고 생각도 화법도 말투도 다르다. 그런 그녀를 나는 싱클레어가 데미안의 어머니 에바 부인을 일컫듯이 "누이이고 연인이며 여신"(민음사 7면)으로 부른다.

그러나 어머니에 대한 환상도 그리움도 없는 내가 원하는 것은 어머니의 사랑이 아니라 이성으로서의 사랑이다. 사랑이라는 감정은 종종 자신의 관능적 욕망을 투사할 대상을 찾는다. 이때 중요한 것은 그 대상의 진정한 모습이 아니라 나의 욕망을 투사한 상이다. 따라서 어른인 그녀가 자신을 향한 관능적 욕구의 물길을 '나'의 나이와 처지에 맞는 정아에게 돌려놓고 사라지는 것은 어찌 보면 당연하다.

싱클레어의 데미안은 관능적 욕망의 대상이 아니라 "친구이자 인도자"(231면)로 규정된다. 그는 생물학적으로는 남성이지만 남자다움과는 거리가 멀다. 아니, 현실적인 인물로 파악하기 어려울 만큼 모호한 성격을 보여준다. 데미안은 "남자답거나 어린이답지 않고, 나이 들었거나 어리지 않고, 왠지 수천 살은 되게, 왠지 시간을 초월한 듯, 우리가 사는 것과는 다른 시대의 인장이 찍힌 듯 보였다. 짐승들이 아니면 나무들, 아니면 별들이 그렇게 보일 수 있었"(69면)다. 그는 생명과 죽음을 넘어서는 존재이기도 하다. "저렇게 돌 같은, 태고처럼 늙은, 동물 같은, 돌 같은, 아름답고 찬, 죽었는데 남모르게 전대미문의 생명으로 가득 차 있는 모습이었다."(89면)

데미안은 사라지지만 그러나 싱클레어 안에서 "자신 속에 있는 뛰어난 존재"(116면)로 남는다. 싱클레어가 자신에게서 데미안과 닮은 모습을 발견하는 것이다. 이렇게 싱클레어는 빛과 어둠, 선악, 그리움과 번민, 모든 것이 긍정되고 대답되고 시인되는 신, 아프락사스에 도달한다.

나의 아프락사스

준희에게 '나'와 하나로 합쳐지는 인물은 없다. "누이이고 연인이고 여신"으로 불렸던 '그녀'조차 나의 표피에 머물다 사라진다. 어쩌면 하나가 될 인물이 따로 필요하지 않을지도 모른다. 이미 아들의 아들이 되고 싶어하는 아빠가 존재하기 때문이다. 준희는 자신의 진로를 구체화하면서 도피적 상상의 세계를 창조적 상상의 세계로 전환하고, '문제는 문제가 아니라고 생각하면 문제가 아니다'며 처한 현실을 긍정하게 되듯이, 자신의 문제현실의 중심이었던 아빠를 '친구'로 받아들임으로써 다시 한번 현실과 화해한다.

한심함과 연민이 뒤엉킨 감정으로 바라보던 아빠와 모처럼 낚시여행을 떠난 밤, 준희는 아빠에게 아프락사스에 대해 설명한다.

"소설 속에 나오는 신이야. 그 신은 선과 악을 동시에 지니고 있어. '새는 알에서 깨어나려고 버둥거렸다. 알은 곧 세계다. 새로 탄생하기를 원한다면 한 세계를 파괴하지 않으면 안 된다. 새는 신을 향한 나래를 펼친다. 신의 이름은 아프락사스라 한다.' 『데미안』에 나오는 구절이야. 무슨 뜻인지는 정확히 모르겠지만 나 이제 좀 다르게 살아보려고. (…)"(193면)

화해는 엄밀히 말해 파괴를 전제로 한 새로운 탄생은 아니다. 따라서 아프락사스가 뜻하는 바를 정확히 알 수 없는 것이 어쩌면 당연하다. 하지만 새는 알을 깨고 나와야만 비상할 수 있음을 안다. 준희는 이를 다르게 살아보겠다는 다짐으로 순화한다. 이렇게 『나의 그녀』에서 헤세의 『데미안』을 통해 전해주는 메씨지는 "새는 알을 깨고 나온다"라는 구절 하나로 축약되는 듯이 보인다.

결국 『나의 그녀』는 『데미안』의 문제의식을 묽게 희석한 작품으로도 읽힐 수 있겠지만 다행히도 그것이 전부는 아니다. 감각적인 언어구사라든가 이중감정의 섬세한 심리묘사, 그동안 거의 금기나 다름없던 자위라든가 동성애, 성적 욕망에 대한 거침없는 언급 등은 그러한 부분을 상당부분 상쇄하며 독자의 공감을 이끌어낸다.

열여섯의 섬

카프카의 단편 가운데 「출발」이라는 작품이 있다. 무척 짧은 단편이기에 전문을 옮겨보고자 한다.

나는 말을 마구간에서 데려오라고 명령했다. 하인은 무슨 말인지 이해하지 못했다. 나는 직접 마구간에 들어가 말에 안장을 올리고 올라탔다. 멀리서 트럼펫 소리가 들렸다. 저 트럼펫 소리가 무슨 뜻인지 하인에게 묻자, 하인은 모르겠다고, 아무 소리도 듣지 못했다고 말했다. 문에서 하인은 나를 붙잡으며 물었다. "어디로 가시는 겁니까, 주인님?" "모르네." 나는 말했다. "다만 여기서 떠나는 거야, 다만 그뿐이야. 떠나서 계속 가다보면 목적을 이룰 수 있겠지." "그러니까 주인님은 목적이 무엇인지 알고 계신다는 말씀인가요?" 그가 물었다. "그래." 내가 대답했다. "내 말하지 않았나, 여기서 떠나는 거라고. 그게 내 목적일세." "먹을 것도 준비해 갖고 가지 않으시면서요." 그가 말했다. "그런 준비는 필요 없네." 내가 말했다. "이 여행은 너무도

긴 여행이라 가는 도중에 먹을 것을 얻지 못하면 굶어죽을 수밖에 없는 여행일세. 먹을 걸 준비해간다고 해서 살아날 순 없네. 다행인 것은 정말이지 엄청난 여행이라는 걸세."(인용자 번역)

현재의 부조리적 상황 때문이든 내면 저 깊은 곳에서 울려오는 충동 때문이든 그 어느 것이라도 좋다. 출발의 목적, 그 불가피성을 이토록 명쾌하게 처리한 작품이 또 있을까. 이런 카프카 식의 출발을 구드룬 파우제방의 『그냥 떠나는 거야』(풀빛 2004)의 주인공 요나스는 감행한다. 물론 요나스에게는 떠나는 이유가 없지 않다. 바로 '숨쉴 공간'을 찾아나서는 것. 할아버지가 나찌였던 전력을 침묵하며 고상한 사회적 지위를 누리는 부모, 능력사회의 관리자로서 충실하려는 학교, 이런 기성사회에 발빠르게 타협하거나 우유부단하게 끌려가는 친구들, 이런 것들이 그를 숨막히게 하기 때문이다. 그렇게 해서 요나스는 남미로 날아간다.

하지만 이런 떠남은 대부분의 열여섯살 청소년에게 그야말로 소설에서나 가능한 이야기다. 요나스처럼 법적 성년이 되었어도 마찬가지다. 열여섯의 현실은 어쩌면 사면이 바다로 막혀 옴짝달싹할 수 없는 섬과 같을지도 모른다. 이런 맥락에서 눈에 띄는 작품이 한창훈의 『열여섯의 섬』(사계절 2003)이다.

"인생은 고독의 대양 위에 떠 있는 섬"이라고 칼릴 지브란은 읊었거니와 섬은 단절과 고립을 뜻하는 물리적 공간인 동시에, 인간의 존재방식을 상징하기도 하고 단절과 고립의 심리적 공간을 상징하기도 한다. 한창훈의 섬은 우선 "하늘을 향해 솟구쳐 오른다 한들 사방이 바다로 막힌" 물리적 공간이다. 열여섯살 주인공 서이의 심리적 공간은 더욱 닫혀 있다. 어머니가 여섯살 때 두 언니를 데리고 사라져버린 이래 아버지는 술로 세월을 보내며, 어머니를 닮은 서이를 애증의 양가감정으로 대한다. 서이는 답답하고 숨통이 막히지만 그 현실을 떠날 엄두를 내지 못한다. "저 섬 끝 절

사면이 바다로 막혀 옴짝달싹할 수 없는 열여섯의 현실을 그린 한창훈의 『열여섯의 섬』(사계절 2003).

벽 너머까지 로켓처럼 날아간다 하더라도 결국은 바다로 떨어져 버릴 것 아닌가. 저 지겨운 바다로. 혹 바다 너머로 간다고 하더라도 아버지는 어쩔 것인가."(29면) 이런 여린 마음은 인고의 세월을 감내하는 전형적인 한국의 여인상과 닮아 있다. 아픔과 갈등은 있을지언정 흔히 말하듯 방황과 반항으로 가득한 열여섯은 아닌 것이다.

이런 암담한 현실에서 서이를 아껴주는 인물들이 아주 없는 것은 아니다. 우선 가끔 생선을 잡아다주며 인상 한번 찡그리지 않고 서이의 언저리를 맴도는 동갑내기 사내아이 이배가 있고, 어머니가 떠난 후 딸처럼 서이를 돌보아주는 큰이모가 있다. 황순원의 「소나기」 이래 거의 전형적이 되어버린 소년의 순정을 보여주는 이배에 대해 서이는 고마움을 느끼면서도 징그럽다고 반응한다. 처음엔 비중이 주어질 것 같던 이배의 역할이 흐지부지되는 설정은 작가가 이성의 애틋한 사랑도 열여섯의 섬을 벗어나게 하기보다는 오히려 묶어둘 수 있음을 암시하는 듯도 하다.

이배보다 서이의 삶에 더 큰 영향을 주는 인물은 서이가 어렸을 적부터 바다 저 너머, 사람들은 알 수 없는 황금나라로 데려다주는 황금배의 존재를 이야기해준 큰이모이다. 하지만 정작 자신은 섬을 벗어나지 못한다. "큰딸로 태어나 어른들 말 듣고 모든 것을 참고 산 나를 봐라. 결국은 이렇게 촌 늙은이밖에 더 되니?"(120면) 자신의 삶을 그렇게 평가하는 큰이모는 만약 앞으로 서이가 섬에 주저앉는다면 갖게 될 미래상으로 보아도 좋을 것이다. 아무리 이배와 큰이모가 서이를 아껴준다 해도 그들은 서이가 열여섯의 섬을 박차고 나갈 계기로 존재하지는 않는다. 그들 역시 폐쇄된 섬의 주민들인 것이다.

물길

서이가 섬을 벗어나는 방법은 공상하기다. 마치 그 공상처럼 이상한 여자가 나타난다. 관광객도 별로 없고 가끔 외지인이 들어오기는 하지만 전부 희망과는 거리가 먼 사람들이었는데, 이 여자는 어딘가 다르다. 여자는 전직 음악학도이자 온 세계를 돌아다닌 여행자로 알려진다. 한데 한비야를 연상시키는 이 여자는 오히려 서이의 공상이 만들어낸 산물처럼 비현실적인 인상을 준다. 여기서 비현실적이라는 말은 여자의 존재가 서이의 공상을 어떤 식으로든 해결해야 하는 소설적 장치로써 기능하는 면이 더 강하다는 뜻이다. 서이는 큰이모가 말한 황금배를 본 것처럼, 카프카의 주인이 트럼펫 소리를 들은 것처럼 여자가 켜는 바이올린 소리에 이끌려 여자를 만난다. 그리고 서이는 발견한다.

> "(⋯) 제가 몰랐던 어떤 세계를 본 것 같기도 하고, 어디선가 슬픔으로 뭉쳐진 바람 같은 게 마음 속으로 밀려 들어온 것 같기도 하고, 알아서는 안 되는 비밀을 알게 되어 버린 것 같기도 하고⋯⋯"(75면)

큰이모가 심어준 환상은 이상한 여자의 존재를 통해 다시 현실과의 관계를 재정립한다. 여자가 말한다.

"너도 무작정 이곳을 떠나고 싶댔지? 하지만 이곳이 싫어서 어딘가로 가면 그건 이유가 되지 못하더라. 어딘가로 이동을 한다면 분명한 이유가 있어야 되는 거지. 내가 돌아다니는 것은 스님들이 돌아다니는 것과 달랐어. 어떻게 보면 그냥 정신 없이 싸돌아다닌 것뿐이야."(105면)

이상한 여자를 대접하기 위해 소라를 따러 간 큰이모의 죽음은 시사하는 바가 크다. 큰이모와 더불어 황금배의 환상도 죽을 수 있고 아울러 서이의 유년도 끝난다. 말미에서 섬은 여객선이 나아가는 물길을 통해 저 먼육지의 세계와 이어진다. 대신 서이는 여자의 바이올린을 가슴에 안는다. 맹목적인 탈출이 아닌, 자신의 진정한 꿈의 발견과 그 현실화의 상징인 것이다. 역시 현실적으로 크게 여겨지지는 않으나, 상징은 상징이다.

_웹진 『문장 글틴』 2005

로빈슨의 후예들

『로빈슨 크루소우』를 읽으려는 까닭

"내가 상대해야 할 사람들을 알고 싶었습니다." 몇년 전 프랑크푸르트
공항 지하철역에서 만난 청년의 말이다. 여행을 한 지 벌써 50일이 지났다
는 청년은 얼굴이 검게 그을고 티셔츠도 제 빛을 잃어 차라리 남루했으나
눈빛은 생기가 넘쳤다. 3년 넘게 다니던 직장을 그만두고 그동안 모은 돈
을 여행에 쏟아붓는 모험을 감행했지만 후회는 없노라고 했다. 청소년들
과 함께 읽을 문학작품을 생각해보자는 제안을 받고 어떤 것이 좋을까 고
심하던 중, 문득 젊음의 희망과 패기를 읽게 해준 그 청년이 떠올랐다. 그
래, 모험 이야기를 함께 읽어보면 어떨까? 많은 사람들이 청소년문학 하면
성장소설을 떠올리는데, 모험 이야기도 좋은 읽을거리가 될 것 같았다.

우선, 청년처럼 과감히 길을 떠날 수 있는 이는 많지 않겠지만, 아침에
일어나 학교에 갔다가 다시 집으로 돌아오는 다람쥐 쳇바퀴 같은 일상에
서 탈출을 꿈꿔보지 않은 이가 있을까 싶기 때문이다. 특히 대학진학이 절

대명제인 양 여겨지는 현재와 미래의 수험생으로선 내신이며 수능의 압박에 옥죄일 터이고, 대학진학이 아닌 다른 진로를 계획하고 있다면 더더욱 자신의 선택이 모험이 아닌지 곱씹을 성싶다. 게다가 흔히 인생을 여행에 빗대지만, 어찌 보면 인생은 위험을 무릅쓴다는 의미와 비일상적이라는 의미가 함께 내포되어 있는 모험에 더 가깝다는 생각도 든다. 사전답사도 할 수 없고 직접적인 가이드도 구할 수 없으니 말이다.

모험 이야기란?

모험 이야기는 주인공이 위협이나 장애 또는 여러가지 사건을 만나고 겪으며 모험하는 이야기를 일컫는다. 그리고 그 모험적 행동을 이야기의 중심에 두기 때문에 무엇보다 재미있고 비교적 이해하기도 쉽다. 또한 미지의 세상에서 독립을 연습해야 할 시기인 사춘기와 그 전후의 격동적인 심리상태에 걸맞아 청소년들이 읽기에 적당한 장르로 꼽힌다. 그러한 정신적 격동은 정신적으로 겪는 모험이기에, 많은 성장소설이 모험의 요소를 내포하고 있는 것은 당연하다.

모험 이야기만큼 역사가 오래되고 범위가 넓은 장르는 없을 것이다. 세계에서 가장 오래된 서사시로 꼽히는 『길가메시 서사시』와 고대 그리스 시인 호메로스의 『일리아스』와 『오디쎄이아』 역시 모험 이야기가 아닌가. 서양 최초의 근대소설이라는 평가를 받고 있는 세르반떼스의 『돈 끼호떼』(1605), '로빈슨 류'(Robinsonade)라는 양식을 이룰 정도로 발표 당시는 물론 그 이후 모험소설의 고전이 된 18세기 영국의 대표적인 소설인 디포우의 『로빈슨 크루소우』(1719), 18세기 프랑스 계몽주의 사상가 볼떼르의 풍자소설 『캉디드』(1759), 독일의 문호 괴테의 작품으로 주인공의 정신적 편력과 완성을 다룬 대작 교양소설 『빌헬름 마이스터』(1798/1829), 이 모두 모험 이야기로 꼽을 수 있다. 물론 그저 재미로 읽고 넘길 작품들은 더욱 많아서 온갖 시시하기 짝이 없는 이야기에서 모험을 내세우는가 하면, 철학이며 역사, 과학, 논리, 수학 등 갖가지 학습용 주제에 모험을 갖다붙이기 일쑤다. 미지의 영역으로 들어가되 그것이 즐겁고 신나는 일임을 일깨워주려는 의도에서 나온 것이겠지만.

잠깐, 왜 우리 모험 이야기는 찾기 어려운 걸까?

서양 고전도 좋지만 우선 우리나라 작품을 먼저 읽어보는 것이 좋겠다 싶어 작품을 찾기 시작했다. 그런데 이게 웬일인가. 아동문학 쪽에서는 모험 이야기에 속하는 작품이 더러 있는데, 청소년과 함께 읽을 수 있는 작품은 손에 꼽을 정도도 되지 않았다. 모험 이야기나 모험소설로 이야기되는 것은 일반문학이든 아동청소년문학이든 거의 번역된 서구 문학작품 일색이었다. 그래서 사전의 힘을 빌기로 하고 『한국문학대사전』(문원각 1975)과 『한국문예사전』(어문각 1991)을 찾아보니 아예 모험소설이라는 항목 자체가 없었다. 무척 뜻밖이었다.

대체 왜 우리 모험 이야기는 찾기 어려운 걸까? 이것저것 자료를 뒤지다가 몇가지 가능성을 생각해볼 수 있었다. 우선 모험 이야기가 성립하고 전개된 사회적 토대가 다르기 때문이 아닐까. 소설의 역사는 기사 이야기와 더불어 시작되는데, 기사 이야기야말로 모험담이다. 기사들이 정식 기사가 되기 위해서는 편력이 필요했으니 말이다. 그러나 내적으로는 기사의 기반인 봉건제도가 몰락하고 새로운 계급으로 부르주아지가 자리를 잡게 되면서, 외적으로는 남아메리카나 신대륙으로 가는 항로가 새로 열리면서 15세기 영국·프랑스·포르투갈·스페인·네덜란드 등 대서양 연안의 유럽 국가 대부분이 식민지를 건설하고 정복하기 위해 항해에 나선다. 말하자면 근대 모험소설은 식민주의를 배경으로 융성하게 되는 것이다. 그런데 기사제도라든가 식민지건설은 우리의 역사적 체험과는 거리가 먼 일이다.

다음으로는, 모험 이야기란 아이들이나 읽는 것이라는 생각 때문에 사전편찬자들의 눈에서 벗어났을 수 있다. 『돈 끼호떼』의 작가 세르반떼스가 이 작품을 쓴 목적을 "당시의 항간에 풍미했던 기사도이야기의 권위와 인기를 타도하기 위해서"라고 밝히고 있듯이, 그때까지 우후죽순으로 범람해 있던 기사 이야기들은 황당한 모험과 에피쏘드들이 꼬리에 꼬리를 무는 식으로 나열되면서 이야기가 전개되는 것이 대부분이었다. 하지만 『돈 끼호떼』는 느슨한 전개방식에도 불구하고 돈 끼호떼라는 생생한 성격을 창조했다는 점에서 서양 최초의 근대소설이라는 지위를 차지한다. 이렇게 소설이 성격, 즉 '인간'을 그리게 되면서 하나의 사건에 이야기를 집중하고 더욱 치밀한 구성을 추구하며 근대소설로 발전해가는 동안, 모험 이야기는 대부분 그때까지의 관행인 사건나열식의 산만하고 느슨한 서술방식을 떠나지 못했고, 그 결과 오락을 위해 읽는 "제2급의 문학"(아르놀트 하우저 『문학과 예술의 사회사 4』 창비 38면)으로 떨어지고 만다. 하지만 바로 그러한 오락성, 다시 말해 재미가 아이들 독자에게는 장점으로 작용하여 이후 모험 이야기는 주로 아이들을 위한 문학으로 여겨지게 된다.

다른 한편으로 『세계문학대사전』(학원출판공사 1983)을 찾아보면 모험소설이라는 항목이 있다. 이를 보면 우리 문학에 모험 이야기가 없다는 뜻이 아니라 다만 우리 문학은 장르 구분을 달리할 뿐이라고 생각해볼 수도 있다. 우리는 환상적인 세계를 무대로 하여 기이한 사건이 풍부하게 전개되는 소설, 비현실적인 무용담이나 연애담의 요소를 지닌 소설을 모두 넓은 의미에서 전기소설(傳奇小說)에 포함시킨다. 여기서 많은 모험 요소를 찾아볼 수 있음은 물론이다. 우리 문학은 아니지만 『삼국지』와 더불어 가장 대중적으로 읽혀온 『서유기』를 생각해보면 쉽게 이해가 될 것이다. 하지만 그렇더라도 문학형식이 다양해진 현대문학에까지 이 구분을 적용하는 것은 마땅한 작품이 없다면 모를까, 우리 문학 자산을 풍부하게 하는 데 기여하는 태도는 아니리라 싶다.

로빈슨 크루소우 — 상징코드 '서바이벌'

뜻밖의 결과를 함께 생각해보고 싶어 이야기가 잠시 옆으로 흘렀다. 다시 작품을 고르는 이야기로 돌아가보자. 최근에 출간된 책들을 살펴보면 모험 이야기 가운데 특히 '서바이벌' 또는 '살아남기' 이야기가 높은 인기를 누리고 있는 것이 눈에 띈다. 삶이 치열한 경쟁으로 점철되고 여기서 어떻게든 살아남아야 한다는 의식이 공감대를 이루고 있는 것이리라. 그런데 이런 이야기들의 발상이 '로빈슨 크루소우'에서 비롯된 것임은 주인공의 이름에서도 드러난다. 이는 그가 우리에게 '살아남기'를 뜻하는 상징코드로 존재한다는 뜻이다. 물론 그것은 로빈슨 크루소우가 상징하는 코드 가운데서 매우 중요한 것이지만, 그렇다고 그게 전부일까? 문득 이런 물음이 들면서 이번 기회에 『로빈슨 크루소우』(上권, 김병익 옮김/下권, 최인자 옮김, 문학세계사 2002)를 다시 읽어보면 좋겠다는 생각이 들었다.

『로빈슨 크루소우』는 알다시피 수많은 아류작들을 낳은 당대 인기 최고의 소설이었다. 그리고 그 자극은 한 시대에 그친 것이 아니라 지금까지도 계속된다. 우리나라의 살아남기 류의 책들도 어쨌건 로빈슨 크루소우의 모티프를 빌린 것이다. 이렇게 로빈슨 크루소우뿐만 아니라 그것을 모티프로 삼아 다시 쓴 작품들을 살펴보면, 문학을 보는 작가 개인의 관점이라든가 사회적 의식을 짚어볼 수 있다. 이는 앞으로 우리가 살펴보게 되겠지만, 문학을 풍부하게 하는 요소들로, 이 풍부화에는 수용자의 역할도 크다. 만약 '결코 삶을 포기하지 마라'는 메시지만이 중요하다면 그냥 그 문장을 표어처럼 암기하면 된다. 대체 어떤 상황에서 어떤 일을 겪으며 어떻게 극복하는가를 경험하는 것, 그것이 모험 이야기가 우리에게 전해주는 즐거움 가운데 하나다. 이제 그 즐거움을 향해 떠나보자.

『로빈슨 크루소우』는 어떤 이야기일까?

"에혀, 그거 초등학교 때 다 읽은 건데…… 외딴 무인도에 표류해서 혼자 사는 이야기 아녜요? 다 아는 이야긴데 새삼스레 뭘……" 하는 소리가 들리는 듯하다. 조금 더 아는 독자라면 "그 작품, 식민주의와 백인우월주의가 심각한 작품이던데, 굳이 다시 읽을 가치가 있을까요?" 하며 마땅치 않게 여길지도 모르겠다. 그 어느 쪽이든 일정정도는 맞는 이야기다. 하지만 '다 아는 이야기'라고 대답한 사람에게는 정말 『로빈슨 크루소우』를 읽었는지 묻고 싶다. 십중팔구 '아이들을 위해' 줄거리 위주로 축약해놓은 책을 읽었을 것이기 때문이다. 어떤 이는 이러한 축약본을 지도에 빗대면서 지도만 보고 그 고장을 샅샅이 구경했다고 말할 수 있겠느냐고 묻는데, 한번쯤 생각해볼 질문인 것 같다.

더욱 대답하기 쉽지 않은 경우는 식민주의 이데올로기를 지적하며 작품 전체의 의미를 부정하는 태도다. 그러한 태도는 세계관과, 더 나아가 문학관과 관계되기 때문이다. 물론 이러한 태도는 옳다 그르다로 판정내릴 수 있는 것은 아니지만, 문학을 이데올로기로만 축소시켜 보는 한계를 지님은 분명하다. 『로빈슨 크루소우』의 식민주의 이데올로기는 이 작품의 역사적·시대적 한계이다. 이런 한계를 지닌다고 해서 문학사적 평가가 달라지는 것은 아니다.

문학사적인 평가는?

『로빈슨 크루소우』는 아다시피 1719년에 세상에 나왔으니 300년이라는 세월을 독자들의 곁에 있어온 셈이다. 이렇게 긴 세월을 견뎌온 고전은 발표 당시의 문학사적 의의와 현재적 의의를 아울러 지닌다.

문학사적 의의를 짚어보려면 당시의 소설 상황을 알 필요가 있다. 앞에서도 잠깐 이야기했지만 서구 소설은 생생한 성격을 지닌 인물을 창조하게 됨으로써 근대소설로 접어든다. 성격을 지닌 인물을 다룬다는 것은 아울러 그 인물의 소소하고 개인적인 일상을 다루게 되었다는 뜻이기도 하다. 또한 이런 일상을 다루기 위해서는 일상적으로 쓰이는 언어를 필요로 한다.

이렇게 일상적인 언어로 일상적인 일들에 대해 이야기하고, 일반인들의 운명을 묘사해가는 소설이라는 양식이 위력적으로 발전할 만한 징후를 보여준 것이 바로 『로빈슨 크루소우』이다. 한 비평가는 디포우가 일상적으로 친숙한 것에 대한 즐거운 인식을 제공했다는 점, 사실적인 것들을 소설의 필수적인 재료 중 하나로 확립시킨 것만으로도 위대한 문인의 자격이 있다고 평한다(대니얼 버트『호모 리테라리우스』김지원 옮김, 세종서적 2000, 512면). 한마디로 디포우의 『로빈슨 크루소우』는 이상화된 인물들이 이국적인 장소에서 펼치는 환상적인 모험을 다루던 로맨스모험소설이 주류를 이루던 서구 소설사에서 일상성과 사실성을 아울러 성취한 선구적인 작품인 것이다.

사실적인, 너무나 사실적인

그렇다면 대체 『로빈슨 크루소우』는 어떤 식으로 그러한 사실성을 전달했을까? 우선 형식면에서 눈에 띄는 것은 시점이다.

> "나는 1632년 요크 시에서 태어났다. 우리집은 훌륭한 가문이었다. 원래는 그곳 토박이가 아니고 아버지는 브레멘에서 태어난 외국인이었다."

『로빈슨 크루소우』는 이렇게 시작한다. 화자인 '나'가 자신에 대한 이야기를 들려줌으로써, 다시 말해 1인칭 주인공 시점을 씀으로써 독자는 정말로 주인공이 체험한 이야기를 듣고 있는 듯하다. 물론 1인칭 주인공 시점의 소설을 읽는다고 해서 그것을 정말 있었던 일이라고 단박에 믿어버릴 독자는 없을 것이다. 소설이 '지어낸 이야기' '허구'임을 너무나도 잘 알고 있기 때문이다. 그래서 어떤 소설들은 디포우가 했듯이 독자의 믿음을 이끌어내기 위해 "이것은 지어낸 이야기가 아니다. 정말 있었던 일이다"라고 누누이 강조한다. 물론 3인칭 시점으로도 얼마든지 진짜 있었던 일을 전달해줄 수 있지만, 1인칭 시점만큼 독자를 서술자의 입장으로 끌어들이지는 못한다.

둘째, 앞의 인용문에서도 보이듯 사소한 숫자까지 일일이 들어가면서 실제로 있었던 일이라는 느낌을 일구어낸다. 항해 날짜며 배의 항로에 대한 세세한 언급은 항해 기록을 보는 듯 자세하며, 난파선에서 건져올린 물건들이라든가 오두막집 살림살이는 담배 파이프며 냄비, 항아리까지 조목조목 제시된다. 오두막집을 만드는 과정이나 배를 만드는 과정도 정말 그럴듯하고 실감나게 묘사된다. 사사건건 정말 일어난 일, 겪은 일 같다.

셋째, 그렇다고 그가 무슨 특출난 인간으로 그려지지는 않는다. 예를 들어 로빈슨이 생활에 필요한 물건 하나를 만들어내기 위해서는 그만큼 고심하고 노력해야 한다.

> 이런 일은 전에는 해 본 적도 없거니와 그만큼 엄청난 노력이 들지 않으면

안 되었다. 예를 들면, 널빤지를 한 장 만들려면 나무를 한 그루 넘어뜨리고 도끼로 양쪽을 베어내어 널빤지처럼 얇게 깎은 다음 도끼로 반반하게 고를 수밖에 없었다. 이런 방법으로는 나무 한 그루에서 판자 한 장밖에 만들지 못하지만 그것으로 참을 수밖에 다른 방도가 없었다.(81면)

이렇게 보통사람이 무인도에 표류했을 때 겪어냄직한 일상적인 생활과 내면의 감정에 대한 세세하고 빈틈없는 설명과 묘사가 작품 전체를 관통하는데, 이 사실적인 묘사는 지금 읽어도 그럴듯하다.

정말 있었던 이야기라고?

이렇게 있음직한 사실성 자체에 착상해서 로빈슨 이야기를 다시 쓴 작품이 있다. 바로 『기상천외의 발굴! 로빈슨 크루소의 그림일기』(요엘 퀴노 지음, 정창호 옮김, 삼우반 2004)가 그것이다. 이 책의 설정은 이렇다. 미셸 폴리처라는 이가 한 출판사의 사장을 찾아가 자기가 투탄카멘 피라미드의 발굴 못지않은 중요한 발굴을 했다고 말한다. 스코틀랜드의 오래된 별장에서 로빈슨 크루소가 무인도에 살면서 양피지에 쓰고 그린 일기와 그림들의 원본을 발굴했다는 것이다. 출판사는 그것을 출판하기로 결정한다. 그리고 로빈슨 크루소의 '친필원고'와 프라이데이가 서툰 영어로 삐뚤삐뚤하게 쓴 글, 프라이데이가 '좋은 주인'인 로빈슨을 그린 초상화까지 부록으로 넣어준다. 대단히 기발한 설정이 아닐 수 없다. 그렇다면 내용은 어떤가?

일기는 1659년 10월 3일부터 시작한다. 그것은 배가 난파해 외딴섬에 표류한 지 나흘째 되는 날이다. 따라서 많은 축약본에서와 마찬가지로 로빈슨이 항해를 나서게 된 동기나 난파하기까지 겪은 성공과 실패, 그리고 그러한 일련의 사건을 바라보고 해석하는 로빈슨 자신의 내면의 격동과 신앙적 갈등 등은 과감하게 생략된다. 그리고 일기 자체에서도 원작에서 보인 일상과 내면의 면밀하고 치밀한 묘사 역시 생략된다. 대신 난파선에서 건져낸 물건들, 절벽 밑의 거처, 배 만들기, 광주리와 지게 제작, 도자기 굽기 등 주변 사물과 작업에 대한 정보가 그림들로 주어진다. 그림은 눈에 보이는 대상에 대한 정보를 자못 사실적이며 구체적으로 제공하는 장점을 지니지만, 궁극적으로는 오로지 무인도에서의 생존방식과 '공작인'으로서의 로빈슨에 초점을 맞추는 결과를 만들어낸다. 이는 최근 유행하는 살아남기 류의 책들과 같은 맥락의 발상이다.

이 책이 독일에서 출간된 연도를 보니 1974년이다. 독일의 1960년대말에서 1970년대초는 68학생운동으로 표출되었듯이 무엇보다도 변혁과 개혁의 요구가 거센 시기였다. 청소년문학 분야에서 이른바 고전에 대해 날카로운 비판이 가해진 것도 이 무렵이다. 이때의 고전 비판은 주로 이데올로기 비판의 입장에서 행해지는데, 흥미롭게도 이 책은 '좋은' 주인에게 고마워하는 프라이데이의 편지를 수록하는 예에서 알 수 있듯 비판적 반성은 찾아볼 수 없다. 좋게 말하면 원작에 충실하다고 말할 수도 있지만, 착상의 기발함으로 독자의 흥미에 기댄 책이라는 혐의를 지우기는 어렵다. 이 점은 다음에서 살펴볼 미셸 뚜르니에의 『로빈슨과 방드르디』(이원복 옮김, 좋은벗 2004)와 비교해보면 더욱 분명해질 것이다.

방드르디, 새로운 프라이데이

앞에서 보았듯이 디포우의 『로빈슨 크루소우』는 소설사에서 새로운 장을 연 작품으로 평가된다. 하지만 비판도 만만치 않다. 바로 서구 식민주의 또는 제국주의 이데올로기로 철저히 점철된 작품이라는 것. 사실 로빈슨과 프라이데이의 관계를 보면 '고맙고 잘난 주인'으로서의 백인과 '고마워하며 복종해야 하는 하인'으로서의 흑인이라는 구도가 성립되어 있고, 이는 작품 끝까지 변하지 않는다. 영남대 박홍규 교수는 이에 대해 철저히 비판적 입장에 선다.

> 필자가 기억하는 그것은 크루소에 의해 목숨을 구한 불쌍한 흑인노예가 크루소의 다리 밑에 꿇어 앉아 영원히 그의 노예가 되겠다고 맹세하는 장면을 통해서이다. (…) 노예를 구해준 그 날이 금요일이어서 노예는 '프라이데이'로 명명되고, '주인'으로 섬긴 크루소한테서 영어와 기독교를 배워 함께 영국으로 돌아간다는 그 소설은 전형적인 대영제국주의의 식민지 지배 정당화이다. 당시의 영국인 내지 서양인에게는 크루소가 표류한 섬이 아프리카이든 아시아이든 마찬가지였으리라. 곧 제주도나 독도여도 같은 얘기가 쓰였으리라. 우리의 선조가 그렇게 노예 맹세를 하고 '금요일'로 창씨개명을 당한 얘기였다면 우리는 그 책을 그렇게 열심히 읽을 것인가?(『한겨레』 2002년 7월 19일)

박 교수의 결론은 "크루소는 서아프리카 기니아의 흑인 노예 밀무역 상인이고, 사탕과 연초 플랜테이션의 경영자이며, 동남아시아로부터 중국을 거쳐 유라시아 대륙을 횡단하는 모험적인 무역상이었다. 그야말로 서유럽을 중심으로 하여 식민지로, 생산과 무역을 통한 지배망을 형성하는 제국주의의 전형적인 인간이었던 것이다."인데 이는 새로운 것이 아니다. 이미 영국의 소설가 제임스 조이스를 비롯해 여러 작가 및 비평가들이 함께해온 견해이다. 물론 문학작품을 작품에 담긴 세계관이나 이데올로기만으로 평가할 수 있는 것은 아니지만,[1] 이데올로기라는 측면에서 보면 『로빈슨

---

1 고전에 대해 '읽지 마라'로 나가는 평가는 대개 이런 입장에 서 있기 일쑤다. 글자 그대로 자신의 판단을 독자에게 강요하는 게 아니라면, 세간의 평가를 무비판적으로 받아들이는 데 대한 일종의 경계로서 귀기울일 만하다.

크루소우』는 이러한 비판을 면하기 어려운 것이 사실이다. 하지만 비판을 생산적으로 받아들이며 이 작품을 다시 쓴다면 어떨까?

새로운 로빈슨

그 예의 하나가 금세기 프랑스 최고의 작가, 현존하는 프랑스 현대문학의 거장으로 꼽히는 미셸 뚜르니에의 『방드르디, 태평양의 끝』(김화영 옮김, 민음사 2003)이다. '방드르디'는 프랑스 말로 프라이데이, 즉 금요일이란 뜻인데, 이 작품으로 뚜르니에는 1967년 43세란 늦은 나이에 그해 아카데미 소설대상을 받으며 등단한다. 그가 로빈슨 크루소우를 다시 쓰게 된 동기를 들어보면 역시 원작에 담긴 식민주의 또는 제국주의와 백인우월주의에 대한 문제의식이 가장 크다.

내가 볼 때 1719년에 나온 디포우의 『로빈슨 크루소우』에는 두 가지 문제점이 있습니다. 우선 그 소설에는 방드르디(프라이데이)가 있으나마나 한 존재로 취급되고 있어요. 그는 단순히 빈 그릇일 뿐이지요. 진리는 오로지 로빈슨의 입에서만 나옵니다. 그가 백인이고 서양인이고 영국인이고 기독교인이기 때문입니다. (…) 디포우의 소설에서 발견되는 두 번째 문제점은 모든 것이 회고적인 시각에서 처리되어 있다는 점입니다. 섬에 혼자 던져진 로빈슨이 골똘하게 생각하는 것은 오직 한 가지뿐입니다. 그는 당장 구할 수 있는 것들만을 가지고 과거의 영국을 재현하고자 합니다. 즉 그는 난파한 배의 표류물을 주워 모아 섬 안에 작은 영국 식민지를 또 하나 만들어놓으려는 것입니다.

이렇게 해서 새로운 로빈슨이 탄생한다. 비록 시대적 배경은 디포우의 로빈슨보다 딱 100년 후인 18세기를 배경으로 하지만, 이름도 같고 28년 동안 무인도에서 혼자 살아나가야 하는 것도 같다. 불굴의 의지로 고독과 대결하며 야만의 섬 위에 '문명'을 일구어나가는 것도 같다. 하지만 새로운 프라이데이, 즉 방드르디와의 새로운 만남이 없었다면 새로운 로빈슨은 생각도 할 수 없다.

원작 로빈슨이 다른 작가들의 손을 거치며 각기 조금씩 다른 모습으로 젊은 독자를 찾아간 것과는 달리,[2] 뚜르니에는 직접 청소년을 위해 『방드르디, 태평양의 섬』을 다시 고쳐 쓴다. 『로빈슨과 방드르디』가 그것이다. 따라서 이 작품은 주제에 따라 첨삭은 있을지언정 기본적으로는 원래의 작가 의도가 고스란히 살아 있다. 여기서는 젊은 독자를 위한 『로빈슨과 방드르디』를 중심으로 살펴보기로 한다.

새로운 로빈슨, 병적인 문명에서 건강한 야생으로

방드르디는 자기 목숨을 구해준 로빈슨에게 근본적으로 감사하고 그를 기쁘게 해주고 싶지만, 로빈슨이 그동안 만들어놓은 것, 일구어놓은 것을 이해하지 못한다. 그로서는 왜 태평양 한구석에 있는 무인도에서 그런 식으로 살아야 하는지 이해할 수 없었던 것이다. 그러던 어느날 방드르디는 로빈슨이 일구고 가꾼 모든 것을 일시에 파괴해버리게 된다. 몰래 파이프를 피우다가 들키자 파이프를 화약통이 쌓여 있는 동굴 속으로 던져버린 것이다.

그렇다면 문명의 모든 부산물이 파괴된 후 로빈슨은 어떻게 되었을까?

---

2 우리나라에도 소개된 '스위스의 로빈슨'(『로빈슨 가족의 모험』 조한중 옮김, 현대지성사 2003) 외에도 프랑스의 로빈슨, 미국의 로빈슨 등 수많은 로빈슨이 존재한다.

뚜르니에는 로빈슨이 '자유'를 찾은 것으로 그려간다. 그전의 로빈슨은 자유를 느끼기 위해 동굴의 구멍으로 내려가야 했다. 거기서 아무 부담 없이 행복감에 싸여 있다가도, 날이 밝아 해야 할 일들이 생각나면 다시 마음이 답답해졌다. 그런데 아무것도 없는 지금은! 머리도 자라는 대로 내버려두고, 벌거벗은 몸을 햇볕에 드러내기 시작한다. 그리하여 피부는 단단하게 구릿빛으로 변하고 가슴은 툭 튀어나오며 근육은 울퉁불퉁해진다. 건강한 모습이다. 언제나 햇살을 두려워하여 어쩌다 햇볕에 나설 때에는 머리에서 발끝까지 옷으로 가리고 모자를 쓰고 염소 가죽으로 만든 커다란 양산을 사용했기에 "털이 뽑힌 암탉처럼" 하얗고 연한 피부를 지녔던 '문명'의 로빈슨은 사라지는 것이다.

아주 새로운 삶

변한 것은 외모만이 아니다. 생활방식도 달라진다. 합리성에 의해 계획하고 조직했던 생활은 자연과 하나되는 삶으로 바뀐다. 사물을 보는 눈, 사물의 관계를 보는 눈도 변화한다. 이 변화를 뚜르니에는 언어놀이라는 측면에서 잡아내는데, 이는 작가의 탁월한 감각이 아닐 수 없다. "하얀 나비는 날아다니는 데이지야."(136면) 이러한 '아로카니식 수수께끼'를 통해 로빈슨은 달과 조약돌, 눈물과 비처럼 서로 연관성이 먼 사물들이 서로 닮을 수 있다는 것과, 비록 의미를 혼란스럽게 하긴 하지만 표현이 이 사물에서 저 사물로 옮겨다니며 쓰일 수 있다는 것을 받아들이기 시작한다. 그러나 작가는 언어의 허위성을 간과하지 않는다. 그는 주위의 앵무새들이 로빈슨과 방드르디의 말을 시끄럽게 따라하는 에피쏘드를 삽입함으로써 인간의 말이란 것에 대해 다시 한번 반성해보는 기회를 준다. "말한다는 것이 항상 좋은 것만은 아니야. 나의 부족이 사는 아로카니에서는 현명한 사

람일수록 말을 덜 해. 말을 많이 할수록 덜 존경을 받지."(145면)

이처럼 새로운 삶을 알려주는 입장에 서는 경우는 대부분 방드르디이다. 자연을 정복하고 야만을 계몽하는 존재로 늘 자신을 우위에 두던 서구인이 계몽의 대상으로 여겼던 야만인 방드르디에게서 거꾸로 건강한 야생성을 배우는 것이다. 이런 점에서 뚜르니에 역시 '병적인 문명 대 건강한 야생'이라는 도식으로 익히 알려진 장 자끄 루쏘 식 문명비판을 함께한다고 하겠다. 방드르디는 이제 로빈슨의 하인이 아니라 대등한 입장이 되고, 그들은 이 새로운 관계 역시 입장을 바꿔보는 '진짜 가짜 놀이'를 통해 새로 배워나간다. 이렇게 무인도의 두 사람은 서로 평등한 관계에서 자연과 하나가 된 삶을 영위하는데, 이것은 한마디로 유토피아이다.

유토피아, 로빈슨의 섬

원작 로빈슨의 섬을 가만히 따져보자. 가끔 폭풍이 치고 이따금 침입자들이 와서 그렇지, 마음껏 먹을 수 있는 과일이 있고 젖을 짤 수 있는 염소도 있다. 게다가 난파선에서 건져낸 많은 물건들은 기본적인 생활을 꾸려나가기에 충분한 바탕이 되어준다. 그리고 이런 물적 조건 위에서 로빈슨은 섬의 모든 주민(원작 로빈슨에서는 나중에 미개인들과 영국, 스페인 선원들까지 함께 살게 된다)들의 총독이 되고자 한다. 비록 식민주의자이긴 했지만 나름대로 출신이라든가 종교에 관계없이 모두가 조화롭게 살 수 있는 이상사회를 세우고, 야생의 세계를 살 만한 곳으로 일구어나가고자 노력하는 것이다.

이러한 이상사회의 기준은 뚜르니에도 지적했듯이 로빈슨 자신이 살았던 문명사회 영국이다. 따라서 디포우의 로빈슨은 섬에서 벗어날 수 있는 기회가 오자 그곳을 떠난다. 하지만 야생의 삶을 받아들임으로써 유토피아를 발견한 뚜르니에의 로빈슨은 섬에 남는다.

유토피아란 '어디에도 없는 곳'이라는 뜻이다. 만약 로빈슨이 화이트버드호를 타고 영국에 귀국했다면 어떻게 되었을까? 뚜르니에는 그 답을 1976년 「로빈슨 크루소우의 최후」[3]라는 아주 짧은 단편에서 시도해본다. 귀국한 로빈슨은 고향 사람들에게 대환영을 받고 한 아가씨와 결혼해서 정상적인 생활을 한다. 하지만 아내가 죽자 로빈슨은 재산을 모두 팔아 범선을 마련하고, 행복과 자유의 땅을 되찾기 위해 무인도를 향해 떠난다. 그러나 끝내 그곳을 찾지 못하고 절망에 빠져 항구의 선술집을 배회하며 자신의 모험담을 떠벌이던 어느날, 한 늙은 키잡이가 진실을 깨우쳐준다. "자네는 그 섬을 되찾았지! 자네는 어쩌면 그 섬 앞을 열 번쯤 지나갔을 거야. 하지만 그 섬을 알아보지 못했지."

다른 섬, 루쏘와 로빈슨

앞에서 보았듯이 시대적 한계로 제국주의 식민주의 이데올로기로부터 자유로울 수 없었던 『로빈슨 크루소우』지만 그것이 전부는 아니다. 그리고 그것을 간파한 사람 가운데 하나로 18세기 프랑스 낭만주의 철학자 장 자끄 루쏘를 들 수 있다.

루쏘는 그가 살았던 18세기 당시의 사회적 부패상을 통렬히 비판하면서, 인간이 자신의 본성에 충실하면서 참되고 진정한 개체로서 자유롭게 성장해나가기 위해서는 사회의 영향을 받지 않고 자연스럽게 교육되어야 한다고 주장했다. 그의 이런 이상적인 교육의 모습을 담은 것이 바로 소설 형식을 빈 교육론 『에밀』이다. 루쏘는 에밀에게 일체의 책을 배격한다. 단

---

3 이 단편은 『일곱 가지 이야기』(이원복 옮김, 소담출판사 2004)에 실려 있다.

하나 예외가 있다면 『로빈슨 크루소우』다.

우리에게는 절대적으로 책이 필요한데, 가장 행복한 자연교육론을 제시하는 책이 한 권 있다. 그 책은 나의 에밀이 첫 번째로 읽게 될 것이며, 그 책만이 서가에 오랫동안 꽂혀 있을 것이다. (…) 그렇다면 이 경이로운 책은 무슨 책인가? 아리스토텔레스? 플리니우스? 뷔퐁? 천만에 그것은 『로빈슨 크루소』다.

그 이유는 무엇일까?

다른 인간과 모든 기술도구들의 도움을 빼앗긴 채 홀로 무인도에서 살아가면서도 자신의 생존과 안전을 돌보고 심지어 어느 정도의 행복까지 찾아낸 로빈슨 크루소. 그것은 시대를 막론하고 분명 흥미의 대상이며 아이들에게도 수천가지 방법으로 재미나게 들려줄 수 있는 이야기이다. 그렇게 해서 우리는 처음에는 비유로 출발한 무인도를 현실로 만들 것이다. 그것이 사회적 인간의 상태가 아니라는 것은 나도 동의한다. 그리고 사실 에밀이 그런 상태가 될 것도 아니다. 그러나 그는 바로 그런 상태에서 다른 모든 사람들을 평가해야 한다. 스스로 편견에서 벗어나 사물의 진정한 관계에 기초해 판단하는 가장 확실한 방법은, 스스로를 고립된 인간의 입장에 놓고, 그런 사람이 하듯이, 모든 것을 자신에게 얼마나 쓸모가 있는가로 판단하는 것이다.(이언 와트 248~56면)

루쏘가 『로빈슨 크루소우』를 권하는 요점은 두가지로 압축된다. 첫째, 『로빈슨 크루소우』는 아이들에게 들려줄 만한 재미있는 이야기이다. 성(性)에 관한 이야기도 없고 복잡한 이야기구조도 없으며 어려운 대화도 없다. 다만 아이 같은 처지에 놓인 한 남자가 어떻게 하면 전적으로 혼자 힘으로 매일매일 필요한 것들을 획득할 수 있을까를 생각할 뿐이다. 둘째, 루소가 생각하기에 로빈슨 크루소우는 에밀이 평생 모범으로 삼을 만한 인간이다. 에밀은 무인도에서 살듯이 "스스로 편견에서 벗어나 사물의 진정한 관계에 기초해 판단하는" 법을 로빈슨 크루소우에게서 배워야 한다.

루쏘가 관심을 갖고 찬사를 보낸 부분은 오로지 무인도 부분이다. 다른 것은 "군더더기"에 지나지 않는다고 본다. 그리고 그 군더더기에는 종교적인 면과 징벌적인 면들이 대부분 해당된다. 그후에 태어난 수많은 로빈슨 류의 작품들은 이러한 루쏘의 견해를 토대로 한다. 특히 독일의 범애주의 교육자 가운데 한 사람인 요한 하인리히 캄페는 『소년 로빈슨』(1779)에서 디포우 이야기의 무인도 부분만 남기고, 심지어는 난파선에서 가져온 도구들마저 없애버린다. 이 작품은 우리나라에는 소개되지 않았으나, 당시에는 유럽 대륙에서 디포우의 원작을 거의 제칠 정도로 인기 있는 베스트쎌러였다. 만약 우리가 무인도 이야기에 집중된 『로빈슨 크루소우』를 읽게 된다면, 그것은 은연중에 루쏘 식의 견해를 받아들인 『로빈슨 크루소우』를 읽는 것과 같다. 또한 『로빈슨 크루소우』를 청소년이 읽을 만한 작품으로 적극적으로 권한다면 이 역시 의식하든 의식하지 못하든 루소의 견해를 함께 나누는 셈이다.

루쏘와 함께 새로운 교육의 중요성이 강조된 로빈슨 류 작품들은 로빈슨을 비전문기술자에서 생활에 필요한 물건을 스스로 만들어간 훌륭한 전문지식인이자 기술자로 탈바꿈시킨다. 예를 들어 J. D. 비스의 『로빈슨 가족의 모험』(1812~1827)에서 화자는 대단한 생물학적 지식을 자랑한다. 프리츠가 고래가 무엇을 먹는지 질문하자, 아버지는 거의 백과사전적 지식을 술술 쏟아낸다.

"고래의 식사 방식은 아주 진기하지. (…) 이 짐승은(고래는 물고기가 아니라는 점을 지적해야겠군) 아가미가 없고, 대기를 호흡하는데, 만일 수중에 오래 억류되어 있으면 익사할거야. 이 짐승은 그것의 먹이가 되는 다양한 동물들이 분포되어 있는 곳들에 자주 나타나지. 새우, 작은 물고기, 바닷가재,

다양한 연체동물, 해파리 등이 그것의 먹이이지.

고래는 몰려 있는 이 작은 고기 떼들을 향해 입을 벌리고 돌진하면서 그것의 거대한 턱뼈 속으로 수백만 마리의 고기들을 삼켜버리고, 그것의 입이 먹이로 가득 찰 때까지 그러한 파괴적 행동을 계속하지.

턱뼈를 닫으면, 그리고 먹이와 함께 들어온 물을 수염 사이의 틈을 통해 밖으로 내보내면, 입 안에는 먹이들만 남게 되고, 그것은 그것들을 틈이 있을 때에 삼키지."(『로빈슨 가족의 모험』 251~52면)

아버지의 설명은 이런 식으로 계속된다. 그리고 곳곳에 아이들의 궁금증을 해결해주는 이런 식의 설명이 삽입되어 있는 것은 무엇보다 '학습'을 겨냥하고 있기 때문임을 쉽게 짐작할 수 있다.

다양한 조합의 가능성

무인도와 표류, 자연 극복과 살아남기라는 기본 모티프와 주제는 어떤 주인공이 어떤 섬에 가게 되느냐에 따라 다양한 이야기로 다시 살아난다. 이렇게 다양한 변형의 가능성이야말로 『로빈슨 크루소우』의 매력이라 할 만한데, 쥘 베른 역시 그러한 다양성에 매혹된다. 그는 로빈슨 류에 속하는 해양모험소설 『15소년 표류기』(열림원 2003)[4]에 대해 이렇게 설명한다.

수많은 로빈슨은 이미 젊은 독자들의 호기심에 대해 깨닫고 있습니다. 대니얼 디포우는 불멸의 작품 『로빈슨 크루소』에서 한 사람만을 등장시켰습니다. 하지만 비스는 『스위스의 로빈슨』에서 가족을, 쿠퍼는 『분화구』에서 사

---

4 원제는 '2년 동안의 휴가'(1891)이다.

회와 그 안의 많은 구성 요소를 등장시켰습니다. 나는 『신비스런 섬』에서 학자들에게 이러한 상황의 필연성과 싸우도록 했습니다. 우리는 또한 『12세의 로빈슨』『얼음덩이 속의 로빈슨』『처녀들의 로빈슨』 등 수많은 로빈슨을 상상해냈습니다. 로빈슨 소설을 완성하기 위해서는, 로빈슨 연작을 이루고 있는 수많은 소설이 있음에도 불구하고, 섬에 버려진 8세에서 13세에 이르는 한 무리의 아이 — 그들은 서로 다른 민족들로 이루어졌으며, 정열적으로 삶을 위해 투쟁하고 있습니다 — 에 대해 말해야 하며, 결국 로빈슨들의 기술학교를 보여주어야 될 것 같습니다.(리즈 앙드리 23면)

우리나라에 소개된 작품 가운데 이 계열의 작품으로 꼽을 수 있는 것은 쥘 베른이 예로 든 비스의 작품 외에도 로버트 밸런타인의 『산호섬』(1857: 파랑새어린이 2005), 로버트 루이스 스티븐슨의 『보물섬』(1883: 비룡소 2003), 쥘 베른의 『15소년 표류기』, 진 크레이그 헤드 조지의 『나의 산에서』(1959: 비룡소 1995), 스콧 오델의 『푸른 돌고래 섬』(1961: 우리교육 1999), 게리 폴슨의 『손도끼』(1987, 사계절 2001), 마이클 모퍼고의 『켄즈케 왕국』(1999: 풀빛 2001) 등이 있다.

이 가운데 『나의 산에서』와 『손도끼』에서는 사람이 살지 않는 산이나 숲이 무인도를 대신한다. 이 역시 다른 로빈슨 류의 작품들처럼 로빈슨을 해석하고 현실화한 다양한 방법 가운데 하나다. 단순히 공간문제만 놓고 본다면, 앞으로 미지의 세계에 대해 쓰려면 이제는 무대를 지구 밖의 외계로 옮겨야 할지도 모른다. 하지만 고립된 자연 속의 생존에 대해서, 단절과 고독에 대해서, 폐쇄공간에서 가장 잘 실험될 수 있는 인간들의 관계에 대해서 쓰려고 한다면, 로빈슨 류의 모험은 인간이 살아있는 한 문학의 좋은 소재로 남을 것이다.

| 참고문헌 |

대니얼 버트 『호모 리테라리우스』 김지원 옮김, 세종서적 2000.

리즈 앙드리 책임편집 『로빈슨』 박아르마 옮김, 이룸 2003.

바르바라 지히터만 외 『고전소설』 두행숙 옮김, 해냄(네오북) 2003.

이언 와트 『근대 개인주의 신화』 이시연·강유나 옮김, 문학동네 2004.

폴 아자르 『책 어린이 어른』 햇살과나무꾼 옮김, 시공주니어 2001.

_웹진 『문장 글틴』 2005

허구가 사실과 만날 때

우리는 앞의 글 「로빈슨의 후예들」에서 잠깐 문학과 이데올로기에 대해 생각해보았다. 그때 내린 결론은 설령 이데올로기가 문제되더라도 그것만으로 문학작품을 평가하면 곤란하다는 것이었다. 엄밀히 따지면 문학작품의 평가나 읽을 것이냐 말 것이냐의 결단은 분명 독자 개인의 몫이다. 『로빈슨 크루소우』가 백인우월주의를 전파한다는 이유로, "해리 포터" 씨리즈가 마법을 권장한다는 이유로 악서 판정을 내린다 해서 독자들의 결정에 간섭할 수는 없는 노릇이다. 그것은 개인적 관점의 문제이다.

그렇기는 하지만 특정 역사적 사실에 대해 허구의 형식, 즉 문학으로 제공된 텍스트가 실제 역사적 사건과 다르거나, 작가의 과거 행적이 문제가 된다면 그것은 어떻게 받아들여야 할까? 허구는 역사적 진실로부터 얼마나 자유로운가? 작품의 의도는 작가의 이데올로기와 무관할 수 있는가?

새삼 이런 물음들을 묻게 된 까닭은 인디언들의 이야기 『시애틀 추장』(쑤전 제퍼스, 한마당 2004)과 『내 영혼이 따뜻했던 날들』(포리스트 카터, 아름드리미디어 2003) 때문이다. 요즘이야 마구 괴성을 지르며 '착한' 기병대나 열차를 습격했다가 총에 맞아 푹푹 고꾸라지는 서부극 속의 인디언을 떠올리는 사람은 거의 없을 것이다. 이제 우리는 인디언이 개척이라는 미명 아래 저질러진 백인들의 잔인한 핍박과 학살, 약탈의 혹독한 희생자였음을 안다. 그러나 다른 한편, 그들은 처절한 죽음과 피로 얼룩진 이 참혹한 역사를 넘어 "우리는 이 땅의 일부이고, 이 땅은 우리의 일부"임을 감동적으로 되살려주며 자연, 야성, 지혜, 순수, 신비, 주술, 평화 등의 이미지를 전해주는 존재로 받아들여진다. 그리고 앞에 일컫은 두 작품은 이런 인디언 상을 각인시키는 데 크게 이바지한다.

'백인'의 인디언

『시애틀 추장』은 저 유명한 '시애틀 추장의 연설문'을 그림책으로 만든 것으로, 원제는 '독수리 형제, 하늘 자매'이며 1991년에 출간되었다. 이 책의 텍스트 가운데 "우리는 이 땅의 일부이고, 이 땅은 우리의 일부"라는 선언은 환경주의자들에게 영감을 준 것으로 유명하다. 그러나 미국 북서부 수콰미시족 추장과 두와미시족 추장인 시애틀은 그 말을 하지 않았다고 한다. 워싱턴 주립도서관의 사서 낸시 주씨에 따르면 1854년 1월 시애틀 추장이 했다는 연설문의 원본은 전해지지 않는다.[1] 알려진 텍스트들은 모두 다른 사람의 손으로 쓰인 것이다.

시애틀 추장의 연설문은 크게 네가지 버전이 있는데, 하나는 1887년 10월 29일자 『시애틀 선데이 스타』지에 헨리 A. 스미스가 발표한 것이고, 또 하나는 1960년대 시인 윌리엄 애로우스미스가 스미스 판본을 바탕으로 다시 쓴 것이며, 또 하나는 1970년경 시나리오 작가인 테드 페리가 텔레비

---

1 http://www.synaptic.bc.ca/ejournal/wslibrry.htm

전용 환경 프로그램을 만들며 쓴 것이고, 마지막으로 1974년 워싱턴 주 스포캔에서 열린 엑스포 74에서 테드 페리 판본을 축약하여 전시용으로 채택한 것이 있다. 이 가운데 원본에 가깝다고 받아들여지는 텍스트는 스미스 판본인데, 이 판본은 수잔 제퍼스의 『시애틀 추장』 텍스트와는 많이 다르다.

작가 쑤전 제퍼스가 텍스트로 삼고 있고 또 우리가 흔히 시애틀 추장의 연설문으로 알고 있는 것은 페리의 판본이다. 워싱턴 정부의 '관대'하고 '친절'한 제안에도 불구하고 "너희들의 신은 우리의 신이 아니다! 너희들의 신은 너희들을 사랑하며 우리를 미워한다!"고 절망을 곳곳에서 흩뿌리는 스미스 판본의 절규가 페리 판본에서는 인디언들의 자연친화적 의식과 삶에 초점이 맞추어진다. 페리는 시애틀의 연설에서 "환경론적" 메씨지를 읽어내고 그것을 밀고 나갔고, 큰 성공을 거둔다. 1970년은 4월 21일 제 1회 '지구의 날'을 계기로 미국의 환경운동이 일반 시민들에게까지 확산된 해다.

그렇다면 이런 텍스트의 전이는 무엇이 문제인가? 이에 대해 노들먼은 말한다.

페리는 시애틀의 목소리를 전유함으로써 시애틀과 그 부족의 가치관을 더욱 고귀한 것으로 만들었고, 현대 환경주의와의 관계를 실재 상황보다 더 조화로운 것으로 만들었다.(…) 과거 아메리카 원주민들의 가치관에 대한 이러한 이상주의적 왜곡은 그들을 탈인간화시키고 오늘날의 아메리카 원주민들이 따라 생활해야 할 불가능한 (그리고 출처 불명의) 규범을 만들어내는 일이다.(페리 노들먼 『어린이문학의 즐거움』 시공사 260~61면)

존 C. 스토트는 이 책이 "멋진 일러스트와 섬세한 생태학적 메시지"로 "이상적인" 그림책으로 받아들여지지만, "백인이 창조한 인디언"의 또다른 예라고 일컫는다.[2] 이는 그림 자체에도 해당한다. 페트리샤 둘리는 "망아지와 원추형 천막(알곤퀸 족이 쓰는 자작나무 껍질로 만든 카누와도 걸맞지 않는다)이 있는 평원을 그려서, 그 원주민들이 마치 수센트럴 캐스팅에서 온 것처럼 보인다"고 이의를 제기한다. 둘리는 "제퍼스 씨의 그 광대한 자연 묘사는 (…) 대평원 지역과 대호수 지역 양쪽 모두를 한꺼번에 포함하고 있다"고 지적한다.[3]

그러나 더 중요한 것은 이 그림들이, 시애틀의 말을 그가 속한 북서부 집단이 아니라 모든 아메리카 원주민 집단의 가치관과 철학을 반영한다고 보여주는 일이다. 이것은 각기 다른 집단의 다양한 구성원들이 모두 똑같다고 주장하는, 조잡한 본질화시키기의 일반화이다. 이것이 문화적 전유를 망치는 가장 두드러진 예이다.(페리 노들먼 261면)

이런 문제점들이 지적되는 텍스트, 또는 그림책을 오로지 허구로만 받아들이고, 단지 '환경론적' 메씨지만 취할 것인가, 아니면 '실재' 인디언의 왜곡으로 받아들이고 미국 인디언의 삶과 역사를 제대로 알리려고 노력하는 기구 오야테(Oyate)가 하듯이 "피해야 할 책"에 포함시킬 것인가?

내 영혼이 따뜻했던 날들

『시애틀 추장』에서와 비슷한 물음을 포리스트 카터의 『내 영혼이 따뜻했던 날들』에 대해서도 묻는다면 아마도 많은 이들이 깜짝 놀랄 것이다.

2 Jon C. Stott, *Native Americans in Children's Literature* 1995.
3 *School Library Journal*, 1991년 9월. 오야테 홈페이지(http://www.oyate.org)에서 재인용.

이 작품은 우리나라에 소개된 이래 상위 스테디셀러로 자리잡았을 뿐만 아니라, 언론의 찬사는 물론 지금까지도 곳곳에서 추천도서로 권해질 정도로 많은 독자의 호응과 사랑을 받고 있기 때문이다. 이 작품을 읽고 잔잔하고 훈훈하면서 애틋한 감동에 사로잡히지 않을 독자가 얼마나 될까 싶다. '따뜻한'이라는 가슴 푸근해지는 형용사가 '영혼'이라는 신비로운 명사와 조합된 제목에서 이미 그런 감동을 예고해준다. 그에 반해 원제인 '작은나무의 교육'은 얼마나 건조한가. 여기서 '작은나무'는 이 작품의 주인공이자 작중화자인 '나'이다. 그러니까 '내 영혼이 따뜻했던 날들'은 다섯살에 고아가 된 '작은나무'가 산에 사는 인디언 혼혈인 할아버지와 순수 인디언 할머니에게 보내져 그들과 함께 산 어린시절을 말한다. 그러나 그 시절은 이미 인디언들의 삶의 방식이 상실된, 노스탤지어를 불러일으키는 과거형으로 제시된다.

작은나무의 교육

부모를 여읜 작은나무는 다섯살이라는 어린 나이에 낯선 환경 속으로 들어선다. 인디언 할머니는 그런 외롭고 두려운 어린아이의 머리를 쓰다듬어주며 부드러운 노래로써 '아버지' 산, '형제' 시냇물, 어린 사슴, 메추라기, 까마귀들이 작은나무를 환영한다고 알려준다. 작은나무는 편안한 잠으로 첫밤을 보낸다. 그의 편안한 잠은 훗날 이어지는 따뜻한 날들의 예고이기도 하다.

작은나무는 무엇보다도 자연과 더불어 사는 인디언의 삶의 방식을 배운다. 자연의 세계는 우리가 흔히 알고 있듯이 약육강식의 세계이지만, 이 법칙은 인간의 세계에 적용될 때와는 다르게 작용하고 있음을 인디언 할아버지는 깨우쳐준다. 매가 메추라기를 잡아가는 모습을 보고 슬픈 얼굴을 하는 작은나무에게 할아버지가 말한다.

"슬퍼하지 마라, 작은 나무야. 이게 자연의 이치라는 거다. 탈콘 매는 느린 놈을 잡아갔어. 그러면 느린 놈들이 자기를 닮은 느린 새끼들을 낳지 못하거든. 또 느린 놈 알이든 빠른 놈 알이든 가리지 않고, 메추라기 알이라면 모조리 먹어치우는 땅쥐들을 주로 잡아먹는 것도 탈콘 매들이란다. 말하자면 탈콘 매는 자연의 이치대로 사는 거야. 메추라기를 도와주면서 말이다."(24면)

이러한 자연에 대한 이해는 인간들 사이에도 적용된다. 작은나무의 할머니는 "이해할 수 없는 것은 사랑할 수 없고, 또 이해하지 못하는 사람을 사랑할 수는 더더욱 없으며, 신도 마찬가지"임을 작은나무에게 알려준다. '이해'는 영혼의 마음을 튼튼하게 가꿀 수 있는 비결이기도 하다는 것도.

우리는 책장을 넘기며 작은나무와 함께 몸과 마음에 대해, 생명의 순환에 대해 이해하는 법을 배우고, 체로키 종족의 역사에 대해, 인디언들의 참담하고 비극적이며 기나긴 눈물의 여로에 대해, 그들의 자긍심에 대해, 대공황기의 미국 생활에 대해 알게 되며 종교와 법, 위선 등에 대해 생각해볼 기회를 갖게 된다. 그리고 이제는 사라져버린 아름다운 것들의 복원을 꿈꾸며 아릿한 감동과 함께 책장을 덮게 된다. 비록 많은 인디언 이야기처럼 인디언을 신비화하는 계열의 작품인 것이 살짝 거슬린 독자라 해도 그 감동이 줄지는 않을 성싶다. 나도 이 책을 처음 접했을 때 그랬다.

변신은 무죄?

그 까닭은 무엇보다도 이 책에 혹시 인디언에 대한 일반화나 신비화가 내재해 있더라도 문화적 전유가 아닌, 인디언 당사자의 자기표현이라고 믿었기 때문이다. 그래서 이 책을 『시애틀 추장』과는 달리 '조잡한 본질화'를 야기하는 문화적 전유가 아닌 작품의 한 예로 들 수 있으리라 기대했다. 이러한 기대는 한국어판의 작가 소개에서 싹튼 것이다. 1976년에 처음 출간된 이 작품을 1985년 복간하면서 레나드 스트릭랜드는 이렇게 말한다.

"이 책의 저자인 포리스트 카터는 『무법자 조지 웨일즈』를 비롯하여 주목할 만한 몇 가지 작품들을 남겼다. 그러나 그중에서도 가장 소중한 작품이 바로 『내 영혼이 따뜻했던 날들』이다. 당초 『할아버지와 나』라는 제목으로 출간되었던 이 책은 저자가 동부 체로키 산속에서 조부모와 생활했던 이야기를 엮은 자전적인 회상록인 동시에, 1930년대 대공황기의 생활에 대한 감동적인 서술이기도 하지만, 단순히 그것에서 그치지 않고 모든 시대 모든 사람들에게 공감을 주는 인간적인 기록이기도 한다."(7면)

이 책을 복간한 뉴멕시코 대학출판부 역시 "포리스트 카터의 삶은 네다섯 살 때부터 체로키 인디언의 혈통을 이어받은 그의 할아버지와 불가분하게 얽혀 있다"고 다시 한번 확인해준다(334쪽). 말하자면 『내 영혼이 따뜻했던 날들』은 자전적인 작품임을 강하게 각인시켜주고 있는 것이다.

작가에 대해 더 알고 싶어 인터넷을 검색하다가 뜻밖의 사실과 만났다. 작가 포리스트 카터의 본명은 아서 카터(Asa Carter)이며, 그의 인디언 혈통에 대해서는 무관하다는 쪽과 유관하다는 쪽의 주장이 맞서고 있지만, 어느 쪽이든 그는 다섯살 때 고아가 되지 않았고, 할아버지 할머니 밑에서 자라지도 않았다고 한다. 말하자면 진실성을 뒷받침해주던 자전적 요소가 허구로 밝혀진 것이다. 한 논문에 따르면 원래 이 책은 '논픽션'이라는 부제를 달았다가 나중에 재출간되면서 삭제되었다고 한다.

더욱 놀라운 것은 아서 카터가 1960년대 미국의 인종차별철폐 정책에 강력히 반대한 '호전적 판사'이자 앨라배머 주지사를 네차례 역임한 조지 월리스의 연설문 작성자였고, 악명 높은 백인우월주의 단체인 KKK의 단원이었다는 것이다. 심지어 한 사이트는 카터를 "작가(Writer)/사기꾼(Fraud)"[4]으로 일컫고 있었다. 마치 열렬한 항일투사로 알려진 유명인사의 숨겨진 과거 친일행적을 접한 듯한 느낌이었다.

'변신은 무죄'라고 했던가. 어느날 문득 달라질 수 있는 것이 사람이다. 따라서 변신 자체에 책임을 물을 수는 없다. 하지만 거기에 은폐가 내재해 있다면 문제는 달라진다. 공인이라면 특히 그렇다. 그러나 다행히 또는 불행하게도 문학의 영역은 윤리의 영역이 아니다. 다른 한편, 작가와 작품이 구별되는 것도 문학이다. 하지만 만약 『미운 오리 새끼』라든가 『인어공주』가 안데르센의 작품이 아니라 사실은 히틀러가 쓴 것임을 알게 되었다고 한다면 전과 같은 마음으로 그 작품을 대할 수 있을까?

중요한 것은 감동이라고 말할 독자도 있을지 모르겠다. 사실이야 어떻든 작은나무의 교육과정은 충분히 감동스러우며 인디언 할머니 할아버지가 전해주는 생태주의적 메씨지는 훌륭하지 않느냐고. 이런 질문 앞에서 서구의 오리엔탈리즘이 떠오른다. 이에 대해 당신은 어떤 태도를 취할 것인지?

_웹진 『문장 글틴』 2006

---

4 http://www.who2.com 참조.

휴먼 퓨처

인공수정의 그늘

"어머니, 왜 절 낳으셨나요?" 세상이 힘들고 괴로우면 누구나 한번쯤 그런 물음을 던지고 싶을 때가 있을 것이다. 그렇지만 그것은 답을 기대한 질문은 아닐 것이다. 생명이 인간의 의도로만 잉태될 수 없다는 것을 잘 알기 때문이다. 적어도 이제까지는 그랬다. 하지만 이제 체외수정을 통한 시험관아기가 있다. 1978년 영국에서 최초의 시험관아기 루이스 브라운이 태어났고, 우리나라에서도 1985년 최초의 시험관아기가 태어났다. 시험관아기의 성공은 아기를 갖지 못하는 많은 부부에게 희망을 안겨주었다. 한데 아직은 성공률이 3, 40퍼센트에 지나지 않으며 시술절차도 퍽 까다롭다고 한다. 하지만 '아기의 방긋 웃음을 생각하면' 그 정도의 괴로움이야 못 참겠느냐고 한 시험관아기 시술자는 말한다.

이런 식의 관점에는 부모의 기쁨만 고려될 뿐 시험관아기가 갖는 특수한 운명에 대해선 침묵한다. 어쩌면 아무 문제가 없을지도 모르겠다. 특수한 운명이라는 가정 자체가 선입견일 수도 있다. 우리는 최초의 시험관아기 루이스 브라운이 아무런 어려움 없이 잘 성장하여 지내고 있다는 것과, 올해 성년이 된 우리나라 최초의 시험관아기 천희와 천의가 "어려운 과정을 거쳐 생명을 갖게 해주신 부모님께 감사드린다"며 환한 미소를 짓는 모습을 본다. 하지만 그것이 전부일까? 지금까지 인공수정으로 태어난 아기는 2004년 기준으로 전세계적으로 180만명에 달하며, 우리나라에서는 매년 약 2,000명의 시험관아기들이 태어난다고 한다. 이러한 기술의 발달이 이루어지기까지 수많은 '실험'이 있었으리라는 것을 생각해보자. 만약 그 실험에서 아무도 원하지 않았으나 태어난 아이가 있다면? 이에 대해서 생각해보기를 권하는 작품을 하나 읽었다. 샤를로테 케르너의 『1999년생』(차경아 옮김, 경독 2005)이 그것이다.

"나는 어디에서 왔을까?"

2016년, 크리스마스를 4주 앞둔 어느날, 카알이 『보헤』지 기자 프란치스카 데멜에게 일기장을 보내고 종적을 감춘다. 같은 반 친구 파비안의 어머니 프란치스카가 『보헤』지의 기자라는 것을 알고 자신의 출생 비밀을 캐는 데 도와달라고 요청한 것이다. 프란치스카의 도움을 받아 마침내 출생의 비밀이 드러나게 되었을 때 카알은 사라진다. 독자는 프란치스카가 써내려가는 기사와 회상, 그리고 추적과정을 쫓아가며 사건의 전모를 알게된다. 이 모든 것의 발단은 일차적으로, 입양아인 카알의 자신의 정체성에 대한 물음이다. 카알은 일기에서 묻는다. "나는 누구인가? 나는 어디에서 왔을까? 내 잿빛 눈은 누구에게서 받은 것일까? 나의 아버지에게서일까, 어머니에게서일까? 그들은 아직 살아 있을까? 나는 무엇인가, 그들에게 무엇인가? 나는 어디에서 왔는가?"

84

인류 발전을 위한 과학의 윤리성 문제를 제기하는 『1999년생』(샤를로테 케르너 지음, 차경아 옮김, 경독 2005).

어른들은 카알의 의문을 '너희 또래 아이들에게 당연한 일'로 못박으며 간단히 넘긴다. 카알은 자신을 키워준 양부모에게 감사하는 마음이 있지만, 친부모에 대한 정보를 차단하는 것은 이기적이라고 생각한다. "아이 하나를 가지기 위해 내 친부모에게 익명을 요구했던 것이다. 제아무리 뿌리를 뽑아내도 잡초는 없어지지 않는 법이다. 아이를 갖고 싶은 이기적인 욕심이 앞선 나머지, 그들은 나를 뒷전에 두었다." 올더스 헉슬리의 『멋진 신세계』에서처럼 모든 인간이 인공수정으로 '생산'되지 않는 한, 자신의 뿌리인 생물학적 부모에 대한 궁금증은 당연한 일이다.

퍼즐 맞추기

그러나 카알의 친부모 찾기는 생각만큼 간단하지 않다. 퍼즐의 단서는 두개의 생일과 '시험관아기'를 뜻하는 'R'이라는 암호이다. 이제 카알은 시험관아기라는 말과 입양아라는 말이 어떻게 연결되는지 알고 싶어한다.

카알을 수정시킨 난자와 정자의 주인공들은 평생 만난 적도 없고 서로에 대해 알지도 못하는 사람들로 판명된다. 카알은 완전히 혼란스럽다. 심지어는 자신과 똑같은 복제인간이 여러명 있을까봐 두렵다. 이런 절망 속에서 카알은 적어도 대리모라도 찾기를 희망한다. '인간' 대리모를 찾아 자신의 '차가움'을 설명할 수 있기를 바란다. 반유전자단체의 도움으로 병원에 사람을 심어 비밀리에 알아보지만 모든 기록은 철저히 암호화되어 있다. 반유전자단체는 자신의 비밀요원 '잠수함'을 병원에 잠입시키고, 카알이 고도의 기술로 만든 인공자궁을 통해 부화된 최초의 인간이라는 사실을 알아낸다. 발트 박사는 모든 것을 철저히 계획하여 카알의 성장과정을 감시해왔으며, 추적의 모든 과정도 이미 알고 있던 터였다. 그는 프란치스카와의 인터뷰에서 자신의 연구성과가 세상에 알려질 때가 되었다는 생각에 추적을 막지 않았다고 말한다.

얼핏 보면 다 맞춰진 퍼즐은 간단하다. '차가운' 카알은 기계어머니에게서 태어난 아이라는 것. 그러나 이 퍼즐을 풀어 보이는 방식은 대단히 복합적이다. 카알이 『보혜』지를 읽으리라는 것을 알기에, 그것을 희망하기에 카알이 살아있다는 단서를 얻을 수 있으리라는 희망을 품고 작성되는 기사가 있고, 그 기사를 작성하는 프란치스카의 회상과 추적과정에서 만난 사람들과의 인터뷰, 그들에게서 얻은 정보들이 곳곳에 삽입되면서 독자들은 인공수정, 체외수정이라든가 대리모 문제, 반유전자운동, 발트 박사의 '이타적' 입장을 다각적으로 접하게 된다. 게다가 퍼즐을 푸는 추리적 기법은 설령 결말을 예견할 수 있다 하더라도 책을 손에서 놓기 어렵게 한다.

지나간 미래, 그러나……

이 책은 2016년을 무대로 하고 있지만, 책이 처음 발간된 것은 1989년이다. 따라서 이 책의 제목에 보이는 1999년은 우리에게 '지나간' 미래다. 한국어 번역본은 1994년 포켓판을 대본으로 하기에 원본 자체에서 약간의 수정보완이 행해지긴 했지만, 그래도 이 책에서 주는 1990년대초 이후의 많은 정보는 '허구'일 수 있다. 예견된 기술은 다른 기술의 발달로 쓸모없는 것이 되었을 수도 있고, 책에서는 풀리지 않은 숙제가 이미 풀렸을 수도 있다. 가령 게놈 해독은 책에서는 풀리지 않은 것으로 되어 있지만, 현실적으로는 이미 2001년에 이루어졌다는 발표가 있었다.

그럼에도 불구하고 이 책이 던지는 질문은 여전히 유효하다. '인류 발전'을 위한 과학의 윤리성 문제가 그것이다. 발트 박사는 말한다.

"내 동료들도 나도, 신의 역할을 침범한 것이 아닙니다. 우리는 다만 새로운 가능성을 앞장서서 열어놓은 것이지요. 우리는 우리의 능력과 지식을 동원하여 사람들이 아이를 갖도록 도와줍니다. 우리는 그 누구도 사육하지 않아요. 다만 생성시키고, 생명을 부여합니다. 그리고 물론 인간을 생성하는 일이야말로 일찍부터 나를 매혹시켰습니다."(208면)

그는 자신의 기계모 성과가 "건강한 독일인의 인구를 적절히 통제하며 증가시켜 줄 것"을 확신한다. 윤리 문제에 대해서 발트 박사는 단언한다.

"윤리는 변하는 겁니다. 다행스럽게도."(209면)

프란치스카는 박사의 말에 할 말을 잃는다. 단지 이렇게 반문할 뿐이다.

"이 기계는 여성들에게서 가장 본질적인 것을 앗아가는 것이 아닐까요? 그건 결국 인간 사육으로 가는 첫걸음이 아니겠어요? 앞날의 어린이들을 하자 없이 대량 생산되고 공급되는 상품으로 만드는 길이 아닌가요?"(213면)

박사는 프란치스카의 질문을 일축한다.

"모든 과학 발전은 인류의 복지에 기여하는 동시에 인류의 몰락을 가져올 가능성을 이미 항상 내포하고 있습니다."(213면)

그렇다면 우리는 어떻게 해야 하는가. 이 질문에 쉽게 대답할 수 있는 사람은 아마도 없으리라고 본다. 특히 불임을 비롯해 난치병으로 고생하는 불우한 이웃들을 생각하면 더욱 그렇다. 그러나 이 책에서 보여주듯 그 것은 과학의 '빛'의 국면일 뿐, 우리는 그로 인해 생기는 '그늘'을 잊어서는 안될 것이다. 작가는 후기에서 이 책을 쓴 동기를 "망각에 맞서기 위해서" 라고 밝힌다.

'우리는 근본적으로 특정한 생명공학의 발전을 원하고 있는가?' 이 질문을 우리는 지속적으로 던져야 한다. 왜냐하면 앞으로의 젊은 세대들이 이처럼 '멋지고 새로운' 미래의 수요자요 이용자이거나 희생자가 될 것이기 때문이다. 태도의 결정이 궁극적으로 생명보존(살아남는 것)의 요체이다. "우리는 그것을 몰랐거든요"라는 변명은 용납되지 않는다. 알고자 하기만 하면 충격적으로 많은 것을 알 수 있는 세상에 우리는 살고 있다.

복제인간

홀로 서는 '블루프린트'

'인간도 복제할 수 있다. 다만 시간문제다.' 이렇게 생각하는 사람이 많을 것이다. 체외수정 아이의 정체성을 다룬 『1999년생』의 작가 케르너 역시 그렇게 생각한다. 그리고 이번에는 『블루프린트』(1999: 이수영 옮김, 다른우리 2002)에서 복제인간을 다룬다. '블루프린트'는 사진 원본으로 직접 얻을 수도 있고, 하얀 바탕에 파란 선이 그려지는 복사본이라는 뜻에서 복제인간 시리가 자신의 책에 붙인 제목이기도 하다.

유명한 피아니스트 이리스는 자신이 병에 걸린 것을 알고 복제 딸을 통해 다시 한번 살기를 원한다. 그리고 복제 딸이 태어나자 자신의 이름 이리스(Iris)의 철자를 거꾸로 하여 시리(Siri)라 붙이고, 시리의 삶을 피아니스트의 삶으로 철저히 프로그래밍해간다. 두 사람의 삶은 처음엔 조화롭게 흘러간다. "너는 내 삶이야." 시리는 이리스의 말에 기쁨을 느끼지만, 어느날 '대폭발'이 일어난다. 시리가 엄마의 애인 크리스티안에게 사랑을 느끼며 초경을 경험할 무렵, 시리의 마음속에 의문이 자리잡는다. "내 삶은 대체 어디에 있는 거지?" 그 의문이 일기 시작하면서 시리의 이리스에 대한 마음에는 애증이 교차한다. 그리고 시리는 이리스가 죽고 난 다음에야 진정한 개인으로서의 새로운 삶을 시작하게 된다. 그녀가 택한 길은 미술의 길이다.

시리는 이리스가 죽은 뒤 10년 후에 독자적으로 걸어온 세월을 되짚어보며 '홀로 남은 폴룩스'라는 장을 덧붙인다. 그것은 피아노를 천장에 거꾸로 매달아놓은 시리의 작품 제목이기도 하다. 이 작품에 그런 제목을 붙인 까닭을 시리는 이렇게 설명한다.

"카스토르와 폴룩스는 레다와 제우스 사이에서 태어난 쌍둥이 아들들이었습니다. (…) 쌍둥이 형제는 바람과 파도를 지배했고 뱃사람들은 이들을 자신들의 수호신으로 섬겼습니다. 그러다가 유한한 존재였던 카스토르가 전쟁에서 죽어 하데스로 가게 되었습니다. 반면 불멸의 존재였던 폴룩스는 제우스에 의해 신들이 사는 올림포스 산으로 받아들여졌지요. 그러나 두 형제는 서로 떨어지려 하지 않았습니다. (…) 쌍둥이자리의 알파성과 베타성은 지금도 이들의 이름으로 불리고 있습니다. 그러니까 카스토르와 폴룩스는 하늘에서 영원히 하나가 되어 있는 셈이지요. 그러나 난 폴룩스를 하늘에 혼자 있게 내버려두었습니다. 나의 카스토르는 그의 뒤를 따르지 않고 하데스에 남아 있길 더 좋아하고 그곳에서 혼자 살아갈 겁니다. 저 역시 계속 살아갈 겁니다."(229~30면)

작가 케르너는 이렇게 원본의 죽음으로 새로운 출발을 하는 복사본의 모습을 제시한다. 복사본을 독자적인 개체로 인정해주자는 것이다. 이러한 주장이 타당한 것은 시리의 자서전에 후기 격인 에필로그를 덧붙인 의학박사 에리카 크니퍼 교수의 말대로 복제가 이미 '일상적'인 일이 되었기 때문이다. 다시 말해 완벽한 자기복제가 가능하다는 것을 전제로 한 발언이다.[1]

하지만 그렇다 할지라도 물어야 할 물음은 산적해 있다. 누가 복제를 결정하는가? 이 작품에서는 복제인간의 윤리적·기술적 문제가 '생식의학 발전위원회'의 주관으로 처리되는 것으로 설정된다. 그곳 전문가들은 제출된 서류를 토대로 해서 복제를 허락할 만한 충분한 사유가 있다는 판단이 설 때 복제를 승인하며, 의학적 복제의 경우에는 의사협회에서 제시된 분명한 원칙들도 별도로 준비해놓고 있다. 여기에는 '전문성'에 대한 신뢰가 전제되어 있다. 그렇다면 그 전문성은 누가 인정하는가? 그들의 전문성에 대한 윤리성은 누가 판단하는가? 인간의 윤리관은 시대에 따라 변하기 때문에 이 점에 대해서는 누구도 예측할 수 없을지도 모른다. 가장 결정적인 물음이 있다. 복제에 필요한 비용은 누가 부담하는가? 작중 크니퍼 교수에 따르면 여기에 필요한 비용은 자기부담이다. 그렇다면 그것은 힘과 자본의 논리에서 자유로운가? 자유로울 수 있는가?

---

1 물론 현재는 복제가 그렇게 일상적으로, 그리고 완벽하게 이루어지지는 않는다. 따라서 이 작품은 아직 오지 않은 미래를 배경으로 한다.

『블루프린트』는 시리의 내면, 그 갈등과 방황에 집중한 나머지 이렇게 다른 문제제기의 가능성을 막아버린다. 이 점에서 이 작품은 『1999년생』 보다는 문제의식이 덜 선명하다. 복제인간에 대한 케르너 식 접근은 설령 자기복제로 영생을 꿈꾸긴 하지만, 필멸의 존재로서의 인간이라는 기본개 념은 다치지 않는, 차라리 낭만적인 문제제기라 할 만하다.

장기 창고로서의 복제인간

하지만 만약 원본이 홀로 하늘에 있고자 원한다면? 만약 원본이 복제의 희생을 전제로 하여 자기 삶을 연장하기를 원한다면? 그에게 복제인간은 장기 창고에 지나지 않을 것이다. 이런 복제인간을 다룬 작품이 낸시 파머의 『전갈의 아이』(2002: 백영미 옮김, 비룡소 2004)이다.

무대는 역시 미래이다. 지금의 멕시코가 아즈틀란이라는 나라로 바뀌고 100년이 흐른 시점이다. 복제인간 '클론'은 드문 존재가 아니다. 하지만 케르너의 전망과는 달리 그들은 짐승 취급을 당한다. 암소의 자궁에서 배양되었기 때문이다. 클론은 철저히 장기제공자로서 존재하며, 그렇기 때문에 태어나기 전에 뇌를 제거당한다. 마트 역시 클론이지만 아편국 지배자 엘파트론의 클론이기에 뇌제거수술이 시행되지는 않는다. 그가 아무리 총명하고 음악에 남다른 소질을 보인다 해도 사정이 달라지지는 않는다.

이 작품의 장점은 그러한 미래의 청사진에 대해 윤리적 구호를 높이 외치는 것이 아니라 다만 보여준다는 데 있다. 하나의 개체로서 복제인간의 내면을 보여주며, 그러한 클론을 가능하게 한 거대자본을 보여준다. 그것도 아편국으로 상징되는 비윤리적 거대자본이다. 아편국을 유지시키는 것은 살아있는 인간의 정신과 육체를 파괴하는 아편이며, 그 아편을 재배하는 데 이용되는 노동력은 뇌에 칩을 이식해서 한가지 단순작업에 봉사하도록 만들어진 '이짓'이다. 어찌 보면 '이짓'이야말로 도구적 생명공학의 충격적이며 비인간적 가능성인지도 모른다. 마지막에서 클론 마트는 자신을 존재하게 한 엘파트론이 저지른 죄과를 해결하기 위해 나선다. 케르너의 『블루프린트』에서처럼 원본이 죽고서야 비로소 클론은 독립된 개인으로서 자기 위치를 확보하는 것이다.

『전갈의 아이』는 비록 겉모습은 물론 지문까지도 똑같은 동일한 유전자를 소유하고 있더라도, 성장조건과 환경에 따라 다른 인간으로 자라날 수 있다는 것을 보여준다. 인간은 단순히 유전자 배열이 아니라는 것, 그러한 인식은 복제인간을 온전한 개체로 받아들일 수 있는 전제이다. 마트는 그때의 기쁨을 이렇게 표현한다.

> "마트는 새로 만난 친구들에게서 인정받았다. 그것은 지금껏 경험한 일 중에서 가장 멋진 일이었다. 아이들은 자신을 진짜 인간처럼 받아주었다. 살아오는 동안 내내 걸어서 사막을 횡단하는 기분이었는데 이제 세상에서 가장 크고 좋은 오아시스에 도착한 것이다."(531면)

그렇다면 복제행위 자체에 대한 인식은 어떠한가? 마트는 살인을 일삼는 산적 무리에서 온몸이 고름투성이인 거지들에 이르기까지 모든 사람을 평등하게 사랑하고, 태양 형제와 달 자매, 매 형제와 종달새 자매를 상대로 이야기를 한 성 프란치스코에 대한 책을 읽으며 마음이 훈훈해진다. 그러다가 문득 물음이 인다.

> "하지만 성 프란치스코는 자신을 클론 형제라고 불렀을까? 훈훈한 감정은 증발해 버리고 말았다. 자신은 자연 질서의 일부가 아니었다. 자신은 혐오스러운 자식이었다."(328면)

인간이 주장하기에 그 목적이 아무리 고귀하다 해도 복제는 결코 자연의 질서에 속하는 것은 아니다. 인간은 이미 자연의 질서 속에서 살아가기를 거부했다. 그 종착역은 어디일까?

이 작품의 매력은 복제인간 클론으로서 마트의 처절한 존재상황과 고뇌, 철저히 도구로 전락한 '이짓'의 존재방식, 그들을 만들고 통제하는 '진짜' 인간들과 그들에 의해 유지되는 체제를 그려주는 데만 있는 것은 아니다. 여러 다양한 인물들의 개성 있는 성격화, 인간관계에 대한 폭넓은 이해, 긴장감 있는 구성 역시 책을 손에서 놓기 어렵게 한다.

맞춤 아이

왜 인간은 인공수정을 원하고, 복제를 원하는가? 이제까지 우리가 살펴본 『1999년생』『블루프린트』『전갈의 아이』에서는 개인적인 동기가 부각되었다. 불임부모들을 위해, 자신의 영생을 위해, 질병치료를 위해, 또는 질병치료를 위한 장기이식을 위해 사람들은 인공수정 또는 복제를 행한다. 유전자조작 문제에서도 개인적인 동기가 읽힌다. 유전자변형 생물체를 지엠오(GMO)라고 하는데, 『지엠오 아이』(문선이, 창비 2005)에서는 바로 그렇게 우성유전자를 조작해 태어난 '맞춤 아이'를 다룬다. 남보다 잘난 아이, 뛰어난 아이, 특출한 아이에 대한 우리나라 부모의 바람이 투영된 설정이 아닐 수 없다. 흥미로운 것은 앞에서 살펴본 다른 작품들과는 달리 『지엠오 아이』에서는 인간 기술의 한계를 짚고 있다는 점이다.

지금 문제는 유전자 조작 인간이 유전자 조작 식품을 장기적으로 먹었을 때, 또 일반인도 유전자 조작 식품을 오랫동안 먹었을 때 생길 수 있는 질병과 관련되어 있어요. 우리가 전혀 예측하지 못한 알레르기 증상이나 알 수 없는 면역결핍, 유전자 파괴, 정상세포의 자살 등을 일으키는 희귀병 말입니다.(32면)

반(反)자연적인 인공의 결과가 예측 불가능하다는 점을 이 작품은 유전자조작 인간한테 '별다른 치유책이 없는 희귀병'이 발생할 수도 있다는 경고로써 환기시키고 있다. 자연을 정복과 극복의 대상으로 보아온 서구의 사상전통과 인간을 자연의 일부로, 자연의 순환을 따르는 존재로 보아온 우리의 사상전통과의 차이인지, 아니면 서구와 우리나라의 현단계 기술수준을 반영하는 것인지, 과학기술의 확실성에 대한 작가 개인의 관점의 차이인지, 이 자리에서 단정지어 말하기는 어려운 일이지만, 어쨌든 흥미로운 차이가 아닐 수 없다.

멋진 신세계

하지만 인간복제의 동기를 사회적 관점에서 살펴본다면 어떻게 될까? 여기서 우리는 인간복제를 다룬 최초의 작품이자 가장 유명한 올더스 헉슬리의 『멋진 신세계』(이덕형 옮김, 문예출판사 1998)로 넘어가보자. 그의 인간복제는 어떤 개인의 욕구나 필요에 의해서가 아니라, 무엇보다도 '사회'의 안정을 위해 행해지는 것으로 설정되기 때문이다.

> 어머니, 일부일처제, 낭만. (…) 충동의 출구는 단 하나밖에 없는 것이다. 나의 사랑, 나의 아기뿐이다. 이 전근대적인 인간들이 미치고 사악하고 비참했던 것은 당연한 귀결이다. (…) 어머니라든가 연인으로 인해서, 조건반사적으로 따를 줄 모르는 여러 가지 금기로 인해서, 유혹이라든가 고독한 회한으로 인해서, 여러 가지 질병과 끝없이 고립화되는 고통에다 불확실성과 빈곤으로 인해서 ─그들은 모진 감정을 체험하지 않으면 안 되었다. 또한 강한 무엇을 느끼지 않으면 안 되었던 그들이 더구나 고독 속에서, 희망도 없는 개인적인 고립 속에서 모진 감정을 반추하면서 어떻게 안정을 유지할 수 있었을까.(54면)

인간과 문명에 대해 뛰어난 통찰을 보여주는 『멋진 신세계』
(올더스 헉슬리 지음, 문예출판사 1998).

헉슬리의 신세계에서는 생물학적 부모를 갖는다는 것을 모르며, 어머니라는 단어 자체를 수치로 여긴다. 아기들은 모두 실험실에서 태어나 병에서 배양된다. 한개의 난자에서 하나의 태아를 수정시키고 한 사람의 성인이 되게 하는 것은 지도계층에 속하는 알파나 베타 계급에게만 허용된다. 감마, 델타, 엡실론 계급, 즉 이른바 생산계층은 보카노프스키법에 의해 복제인간들로 처리된다. 이 보카노프스키법이야말로 '사회안전'을 위한 가장 기본적인 안전장치이다.

그렇다면 이들 복제인간들은 자신들의 존재에 회의하고 사회적 불평등에 불만을 가지는가? 그렇지 않다. 이들의 회의와 불만은 원천봉쇄당한다. 그 수단은 '신(新)파블로프 식' 조건반사 학습과 '소마'라는 행복의 약이다. 물론 이 수단은 알파와 베타 계급에게도 똑같이 적용된다. 아무도 불행하지 않은 사회, 그 자체로 그것은 진정 이상적으로 보인다. 하지만 잘 알다시피 그 이상사회가 절대로 이상사회가 아니며, 철저한 인간소외를 야기하는 사회임을 이 작품은 '존 새비치'라는 보호구역의 야만인을 통해 보여주고 있다. 과학기술을 바탕으로 한 1인통제 사회는 유토피아가 아니라

디스토피아임을 보여주고 있는 것이다. 이러한 전망에 대해서는 앞에서 살펴본 개인적이며 실존적 접근에서도 공유하고 있는 바이므로 따로 강조하지 않아도 좋을 것이다. 여기서 특별한 관심을 갖고자 하는 것은 헉슬리의 인간에 대한 통찰이다.

행복의 조건

인간은 누구나 행복해지고 싶어한다. 또한 갈등 없는 안정된 사회에서 살고 싶어한다. 『멋진 신세계』의 총통은 그 두가지를 실현시킨다. 그것은 인간의 조건인 생로병사를 넘어서는 데서 출발한다. 인간 재생산, 다시 말해 출산을 사회화함으로써 성차별과 가족주의를 넘어서는 것이다. "가족, 일부일처제, 로맨스. 어느 곳이나 배타주의가 지배한 것이다."(52면) 내 것에 대한 집착, 내 이익에 대한 추구, 배타주의가 어떤 결과를 낳는지는 오늘날의 현실도 여실히 보여주지 않는가. 또한 늙고 병들고 죽는다는 것도 인간을 가장 두렵고 고통스럽게 하는 요소이다. 하지만 '멋진 신세계'의 주민들은 그러한 두려움과 고통에서 자유롭다. 과학기술의 도움을 받아 그들은 늙고 병드는 것을 알지 못한다. 노령의 생리학적 특성은 모두 근절되고, 동시에 노인의 정신적 특성도 없어진다.

> 일과 유희—예순이 되어도 우리의 능력과 기호는 열일곱 살 때와 전혀 다를 바 없게 되었지. (…) 노인도 일하며 노인도 이성과 교합하며 노인에게도 시간이 없게 되었지. 쾌락으로부터 벗어날 여가가 없으며 잠시도 앉아서 생각할 시간이 없어졌다. 또한 불행히도 그들을 혼란에 빠뜨리는 무의미한 시간의 터널이 입을 벌린다면 항상 소마가 대기하고 있는 거야. 유쾌한 소마가 있지.(71면)

그러나 필멸의 존재로서 인간의 조건을 벗어날 수는 없다. 인간은 죽어야 한다. 그러나 '멋진 신세계'의 주민들은 이미 어렸을 때부터 조건반사식 학습을 통해 죽음을 축하할 일로 받아들인다. 이렇게 생로병사로부터 자유로워진 인간들의 삶을 '살맛'나게 만드는 요소는 무엇일까? 헉슬리는 우선 자유로운 성관계에서 찾는다. 특정인과 특정한 관계를 지속하는 것은 배타주의라는 맥락에서 사회적인 악으로 제시된다. 또하나는, 이것이야말로 돋보이는 통찰의 하나로 보이는데, 바로 일, 자기가 하는 일을 좋아하는 것이다.

바로 그것이 행복과 미덕의 비결이야 — 자신이 해야 하는 일을 좋아한다는 것. 모든 조건반사식 단련이 목표하는 것은 바로 그것이야. 자신들의 피할 수 없는 사회적 숙명을 좋아하도록 만드는 일이 무엇보다도 중요해.(23면)

하지만 정말 모든 인간의 행복을 원한다면 왜 모두들 하나의 개체로 존재하는 알파나 베타 집단으로만 세상을 구성할 수 없는 걸까? 과학기술과 사회적 학습으로 모든 것이 해결될 수 있는데 왜 보카노프스키 집단을 만들 필요가 있을까? 보호구역에서 온 야만인도 이에 대해 의문을 갖자 총통은 이렇게 대답한다.

알파 계급으로만 이루어진 사회는 불안정하고 비참해지지 않을 수 없는 걸세. 알파 노동자로 채워진 공장을 상상해보게 — 다시 말해서 좋은 유전인자를 지니고 자유로운 선택을 하고 책임을 떠맡는 일이 가능하게끔 조건반사적으로 단련된 개별적이고 상호연관이 없는 인간들로 채워진 경우를 상상해보란 말일세. (…) 그렇다면 부조리한 사태가 벌어질 것이다. 알파의 병에서 태어나 알파로서 조건반사 훈련을 받은 인간이 엡실론 세미 모론의 일을 하지 않으면 안 된다고 할 때 미쳐버릴 거야 — 미치든가 아니면 닥치는 대로 부수기 시작할 거야. 알파도 완전히 사회화되는 것은 가능하겠지 — 그러나 그것은 그들에게 알파에게 맞는 임무를 맡길 때에 한해서 가능한 일이야. 엡실론적 희생은 단지 엡실론에게만 기대할 수 있는 거야.(276~77면)

물론 이 모든 생산을 기계가 맡을 수도 있다. 오늘날의 과학발전에서 보면 오히려 그 편이 설득력이 있다. 이 작품이 나온 1932년에 기계사회를 예상할 수 없지는 않았을 것이다. 이미 1908년 헨리 포드의 유명한 T모델 자동차가 세계 최초의 컨베이어 시설에서 생산되어 소비사회로의 길을 열었기 때문이다.[2] 그런데도 모든 일이 기계로 대치될 수 있는 가능성을 배제한 것은 헉슬리의 개인적인 관심 외에도 문명 및 전체주의사회에 대한 비판에 초점을 두었기 때문이라 보인다.

우리가 이 사회를 끔찍하게 여기게 되는 것은 우리가 아직은 '야만인'인 존 새비지의 사회에 살고 있기 때문일 것이다. 생로병사의 조건에서 헤어나오지 못하고, 특정 인간과 특정 관계를 원하고 또 유지하며, 불평등과 격정과 갈등이 있고, '신'의 개념이 있으며, '예술' 특히 '문학'이 있는 사회. 그러나 "불쾌감을 안겨주는 것이면 참는 법을 배우는 것이 아니라 모두 제거"(298면)하는 것으로 건설된 유토피아의 모습은 또 어떠한가. 하지만 '참는' 것이 과연 대안일까?

헉슬리의 『멋진 신세계』는 인간복제를 사회적 동기에서 다루었을 뿐만 아니라 인간과 문명에 대해 뛰어난 통찰을 보여준다. 그리고 그 통찰은 70년이 지난 지금에도 여전히 유효하다. 게다가 이 글에서는 다루지 않았으나 과학관과 예술관도 흥미롭다. 그러나 지금의 과학수준에서 보면 거의 아날로그적 발전단계의 설정이 이따금 눈에 띄며, 문학적으로 보면 인물성격의 일관성 혹은 발전적 전개라든가 심리묘사가 종종 허술함을 보여준다. 특히 야만인 존 새비지의 격정은 공감을 이끌어내기 어려운 부분도 더

---

2 크리스티아네 취른트 『책』, 조우호 옮김, 들녘 2003, 420면.

러 있다. 다른 한편 이름의 선택(버나드 마르크스, 헬름홀츠 왓슨, 무스타파 몬드 등)이라든가, 야만인 존 새비지의 끊임없는 셰익스피어 인용 등은 상호텍스트적 관점에서 매우 흥미롭다.

이상에서 보았듯이 과학문명의 발달이 인류에게 더욱 나은 삶을 보장해주리라는 소박한 믿음에 대해 여러 작품이 의문을 던지고 있다. 『멋진 신세계』의 총통이 갈파하듯이 '진보'를 위한 '희생'이 불가피하다면, 이제는 진보 개념 자체에 대해 물음을 던질 때가 아닐지.

_웹진 『문장 글틴』 2006

제2부 아동문학의 여러 형식

그림책, 글과 그림 사이

정보를 주는 책

지식정보책, 사실과 재미 사이

혼돈과 모색, 한국 아동문학 판타지론

그림책, 글과 그림 사이

그림책은 문학인가?

위기와 혼돈에 대한 목소리가 드높은 문학동네에서 유일하게 호황과 팽창을 이야기하는 분야가 있다면 그것은 아동문학이다. 외적인 성장이 반드시 내적인 질을 보증하는 것은 아닐지라도 문학의 외피인 책이라는 형태의 출간 현황을 보면 2001년에도 아동분야만큼은 증가세를 보이고 있다. 이러한 변모의 물적 토대는 무엇보다도 자녀를 위해 지출이 가능한 경제력을 지닌 계층의 확대를 들 수 있다. 이들의 교육열, 특히 조기교육에 대한 관심은 이제까지 관심 밖이나 다름없던 유아와 유년아동을 위한 책에 대한 관심으로 이어진다. 이를 아동문학 쪽에서 보면 독자 대상의 세분화를 전제로 한 작품들을 생산해야 한다는 뜻이 된다. 주로 고학년 독자가 주된 대상이던 동화에서도 유년동화에 대한 요구가 높아지고, 더 낮은 연령을 대상으로 한 그림책에 대해서도 뜨거운 관심이 쏟아진다.

기실 그림책은 1990년대 중반 이후 유례없는 어린이책 시장의 활성화를 일으킨 주역이다. 대한출판문화협회의 '2001년 출판통계현황' 자료를 살펴보면 4,754종의 어린이책이 출간되었고, 이 가운데 그림책이 주종을 이루는 유아물은 30%에 가까운 1,336종으로 나타난다. 이러한 그림책 시장의 팽창과 더불어 이제 우리 아동문학 관계자들 눈에도 그림책이 들어오기 시작하지만, 이를 문학으로 받아들이며 아동문학의 한 장르로 이야기하기보다는 특별한 별개의 장르로 이야기하는 분위기이다. 일례로 2000년도 어린이도서연구회의 제1회 정기 쎄미나나 2001년 한국문학교육학회의 아동문학 특집 쎄미나에서 그림책은 전혀 다루어지지 않았다. 전문 아동문학잡지들에서도 사정은 마찬가지다. 만약 그림책이 다루어진다면 그것은 일종의 특집 내지 특별기고의 형태이다. 애초부터 그림책을 아동문학 장르로 받아들여온 서구와는 사뭇 다른 양상이 전개되는 것이다.

대체 왜 이런 현상이 벌어지는가? 우리 아동문학의 고유한 발전 때문인가? 글과 그림이라는 두개의 소통매체를 이용하는 그림책의 독특한 성격 때문인가? 그렇다면 대체 그림책은 무엇인가? 어떤 점에서 문학과 이어지고 어디에서 갈라지는가?

우리 아동문학과 그림책

어떤 대상에 대한 이론적 담론의 형성은 대상의 발전을 가늠해볼 수 있는 지표가 된다. 이런 의미에서 우리 아동문학 개론서로 꼽히는 이재철의 『아동문학개론』(서문당 1983)과 석용원의 『아동문학개설』(예문관 1974), 이상현의 『한국아동문학론』(일지사 1976) 등을 살펴보면 아동문학의 하위 장르로 으레 그림책이 포함되는 서구 아동문학 개론서들과는 달리 그림책이 아동문학 장르로 다루어지지 않고 있다.

또한 1989년에 출간된 이재철의 『세계아동문학사전』(계몽사)에 그림책은 "그림을 통해 책의 내용을 이해하거나, 그림에 의하여 이야기를 진행할 수 있는 책. 그림책은 어린이들을 위한 것으로 한정되어 있지는 않고, 경우에 따라서 어른들을 위한 것도 있다. 유아의 정서 교육에 커다란 역할을 하는 그림책은 글을 읽을 수 없는 유아에게 상상력을 불러일으키며, 이야기로 들려주는 때보다 훨씬 감동적이며 보다 이해를 빠르게 하는 장점이 있다"로 소개된 것이 전부이다. 이 사전에서 아동문학은 "작가가 아동이나 동심을 가진 아동적 성인에게 읽힐 것을 목적으로 창작된 모든 저작으로, 문학의 본질에 바탕을 두면서 어린이를 위해(목적·대상), 어린이가 함께 갖는(공유), 어린이가 골라 읽어온 또는 골라 읽어갈(선택·계승) 특수 문학으로 동요·동시·동화·아동소설·아동극 등의 장르를 총칭한 명칭"이라고 정의된다.

이 두 개념을 비교해보면 아동문학 정의와는 달리 그림책 개념에는 '창작'이라든가 '문학의 본질' 등 문학성에 대한 인식은 드러나지 않고 오로지 교육적 효과에 초점이 맞추어져 있음을 알 수 있다. 이는 1980년대에 이미 그림책은 어떤 형식으로건 존재했지만, 아동문학의 한 장르라는 인식이 없었거나 아니면 아동문학의 대상으로 고려할 만한 그림책은 존재하지 않았다고 해석할 수 있다. 그리고 어느 쪽이건 우리 아동문학이 서구와는 다르게 전개되어왔다고 가정할 수 있다. 이는 무엇보다도 우리 근대 아동문학의 발생에서 설명이 가능할 것이다.

알다시피 우리 아동문학은 일제강점기에 소년계몽운동의 한 방편으로 시작되었고, 주요 발표 지면 역시 대부분 소년운동단체와 관련된 아동잡지였다. 아동문학과 소년운동과의 연계는 글을 이해할 수 있는 독자를 염두에 둘 수밖에 없었던 것이다. 게다가 발표 지면의 제한으로 동시와 동화가 아동문학의 대종을 이루었다. 특히 창작동화는 대부분 고학년 아동을 위한 것이었는데, 이에 대해 원종찬은 "독자를 한층 더 의식하고 씌어지는 아동문학의 특성에서 볼 때, 불구의 근대 역사를 살면서 독자 연령이 사뭇 높아진 점도 우리 아동문학의 성격을 색다르게 규정해온 요인이다. 일제시대의 아동잡지인 『어린이』『신소년』『별나라』의 주된 독자는 십대 중후반이었다. 해방 이후에도 오랫동안 유아·유년 대상의 문학은 발달할 수 없었다. 부모가 책을 함께 읽어주는 가정을 찾아보기 힘들었고 유치원 취학률은 매우 낮았다. 문학작품을 제대로 소화할 수 있으려면 초등학교에 들어가서도 한참을 기다려야 했다. 예외적인 아이들은 대개 세계명작동화집이나 전래동화집으로 아동문학을 경험했다. 형편이 이러하니 창작동화는 주로 10세 이상을 향해 있었"다고 분석한다(『창비어린이』 2003년 창간호 18면).

이러한 상황이기는 하지만 더 어린 독자들이 읽을 책이 없었던 것은 아니다. 1990년대처럼 단행본의 형태로 독자를 찾지 않았을 뿐, 1980년대 중반에 이미 서구 번역그림책들이 전집의 형태로 묶여 1990년대 그림책 시장의 활기를 예견케 하면서 좋은 반응을 얻었다. 또한 유아물로는 사물그림책들이 자리잡고 있었다. 특히 딕 부르너의 그림책은 단순명쾌한 선과 선명한 색채 구사로 '좋은' 그림책의 대명사처럼 여겨졌던 것을 기억한다. 이보다 큰 어린이들에게는 삽화의 비중이 큰 전래동화나 이른바 애니메이션 세계명작이 주어졌다. 당시 외판원이 월트 디즈니사의 애니메이션 그림을 그대로 곁들인, 또는 그 기법을 모방한 그림책을 보여주면서 애니메이션이야말로 아이들을 위한 그림의 새로운 경지임을 강조하며 구매를 충동하던 기억이 난다. 당시 그림책이라고는 전혀 몰랐던 필자에게 그 선명한 색감들은 아름답게만 보였다. 그러한 색감의 인쇄를 가능하게 한 인쇄기의 대중화가 1980년대 중반 이후의 일임을 고려하면 당시 필자가 느꼈던 경이는 놀라운 일이 아닐 것이다.

그림책은 한마디로 그림이 주가 되는 '유아'를 위한 책이거나 커다란 삽화로 글 텍스트를 시각화한 책이었다. 아마도 이런 그림책들을 보며 그렇지 않아도 특수한 역사적·사회적 상황에서 전개된 우리 아동문학은 그림책을 아동문학 선상에서 논의할 필요를 못 느꼈을 수도 있다.

그림책의 수용

이렇게 우리나라에서 그림책은 오랫동안 유아를 위한 '그림이 주가 되어 있는 책'을 뜻했다. 그림책에 대한 이 소박한 개념은 1990년대 초반에도 여전히 계속된다. 그러나 1990년대 중반에 우리는 전혀 새로운 그림책 세계를 경험하게 되는데, 이 새로운 그림책의 세계는 서구 그림책들의 번역 소개에서 제공된다.

앞에서 언급한 대한출판문화협회의 '2001년 출판통계현황' 자료에 따르면 외국 번역물이 832종으로 60% 이상을 차지하며 우리나라 창작그림책은 125종에 불과하다. 그러나 이러한 현상은 비단 2001년만의 특수한 현상이 아니다. 물론 올컬러 그림책 제작이 가능한 데에는 인쇄술의 발전을 거론하지 않을 수 없다. 서구 그림책의 역사에서 그림에 풍부한 색깔과 다양한 표현 시도가 가능하게 된 것은 1920년대 중반부터 도입되기 시작한 컬러 오프셋 인쇄술의 발전 덕택임이 거듭 강조된다.[1] 그림책은 철저히 인쇄술의 발전과 연관된 분야인 것이다. 우리나라에서도 1990년대에 와서 서구 그림책을 좀더 저렴한 비용으로 재현해낼 수 있었던 것은 1980년대 후반 컬러 오프셋 인쇄가 대중화된 덕택이다.

이제 1990년대 중반부터 그림책 독자들은 전집보다 더 쉽게 접근할 수 있는 단행본의 형태로 모리스 쎈닥, 유리 슐레비츠, 바버러 쿠니, 존 버닝햄, 레이먼드 브릭스, 장 드 브루노프, 윌리엄 스타이그, 에즈라 잭 키츠,

---

1 Victor Watson ed., *The Cambridge Guide to Children's Books in English*, Cambridge University Press 2001, 556면.

야노쉬, 토미 웅거러, 앤서니 브라운, 레오 리오니, 가브리엘 뱅쌍, 닥터 쑤스, 야시마 타로오 등 이름난 그림책 작가들의 작품들을 만나게 된다. 이들의 작품을 국내 출간년도별로 대략 살펴보자.

출간년도	제목	작가	원서 초판
1993	코끼리 왕 바바	장 드 브루노프	1931
1994	새벽	유리 슐레비츠	1974
1994	바솔러뮤 커빈즈의 모자 500개	닥터 쑤스	1938
1994	무지개 물고기	마르쿠스 피스터	1992
1994	깊은 밤 부엌에서	모리스 쎈닥	1970
1995	괴물들이 사는 나라	모리스 쎈닥	1963
1995	지각대장 존	존 버닝햄	1987
1995	눈 오는 날	애즈라 잭 키츠	1962
1995	말괄량이 기관차 치치	버지니아 리 버튼	1937
1996	미스 럼피우스	바버러 쿠니	1982
1996	세 강도	토미 웅거러	1969
1996	아기곰의 가을 나들이	테지마 케이자부로오	1996
1996	까마귀 소년	야시마 타로오	1955
1996	용감한 꼬마 재봉사	야노쉬	1986
1997	파랑이와 노랑이	레오 리오니	1959
1998	고릴라	앤서니 브라운	1983
1999	눈사람	레이먼드 브릭스	1978
1999	드소토 선생님	윌리엄 스타이그	1982

우리는 여기서 하나의 특징적인 현상을 발견할 수 있다. 이들 현대 그림책들이 거의 동시적으로 소개된 것이다. 물론 나중 나온 작품이 먼저 출간되는 경우도 허다하다(이는 우리 그림책 개념과 유관할 것이다). 이런 현상은 비단 그림책만이 아니라 아동문학의 고전을 포함해 번역 소개되는 작품 일반의 현상이긴 하지만, 그림책의 경우 이러한 무(無)역사적 수용이 오히려 그림책을 아동문학에 편입시키는 것에 회의적인 시선을 낳은 것으

로 여겨진다. 왜냐하면 이 그림책들은 그림 텍스트가 글 텍스트의 보조 역할에 그치는 것이 아니라, 오히려 글 텍스트와 동일한 중요성을 지니거나 나아가 지배적인 텍스트로 작용하는 경우가 대부분이기 때문이다. 서구 그림책의 역사를 간단히 살펴보면, 전통적인 그림책은 형태 전체로 볼 때 시각적인 데 초점을 두지만, 그래도 서사의 중심은 글 텍스트에 있으며, 이때 삽화는 거의 언제나 글 텍스트를 조명하거나 부연, 확장시키는 역할을 한다.

그러나 현대 그림책의 서사는 글과 그림뿐만 아니라 레이아웃, 글자 모양, 앞 커버에서 뒤 커버에 이르기까지 각 면의 연출 등 독립적 형식이 어우러진 복합적 전체로 이루어진다. 게다가 표현주의, 상징주의, 초현실주의, 팝아트 등 현대미술의 여러 양식들의 요소가 차용되고, 콜라주 등 다양한 기법들이 동원된다. 이제 그림 언어를 이해하지 않고는 그림책을 이야기하기가 어려워진 것이다. 또한 글자와 그림과의 관계도 일치 내지 조화의 관계에서 글과 그림이 각기 모순적인 메씨지를 전달하는 반어적 관계까지 나아간다. 이러한 그림책의 변화는 제1차 세계대전 후부터 점점 더 뚜렷해지는데,[2] 앞에 언급한 작가들은 대부분 이 시기 이후에 새로운 표현 영역을 개척하며 활동한 작가들이다.

그림책의 새로운 표현 영역을 개척한 예로 1959년에 출간된 레오 리오니의 처녀작 『파랑이와 노랑이』를 보자. 이 작품은 사람이라든가 동물, 자동차 등 구체적 형상을 철저히 거부하고 추상적인 도형을 의인화함으로써 전통적인 그림책 형식과 의식적으로 결별한다. 물론 이러한 추상화는 당시 일반미술에서는 흔히 시도되는 것이었을뿐더러 미국에서는 오히려 팝아트로 대체된 상황이었지만 그림책 분야에서는 새로운 시도였다.[3]

---

2 Jane Doonan, The Modern Picture Book, in *International Companion Encyclopedia of Children's Literature*, Peter Hunt ed., Routledge 1996, 19면.

3 Jens Thiele, Theoretische Positionen zum Bilderbuch in Nachkriegszeit und Gegenwart, in *Theorien der*

글과 그림이 조화를 이루는 전통적인 그림책과는 달리 글과 그림이 서로 의존해서 하나의 서사를 이루는 좋은 예로 모리스 샌닥의 『괴물들이 사는 나라』를 들 수 있다. 샌닥은 오늘날 "독창성과 기법적 능력으로 주제와 그래픽 양식에서 비할 데가 없는 작품세계"[4]를 보여주는 작가로 평가받지만, 1963년 『괴물들이 사는 나라』가 처음 출간되었을 때 평자들은 스토리가 요점없이 혼란스럽고 그로테스크한 그림이 아이들을 놀라게 할 것이라며 조심스럽게 받아들였다.[5] 물론 그러한 우려는 전혀 근거가 없는 것으로 드러났고 오늘날에도 여전히, 그리고 우리나라에서도 "아이들은 열광하고, 권위 있는 단체들은 온갖 상과 추천글로 부모를 안심시킨다. 보편적인 발달 과제를 효과적으로 다루었으니 아이들은 카타르시스를 느끼고, 현실과 상상의 세계를 오가는 시각언어의 탁월함은 그림책 만들기에 관여하는 자들을 매혹"하고 있다.[6]

이 자리에서 낱낱이 살펴볼 수는 없지만 한가지 분명한 점, 이들 새로운 형태의 그림책들을 보며 우리 독자들은 글 텍스트를 중심으로 한 문학성을 강조하기보다는 오히려 그림언어 자체를 이해하려는 노력에 더욱 힘을 쏟아야 했으리라는 것이다. 그리고 그 과정에서 그림책은 말 그대로 그림이 중심이라는 생각이 강해졌을 것이다.

그림책의 서사성

그렇다면 그림책은 문학에서 이탈했는가? 여기서 우리는 다시 한번 그

Jugendlektüre, hrsg. v. Bernd Dolle-Weinkauff/Hans-Heino Ewers Weinheim u. München 1996, S. 272ff.

4 Jane Doonan, *The Modern Picture Book*, 239면.

5 H. Carpenter/M. Prichard, *The Oxford Companion to Children's Literature*, 1999, 567면.

6 최정선 「책과 사람」 『한겨레』 2003년 8월 2일.

림책의 특별한 소통방식을 상기할 필요가 있다. 그림책은 글(문자)과 그림이라는 두개의 매체를 동시에 표현하며 소통수단으로 사용한다. 극단적인 경우로 글이 없는 그림책이 있을 수 있지만, 그것은 여러 유형 가운데 하나일 뿐이다. 그림 한장으로 많은 이야기를 내포하고 있을 수 있지만 그것을 그림책이라고는 하지 않으며 대부분 40쪽 정도의 분량으로 전체를 이룬다. 그리고 이 형식은 무엇보다도 그림언어의 공간성을 시간성으로 확대하는 효과를 낳는데, 이 시간성이야말로 서사의 기본전제이다. 왜냐하면 서사란 시간의 흐름에 따라 일어난 일을 이야기하는 진술방식이기 때문이다(물론 서사의 순서는 행동이나 사건이 일어난 실제 순서와 같을 수도 있고 다를 수도 있다). 이와 관련해서 그림책의 유형을 글과 그림, 서사의 스펙트럼에서 분류해보려는 마리아 니꼴라예바의 시도는 주목할 만하다.(표 1 참조)[7]

니꼴라예바가 제시한 글과 그림 사이의 모든 유형이 그림책으로 간주되는 것은 아니다. '이따금 삽화가 들어 있는 서사적 텍스트'는 보통 그림책(picture book)이 아닌 '삽화가 있는 책'(illustrated book)으로 부른다. 또한 모든 그림책이 서사성을 이야기할 수 있지도 않다. 예를 들어 그림 사전이라든가 사물이나 정보 그림책은 서사가 전혀 없거나 거의 없다. 그러나 그밖에는 서사를 갖고 있으며, 이것이 언어예술로서의 문학과 이어지는 지점이 될 것이다.

그렇다면 글 텍스트가 없으면 서사가 없는가? 그 예로 글 없는 그림책 『노란 우산』(류재수, 재미마주 2001)을 보자. 이 작품은 '국제어린이도서협회(IBBY) 50년 통산 세계 어린이책'과 '뉴욕타임즈 올해의 우수그림책'에 선정되는 등 세계적인 주목을 받았는데, 작가는 한 인터뷰에서 "『노란 우산』에 담고자 했던 그 무엇은 그림 자체의 아름다움이다. 우산에 어떤 의미가

---

7 Maria Nikolajeva / Carole Scott, *How Picturebooks Work*, New York & London 2001, 12면.

표 1

글(문자)	
서사적 텍스트	비서사적 텍스트
이따금 삽화가 들어 있는 서사적 텍스트	도판책(ABC 책)
펼친 면에 적어도 하나의 그림이 있는 서사적 텍스트 (이미지에 의존하지는 않음)	삽화를 넣은 시 삽화를 넣은 논픽션 책
대칭적 그림책 (두개의 서로 중복되는 서사)	
보완적 그림책 (글과 그림이 서로의 빈자리를 채움)	
"확대" 또는 "강화"하는 그림책 (시각적 서사는 언어적 서사를 지원함, 언어적 서사는 시각적 서사에 의존함)	
"대위적" 그림책 (두개의 서로 의존하는 서사)	
"겸용법적" 그림책 (글이 있을 수도 있고 없을 수도 있음, 둘 이상의 서사가 서로 독립해 있음)	
글이 있는 그림 서사 (연속적)	글이 있는 그림 사전 (비서사적, 비연속적)
글이 없는 그림 서사 (연속적)	
글이 없는 그림책	그림 사전 (비서사적, 비연속적)
그림(이미지)	

있는 것이 아니고, 색깔들의 조화 그 자체를 추구한 것"이며 "비 오는 날의 촉촉한 향기를 담고 싶었다. 같은 노랑색이라도 아름다워 보이는 것이 따로 있다. 같은 사과라도 어떤 것은 유난히 맛있듯이, 비 오는 날의 독특한 기분, 비 냄새, 조용한 서정, 뭐 그런 느낌들을 담으려 했"(『한겨레』 2002년 11월 11일)다고 말한다. 그림책의 구상 단계에서 서사에 대한 고려가 없다고 할 수는 없을 터이지만, 적어도 이 인터뷰에 따르면 작가는 서사에 대한 의

도가 거의 없는 것으로 보인다. 하지만 작가의 의도와는 관계없이 독자는 여기서 '이야기'를 읽어낸다.

이 책은 글자는 단 한마디도 없이 그림으로만 이야기를 풀어나간 그림책이다. 첫장을 펼치면 노란 우산을 쓴 아이가 서 있다. 마음이 따스하면서 편안해지는 느낌이 든다. 그 아이가 노란 우산을 쓰고 학교로 간다. 노란 우산 하나가 회색 길을 걸어가는 모습에서는 처음 학교를 가는, 희망과 두려움이 섞인 1학년 어린이들의 마음이 느껴진다. 그때 저만치에서 파란 우산이 걸어온다. 파란색 우산이 등장하는 장면에서는 용기가 생긴다. 노란 우산과 파란 우산이 다정하게 걸어가는데 빨간 우산이 저만치에서 걸어오고, 이어서 녹색 우산이 걸어오고, 학교 가까이 갈수록 여러 가지 색깔의 우산이 옹기종기 모여들고, 끝내는 우산을 쓴 어린이들이 물결처럼 학교로 걸어간다. 모든 걱정과 두려움은 풀빛에 바람처럼 사라지고, 풀빛 세상 속을 걸어가는 아이들 떠드는 소리가 들린다. 끝장에 우산꽂이에 꽂혀진 우산을 보면서 마음이 차분하게 가라앉는다. (이주영 『한겨레』 2003년 3월 3일)

이 해석에 동의하건 동의하지 않건, 중요한 것은 독자가 그림을 '이야기'로 읽어낼 수 있다는 것이다. 또한 우산 수가 늘어남에 따라 그 다채로운 색이 어우러져 주는 아름다움, 그리고 그 아름다움의 종착지가 학교라는 점에서 궁극적으로 '혼자가 아닌 함께의 아름다움' '학교는 즐거운 곳'이라는 메씨지가 있다고 해석할 수도 있다. 그리고 이렇게 다양한 해석이 가능한 것은 바로 텍스트(그림 텍스트)의 다층성에서 비롯한다고 보아도 좋을 것이다. 이는 귀한 성과이다.

또한 우리가 주목할 점은 이 그림책이 음악 CD와 함께 독자에게 주어진다는 것이다. 음악적 이미지와 시각적 이미지의 결합을 꾀한다는 점에서 기존의 그림책 개념을 뛰어넘는 또하나의 의미 있는 시도인 것이다. 하지만 다시 생각해보자. 이 음악에는 가사가 들어 있다. 여기서 혹시 작가가 철저히 시각 이미지와 음악 이미지만으로 작품의 의도를 전하려던 것을 포기한 것은 아닐까, 음악이라는 형식으로 더 강력한 서사를 의도한 것은 아닐까 하는 의문이 든다.

글 없는 그림과 관련해서 또하나의 작품을 주목해보자. 독일 그림책 작가 니콜라우스 하이델바흐의 『브루노를 위한 책』(김경연 옮김, 풀빛 2003)인데, 이 책은 일부에서만 글 없는 그림이 삽입되며 전체의 서사를 구성한다. 책에는 관심도 없던 브루노가 친구 울라의 안내로 멋진 책의 세계를 경험하는 이야기를 담은 이 책은 책 속의 세계, 환상세계만 글 없는 그림으로 독자에게 제시된다. 독자는 용에게 납치된 울라를 구하려는 브루노를 왜 구관조가 기다리고 있는지, 구관조는 왜 용이 없어진 섬에 남아 있는지, 울라를 구한 브루노가 처음 책 속의 계단을 따라 내려갔을 때의 브루노와 어떻게 달라지는지 등에 대해 스스로 해답을 구해야 한다.

이상의 예에서 볼 때 그림책은 어떤 형태로든 서사를 가지고 있고, 그림언어가 중심이 될수록 독자의 적극적인 독해를 필요로 한다. 그리고 그 바탕이 문학적 독해임은 물론이다. 문학적 독해란 글이든 그림이든 서사적 텍스트에서 이루어진다. 그림책을 문학에서 떼어낼 수 없는 주된 이유가 여기에 있다.

글 없는 그림책은 한 극단의 예이고, 그림책은 대부분 글과 그림이 함께한다. 하지만 현재 우리가 접하는 그림책들은 더욱 다양한 형태를 보여주고 있다. 앞에서 언급했듯이 그림언어 자체도 사전지식 없이는 이해하기 어려울 정도로 다양한 양식과 기법을 구사하거니와, 텍스트의 내용이나 주제도 점차 확대되는 추세이기 때문이다. 따라서 "그림책을 어린이문학만으로 보는 것은 너무 좁게 보는 것이 아닌가"(『창비어린이』 2003년 창간호 137면)라는 반문이 나오는 것은 당연하다. 독자 대상 문제와 관련해서 『나의 사직동』(한성옥 그림, 김서정·한성옥 글, 보림 2003)은 흥미로운 작품이다. 작품의 문학적·예술적 평가와는 별개의 문제이긴 하지만, 엄혜숙은 이 작품의 독해는 "사회학적 상상력을 요구"(『열린어린이』 2003년 8월호)한다고 진술하는데, 이는 이제 그림책의 독자 대상을 '아동'에 국한해서 보기 어렵게 되었음을 증명한다.

그림책, 글과 그림 사이

이제 마무리를 하자. 그림책은 글과 그림 사이의 스펙트럼이 넓은 특수한 문학 형태이자 특수한 미술 형태이다. 처음에는 전체 텍스트의 중심이 글 텍스트에 있었으나 역사적 전개와 더불어 점차 그림 텍스트에 중심이 주어지는 작품들이 등장했다. 여기가 우리가 그림책에 관심을 갖게 된 시점이기에 서구와는 달리 그림책이 문학에 속한다는 개념이 약화될 수밖에 없었다. 그렇기는 하지만 그림책은 서사성이라는 면에서 궁극적으로 문학과 연관될 수밖에 없다. 다만 글과 그림이 끊임없는 보완, 확대, 긴장 관계를 이룬다는 점에서 그 어느 장르보다도 다층적이고 다양한 표현과 해석이 가능하다. 아울러 이러한 다층성과 복합성은 독자 대상까지도 아동을 넘어서게 한다.

_내일을여는작가 2003년 가을호

정보를 주는 책

정보책의 발전

최근에 부쩍 과학동화니 환경동화니 생태동화니 하는 명칭들이 심심찮게 눈에 띈다. 비록 동화의 형식을 빌고 있으나, 어떤 사실에 대한 특정 정보를 전달하려는 의도를 뚜렷이 드러내고 있는 것이다. 예를 들어 출판사에서 '생태동화'라는 이름을 붙인 『풀꽃과 친구가 되었어요』(이상권, 창작과비평사 1998)를 보자. 이 책은 작가도 밝히고 있듯이 동화의 형식을 빌어 "풀이라는 친구를 알려주려"는 의도로 쓰여진 것이다. 이 책을 읽는 아이들은 몰랐던 우리나라의 풀과 고유의 풀 이름을 알게 된다. 아이들의 관심도 동화의 줄거리보다는 풀이라는 대상에 가 있다. 반면 『달려라 루디』(우베 팀, 창비 1999)를 읽을 때는 비록 돼지의 종류와 습성에 대해 자세한 정보가 들어 있다고 해도 그것이 주된 관심사는 아니다.

이렇게 정보를 주는 책이나 글을 흔히 '논픽션'이라고 부른다. 논픽션은 사전적 의미에서 "과학, 문화, 정치, 사회, 경제, 문화사의 분야에서 새로운 사실과 인식들을 가장 대중적이며 쉽게 이해할 수 있는 형식으로 제공하는 출판물"이라고 정의된다(Metzler Literatur Lexikon 1990). 미국에서 논픽션이 픽션, 즉 허구에 의한 창작문학인 소설에 반(反)하는 문학 장르를 칭하는 용어로 정착되고 일반화된 것이 1912년 『퍼블리셔즈 위클리』(Publishers Weekly)라는 출판잡지가 베스트셀러를 발표할 때 픽션과 논픽션으로 분류한 데서 시작되었다고 하니(『두산 세계대백과사전』), 문학 장르로서의 역사가 상대적으로 무척 짧은 셈이다. 우리나라에서도 논픽션이라는 말을 번역한 '비소설'이라는 명칭이 있기는 하지만 논픽션과 똑같은 의미로 쓰이는 것 같지는 않다. 교보서점의 분류를 보자면 비소설에 수필, 시, 희곡, 르포 등 의미 그대로 소설이 아닌 책들이 포함되어 있다.

정의에서 알 수 있듯이 논픽션은 바로 이러한 대중화 노력 때문에 문예학에서도 각각의 전문 학문에서도 진지한 관심이 주어지지 않았다. 그러나 학문과 지식이 다양해지고 전문화되면서 비전문 독자들의 알고자 하는 욕구에 부응하는 책들이 점점 더 많이 요구되고, 그에 따라 빠른 속도로 발전한 장르의 하나가 되었다.

세상과 사물에 대한 지식과 경험이 부족한 아이들에게 읽힐 정보책은 그들의 관심을 끌 수 있는 '재미'를 고려하지 않을 수 없기 때문에 일찍부터 이야기 형식을 환영하는 추세였다. 독일을 예로 들어보면 그림책의 효시로 간주되는 코메니우스의 『눈에 보이는 세계』(1658: 『세계 최초의 그림교과서』 씨앗을뿌리는사람 1999)는 사물을 다룬 정보그림책에 속하며, 최초의 본격 어린이문학 작품으로 간주되는 캄페의 『소년 로빈슨』(1779) 역시 사실에 대한 지식을 전달하려는 교육적 의도와 형식 때문에 이야기정보책으로도 간주된다. 다시 말해 정보책의 역사는 아동문학의 역사만큼 오래된 것이다.

또한 그것이 서양의 일만은 아니다. 우리나라에서도 이러한 글쓰기는 우리 근대 아동문학이 태동한 1920년대부터 찾아진다. 『어린이』(제1권 제8호 1923년 9월 15일 특별호)에 '과학설명'이란 항목 아래 실린 정병기의 「짠 이야기 단 이야기」를 잠깐 읽어보자.

공부 잘하고 의좋은 소년 형제가 있어서 모여앉으면, 으레 공부되고 유익한 이야기뿐이었습니다. 어느 때 하루는 형제가 마주앉아서 저녁을 먹다가 우연히 짠 이야기, 단 이야기가 시작되었습니다. 마침 그 저녁상에 소금 친 짠 반찬과 설탕 친 단 반찬이 있었던 까닭입니다.

◇동생의 사탕 이야기

사과, 배, 감, 포도 같은 과일에 단맛이 있는 것은, 그 속에 사탕이 섞여 있는 까닭입니다. 그러나 우리가 날마다 쓰는 설탕을 그 속에서 꺼내 쓰려면 설탕 값이 비싸지는 고로 과일 속에 있는 사탕을 짜내어 쓰게는 되지 않습니다. (…)

◇형님의 소금 이야기

우리의 살림살이에 잠시도 없지 못할 소금은 이 세상 어디든지 바닷물 속에는 모두 있습니다. 대개 바닷물 백문에 소금이 삼문씩은 있는데 특별히 소아세아의 사해에는 팔 문씩이나 있다 합니다. (…) 이만하면 소금이 어떤 것인지 사탕이 어떤 것인지 대강은 아실 것 같습니다. 가끔 가끔 처음 보시는 둔자는 자세 설명을 붙이고 싶었으나 다 종이가 모자라서 그냥 두었으니, 읽으시다가 모르시는 것은 적어 가지고 학교 선생님께 가서 여쭈어서 아시도록 합시요. 그것도 큰공부가 되는 것입니다.

그처럼 오랜 역사에도 불구하고(기실 플라톤의 『대화』도 넓은 의미의 정보책이 아닌가!) 정보책이 장르로서 본격적인 주목을 받기 시작한 것은 미국의 예에서 보았듯이 아주 최근의 일이다. 독일의 경우에는 제2차 세계대전 이후를 어린이 정보책의 전성기로 보며, 미국의 경우에도 거의 마찬가지이다. 그에 따라 정보책에 대한 평가도 달라진다. 그동안 '순수한 문학'이 아니라는 이유로 문학상에서는 고려되지 않던 정보책이 '독일 청소년문학상'이라든가 미국의 '뉴베리상'과 같은 권위 있는 아동문학상의 수상작으로 목록을 차지하기 시작한 것이다. 독일 청소년문학상은 1960년 대 후반, 미국 뉴베리상은 1980년대 중반의 일이다. 이는 그만큼 어린이책 에서 정보책이 차지하는 중요성(아울러 아동문학의 한 갈래로도)이 높아 졌다는 뜻으로 보아도 좋을 것이다.

우리나라의 경우는 1997년 창비 '좋은 어린이책' 원고 공모에 와서야 처 음으로 기획부문이라는 이름으로 상이 마련된다. 여기에는 출판사의 상업 적 이유가 무엇보다도 크겠으나, 다른 한편으로는 우리나라 어린이책 분 야에서도 논픽션 책이 차지하는 비중이 그만큼 커졌다는 것을 반증하는 것이기도 하다.

그러나 비중이 크다고 해서 다 아동문학의 논의 대상이 되는 것은 아니 며, 일정한 공통된 장르적 특성을 이야기할 수 있어야 한다.

특징

작가의 의도

정보를 주는 책은 전달하고자 하는 정보의 내용이 있어야 함이 일차적 인 요건이다. 그리고 그 정보의 내용은 자연, 동물과 식물, 인간, 지리, 경 제, 역사, 사회, 수학, 물리, 정치, 스포츠, 예술 등 다양한 분야에 걸친다. 그러나 『달려라 루디』의 예에서 보았듯이 정보내용이 있다고 해서 다 정 보책에 들어가는 것은 아니다. 허구적인 글에서도 얼마든지 정보를 찾아 볼 수 있다. 이원수의 『구름과 소녀』에서는 물의 순환과정에 대해 알 수 있고, 로버트 루이스 스티븐슨의 『보물섬』에서는 바다와 항해, 섬에 대해 알 수 있으며, E. B. 화이트의 『우정의 거미줄』(창비 2001. 시공사에서는 『샬롯의 거미줄』로 출간됨)에서는 거미와 거미줄 잣기에 대해서 많은 것을 알 수 있

다. 그림책의 형식에서도 마찬가지이다. 예를 들어 이름가르트 루흐트의
『애벌레의 모험』(풀빛 2001)은 애벌레에서 나비가 되기까지의 아름답고 사
실적인 그림들이 들어 있지만 정보그림책은 아니다. 이들 정보들은 어디
까지나 배경으로 머문다.

다른 한편 신혜원의 『어진이의 농장 일기』는 어진이가 체험한 농장생활
을 빌어 씨를 뿌리고, 싹이 나오고, 수확하는 과정, 채소를 가꾸는 데 얼마
나 많은 수고가 드는지, 저마다 씨 모양도 키우는 방법도 다르다는 것 등
의 객관적 사실을 알려주는 데 초점이 맞추어져 있다. 어진이의 성격과 주
말농장의 풍경 등은 그러한 "정보전달의 전략"(Hussong 63~87면)일 뿐이다.

유형

어린이 정보책은 '정보전달의 전략'으로 동화, 소설, 르포르타주, 판타
지 같은 다양한 형식이 이용된다. 그리고 바로 이 점에서 교과서나 학습
서, 전문서적과 구별된다. 교과서나 학습서의 경우 학교공부와 직접적으
로 관련되어 있는 사실을 알려주고 가르쳐준다. 그에 반해 어린이 정보책
은 학교 공부와 관련이 없는 것은 아니지만, 어디까지나 여가시간에 즐겁
게 읽는 것을 전제로 한다. 흥미로운 것은 참고서나 학습서에서도 정보책
의 형식을 빌려와 어린 독자들의 흥미를 돋우려 하는 추세다.

어린이 정보책의 유형 구분은 독일의 경우 연구자들마다 조금씩 다르
긴 하지만, 크게 보아 순수하게 정보제공 위주의 정보책, 이야기로 풀어 쓴
정보책('이야기정보책'이라고 부르자), 그림책의 형식을 빌린 정보책으로
나누고 있다(Ossowski 657~82면). 나는 여기에 우리나라 어린이책 시장을 고
려해서 만화책의 형식을 빌린 정보책을 추가하고 싶다.

첫번째 유형은 별다른 서사적 장치 없이 사물이나 사실에 대한 정보를
제공한다. 이때 삽화, 그래픽, 도표, 또는 사진으로 독자의 이해를 돕는다.
『마이사이언스 북』(한길사) 『한국생활사박물관』(사계절)과 같은 책이 이 유

형에 속한다.

두번째 유형은 소설, 모험, 여행기, 판타지 등 다양한 서사 형식을 빌어 정보를 제공한다. 과학동화, 생태동화, 자연동화 등으로 불리는 글들이 여기에 속한다. 『풀꽃과 친구가 되었어요』나 『어진이의 농장 일기』 등이 이 유형에 속한다.

세번째 유형은 유아들이 가장 먼저 읽게 되는 사물그림책[1]에서 시작해서 하나의 이야기로 구성한 그림책들까지, 그림책의 형식을 빌어 정보를 주는 책들이다. 보림출판사의 '전통과학 시리즈'를 비롯해 『기차 ㄱㄴㄷ』 (비룡소) 『우리 몸의 구멍』(돌베개어린이) 『만희네 집』(길벗어린이) 등이 그 예이다.

네번째 유형은 정보내용을 만화로 구성한 것이다. 이는 대단히 인기 있는 형식으로 많은 주제 영역에서 시도되고 있다. 『수학박사』(사계절) 『먼나라 이웃나라』(김영사) 『새 먼나라 이웃나라』(중앙 M&B)와 같이 이른바 학습만화에 속하는 형태의 책들이 여기에 속한다.

그러나 이밖에도 정보책이 이용할 수 있는 형식은 얼마든지 늘어날 수 있다. 신문 형태를 이용한다든가(『역사 신문』 『세계사 신문』 사계절), 그림과 사진의 콜라주를 이용한다든가, 또는 이야기 형식, 그림책 형식, 만화 형식을 한데 섞는 등 혼합 형식도 생겨난다. 여기서 어린이 정보책 형식의 다종다양한 스펙트럼과 동시에 문학적·미학적 접근의 필요성이 드러난다.

기능

아이에게 무엇을 알려주고 가르쳐주려는 의도는 어른들이 어린이를 위한 글을 쓰기 시작할 때부터 갖고 있던 지배적인 관점의 하나이다. 그러나

---

1 이는 엄밀히 말하면 그림사물책이다. 텍스트 없이 오직 그림만으로 사물에 대한 정보를 제공하기 때문이다.

괴테도 "모든 시문학은 가르침을 주어야 한다. 그러나 눈치 채이지 않는 방식으로 깨우쳐주어야 한다"라고 말했듯이 넓은 의미에서 교육적 성격이 빠진 문학이 없기도 하거니와, 어린이책들은 대부분 교육적 요소들을 내포하고 있다고 보아도 과언이 아니다. 그것은 아동문학의 큰 줄기 가운데 하나로 갖가지 형식으로 시도되며, 이러한 교육적 관점에 가장 잘 부응하는 것이 바로 정보를 주는 책일 것이다.

정보책이 어린이들에게 갖는 기능은 우선 어떤 사물과 사실에 대한 호기심을 충족시켜주는 것이다. 어떤 사물과 사실에 대한 기본적인 지식을 얻도록 도와주며, 나아가 그동안 몰랐던 새로운 사실에 대한 관심을 일깨우고, 이때 사실에 대한 완결된 정보가 아닌, 발견으로의 문을 열어주는 것이 중요하다. 발견의 "끝이 열려 있음"(Lukens 300면)을 깨닫게 해주어야 하는 것이다. 어떤 사물과 사실에 대해 개요적인 지식을 갖게 되고, 또 그것에 대해 알게 되었다는 느낌은 자신감을 심어주는 계기가 되기도 한다.[2]

같은 분야의 정보를 다루더라도 저자에 따라 그 소재를 다룬 형식이 다르고 선택한 내용도 조금씩 차이가 난다. 이처럼 지식의 재료들을 다룬 다양한 형식과 관점을 접하며 독자들은 비교능력을 기르게 되는데, 이는 무엇보다도 '비판적인 독서' 능력을 키워주는 계기가 된다. 또한 학교 교과서를 공부하는 것과는 다른 차원에서 무엇을 읽고 배우는 것이 있다는 것을 경험함으로써 독서를 통한 학교 밖의 공부도 가치 있는 일임을 깨달을 수 있다.

그밖에도 아주 어린 연령의 독자들에겐 부모와 함께 그림책을 보며 심리적 유착감을 기름과 동시에 사물을 주변의 현실과 비교하며 그 연관성을 알아보는 계기가 될 수 있고, 교사들에게는 수업에 다양한 형태의 학습자료들을 이용할 수 있는 가능성이 된다.

---

2 이를 일컬어 어떤 연구자는 "인성의 강화"(Ossowski 674면)라는 표현을 쓴다.

평가규준

1990년대 초반만 해도 몇몇 조잡한 형태의 과학책이 방학 권장도서이자 독후감 숙제 도서로 목록에 올라와 있었다. 그러나 그사이에 정보책의 종류와 형태는 얼마나 다양해졌으며, 또 질적으로도 얼마나 많이 발전했는가. 물론 아직은 번역도서가 주종이지만, 국내에서도 이 분야에 대한 관심은 가히 폭발적이며 줄곧 늘어가고 있다. 그러나 이 분야 책들의 어떤 면들을 어떻게 보아야 할지에 대한 논의는 거의 없는 실정이다. 비평(서평에 그치는 것이 아닌)도 문학활동의 한 영역이고, 그 비평에는 평가규준들이 있게 마련임을 생각하면 안타까운 일이다.

어린이 정보책은 앞에서 보았듯이 정보를 재미있고 효과적으로 전달해야 한다. 내용과 형식(책 형식까지 포함해서)이 하나의 전체가 되는 것이다. 이때 무엇보다도 정보의 정확성이 중요한 것은 당연하다. 그러나 비전문가의 입장에서는 사실의 정확성 여부(상식은 어디까지나 상식일 뿐이다)를 판단하기가 어렵다. 하지만 이를 간접적으로 판단할 수 있는 근거는 있다. 바로 저자가 누구인지를 보는 것이다.[3]

저자와 참고자료

저자의 약력과 출간저서를 보면 그가 다루고 있는 주제에 대해 얼마만한 기초지식이 있는가를 알 수 있다. 이것은 그가 반드시 그 분야의 전공자여야 한다는 뜻은 아니다. 전공하지 않았더라도 관심에 따라서 얼마든지 전문지식을 갖고 있을 수 있기 때문이다. 그렇기는 하지만 전문지식을 갖고 있는 사람이 어떤 책을 썼다는 것은 정보의 정확성이 믿을 만하다는

---

3 이를 한 연구자는 "저자의 권위와 책임"(Horning 25면)이라는 말로 표현한다.

신뢰의 단초가 된다. 그런 의미에서 남극전문가 장순근의 『야! 가자, 남극으로』(창비 1999)는 일단 신뢰를 준다. 그러나 이것은 어디까지나 단초일 뿐이다. 아무리 전문지식을 갖고 있다 해도 성공적인 어린이책을 쓸 수는 없기 때문이다. 이 경우에는 감수자가 있는지, 있다면 누구인지를 보는 것도 한 방법이다.

그러나 또한 모든 책에 다 감수자가 있어야 하는 것은 아니다. 이때 중요한 판단자료가 되는 것이 바로 참고자료이다. 『고래는 왜 바다로 갔을까』(창비 2000)는 '과학아이'(김성화·김수진)라는, 관심 분야는 뚜렷이 드러나 있으나 권위면에서는 다소 회의적으로 보일 수도 있는 기획집단이 집필한 것이지만, 그들이 참고한 문헌을 알려줌으로써 판단의 근거자료를 제공한다.

한데 참고한 자료를 볼 때 유의할 점들이 있다. 잡지 기사라든가 대중적인 저서를 참고했는지, 전문저서를 참고했는지, 또한 그것이 얼마나 최신 자료인지를 살펴보아야 한다. 그것은 작가가 그 주제에 대해 얼마나 성실하게 자료를 수집하고 이용했는가를 나타내주기 때문이다. 물론 대중적인 저서와 전문저서 가운데 어느 것이 더 우월하다고 한마디로 말할 수는 없다. 대중적인 저서라 해도 전문가가 썼거나 전문가의 검증을 거친 것이라면 정보내용을 믿을 수 있다고 보아도 좋기 때문이다.

다른 한편 학술적인 저서를 참고했다 하더라도, 그것이 어느 한 견해만을 대표한 것이라면 참고문헌으로는 그다지 적절하지 않을 것이다. 인상적인 정보책 가운데 하나인 『먼나라 이웃나라』를 예로 들어보자. 우선 만화라는 오락성이 강한 형식으로 이만한 내용과 무게, 관점들을 전해주는 예는 거의 없으리라. 만화의 품격을 높이는 데 이바지했다고 한다면 과언일까? 그런데 한가지 궁금한 것은 도대체 작가가 어떤 책들을 참고했을까 하는 점이다. 이 책의 정보들이 하늘에서 뚝 떨어진 지식들은 아닐 것이기 때문이다. 물론 만화에 참고자료를 소개한다는 것이 일반적인 일은 아니다. 그러나 그만큼 특별한 질을 지닌 (정보)책이라면 관례를 넘어도 좋지 않았을까? 아무튼 그 점이 개인적으로 아쉬웠다.

또한 자신이 참고한 자료들이 너무 많다면 간략한 논평과 함께 어떤 것이 가장 유익했는지 알려주는 것도 독자에게는 그 책으로 일깨워진 관심을 보다 넓히고 깊게 하는 데 좋은 길잡이가 될 것이다.

구성

어린이 정보책에 있어서는 어떤 정보를 어떤 방식으로 제공하느냐가 무엇보다도 중요하다. 작가가 선택한 정보와 구성을 한눈에 알아보는 데 차례만큼 좋은 게 없다. 구성은 작가가 선택한 각 정보의 연관성을 알려주는데, 어린이 정보책에 있어서는 쉽고 친근한 것에서 시작해서 낯선 것으로 나아가거나, 구체적인 것에서 추상적인 것으로, 또는 옛날의 일에서 현재의 일로 나아가는 경우가 많다. 연대기적 구성을 취한 예로 『한국생활사박물관』의 '선사생활관'을 한번 들여다보자.

우선 책 제목의 '생활사'라는 단어는 연대기적 구성이 당연함을 암시하지만, 박물관이라는 공간적 개념을 도입함으로써 과거의 시간을 현재화한다(그런데 박물관은 찾아가지 않으면 현재의 의미가 없다). 과거를 죽은 시간으로 놓아두지 않겠다는 의지를 읽어볼 수 있는 대목이다(그리고 그 의지는 도입부에서 과거의 한 장면과 지금의 한 장면을 이어놓음으로써 더욱 분명하게 드러난다). 그리고 일터와 생활공간이 나뉘어 있는 구석기인과 신석기인의 생활모습에서 일터를 앞에 둠으로써 인간이 살아가는 데 노동의 중요성을 강조한다. 또한 그 부제도 '대자연의 일터에서'와 '정착지 일터에서'로 잡음으로써 신석기시대에 정착이 이루어졌음을 목차만 보고도 알 수 있다.

'생활 2'는 인간이 살아가는 데 가장 큰일인 '의식주'와 '관혼상제'에 맞추어져 있다. 그러나 '씨족회의'와 같이 공동체의 삶을 끌어들임으로써 단순히 생활사가 아닌 사회사까지, '멋'이라는 항목으로 문화사까지 짚어보려는 의도도 보인다. 특히 눈길을 끄는 것은 '특강실'이다. 정말 모권사회는 있었을까? 대체 왜 돌로 시대를 나누었을까? 알고 싶은 욕심이 생긴다(이미 그에 대해 사전지식이 있는 독자라 해도 특강실이라는 별도의 항목에서 다시 한번 관심이 인다). 또한 '국제실'을 마련함으로써 한국을 세계의 무대 속에서 함께 보려는 의지를 드러낸다. 이러한 의도들이 본문에서 어떻게 실현되고 있느냐는 다른 문제이지만, 이 차례와 부제들은 책 전반의 체계와 의도를 한눈에 명료하게 알려준다. 게다가 찾아보기와 도서실, 자료제공 및 출처의 난은 이 책을 만드는 데 얼마나 공을 들였는지(이는 편집에서부터 이미 눈에 띄는 것이지만), 얼마나 출처가 확실한 자료들을 이용했는지를 짐작할 수 있게 한다. 한마디로 독자의 신뢰감을 불러일으키기에 충분하다.

시각적 요소

어린이 정보책은 삽화나 사진과 같은 시각매체가 큰 역할을 한다. 사진은 실물을 있는 그대로 보여준다는 장점은 있지만, 외관을 보여주는 데 한정된다는 단점이 있다. 삽화는 전형화의 어려움은 있지만 사물의 내면까지 보여줄 수 있는 장점이 있다. 어떤 매체를 이용할지는 정보내용의 필요에 따라 달라진다.

삽화는 동화나 소설에서는 내용의 분위기를 시각화하는 반면, 정보책에서는 내용이 분명해지도록 도와준다. 따라서 삽화가 텍스트와 어떤 관련을 지니는지, 단순히 장식적 요소인지, 아니면 글을 보완하고 확대시키는지, 정보에 더욱 독자의 관심이 쏠리게 만드는지, 최신의 정보인지, 사진과 삽화를 설명하는 표제가 본문에 있는 것을 다시 한번 반복하고 있는지(그렇다면 그 정보가 상대적으로 중요한지), 아니면 텍스트 속의 정보를 보충해주는지 눈여겨보아야 한다.

디자인까지 포함해서 편집은 독자의 정보에 대한 흥미를 높이는 데 큰 몫을 한다. 미국에서 『신기한 스쿨버스』 씨리즈가 큰 성공을 거둔 것은 다양한 편집 때문이기도 하다는 견해도 있다(Horning 35면). 잘 조직되고 성공적인 디자인은 디자인 그 자체에 대한 관심보다는 정보를 효과적이고 인상 깊게 전달하는 데 쓰여야 함은 물론이다. 판형, 활자체와 크기, 제목 잡기, 삽화의 위치 등 편집에 관련된 모든 것 역시 그러한 목적 아래 얼마나 잘 통합적으로 이루어져 있는가를 살펴보아야 한다.

컬러 인쇄가 발달해서 독자의 눈을 사로잡기 전까지, 어린이 정보책 가운데 가장 효과적이라고 간주되던 방식은 이야기로 쓰는 것이었다. 이때의 삽화는 대부분 흑백이었고, 시각적인 요소에는 크게 주목하지 않았다. 독자는 작가가 이끄는 대로, 다시 말해 줄거리를 따라갈 수밖에 없었고, 그에 따라 정보전달의 효율성은 늘 미지수로 남았다. 그러나 컬러로 된 다양한 시각자료들이 독자의 눈을 사로잡으면서 독자는 정보 자체를 자신의 눈으로 볼 수 있는 기회와 아울러 글과 비교하거나 다른 자료들과 비교할 수 있는 기회를 갖게 되었다. 정보책의 이런 새로운 국면을 한 연구자는 "지식의 민주화"(Schmidt-Dumont)라고 부르기도 한다. 시각적 요소의 중요성, 그 기능을 한마디로 요약해주는 말이 아닐 수 없다.

글

작가라든가 참고문헌, 구성과 디자인, 삽화 등은 내용과 떼어 생각할 수 없는 형식이긴 해도 이를 문학 외적 요소들이라고 구분한다면, 텍스트는 문학성에 대해 이야기할 수 있는 부분이다. 어린이 정보책에 시각적 매체들을 다양하게 이용하기 전까지는 이야기 형식이 독자의 흥미를 유발하는 가장 효과적인 형식이었고, 우리 역시 지금까지 이 형식에 대단히 친숙하다. 그리고 이렇게 서사적 형식을 취할 때는 정보의 사실성과 문학성이라는 두 마리 토끼를 다 잡아야 한다. 그러나 이것은 말처럼 쉬운 일이 아니다. 경제원리를 소설 형식으로 담아낸 『펠릭스는 돈을 사랑해』(니콜라우스 피퍼 지음, 비룡소 2000)를 예로 들어보자.

책의 줄거리는 이렇다. 집안형편 때문에 여름휴가를 가지 못하게 된 열두살 소년 펠릭스가 부자가 되기로 결심한다. 물론 실제상황은 단순히 여름휴가를 가지 못하게 된 것 이상이다. 나중에 드러나듯이 아버지의 실업 문제가 숨어 있기 때문이다. 펠릭스는 친구 페터와 함께 잔디도 깎아주고 빵도 배달하고 정확한 부기법도 배운다. 하지만 단순히 열심히 일만 해서 부자가 되기는 어림없는 일임을 깨닫게 된다. 그때 펠릭스의 잔디깎기 고객이자 그에게 경제의 기초지식을 가르쳐주는 슈미츠 씨의 악보가게에서 '우연히' 금화를 발견하게 되고 그것으로 돈을 불리는 법을 모색하게 된다. 증권시장을 알게 되는 것이다. 그러다 사기꾼에게 걸려 돈을 잃고 나중에 경찰을 도와 사기꾼을 잡게 된다는 줄거리다.

비록 빡빡하게 편집된 건 아니라도 500쪽이 넘는 만만치 않은 분량이 탐정소설의 기법으로 말미암아 긴장감 있게 읽힌다. 말하자면 잘 짜인 탐정소설이기도 한 것이다. 아담 슈미츠 씨가 영국의 유명한 경제학자이며 『국부론』의 저자인 애덤 스미스라는 이름을 연상하게 하는 것("아저씨랑 이름이 비슷하네요!")도 우연은 아닌 듯이 보인다. 이 책에 대한 많은 긍정적인 평가들은 이렇게 '돈과 경제원리의 이해'라는 소설 외적인 목적을 소설적 장치로 잘 엮어낸 솜씨에 향해 있고, 사실 그 점은 높이 살 만하다.

그러나 몇가지 물음이 떠오른다. 예를 들어 슈미츠 씨의 낡은 클라리넷 케이스에서 금화를 발견하지 못했다면 훗날 펠릭스가 증권시장으로 진출하는 계기가 되는 자본을 어디서 마련할 수 있었겠는가. 문학적 개연성은 있을지 몰라도 필연성이라고까지 말하기는 어려운 부분이다. 말하자면 펠릭스네가 증권시장으로 진출할 수 있도록 만들어낸 장치라는 측면이 더 강한 것이다. 그래서인지 작가는 그것을 발견하게 된 동기를 이야기하기 위해 제법 먼 길을 돌아간다(금화가 든 클라리넷 케이스를 갖게 된 동기가 설명되어야 하니까!). 여기서 소설적 진실을 확보하기 위한 작가의 노력이 엿보이는데, 그만큼 작가가 소설의 구성원리를 잘 알고 있다는 점은 인정해야 할 것이다.

또한 퍽 심각할 수도 있는 갈등들이 비교적 쉽게 적당한 해피엔드로 버무려지는 것도, 어린 독자들에게는 안도의 한숨을 내쉬게 할 수도 있지만, 필연적 결말이라고 이야기하기는 어렵다. 진짜 재미있는 탐정소설이라면 더 얽히고설키는 사건들을 기대해볼 수 있는 시점인데도 말이다. 그리고 그 긴장의 느슨함 때문인지 '사기꾼을 잡아라!'의 긴장에 '금화의 비밀을 찾아라!'의 긴장이 부가되는 인상을 준다.

흥미롭게도 이 책의 독일어 원본의 부제는 '돈과 다른 중요한 것에 관한 이야기'로 되어 있다.[4] 돈 말고도 다른 중요한 이야기가 들어 있고, 또 단순히 '경제 이야기'로만 읽히기를 거부한다는 뜻이다. 그것은 어쩌면 친구간의 우정이라든가 가족간의 연대, 잘못된 지난일의 극복, 실업문제, 거대자본의 비윤리성, 언론과 자본의 유착관계에 대한 인식(치열하다 할 정도는 아니나 작가의 인식을 짚어볼 수는 있다) 같은 것을 말하는 것이리라. 그러나 작가의 의도가 어떻든 이것은 경제소설(경제탐정소설이라는 용어를 쓰는 이도 있다)로 받아들여진다.

바로 이와 관련하여 정보내용의 근본적인 성격과 정보전달의 효율성에 대해 물어볼 수 있을 것이다. 실제로 이 책을 읽다보면 몰랐던 경제지식을 알게 되는 즐거움이 있다. 그렇기는 하지만 여기서 들려주는 돈과 경제원리가 경제 내지 경제학에서 가장 중요한 것인지? 전달된 정보의 정확성[5]과

---

4 원제는 '펠릭스와 친애하는 돈'(독일어에서 '친애하는'에 해당하는 'lieb'라는 형용사는 큰 의미 없이 쓰이는 것이 보통이다)이며 부제는 '돈과 다른 중요한 것에 관한 이야기'이고 청소년도서로 분류된다. 한글 번역판의 부제는 '열두 살 소년이 돈과 경제 원리를 이해하기까지'로, 오직 돈과 경제에 초점이 맞추어져 있다.
5 정보의 정확성에 대한 물음은 인문분야로 갈수록 어려운 문제가 된다. 그것은 이데올로기와 관련되는 문제이기도 하다. 페리 노들먼 『어린이 문학의 즐거움』 시공사 2001 참고. 특히 1권의 80~200면에서 어

중요성에 대해서는 비전문가로서 판단을 내리기 어렵다. 그러나 작가의 약력을 보면 일단 이 문제는 접어둘 수도 있다.

또 한가지 결정적인 질문은 이렇다. 혹시 소설적 설정으로 말미암아 지나치게 지엽적인 부분으로 빠지지는 않았는지? 또한 소설적 장치로 말미암아 독자가 중요한 것을 놓치게 하지는 않았는지? 이는 정보전달의 효율성에 대한 질문이다. 이에 대한 대답은 잘 짜인 소설적 구성과는 별개로 여전히 열려 있다.

정보전달의 효율성 측면에 대해 만화 형식에서도 비슷한 질문을 던져볼 수 있을 것이다. 만화라는 장르가 지닌 오락성(재미라고 해도 좋겠다) 때문에 아이들은 만화를 무척 좋아한다. 그것을 아는 어른들은 아이들에게 역사, 인물 이야기는 물론 과학, 수학 등 딱딱한 분야에 이르기까지 갖가지 분야의 정보를 만화 형식으로 제공한다. 그러나 실제 아이들이 거기서 얼마나 필요한 정보를 얻었는지는 미지수다. 또한 재미를 위해 만화를 펴들었는데 골치아픈 이야기가 이어지면 그 부분을 과연 읽고 싶어할까 하는 의문도 든다. 지금까지 어린이들의 실제 반응을 알아볼 수 있는 경험적 연구는 어린이문학 전반에서 찾아보기 어렵다. 하물며 만화처럼 그동안 많이 폄하되어온 형식이야 말할 것도 없다.

정보를 가공하지 않고 그대로 전달하는 문장의 경우에도 물을 수 있는 질문들이 있다. 사용된 언어, 비유법 등 이른바 문체에 대한 질문이 그것이다. '종알종알 말놀이 그림책'(웅진닷컴)에서 우리말의 리듬감과 아름다움을 맛깔나게 살려준 허은미의 또다른 정보그림책『우리 몸의 구멍』(천둥거인 2000)의 일부를 한번 보자.

새 소리가 고막에 닿으면

린이 논픽션을 중점적으로 다루고 있다.

고막이 북처럼 바르르 떨려.
그 떨림이 뇌로 전해져
새 소리라는 것을 알게 돼.

새에 닿은 빛이 반사되어
눈으로 들어오면 신경을
따라 뇌로 전달돼.
뇌는 재빨리 '새'라고 알려 줘.

　과연 '종알종알 말놀이'의 작가구나 싶었다. 딱딱하기 그지없는 내용을 이토록 운율감 있게 옮겨주다니! 그런데 가만! 고막이 북처럼 떨린다? 비유법 가운데서도 직유법은 사물이나 사실을 구체적인 사물이나 상황과 관련지어 보여주기 때문에 어린이를 위한 글에서는 특히 효과적인 수단으로 간주된다. 하지만 조금 생각해보자. 북이 떨리는 것은 잘 보이지도 않거니와, 북은 몸통과 양쪽 마구리에 씌운 가죽까지 통틀어 칭하는 명칭인데 반해 고막은 얇은 막이다. 따라서 그 둘은 금방 동일한 표상으로 이어져 와닿지 않는다.

　더욱 결정적인 것은 그 떨림이 뇌로 전해지는 과정이다. 북처럼 떨린다 했으니, 소리 역시 마치 공기를 통하듯 전달되는지? 그러나 그다음 단락은 빛이 '신경을 따라' 뇌로 전달된다는 것이 분명하게 밝혀져 있다. 빛과 소리의 전달통로가 동일한 것인지 다른 것인지 이 글만으로는 선명하지 않다. 혹시 그것은 중요하지 않은 사실인가? 아니면 정보의 취사선택에서 작가가 미처 '신경'을 쓰지 못한 부분인가? 여기서 이미 성공적인 정보책들을 썼다 해서 다른 정보책도 잘 쓰리라는 보장은 없다고 한 한 연구자의 지적이 떠오른다(Horning 26면). 이 부분은 삽화에서 신경으로 보이는 것이 같은 색의 줄로 표현되어 있으므로 미루어 짐작할 수 없는 것은 아니다.

글 부분은 아니지만 말이 나온 김에 하자면, 두번째 단락은 행 나누기가 눈에 거슬린다. 어린이 독자를 위한 편집에서 한 의미단락을 한눈에 들어올 수 있게 나누는 것은 기본이다. 그런데 운율문제는 제쳐두고라도 '신경을'과 '따라'가 나뉘어져 있는 탓에 의미전달에서 효과적이지 못하다. 물론 이 책은 발상의 참신함과 구성의 탄탄함만으로도 이런 작은 흠들(다른 많은 정보책 글에 비하면 허은미의 글은 흠을 잡기는커녕 높이 사주어야 할 장점이 훨씬 더 많다)은 충분히 덮어둘 만하다.

아동문학 장르로서의 정보책

아이가 빨리 사물을 터득하고 '똑똑'해지기를 바라는 부모의 욕심과 맞물려 정보책들은 점점 다양해지고 또 어린이책에서 차지하는 비중은 압도적이라 할 만큼 높아졌다. 그런데도 그동안 이 분야의 책들은 "비평의 사각지대"[6]에 있는 거나 다름없었고, 어린이책 비평에 관심 있는 이들의 시선은 주로 허구적 창작물에만 향해 있었다. 말하자면 아동문학은 허구적 창작물이라는 공식이 암묵리에 통용되어온 것이다. 이는 이원수의 "아동문학은 아동을 대상으로 한 문학이다. 그것은 동시, 동화, 소년소설, 동극 등으로서 시인이나 작가가 아동들이 읽기에 알맞게 제작한 문학 작품들로서 형성된다"(이원수 8면)는 정의를 크게 벗어나지 않는다.[7]

---

6 이성실 「지식책 어떻게 볼까」, 『동화읽는어른』, 2000년 9월호.
7 이러한 아동문학 정의는 그후 이오덕의 『시정신과 유희정신』(초판 1977), 그리고 원종찬의 『아동문학과 비평정신』(2000)에 이르기까지 계속되는 것으로 보인다. 최윤정의 『책 밖의 어른 책 속의 아이』에 서평의 형식으로 단편적인 관심이 보이지만, 두번째 평론집 『슬픈 거인』에서는 이 분야의 책이 언급되지 않는다. 물론 이들 저서들은 개론서를 의도한 것이 아니므로 장르 전반을 다루어야 할 의무는 없다. 그렇기는 하지만 아동문학의 범주에 대한 성찰에 있어서는 이원수의 아동문학 개념을 크게 넘어서지

이러한 태도가 아동문학의 범주나 또는 하위장르에 대한 체계적인 논의들이 부족한 데서 온다고 판단 내리기에는 아직 섣부르다. 그것은 어쩌면 1990년대 초반까지만 해도 이 분야에서 딱히 내놓을 만한 성과물이 없었던 우리 아동문학 내지 어린이책의 발전 상황과 무관하지 않을 것이며, 우리 문학계를 지배하고 있던 문학개념의 보수성도 한 원인이 될 수 있고, 또한 그동안 이 분야의 책이 번역물이 주를 이루었기 때문일 수도 있다. 따라서 이 문제는 우리 아동문학사의 맥락에서 다시 한번 살펴볼 과제 가운데 하나일 것이다. 사실 시간과 자본을 들이면 충분히 우리 손으로 만들어낼 수 있는데도 이미 만들어진 것을 손쉽게 들여오는 태도는 참으로 큰 문제이다. 그런 점에서 '전통과학 씨리즈'라든가 보리출판사의 책들, 또 『한국생활사박물관』과 같은 책들은 얼마나 값진가.

얼마 전 독일의 가장 권위 있는 사전편찬 출판사 가운데 하나인 두덴(Duden)에서 펴낸, 『태어나서 처음 접하는 ABC사전』을 본 일이 있다. 그런데 거기 등장한 아이들이 백인뿐만 아니라 동양인, 흑인이 골고루 섞여 있는 데 눈길이 갔다. 나중에 한 논문을 읽다보니, 바로 그것이 백인우월주의를 경계하고 모든 인종이 함께 더불어 산다는 것을 은연중에 알려주기 위한 의식적인 고려에서 나온 것으로 해석되었다. 그것은 무국적 세계화의 의도와는 다르다. 하긴 아프리카 흑인들의 나라에서 그러한 책이 나오면 백인우월주의를 이야기할는지도 모르겠다. "왜 흑인들이 볼 책에 백인을 섞어놓은 거야!" 하고……

이 대목에서 문득 이주노동자들을 아무런 이유 없이 무시하는 우리네 정서가 떠오르는 것은 왜인지. 우리것이 소중하며 우리것을 알아야 한다는 말에는 전적으로 공감한다. 다만 지나친 우리것 따지기 역시 생각해볼 점이 있다는 것을 말하고 싶다. 우리 아이들이 나중에 어디를 무대로 자신

않고 있다는 점은 지적하고 넘어갈 필요가 있다고 여겨진다.

을 펼치게 될지 누가 아는가. 그리고 그 자극이 어디에서 오게 될지 누가 아는가. 물론 외국을 보는 데도 우리 손으로 우리 눈으로 만들어진 것을 보고 싶은 마음은 이루 말할 수 없다(그 점에서 『먼나라 이웃나라』는 참 반가운 책이다). 그러나 지피지기라고 했던가, 남들이 세상과 사물을 보는 눈도 보아두어야 할 필요가 있다. 문제는 여기서도 '균형'과 '비판적 읽기'가 아닐까. 말이 잠깐 옆길로 샜지만, 이 역시 문학을 보는 관점의 하나일 수 있기 때문에 자리를 빌려 잠시 생각해보았다.

분명한 것은 적어도 이제 번역물이건 국내물이건 어린이책에서만큼은 간과하고 지나가면 안될 만큼 논픽션이 중요한 부분을 차지하고 있으며, 그 형상화 형식의 특수성 때문에 문학적 논의(혹은 미학적 논의라고 불러도 좋으리라)를 미룰 수 없는 시점에 왔다는 점이다. 막연히 실용동화라는 인상 아래 침묵으로 넘어가는 것이 아니라, 어린이책 분야에서 별개의 갈래로 묶어(물론 앞에서 지적했듯이 많은 부분 장르가 겹친다는 점까지 고려해서) 논의를 시작할 필요가 있다고 여겨진다. 정보를 주는 책은 "내용에서뿐만 아니라 서술형식에 의해서도 결정"(Bamberger 224면)되기 때문이다. 미국의 한 개론서 저자의 말을 빌려 "어린이들이 즐거움과 이해를 위해 읽기 때문에 장르에 포함시킨다"(Lukens 29면)라고 설명해도 좋으리라.

마지막으로 일부에서 쓰이는 '지식책'이라는 용어 대신 정보책이라는 용어를 쓴 이유는 과학동화, 과학그림책, 사실주의소설 등, 책 앞에는 보통 다루고 있는 내용이나 형식을 나타내는 단어를 붙이기 때문이다. 학습서는 제도권 교육이나 수업과의 관련성을 떠올리게 해서 택하지 않았다. 사물책은 사물의 의미가 넓은 의미에서보다는 좁은 의미로 쓰이고 있어 제외시켰다. 정보책 역시 수험정보서를 떠올리게 하지만, 정보를 준다는 점에서 말뜻을 크게 벗어나지 않는 듯이 보였다. 앞으로 이 분야를 칭할 적당한 용어가 찾아지기 바란다.

| 참고문헌 |

이원수 『아동문학입문』 1965(이원수 아동문학 전집 28, 웅진출판주식회사 1988, 9판).

Richard Bamberger, *Jugendlektüre. Jugendschriftenkunde, Leseunterricht, Literaturerziehung*, Wien 1965.

Kathleen T. Horning, *From Cover to Cover. Evaluating and Reviewing Children Books*, New York: HaperCollins 1997.

Martin Hussong, Das Sachbuch, in Haas, Gerhard(Hrsg.): *Kinder- und Jugendliteratur, Ein Handbuch*, Stuttgart 1984(3. Aufl.), 63-87면.

Rebecca J. Lukens, *A Critical Handbook of Children Literature*, New York: Langman 1999(6th Edition).

Herbert Ossowski, Sachbücher für Kinder- und Jugendliche, in Günter Lange (Hrsg.): *Taschenbuch der Kinder- und Jugendliteratur. Bd. 2*, Baltmannsweiler 2000, 657-82면.

Geralde Schmidt-Dumont, Demokratisierung von Wissen. Das Jugendsachbuch seit des 50er Jahren, in *Festschrift für Christian Stottele. Eine Sonderausgabe der Fachzeitschriften Bulletin Jugend + Literatur/ ESELSOHR*, Dezember 1993.

_어린이문학 2001년 5월호

지식정보책, 사실과 재미 사이

어린이책의 역사는 지식정보책의 역사와 일치한다고 해도 과언이 아니다. 서양의 어린이책과 그림책의 효시로 꼽히는 코메니우스의 『세계 최초의 그림교과서』는 어린이 독자의 이해를 돕기 위해 사물을 그림과 함께 보여준다. 우리 아동문학의 산실이었던 『어린이』지에서도 여러가지 정보를 쉽고 재미있게 전달하고자 노력했다. 그렇다고 해서 지식정보책을 처음부터 중요한 아동문학의 갈래로 주목했다는 뜻은 아니다.

지식정보책이 가장 발달했다는 평을 듣는 미국에서도 지식정보책을 아동문학의 갈래로 주목한 것은 1976년 밀턴 멜처가 서평지 『혼북』(*Horn Book*)의 「문학상은 모두 어디로 가나? 논픽션을 위한 변호」라는 논문에서 "좋은" 논픽션은 어느 허구 작품 못지않은 "상상, 창안, 선별, 언어, 형식"을 포함한다고 주장한 다음의 일이다.[1] 즉 지식정보책의 문학성이나 미

---

1 여기서 지식정보책이라는 용어에 대해 간략히 생각해보자. 영미권에서는 아이들 독자를 위한 논픽션을 일컬을 때 '아이들을 위한 논픽션'(Nonfiction for Children)이라 부르기도 하지만 '정보책'(Information Books)이라는 표현도 쓴다. 우리는 아이들에게 정보나 지식을 전달하는 책을 지식책 또는 정보책이라

학성을 인정해야 한다는 이런 주장이 있은 후에야 뉴베리 문학상은 이 분야의 책을 수상작 후보에 올렸고, 보스턴글로브–혼북 상은 별도로 논픽션 부문을 마련한다. 우리나라에서는 아동문학을 생각할 때 창작동화나 동시처럼 주로 허구적 아동문학에만 눈길을 주어왔고 지식정보책을 비평적 논의의 대상으로 삼는 경우는 드물었다.[2]

그러나 지식정보책의 문학성이나 미학성을 인정하며 그것을 아동문학의 한 갈래로 받아들인다 해도 단순히 문학비평적 논의에만 그치기는 어렵다. 알다시피 지식정보책은 전달하는 정보나 지식에 대해서도 판단할 수 있어야 하며, 게다가 그 범위도 자연, 동물과 식물, 인간, 지리, 경제, 역사, 사회, 수학, 물리, 정치, 스포츠, 예술 등 너무도 스펙트럼이 넓기 때문이다. 한 사람이 한 분야도 아니고 이 넓은 분야를 총망라한 식견을 갖는다는 것은 현실적으로 불가능하다. 따라서 지식정보책의 평가는 대부분 각 분야 전공자의 판단에 기대는 수밖에 없고, 그로 인해 정보를 '어떻게' 전달하고 있는가 하는 문학적·미학적 판단은 뒷전으로 밀리기 일쑤다.

하지만 문학적·미학적 판단이 요청되는 것은 혹시 멜처의 말에서도 보이듯 어디까지나 '좋은' 지식정보책의 경우에만 해당되는가? 아니면 지식정보책이라는 장르 자체가 문학적·미학적 요소의 도입이 불가피한 발전의 가능성을 갖고 있는가? 그렇다면 지식정보책의 평가는 어떤 점들을 고려해야 하는가? 본고는 이런 물음들과 함께 지식정보책의 성격을 다시 한번 생각해보는 자리를 갖고자 한다.

불러왔다. 둘 다 일반문학에서는 거의 쓰이지 않는 표현이다. 또한 둘 다 어느 쪽도 정착된 용어는 아니다. 지식과 정보는 다같이 사실에 근거한 진술을 기초로 한다는 공통점을 지니고 있지만, 정보는 유용성이나 목적성을 지닌다는 점에서 지식과 구별되기도 한다. 따라서 본고는 두 개념을 아우르는 지식정보책이라는 용어를 택하고자 한다.

2 앞 글 「정보를 주는 책」 참조. 창비의 '좋은 어린이책' 공모는 기획부문을 포함시키지만, 주최가 출판사라는 점을 고려할 때 아동문학으로 인식했다기보다는 오히려 글자 그대로 좋은 '어린이책'을 확보하기 위한 의도가 더 강했다고 볼 수 있다.

1. 지식정보책의 정의

우리는 독자에게 지식과 정보를 전달하는 종류의 책을 논픽션이라고 일컫는다. 영어권에서 논픽션은 픽션과 함께 문학의 큰 갈래를 이루는 것으로 받아들여지고 있지만, 이 용어가 지금의 의미로 사용되기 시작한 것은 1912년 『퍼블리셔즈 위클리』라는 출판 잡지가 베스트셀러를 발표할 때 픽션과 논픽션으로 분류하여 발표한 데서 비롯되었다고 하니(『두산 세계대백과사전』), 일반문학에서도 문학장르로서의 역사가 상대적으로 매우 짧다.

논픽션 식의 글쓰기가 나타나게 된 배경으로는 무엇보다도 한 개인이 개괄하기에는 너무 빠른 속도로 변하며 다변화되는 세계상황과 더욱 심화되어가는 학문지식의 전문화를 들 수 있다. 특정 분야를 전공한 독자들은 해당 분야의 학술서를 읽을 수 있지만(그들도 다른 분야에 대해서는 일반독자이다), 일반독자들은 어렵기 때문에 전문적인 지식과 정보를 쉽게 풀어준 글이 필요하다. 이러한 독자들의 욕구에 부응하여 등장한 것이 논픽션으로, 논픽션은 무엇보다도 '비전문 독자'를 위한 장르이다.

논픽션의 정의와 관련해서 지식정보책은 사실에 근거한 정보나 지식을 아이들 독자를 위해 이해하기 쉽게 전달하는 장르로 정의할 수 있다. 이때 교과서나 학습참고서 역시 정보나 지식을 전달하는 목적을 지니지만 지식정보책에서 제외된다. 이들은 독서의 즐거움을 위한 읽을거리라기보다는 학교공부와 직접적인 관련을 지니는 책이기 때문이다. 지식정보책은 어디까지나 여가시간의 즐거운 독서를 위한 읽을거리로 제공된다. 그리고 이 점에서 아이들 독자에게 다가가기 위한 전략이 시작된다. 바로 재미이다. 이렇게 지식정보책은 사실과 재미라는 두 마리 토끼를 쫓아야 한다.

2. 지식과 정보의 정확성 및 신뢰성

지식정보책이 전달하고자 하는 지식이나 정보는 두말할 나위 없이 사실에 근거한, 정확하고 믿을 만한 것이어야 한다. 그 정확성 및 신뢰성을 판단할 수 있는 직접적인 잣대는 사실 자체일 수밖에 없지만, 일반독자로서는 언제나 그 잣대를 들이밀 수 있는 것이 아니다. 하지만 간접적인 잣대를 가질 수는 있다. 바로 누가 썼는지를 살펴보는 일이다. 필자가 해당 분야의 전문가라면 일단 신뢰할 수 있는 정보라고 받아들여도 좋을 것이다. 그러나 해당 분야의 전문가들은 아이들을 위한 글쓰기에 익숙하지 않은 경우가 많다. 따라서 많은 지식정보책들은 전문가가 아니라 아이들을 위한 글쓰기에 익숙한 필자들이 맡는 경우가 많다. 이 경우 무엇보다도 중요한 것은 필자가 그 분야에 대해 얼마나 관심을 갖고 성실하게 정보를 수집하여 재구성했는가 하는 점이 될 것이다. 따라서 정보의 정확성과 신뢰성을 위해 어떤 점들을 고려해야 하는지 짚어보는 일은 의미가 있다.

참고자료

정확한 정보를 구하기 위해서는 적절한 자료를 참고해야 한다. 참고자료는 필자의 관심과 성실성을 알려주는 가장 좋은 지표이다. 그러나 어른들을 위한 논픽션과는 달리 아이들을 위한 지식정보책에서 참고자료를 제시하는 경우는 안타깝게도 많이 발견되지 않는다. 따라서 참고자료가 밝혀져 있을 때는 더 많은 신뢰가 간다. 또한 참고자료가 2차자료가 아니라 1차자료인 경우에는 더욱 신뢰가 간다. 물론 이것은 필자의 양식과 정직성을 전제로 할 때의 이야기다.

여기서 미국의 한 대학원생에게서 들은 이야기가 생각난다. 지도교수와 이런저런 이야기를 하다가 대학의 문제에 대해서도 거론하게 되었는

데, 지도교수는 대학의 가장 큰 문제가 '부정직'이라고 열변을 토하더란
다. 그리고 어느날 그 대학원생이 논문을 써갖고 갔더니 (그 교수 논문에
서 인용된 것을 다시 인용한 것인데도) '재인용'은 안된다고 하더란다. 꼭
원 출처를 찾아 확인하라고, 그것은 정직과 성실의 문제라고. 학생은 민망
하기 짝이 없었지만 그래도 피가 되고 살이 되는 말씀이니 민망함을 참고
원 출처를 찾아보기 시작했는데, 뚜껑을 열어보니 인용의 재인용의 재인
용의 재인용이 계속되더란다. 그러다 마침내 원전과 대면했는데 그 책 그
페이지에는 그런 내용이 전혀 없었다고 한다. 우스갯소리로 넘길 수도 있
지만, 극단의 경우 그런 일이 벌어지지 않으리라고 누가 장담할 것인가.

참고자료는 비전문 필자에게만 요구되지 않는다. 전문적인 지식이 필
요하거나 새로운 발견이 진행중인 분야일수록 전공자라고 할지라도 머릿
속에 들어 있는 지식만으로 저술하기는 어렵기 때문이다.

감수

모든 지식정보책에 다 감수가 필요한 것은 아니다. 그러나 전문적인 지
식을 다룰수록 정확성의 판단을 감수자에게 맡김으로써 신뢰성을 확보할
수 있다. 이때 무엇보다도 요망되는 것은 철저하고 책임 있는 감수이다.

이와 관련해서 『떡갈나무 바라보기』(주디스 콜·허버트 콜, 후박나무 옮김, 최재
천 감수, 사계절 2002)라는 책에서 안타까운 경험을 한 적이 있다. 인간 중심의
눈으로 주변세계를 바라보는 데 익숙한 우리에게 이 책은, 지구별에서 더
불어 사는 다른 존재의 눈에는 이 세상이 어떻게 보이는가를 생각해보게
하는 신선한 자극이 된다. 작가들에 따르면 "이 책은 야콥 폰 웩스쿨의 수
필 『동물과 인간 세계로의 산책: 숨겨진 세계의 그림책』에서 영감을 받았
다. 비록 이 책이 웩스쿨의 수필과는 많이 다르지만, 그의 책은 우리가 작
업에 집중할 수 있게 해주었고, 그의 아이디어는 우리의 사고를 형성하는
데 도움을 주었다"(11면)고 한다. 어떤 지식정보책이 지식과 정보를 알려주

면서 새로운 사실에 대한 관심을 일깨운다면 그것은 좋은 책이다.

내가 이 책에서 받은 감명은, 작가들이 영감을 받았다고 밝힌 '야곱 폰 웩스쿨'에 대한 관심으로 나아갔다. 그러나 아무리 찾아도 '야곱 폰 웩스쿨'에 대한 정보를 얻을 수 없었다. 작가들에게 이 정도 영향을 준 동물학자라면 아무리 잊혀졌더라도 이름 정도는 남아 있으리라는 생각에 여러가지 오류의 가능성을 생각하며 검색을 계속했고, 마침내 찾았다. 그는 '야콥 폰 윅스퀼'(Jakob von Uexküll, 1864~1944)이었다. 백과사전에 따르면 'K. 로렌츠, N. 틴베르겐 등 동물행동학자들에게 사상적 영향을 준 동물행동학의 선구자로서, 독일의 동물학자·비교심리학자'라고 한다. 단순히 표기법 문제라고 너그럽게 보아넘길 수도 있겠으나 감수자가 꼼꼼하게 보았다면 얼마든지 짚어낼 수 있는 오류라 싶다.

언어

지식정보책은 언어적 표현에서도 정확성을 추구해야 한다. 특히 개념을 전달하는 부분에서는 아이들을 위해 쉬운 표현을 고르려고 노력하다가 부정확한 전달로 나아갈 수도 있다. 요즘 과학분야에서 이해하기 쉽고 재미있게 글을 쓰는 필자를 꼽으라면 '과학아이'를 빼놓을 수 없을 것이다. 그렇기에 "버섯은 땅 위로 피어나는 곰팡이의 꽃이거든요"(조위라 그림 『그런데요, 생태계가 뭐예요?』 토토북 2004, 38면) 같은 표현을 발견하면 안타까움이 인다. 자칫 곰팡이가 땅 위로 피어나면 버섯이 되고, 곰팡이도 꽃이 있다고 받아들일 수 있기 때문이다.

"요즘은 '이론'이라는 말이 나쁘게 쓰이기도 하지. 행동은 하지 않고 말 많고 잘난 척하는 사람을 이론가라고 부르잖아? 아리스토텔레스가 말한 '이론'은 그런 것이 아니야. 자연을 잘 관찰하고 탐구한 뒤 그 내용을 설명할 때 필요한 것이 바로 '이론'이란다."(『과학자와 놀자!』 창비 2003, 31~2면)에서 정말 일반적으로 행동은 하지 않고 말 많고 잘난 척하는 사람을 이론가라고 부르는지? 아니면 실천과 관련지어 이야기하는 문맥에서만 이론가가 부정적 의미로 쓰이는지? 또한 사회현상을 탐구하고 가설을 세우는 사람은 이론가가 아닌지?

언어 측면은 유아기의 어린이들에게 주어지는 지식정보책에서도 대단히 조심해야 할 부분이다. '이게 뭐야?' '왜 그렇지?' '어떻게 하는 거야?'와 같이 주로 현실에 존재하는 사물이나 상황 들을 알려주면서, 동시에 언어의 습득을 도와주는 사물그림책이 대부분이기 때문이다. 이런 종류의 책은 누구나 아는 정보를 전달하기에 종종 언어의 음악성이나 창의적 표현에 중점을 둔다.

이와 관련해서 최근 들어 부쩍 눈에 띄는 것 하나가 의성어나 의태어의 구사인데, 이 역시 쉽게 생각할 일은 아니다. 『똥이 풍덩!』(알로나 프랑켈 글·그림, 비룡소 2001)이라는 아주 깜찍한 그림책이 있다. 몸의 각 기관이 하는 일을 알려주고 자연스럽게 배변을 유도하는 이 책에서 주인공인 용이나 송이가 앉아 있는 것은 유아용 변기다. 그런데 "풍덩"이라니! 풍덩이라는 의성어의 뜻을 찾아보면 '크고 무거운 물건이 깊은 물에 떨어지거나 빠질 때 무겁게 한 번 나는 소리'(『표준국어대사전』)라고 되어 있다. 우리나라 재래식 뒷간도 아니고, 아기 변기에서 '풍덩'은 도무지 어울리지 않는다. 이는 책 전체의 평가를 떨어뜨릴 만큼 큰 흠은 아니지만, 이 책을 읽고 자란 아이는 우리나라 의성어 하나를 잘못 알고 자랄 수도 있다.

당연한 이야기지만 앞뒤의 개념 정의가 일치하고 문맥이 일관되어야 한다. 『밥 힘으로 살아온 우리 민족』(김아리 글·정수영 그림, 아이세움 2002)은 우리 음식문화를 요모조모로 짚어줄뿐더러 음식과 환경에 대해서도 생각해보게 하는 책이다. 그 가운데 돈가스를 설명하는 대목을 읽어보자.

돈가스는 일본 요리입니다. '가스'는 일본말로 튀겼다는 뜻입니다. '돈'은 돼지를 가리키는 한자말입니다. 그래서 '돈가스'는 돼지고기를 튀겨낸 것이라는 말입니다. 서양에서는 이것을 '포크 커틀릿'이라고 합니다. 커틀릿은 소고기나 돼지고기에 밀가루, 계란, 빵가루를 차례로 입혀서 튀긴 것입니다. 이 요리가 일본 사람들의 입맛을 사로잡았던 것이지요. 그래서 일본에서는 일본식 이름을 붙여 돈가스라고 했습니다.(224면)

돈가스는 일본요리라고 해놓고, 뒤에 가서는 서양요리 포크 커틀릿을 일본식 이름으로 부른 것이라고 한다. 그렇다면 돈가스는 과연 일본요리라고 할 수 있는지? 이 역시 전체의 평가에는 별 지장을 주지 않는 작은 실수로 여길 수 있지만, 두가지 진술 가운데 어느 쪽을 택해야 할지 잠시 당황하는 독자가 있을 것이다.

관점

지식정보책이 무엇보다도 정확한 지식과 정보를 제공해야 한다는 것은 대전제이다. 그러나 아무리 정확하고 믿을 만한 사실이라 해도 '모든' 정보를 다 담아낼 수는 없다. 이때 선택의 문제가 등장하는데, 이는 무엇보다도 그 주제를 다루려는 의도와 관점에서 결정된다. 역사, 문화, 환경에 관련된 분야가 특히 그러하다. 이때는 사실성에서 나아가 관점의 지향성까지 아울러 살펴볼 필요가 있다. 예를 들어 『과학자와 놀자!』는 한국의 과학자로 장영실이 아닌 홍대용을 선택한다. 이는 실학의 근대지향 의식에 더 의미를 둔 선택으로 여겨진다.

또다른 좋은 예가 세계사이다. 혹시 세계의 역사를 머릿속에 그려보자면 4대문명(메소포타미아·이집트·황하·인더스 문명)에서 그리스·로마제국으로 자연스레 선이 그어지지 않는지? 그러면서 사이사이 중국과 인도가 간단하게 등장하지는 않는지? 이에 대해 『엄마의 역사 편지 1』(박은봉 글·이상권 그림, 웅진닷컴 2000)은 이렇게 짚어준다.

세운이 너도 느꼈겠지만, 많은 사람들이 세계사라고 하면 서유럽을 중심으로 하는 서양사를 떠올리고 그것이 가장 오래되고 앞선 역사라고 생각하는 사람이 많아.

이유는, 지금까지 세계사 공부를 서유럽 중심으로만 해온 탓이야. 사실 서유럽은 아시아보다 늦게 문명이 발달한 곳이란다.

앞으로 살펴볼 4대 고대문명에 유럽문명의 조상뻘이 되는 에게문명이 포함되지 않는 것만 봐도 알 수 있지. 시야를 넓혀서 지구 전체를 보도록 해라. 전에는 미처 몰랐던 새로운 사실들을 많이 발견하게 될 거야.(20면)

세계사가 자국의 관점에 따라 달리 구성될 수도 있음은 독일의 『청소년을 위한 이야기 세계사』[5]의 저자 만프레트 마이도 지적하는 바이다. 그는 자신의 책에 대해 "이 세계사는 독일의 관점에서, 독일의 독자들을 고려해서 씌어졌"으며 "프랑스 또는 폴란드 작가라면 다른 관점을 채용할 것"이라고 밝힌다. 그리고 이 책에 대해 오스트리아의 한 서평은 "우리 오스트리아에 대한 이야기는 기대할 것이 거의 없다"고까지 평한다.

3. 지식정보책의 전략

『별똥별 아줌마가 들려주는 화산 이야기』(이지유 글·그림, 미래아이 2003)는 개인의 경험을 바탕으로 한 생생한 체험과 정보를 전달한다. 이처럼 누구나 쉽게 경험할 수 없는 체험으로 얻은 정보는 별다른 장치 없이도 그 자체로 재미있다. 그러나 모든 지식정보책을 그렇게 만들 수 있는 것은 아니

---

5 원제는 'Weltgeschichte'로 국내에는 김태환의 번역으로 2002년 웅진주니어에서 출간되었다. 인용한 글은 본인이 번역한 것임을 밝혀둔다.

다. 한데 아이들은 재미가 없으면 책을 덮어버리는, 특히 까다로운 독자이다. 이러한 독자의 특수성 때문에 지식정보책을 만들 땐 이해를 도울뿐더러 재미를 더하려는 다양한 장치가 동원된다.

전연령에 걸쳐 독자의 흥미를 돕기 위한 지식정보책의 전략으로 가장 먼저 꼽을 수 있는 것은 시각적 요소의 동원이다. 여기에는 그림뿐만 아니라 삽화와 사진, 도표 등도 포함된다. 그러나 시각적 요소는 흥미뿐만 아니라 이해를 돕는 측면에서 동원되는 경우가 많다. 따라서 정보전달을 위한 시각적 요소는 정보전달의 정확성을 가장 우선적으로 고려해야 할 것이다.

지식정보책의 또하나 큰 전략은 서사적 요소의 도입이다. 굳이 '이야기로 쓴' 또는 '동화로 쓴'과 같은 수식어를 붙이지 않더라도 많은 지식정보책이 이야기 형식을 도입함으로써 아이들에게 쉽고 재미있다는 인상을 불러일으키고자 애쓴다. 이 형식으로는 『엄마의 역사 편지』에서처럼 독자에게 직접 말을 걸며 이야기하는 방식과 허구적 상황을 설정하여 동화로 보여주는 방식이 대표적이다. 이 두 서술방식은 우열이 있는 것이 아니라 다만 그 책이 선택한 형식일 뿐이다. 그러나 동화의 형식을 빌릴 때에는 동화의 요건도 충족시켜야 하는 부담을 갖는다.

다른 한편 직접 설명하는 방식과 체험으로 이끄는 방식은 아이들 독자를 어떻게 보고 있느냐, 공부를 어떻게 보고 있느냐 하는 점에서 차이를 보인다. 직접 설명하는 방식은 필자가 '더 잘 아는' 사람의 입장에 서서 자기가 알고 있거나 혹은 아이가 알아야 한다고 생각하는 정보를 알려주는 것이다. 아이의 입장은 거의 고려되지 않는다. 반면 아이의 입장에서 정보전달의 과정을 고려하여 독자가 체험하도록 넌지시 이끌고 갈 수도 있다. 『개구리 논으로 오세요』(여정은 글·김명길 그림, 천둥거인 2004)는 바로 독자의 체험을 유도하는 예이다. 물론 이 둘의 방식 역시 우열로 평가할 수 있는 것은 아니지만, 어떤 방식을 택하는 것이 해당 정보를 전달하기에 더 쉽고 재미있을지 생각해볼 필요는 있다.

　시각적 요소와 서사적 요소는 비중을 어느 쪽에 두느냐의 차이는 있지만 서로 어우러져 하나의 전체를 이룬다. 이런 형상화 방식 때문에 지식정보책에 대해서도 문학성 내지 미학성을 이야기할 수 있다고 본다. 시각적 요소와 서사적 요소가 어떻게 어우러지며 하나의 책을 이루어가는지, 그 성과와 문제점은 무엇인지 몇가지 예를 들어 살펴보기로 한다.

　'신기한 스쿨버스' 씨리즈(조애너 콜 글·브루스 디건 그림, 이연수 외 옮김, 비룡소 1999~2000)는 시각적 요소와 서사적 요소가 서로 보완관계를 이루는 좋은 예로 보인다. 또한 선생님이 일방적으로 설명하는 것이 아니라 아이들의 체험을 이끌어낸다. 이 책의 커다란 서사적 틀은 프리즐 선생님이 운전하는 신기한 스쿨버스를 타고 모험을 떠났다가 돌아오는 것이다. 물론 각권마다 다루는 주제는 다르다. 프리즐 선생님의 성격은 "가장 이상한"이라는 수식어로 설명되지만, 그 구체적 내용의 묘사는 그림이 맡는다. 인체를 다루는 『아널드, 버스를 삼키다』(신기한 스쿨버스 3)를 보자. 선생님은 혀를 내민 개구리들과 벌이 그려진 옷을 입고, 잠자리 귀걸이를 하고, 게다가 끈끈이주걱으로 장식한 구두를 신고서 나타난다. 선생님의 패션은 언제나 공부할 내용에 따라 달라진다. 세포에 대해 배울 때는 세포와 관련된 무늬가 그려진 옷을 입고 나타나며, 눈·코·입 등 감각기관을 이야기하는 곳에서는 눈·코·귀가 그려진 옷을 입고 혀 모양으로 장식된 구두를 신고 나타난다. 정보와 아울러 재미가 확실하게 확보된다.

　그렇다고 이런 재미를 위해 정보를 소홀히하지는 않는다. 주된 이야기는 물론 곳곳에서 선생님의 지시문, 학생들의 필기, 보이지 않는 화자의 직접적인 설명 등 다양한 형태로 정보들이 제공된다. 지문은 주로 학생들의 대화를 보여주는데, 비록 정보 자체는 아니라도 정보나 상황과 연관된 학생들의 반응에 맞추어져 있어 이야기성을 높이는 역할을 한다. 스쿨버스 여행을 끝내고 돌아온 다음에는 사람 몸에 대한 그림표를 만들며 몸에 대한 정리를 한다. 전체가 치밀한 구성 아래 짜여 있는 것이다.

작아졌다 커졌다를 자유자재로 할 수 있는 신기한 스쿨버스는 현실세계에는 없다. 그런데 이 책은 이러한 판타지 요소를 도입한 것에 대해 독자의 믿음을 끌어내려는 아무런 노력도 하지 않는다. 프리즐 선생님은 괴상한 옷을 입고 나타나 단도직입적으로 "자, 오늘은 우리 몸에 대해 배우겠어요"라고 말한다. 버스가 작아지는 상황도 마찬가지다. "선생님께선 자동차 열쇠를 꽂으시려다 말고 이상하게 생긴 작은 단추를 누르셨습니다. 그러자 갑자기 버스가 작아지더니 허공에서 빙글빙글 맴돌았어요." 이 장면에 할애된 것은 단 한 쪽이다.

이와 비슷하게 판타지 기법을 빌린 창비 제7회 '좋은 어린이책' 기획부문 대상 수상작 『요리조리 맛있는 세계 여행』(최향랑 글·그림, 창비 2004)을 비교해보자. 이 책은 세계 여러 나라의 대표적인 요리와 역사와 문화를 아울러 접할 수 있게 매우 공들여 만든 그림책이다. 그런데 74쪽으로 이루어진 본문 가운데 약 5분의 1에 해당하는 14쪽이 정보와는 거의 무관한 서사적 설정을 위해 바쳐져 있다. 바로 판타지적 설정을 의식한 결과로 보이는데, 앞에서 언급한 『신기한 스쿨버스』와 비교해보면 정보까지 이르는 길이 너무 멀다. 서사의 완결성을 꾀하려는 노력은 이해가 간다. 또한 이런 서사적 장치를 통해 엄마뿐만 아니라 아빠가 요리를 하고 셋이 만나서 뽀뽀를 하는 화목한 가정의 모습이 전달되는 의미도 있다. 하지만 그 모습이 아무리 아름답더라도 그것이 이 책의 주제와 얼마나 연관이 있으며 또 그만큼 많은 쪽수를 할애할 가치가 있는지는 따져볼 일이다.[6]

구성을 보면 예린이와 엄마(인형)가 누군가를 만나 요리를 맛보고, 그 요

---

6 이 설정에 대해 김소원은 '상투성'과 함께 판타지 기법에 문제제기를 한다. 물론 '어색한' 판타지 형식 때문에 정보내용에 흥미를 끄는 데 성공하지 못했으리라는 지적은 옳다. 하지만 지식정보책의 경우에는 역으로 판타지 기법이 아무리 성공적이더라도 정보내용과의 연관성을 따져볼 필요가 있다. 김소원 「창비의 이름으로」, 『동화읽는어른』 2004년 5월호 참조.

리의 조리법과 그 나라의 문화를 소개하는 반복적 패턴을 취한다. 이 반복은 매번 새로운 정보로 채워지기 때문에 지루하다고까지 말할 수는 없지만, 화면 구성을 좀더 입체적으로 했더라면 더 재미있지 않았을까 싶다. 선택된 나라와 요리의 대표성을 묻는 것은 너무 멀리 나아가는 요구로 여겨진다. 중요한 것은 요리를 통해 사람살이의 다름을 생각해보는 기회를 주는 것이기 때문이다. 또한 이는 다른 세계를 알고 싶은 호기심을 불러일으킨다.

전적으로 동화나 판타지에 의지한 지식정보책도 있다. '곤충학자 김정환 선생님의 생태 판타지'라는 부제가 달린 『개미』(김정환 글·강우근 그림, 푸른숲 2004)가 그 예가 될 것이다. 곰개미 종족의 공주개미 은별박이가 어느 날 물난리가 나는 바람에 강물의 소용돌이에 휩쓸려 보모 반달가슴과 함께 낯선 곳으로 떠내려갔다가 고향으로 돌아오기까지의 모험을 다룬 이 이야기를 읽고 나면 그토록 많은 개미 종족이 있다는 것에 놀란다. 그리고 '개미에 대한 백과사전'이라는 보충항목을 보면 동화에 등장한 개미 종족들이 허구적 존재가 아니라 현실에 존재함을 알 수 있다.

그렇다면 왜 '판타지'인가? 아무리 읽어도 의인화기법 외에 판타지적 요소는 찾아보기 어렵다. 등장인물(개미, 동물)도 전부 현실에 존재하는 것뿐이다. 그런데 딱히 현실이라고 못박기도 어렵다. 현실의 생태와는 전혀 다른 상황이 전개되기 때문이다. 온통 사막과 정글뿐인 곳에 도라지꽃이 넝쿨져 있는 초원이? 도라지꽃은 한국, 일본, 중국에 분포한다는데? 사막 근처에서 만났다는 쌍구개미를 찾아보니 역시 한국, 일본, 중국에 분포한단다. 대체 여기가 어디야? 계속 읽으니 '개미에 대한 백과사전'에 오스트레일리아에 살고 있는 원시적인 개미로 설명되는 점프개미가 사막 한가운데 바위산에서 등장한다. 그럼 이 작품의 무대는 오스트레일리아? 그렇다면 은별박이네 고향으로 묘사되는 "계절이 네 번이나 바뀌고 맑은 물과 기름진 땅이 있는" 곳도 오스트레일리아 대륙의 어디쯤일까?

그런데 또 말미를 보니 은별박이가 고향으로 돌아올 수 있는 것은 검은 구멍을 통해서다. 검은 구멍? '개미에 대한 백과사전' 설명을 읽어보니 우주의 블랙홀에 대한 설명과 같다. 대단히 혼란스럽다. 정말 이 세상에 존재하지 않는 곳이 분명하다. 작가는 "상상력으로 생각하라!"고 간곡히 요구한다. 하지만 아무리 상상력을 동원해도 우주에 있다고 '백과사전'에 보충설명되어 있는 개미구멍이 오스트레일리아에 있을 것 같지는 않다. 이 작품의 저자는 곤충학자이다. 그런 그가 생태를 몰라 얼토당토않은 설정을 했을 리는 없으리라. 그렇다면 이런 뒤죽박죽의 생태 정보는 판타지라는 형식을 탓할 수밖에 없다. 결국 판타지로도, 정확한 지식과 정보를 전하는 데도 성공하지 못한 어정쩡한 작품이 된 셈이다.

이 작품은 동화 형식으로 지식과 정보를 제공하려 할 때 빠질 수 있는 함정을 보여주는 듯하여 비교적 자세히 다루었다. 지식과 정보를 제공할 때는 설령 동화의 형식을 빌리더라도 그것이 정확성을 잃어도 좋다는 면죄부가 되지는 않는다. 이와 비교해서 『64의 비밀』(박용기, 바람의아이들 2004)은 작품 의도로 보면 지식정보책에 가까우나 판타지 형식으로 승부하려는 작품으로 보인다. 지식정보책임을 전면에 내세우지 않고도 박테리아에 대한 지식과 정보를 풍부하게 알려줄뿐더러 판타지로서도 새로운 재미를 주고 있다. 하지만 작품 내용에서 특정 과학 사실과 정보들을 알려주려는 의도가 강하게 읽혀 온전히 상상의 세계를 다루는 판타지로만 보기는 어렵다.

지식정보책은 이렇게 사실과 재미의 긴장관계에 있으면서 다양한 시각적·서사적 형태화를 시도한다. 그리고 이러한 형태화에 어느 허구적 작품 못지않은 창의성과 독창성이 요구되는 것은 당연하다. 창작동화와 다른 평가기준이 있다면 전달되는 정보나 지식의 정확성 여부가 또하나의 중요한 잣대라는 점이다.

4. 맺음말

이제 우리의 문제제기에 대한 답이 윤곽을 드러낸 것 같다. 이를 정리하면 지식정보책은 전달하려는 지식과 정보의 정확성과 신뢰성이 무엇보다도 우선시되어야 한다. 이때 지식이나 정보를 명확하게 전달하는 언어가 선택되었는가, 어떤 관점에서 어떤 정보를 선택하고 있는가를 따져볼 필요가 있다. 지식정보책은 독자의 이해와 재미를 위해 크게 보아 시각적 요소와 서사적 요소를 도입하는데, 바로 이러한 요소들의 도입으로 인해 다른 장르와 마찬가지로 '어떻게' 형상화하는가가 대단히 중요해진다. 그리고 이 형상화 방식으로 말미암아 지식정보책은 애초부터 문학성·미학성을 이야기할 수 있는 조건을 내재하고 있다. 그러나 다시금 형상화 기법에 매달린 나머지 정확한 정보전달을 방해한다면, 그것은 지식정보책으로서는 실격이다. 이는 각 주제영역별로 어떤 정보가(내용) 어떻게 다루어지는지(형상화 방식) 구체적으로 비교해본다면 더욱 분명하게 드러날 터이다. 하지만 이를 위해서는 별도의 지면이 필요하다.

_창비어린이 2004년 가을호

혼돈과 모색, 한국 아동문학 판타지론

최근 우리 아동문학의 담론은 가히 판타지를 중심으로 움직인다고 할 만하다. 『창비어린이』 창간호를 포함하여 『어린이문학』 『아침햇살』 등 판타지의 개념에서 시작해서 판타지의 가능성에 이르기까지, 때로는 특집의 형식으로 때로는 비평의 형식으로 곳곳에서 판타지에 관심을 보이고 있다.

여기서 선안나의 「판타지 동화와 판타지 소설의 비교」(『아침햇살』 2000년 가을호), 김상욱의 「어린이문학에서 현실주의와 판타지」(『어린이문학』 2001년 1월호), 원종찬의 「동화와 판타지(1)」(『어린이문학』 2001년 7월호), 김이구의 「팬터지를 사랑할 것인가」(『어린이책 출판 현황과 전망』 어린이도서연구회 2002년 쎄미나 자료집), 김진경의 「한국형 판타지, 근대주의의 큰 산을 넘어가는 유목민들의 상상력」(『창비어린이』 2003년 여름 창간호) 등이 눈에 띈다. 또한 비록 체계적인 이론을 기대하기는 어렵다고 해도 몇종의 성과물도 단행본으로 축적되었다. 박상재의 『한국 창작동화의 환상성 연구』(집문당 1998), 이재복의 『판타지 동화 세계』(사계절 2001), 김서정의 『멋진 판타지』(굴렁쇠 2002)가 그것이다.

이들을 접하며 감히 '혼돈'이라고 규정지어보았지만 어쩌면 그것은 필자 개인의 혼란일 수도 있다. 따라서 본고는 우선 그간의 우리 아동문학 판타지 담론을 이해하려는 소박한 의도에서 시작한다. 만약 그 이해의 과정에서 혼란의 요소들이 논자들에게서 찾아진다면, 그리고 그들의 논의가 어디서 얽히고 어떻게 갈라졌는지 갈피를 잡을 수 있다면, 우리 아동문학이 좀더 체계적인 판타지론으로 나아가는 데 도움을 줄 수 있으리라고 기대한다.

이를 위해서는 다소 공소하게 들릴 수 있으나 개념에서부터 시작할 수밖에 없다. 일반독자들로서는 어떤 작품이 판타지인지 아닌지 크게 문제되지 않는다. 그저 읽고 즐기면 된다. 그러나 비평에 들어서면 사정이 달라진다. 작은 예를 들어보자. 이오덕은 임정자의 「낙지가 보낸 선물」(『어두운 계단에서 도깨비가』 창비 2001)에 대해서 "현실과 초현실이 뒤죽박죽으로 섞여 있다"면서 "팬터지동화란 것을 흉내낸 것밖에 아무것도 아니"라고 비판하는 반면, 권정생의 『비나리 달이네 집』(낮은산 2001)에 대해서는 농사꾼 아저씨와 강아지 달이가 말을 주고받아도 별다른 문제제기가 없다. 오히려 "팬터지 수법을 써서 훌륭하게 성공한 작품"이라고 평하면서 "동화라면 현실과 초현실이 함께 있을 수 있고, 그것이 구분이 안 되어야 한다"는 권정생의 말에 동의한다.[1] 물론 이오덕의 비판은 주로 작품 주제에 향하고 있지만, 권정생의 작품은 '동화'로, 임정자의 작품은 '판타지동화'로 보고 있음을 주목하자. 다시 말해 적용 개념에 따라 작품 평가가 달라질 수도 있는 것이다.

1 이오덕 「강아지가 보는 사람 사회」와 「허황하고 괴상한 이야기들」(『어린이책 이야기』 소년한길 2002) 참조.

1. 판타지, 환상

판타지를 다룬 글들을 읽으며 가장 혼란스러웠던 것은 관련 개념의 갈피를 잡는 일이었다. 판타지, 팬터지, 환상문학, 환상(성), 공상(성), 초자연, 초현실, 비현실, 공상동화, 판타지동화, 판타지소설 등등. 이 모든 용어가 하나로 묶을 수 있는 어떤 대상을 지칭하는 다른 이름들이라고 속 편히 넘어갈 수만은 없는 것이, 예를 들어 어떤 이는 판타지를 환상 또는 공상과 구별하고, 어떤 이는 그 둘을 같은 개념으로 놓고 있기 때문이다. 초자연, 초현실, 비현실 같은 용어를 환상 또는 공상과 동일 개념으로 놓을 수 있는가는 논외로 치더라도, 같은 'fantasy'의 역어(譯語)일 환상, 공상이 판타지 또는 팬터지와 같으냐 다르냐가 문제가 되는 것은 왜일까.

판타지, 환상, 환상문학

최근에 이 문제가 제기된 것은 일반문학 쪽에서다. 주지하다시피 우리나라에서 장르로서의 판타지에 대한 일반의 관심은 1990년대 컴퓨터게임과 통신소설에서 비롯되며 판타지 담론 역시 그 맥락에서 생겨난다. 이를 간략히 살펴보면 1990년대초 미즈노 료오의 『마계마인전』(들녘 1995)처럼 컴퓨터게임을 기반으로 한 게임소설에서 판타지 마니아층이 형성되고, 1990년대 후반에 이르면 통신소설로 출발한 김근우의 『바람의 마도사』(무당미디어 1995), 이영도의 『드래곤 라자』(황금가지 1996), 김혜리의 『용의 신전』(자음과모음 1998) 등이 오프라인에서도 대대적인 성공을 거두어 대중문학계는 이른바 판타지의 열풍에 휩싸인다.

이들 일련의 작품은 톨킨의 『반지의 제왕』과 더불어 우리 대중문학계에 판타지장르에 대한 일정한 상을 심어주게 된다. 바로 요정과 난쟁이, 용과 마법사 등 이른바 판타지 종족과 그들의 세계를 그린 것을 판타지라고 여기게 된 것이다. 물론 이러한 판타지 이해는 이론적 담론이 등장하면서 수정되기도 하지만, 이 장르의 소재주의, 상업주의적 전개를 보며 일부 환상문학론자들은 환상문학과 판타지를 구별하자고 주장하고 나선다.[2] 'fantasy'라는 용어가 우리나라의 특수한 수용상황으로 인해 환상문학이라고 쓸 때에는 본격문학 내지 고급문학이라는 상과 함께 '장르문학' 판타지의 상위 개념으로 올라서게 된 것이다.

우리 아동문학 판타지론의 출발 — 동화론

하지만 아동문학 쪽은 조금 다르다. 『이상한 나라의 앨리스』(1951)부터 시작해서 『한밤중 톰의 정원에서』(1959), 『사자왕 형제의 모험』(1973), 『끝없는 이야기』(1979) 등 언뜻 보아도 판타지라는 용어가 용과 기사, 마법사의 세계를 그린 작품에만 국한되어 쓰이지 않는다.

다른 것은 그뿐이 아니다. 판타지를 환상 또는 공상으로 옮긴 것이라고 본다면, 한국 아동문학에서 판타지에 대한 관심은 이미 1970년대 이전에 시작되는 것으로 나타난다. 1970년 김요섭이 엮어낸 『환상과 현실』(보진재)은 그 결과물이다.[3] 이 책은 판타지를 장르라기보다는 오히려 동화의 본질적 특성으로 파악하며, 따라서 대체로 문학적 구성원리로서의 환상에 대한 고찰보다는 환상이 갖는 의미, 가치, 효용 등을 강조한다. 여기에는 이른바 생활동화 내지 소년소설을 비판적으로 보는 시선이 깔려 있는데, 예를 들어 이형기는 당대 문학에서 "현실을 초월하는 상상력의 자유분방한 비상은커녕 도리어 그 현실에 발이 묶인 상상력의 유폐"를 보고, 정창범은

2　여기서 판타지와 팬터스틱(fantastic)을 구별하기도 하지만, 형용사 앞에 정관사를 붙이는 영어 용법을 상기해보면 팬터스틱은 판타지의 속성을 지닌 문학 전체를 지칭한다고 받아들여도 좋을 것이다.

3　1990년 후반 대중문화계를 장악한 판타지 열풍, 그리고 일반문학 쪽의 환상문학에 대한 관심들이 아동문학에도 자극을 주었다고 할 수도 있지만, 논의 출발 시점으로 보아 아동문학에서의 판타지 논의는 선안나가 지적하는 것처럼 "자생적으로 싹터 나왔다기보다 외부의 충격에 따른 반응 차원에서 표출되었다"(「판타지 동화와 판타지소설의 비교」, 『아침햇살』 2000년 가을호 146면)고 보기는 어렵다.

"요새 많은 아동문학 작가들이 쓰고 있는 그대로 리얼리즘적 작품을 그대로 써 나가야 할 것인가"[4] 하고 묻는다. 이러한 문제제기는 우리 아동문학에서 왜 판타지라는 화두가 등장했는지를 보여준다는 점에서 흥미롭다. 말하자면 '순수 참여 논쟁'이 아동문학에서는 판타지라는 화두를 통해 나타난 것이다.

이 책 논자들의 판타지(환상) 개념은 릴리언 스미스가 인용한 『옥스퍼드 중(中)사전』의 사전적 정의에서 출발한다. 이것에 따르면 판타지는 "지각의 대상을 심적으로 이해하는 일" 또는 "상상력으로써 현실로 나타나지 않은 것을 모양으로 바꿔놓는 활동이나 힘 또는 그 결과"[5]라고 풀이되어 있다고 한다. 앞의 정의는 인간의 심리적 행위를 가리키고 뒤의 정의는 그러한 심리적 현실을 창작기법으로 차용하는 행위 내지 그 결과를 가리킨다. 판타지를 '환상'으로 받아들이는 논자들은 대개 이 정의에서 출발한다. 1986년 김요섭의 『현대동화의 환상적 탐험』(한국문연)이 그렇고, 1998년 박상재의 『한국 창작동화의 환상성 연구』가 그렇다. 이 사전적 정의에는 1990년대식의 장르 개념이 빠지는데, 그들이 캐스린 흄처럼 판타지를 양식 개념으로 받아들여 "문학에 고유한 자극"으로 보겠다는 결단을 내렸기 때문은 아니다. 판타지를 양식 개념으로 보는 것 자체가 장르론이 있고 난 후의 일이기 때문이다.

영어권의 판타지 개념사

스미스 식의 이해가 어떤 역사적 배경을 지니는지 알아보기 위해 판타지의 개념사를 간단히 살펴보자. 판타지는 영어로는 fantasy, 프랑스어로는 fantasie, 라틴어로는 phantasia, 그리스어로는 phantasía라고 쓴다. 고대

---

4 이형기 「상상력·예술·문학」, 정창범 「환상이 있어야 할 상황」(『환상과 현실』) 참조.
5 릴리언 H. 스미스 「팬터지의 역학」 『환상과 현실』 71면.

문학에서 라틴어 phantasia는 상상 또는 상상력과 비슷한 뜻으로 쓰인다. 영어권에서도 판타지는 16세기 후반까지 그런 뜻으로 쓰였고, 문학 장르의 뜻은 지니고 있지 않았다. 예를 들어 영국의 극작가 윌리엄 셰익스피어가 쓴 『햄릿』 제1장 1막에 "Horatio says 'tis but our fantasy"라는 구절이 나온다. 햄릿의 아버지인 선왕의 유령이 나타났다는 이야기를 호레이쇼는 '판타지'라고 여기는 것이다. 이때의 판타지 역시 객관적인 실체가 없는 상상의 결과물, 즉 환상이라든가 망상이라는 의미이지 문학 장르의 의미는 아니다. 물론 작품의 존재와 문학적 담론의 형성은 구별되어야 한다.

판타지는 영어권의 경우 19세기 중반부터 특정 작품들을 일컫는 장르 개념으로 쓰인다. 여기 속하는 것이 존 러스킨의 『황금 강의 왕』(1851), 윌리엄 메이크피스 새커리의 『장미와 반지』(1855), 찰스 킹즐리의 『물의 아이들』(1863), 조지 맥도널드의 『판타스테스』(1858), 루이스 캐럴의 '앨리스' 이야기(1865, 1871), L. 프랭크 바움의 『오즈의 놀라운 마법사』(1900) 같은 작품들이다.

하지만 장르로서의 판타지에 대한 문학적 담론이 형성된 것은 또도로프에 와서이며, 판타지가 문학 장르로 사전적 정의가 내려진 것도 비교적 최근의 일이다. 옥스퍼드 영어 사전에 'fantasy'는 "문학적 구성의 한 장르"[6]라는 정의가 나타나는 것은 1972년 증보판에서뿐이라고 한다. 하지만 1984년 『옥스포드 아동문학 사전』에는 "특정 작가에 의해 쓰어지며, 초자연적이거나 비현실적인 요소를 포함하는, 보통 소설(novel) 길이의 픽션을 일컫는 용어"라고 아예 장르로서 명시되어 있다.

판타지와 환상, 환상동화

따라서 영어권의 판타지론을 읽거나 우리말로 옮길 때는 그것이 어떤

---

6 Dieter Petzold, "Fantasy Fiction and Related Genres," *Modern Fiction Studies* vol. 32(1986) 12면.

개념으로 쓰였는지를 주의깊게 보아야 한다. 자칫하면 "환상은 미숙한 장르로 경멸받을 이유가 없다"[7]거나 "환상성 — 전복의 문학"[8] 하는 식의 어이없는 번역이 나오기 때문이다. 환상이라든가 환상성은 문학의 장르라든가 문학과 동격으로 놓을 수 없다. 주어와 보어가 논리적 동치를 이루려면 둘다 '환상문학'으로 옮겨야 마땅하다. 같은 판타지라도 문맥에 따라 인간의 심리적 현실이나 양식 개념으로 쓰였으면 환상(성)이나 공상(성)으로, 장르 개념으로 쓰였으면 환상문학 또는 환상소설이라고 옮겨야 올바르게 이해할 수 있는 것이다.

그러나 논자에 따라서는 판타지를 환상으로 옮기는 것을 거부하기도 한다. 예를 들어 김상욱은 "'환상'이란 상상력을 극대화한 것이라기보다 생산적이지 못한, '지금 여기'와 연결되어 있지 않은, 공상에 더욱 가까운 개념이기 때문"[9]이라고 그 이유를 든다. 다만 일상적인 말뜻과의 충돌 때문에 환상이라는 역어를 거부한다면 그것은 개인적인 선택사항에 속하겠지만, 현재 아동문학에서 논의되고 있는 '환상'이 장르나 양식 개념 이전의 심리적 현실과 같은 개념에 머물러 있다면, 다시 말해 문학적 환상으로 받아들일 만한 설득력을 지니지 못한다면 김상욱이 지적하듯 판타지를 환상으로 옮기는 것은 문제일 수 있다.

이와 관련하여 환상동화에 대해 체계적인 연구를 시도했다는 점에서 눈여겨볼 만한 논자가 박상재다. 그는 환상이 문예학적 용어로서 일상적 용법과는 차이가 있음을 분명히한다.[10] 본디 모티프나 소재에 따른 구분은 대상의 발전에 따라 유형을 무한히 세분하거나 확대해야 하는 문제점을 갖고 있거니와, 그가 논하는 환상의 유형(전승적 환상, 몽환적 환상, 매직

7 캐스린 흄 『환상과 미메시스』 한창엽 옮김, 푸른나무 2000, 17면.
8 로즈메리 잭슨 『환상성 — 전복의 문학』 서강여성문학연구회 옮김, 문학동네 2001.
9 김상욱 「어린이문학에서 현실주의와 판타지」 『어린이문학』 2001년 1월호 86면.
10 박상재 『한국 창작동화의 환상성 연구』 26면 참고.

적 환상, 우의적 환상, 시적 환상, 심리적 환상)을 들여다보면 대부분 문학
일반의 수사법이나 심리적 현실 내지 공상을 '환상'이라 일컫고 있다.[11] 이
는 김요섭이나 이원수 같은 작가들도 예외는 아니다. 따라서 2001년 이재
복이 "이런저런 책에서 판타지에 대한 이야기를 하고 있어도, 그때 쓰여
지는 판타지란 말은 단순히 '상상'이라는 개념 이상의 것이 아니었다"[12]고
놀라워하는데, 놀라운 일이 못된다.

박상재가 환상의 유형을 설정하면서도 정작 환상동화가 무엇인지에 대
해서 명확히 언급하지 않은 것도 흥미롭다. 다만 우의적 환상이 환상동화
가 될 수 있는 조건으로 "작품의 전체 혹은 부분이라도 환상성을 함유하
고 있어야"[13] 한다는 진술에서 그의 환상동화 정의를 짐작할 수 있을 뿐이
다. '함유'라는 양적 사고가 오해를 불러일으키기도 하거니와, 다시금 "동
화냐 비동화냐 하는 것은 판타지의 수용 여부로 가름할 수 있다"(같은 책 284
면)는 단언은 이제 환상동화와 동화는 동격이냐 하는 물음을 야기한다. 동
화의 본질이 환상이라는 견해는 우리 아동문학에 널리 퍼져 있는데, 바로
동화에 대한 이런 식의 이해가 오늘날 우리 아동문학 판타지론을 혼돈에
빠뜨리는 가장 큰 요인으로 비친다.

동화, 메르헨, 판타지

그렇다면 판타지를 공상이나 상상 또는 환상으로 파악하면서 동화의
본질로 주장하는 근거가 무엇인지 간단하게 살펴보자.

---

11 김이구는 "팬터지 요소의 개념을 확장해 간다면, 전통적으로 쓰여져 온 의인 동화와 우화들까지 팬
    터지의 영역으로 다루어 볼 수도 있을 것"이라고 조심스레 말하지만, 이것들은 전통적으로 우리 문학
    의 수사법에 속한 것들임을 상기하자. 김이구 「팬터지를 사랑할 것인가」 『어린이책 출판 현황과 전망』
    어린이도서연구회 2002년 쎄미나 자료집 98면.
12 이재복 『판타지 동화 세계』 7면.
13 박상재, 앞의 책 32면.

18세기 동화와 계몽주의(啓蒙主義)의 관계를 연구한 독일의 문학사가 벤츠는 이성만능의 계몽주의시대에 있어 동화는 중세적 미신의 유물, 반이성적인 것으로 배척되었으나 낭만주의적 시대에 이르러서는 동화를 최고의 예술문학의 규범으로 생각한 때라고 그의 저서 『로망파의 동화문학』[14]에서 밝혔다.(김요섭 『현대동화의 환상적 탐험』 한국문연 1986, 59~60면)

독일 낭만파의 대표적 시인인 노발리스는 그의 동화 『푸른 꽃』(1802)에서 '모든 시는 동화적이어야 한다'고 말하고 있다. 이것을 역설적으로 말하면 '모든 동화는 시적이어야 한다'라고 바꾸어놓을 수 있는 것이다. 그는 또 '나의 정서를 가장 잘 드러낼 수 있는 것은 동화의 세계'라고 하여 동화를 시의 귀감으로 내세우고 있다. 동화를 시에 가까운 산문 문학이라고 정의 내린 것도 이와 같은 맥락에서 이해될 수 있을 것이다.(박상재, 앞의 책 32면)

두 인용문은 다같이 서구 낭만주의, 특히 독일 낭만주의의 동화관을 배경에 깔고 있다. 전후 문맥으로 보아 김요섭이나 박상재가 '동화'로 옮긴 것은 '메르헨'(Märchen)이기 때문이다. 실제로 이재철은 방정환이 "1923년 1월 『개벽』지에 발표한 「새로 개척되는 동화에 관하여」에서 '동화'를 Märchen의 역어로 보지 않고 아동설화의 준말 곧 '옛날이야기'로 본 것"[15]임을 비판적으로 지적한다.

메르헨, 쿤스트메르헨에 대한 오해

독일어의 메르헨은 그 함의 때문에 다른 나라 말로 옮기기가 어려워 영어권에서도 논자들에 따라서는 옛이야기에 해당하는 '민담'(folk tale) 또

---

14 Richard Benz, *Marchen-Dichtung der Romantiker: mit einer Vorgeschichte* (Gotha 1908)로 짐작된다. 그러나 독일문학사에서는 로망파가 아니라 낭만파라는 용어를 쓴다.

15 이재철 「아동문학의 형성」 조동일 엮음 『한국문학연구입문』 지식산업사 1990, 578면.

는 '요정 이야기'(fairy tale)로 옮기는 대신 그냥 '메르헨'으로 쓰기도 한다. 그런데 메르헨에는 옛이야기만 있는 것이 아니라 '쿤스트메르헨' (Kunstmärchen)이라는 또하나의 갈래가 있다.[16] 그리고 앞의 두 인용문이 다같이 '동화'라고 옮긴 것, 다시 말해 벤츠의 '동화–예술문학'(Märchen-Dichtung)[17]이나 노발리스의 『푸른 꽃』이나 실상은 쿤스트메르헨에 속한다.

쿤스트메르헨은 메르헨의 소재나 모티프를 빌려온다는 점에서 메르헨과 밀접한 관련을 지니지만, 창작 주체가 소재나 모티프를 가공하는 수준은 이른바 본격문학과 같은 차원에서 이루어진다. 박상재가 시적 환상의 보기로 든 『푸른 꽃』이 그 대표적인 예이다. 이 작품은 꽃이나 동물로 변신하는 요정들이 출현하기는 하지만 그 환상적인 모티프들은 작가의 철학적인 우주관과 세계관을 펼쳐 보이는 수단이며, 우리가 흔히 아동문학 또는 동화로 생각하는 것과는 아주 거리가 멀다. 우리 옛이야기나 민담과 마찬가지로 메르헨 자체도 원래는 아이들 대상이 아니었거니와, 독일 낭만주의가 쿤스트메르헨이라는 장르로써 메르헨에 애착을 보인 것은 인간 원형으로서의 아동에 관심을 가진 것과 같은 맥락으로 문학, 특히 국민문학의 원형을 거기서 발견했기 때문이지 현실의 아동을 염두에 두었기 때문

---

16 어떤 이는 쿤스트메르헨을 창작동화라고 부르는데, 우리 아동문학의 용법과는 너무나 차이가 있다. 우리는 창작동화라는 말로 넓은 의미로는 아동문학 산문 갈래 전체를 지칭하며, 좁은 의미로는 소년소설과 함께 아동문학의 산문 갈래를 이른다. 하지만 쿤스트메르헨은 독자로서 아동을 전제하는 아동문학이라든가 동화와는 거의 관계가 없다. 여기서 거의 관계가 없다는 것은 작품에 따라(안데르센의 쿤스트메르헨이 그 예이다) 아이들이 주된 수용자로 등장하기도 하기 때문이다. 또한 우리나라에서 유행하는 '어른을 위한 동화' 류하고도 거리가 멀다. 메르헨이 동화로, 쿤스트메르헨이 창작동화로 종종 옮겨진 것은 그간 아동청소년문학을 주목하지 않았던 독문학자들의 잘못도 크다고 생각한다. 아마도 이러한 용법은 일본을 통한 독문학의 수용과도 관련이 있을 것이다. 메르헨을 꼭 민담 또는 옛이야기에 국한시키고자 할 때는 폴크스메르헨(Volksmärchen)이라고 부른다.

17 여기서 '예술문학'이라는 말은 Dichtung을 옮긴 것인데 이는 독일문학에서만 찾아볼 수 있는 개념으로, 현대문학 작품은 Dichtung으로 부르지 않을 정도로 우리가 흔히 말하는 Literatur와는 달리 예술성을 인정받는 고전 작품에 대해서만 붙여진다.

은 아니었다. 원래 동화가 아닌 동화를 놓고 "최고 문학예술"을 이야기하고 "모든 시는 동화적이어야 한다"고 선언한 셈이다.[18] 오해에 근거한 '동화'의 자부심이여! 아무튼 메르헨 내지 쿤스트메르헨을 동화라고 생각한다면 결국 "판타지 동화만이 진짜 동화다"라고 선언할 수밖에 없다. 그리고 이따금 동화가 꼭 아이들을 위한 문학작품은 아니라고 덧붙일 수밖에 없다.

장르로서의 판타지와 메르헨

"판타지 동화만이 진짜 동화다"라는 주장과 대결하려면 결국 판타지 개념 자체를 문제삼아야 한다. 이와 관련하여 리얼리즘 아동문학 진영의 반론은 이오덕의 장르론으로 나타난다. 1983년 『영대신문』에 발표한 「판타지와 리얼리티」가 그것이다.

> 대관절 판타지를 환상이라고 하는 것부터 틀린 말이다. 이것은 판타지의 말뜻과, 판타지가 문학의 장르로서 어떻게 생겨났는가 하는 것, 그리하여 판타지는 리얼리즘과 어떤 관계에 있으며, 판타지 동화란 어떤 동화인가, 하는 극히 초보적이고 기본적인 문제조차 제대로 파악하지 못하고 있는 이들이 편벽된 문학관으로 무책임하게 발언하는 것이라 생각된다.(이오덕 『어린이를 지키는 문학』 백산서당 1984, 103면)

이오덕은 판타지를 장르로 못박는다. 물론 판타지를 "환상이라고 하는 것부터가 틀린 말이다"라는 식의 단정은 앞에서 간략하게 보았듯이 판타지의 개념사를 무시한 발언이다. 그러나 그것을 달리 보면 장르로서의 판타지를 인식함으로써 환상동화의 환상이 문학적 개념으로서도 문제적임

---

18 선안나 「판타지 동화와 판타지소설의 비교」와 박상재, 앞의 책 참조.

을 인식했다는 뜻으로 받아들여도 좋을 것이다. 이를 원종찬은 "이오덕의 판타지 탐구는 '생활동화'(소년소설) 편에서 리얼리티가 결여된 '공상동화'(동화) 작품들을 비판하기 위한 준거로 행해진 것"[19]이었다고 명쾌하게 정리한다.

장르로서의 판타지 개념을 이야기하려면 어쩔 수 없이 가장 먼저 대면해야 하는 장르는 옛이야기이다. 옛이야기야말로 환상적 요소들이 가득한 장르이기 때문이다. 판타지라는 것이 외래 장르임을 인식한 이오덕은 판타지 장르의 특성 및 구성원리를 따질 때 그 근원이 메르헨, 특히 창작메르헨(쿤스트메르헨)에 있다고 본다. 그러면서 그 차이를 이렇게 설명한다.

첫째, 메르헨은 초현실을 처음부터 당연한 것으로 얘기하지만, 판타지는 현실과 비현실을 확실하게 나누어, 현실에서 비현실로 넘어갈 때나 비현실에서 현실로 넘어올 때는 거기에 필연성이 느껴지도록 구성을 하는 것이다.

둘째, 메르헨의 등장인물은 유형성을 벗어나지 않지만, 판타지는 개성적인 인물이 설정된다. 그래서 메르헨은 사람의 심리에 잠재해 있는 초현실을 그대로 외부로 드러내놓는 것이 되고, 판타지는 사람의 심리적 세계에 파고들어가 얘기하는 형식이 되는 것이다.

셋째, 메르헨은 초자연의 존재가 나오고 이상한 사건이 벌어지지만 판타지는 사상과 논리적인 구성을 가진다는 점에서도 대조가 된다.(앞의 책 106면)

이러한 구분은 독일의 아동문학 연구자 안나 크뤼거의 견해와 유사하다. 또도로프의 환상문학론이 독일에 소개되기 약 20년 전인 1954년 크뤼거는 메르헨이라는 이름으로 부르기에는 마땅치 않은 이야기들이 있음을 지적하며 이들을 '환상적인 이야기'(phantastische Geschichte)라고 일컫는

---

19 원종찬 「'일하는 아이들'과 '유희정신'을 넘어서」 『동화와 어린이』 창비 2004, 32면.

다. 메르헨과의 장르 구분에서 독일 아동문학의 판타지론이 시작된 것이다. 크뤼거에 따르면 메르헨은 그 전체가 경이의 세계이며 구체적 현실은 그 속에 짜여들어가 있는 반면, 환상적인 이야기는 현실과 비현실이 뚜렷하게 구별된다. 이오덕의 구분은 사또오 사또루의 구분을 따른 것으로 나와 있는데, 사또오의 구분이 크뤼거의 구분과 유사함은 일본 아동문학에 대한 독일 아동문학의 영향을 짐작케 한다.

그런데 따지고 보면 이오덕은 판타지장르가 창작메르헨에서 파생되었다고 보면서도 창작메르헨이 아닌 메르헨과 장르 구분을 시도한다. 이 역시 쿤스트메르헨에 대한 오해에서 비롯된 것임을 미루어 짐작할 수 있는 것이, 이오덕은 창작메르헨을 "신용할 수 없이 허황된 얘기〔메르헨―인용자〕를 그래도 재미있게 들을 수 있도록 맛을 들여놓은 것"으로 정의하고 있기 때문이다. 그러나 이러한 이해가 얼마나 오해인지는 앞에서 간단히 살펴본 바와 같다.

쿤스트메르헨과 판타지

다소 지루하게 느껴질 수 있겠으나 쿤스트메르헨과 영어권 판타지의 관계를 간단하게 짚어보자. 낭만주의 시대 쿤스트메르헨은 독일만의 현상에 그치지 않는다. 『판타스테스』를 쓴 영국의 조지 맥도널드는 독일의 낭만주의 작가 노발리스의 작품을 영어로 번역할 만큼 독일의 쿤스트메르헨에서 지대한 영향을 받았다.[20] 아동문학에서도 E.T.A. 호프만의 『호두까기 인형』(1819)이 루이스 캐럴의 『이상한 나라의 앨리스』에 영향을 준 것으로 나타난다. 그렇지만 이들 영어권의 작품들은 모두 판타지로 불린다. 또

---

20 『판타스테스』 『공주와 고블린』처럼 옛이야기, 신화, 전설의 소재와 모티프를 옛이야기 형식("옛날에…")으로 쓴 작품을 영어권에서는 'literary folktale' 또는 'literary fairytale'이라고 일컬으며 판타지장르에 포함시키기도 한다. 안데르센 동화도 이에 속하는 작품으로 꼽으며, 논자에 따라서는 그림 형제의 옛이야기들을 여기에 포함시키기도 한다.

도로프의 이론이 소개되고 난 후 독일에서 쿤스트메르헨 계열의 작품은 오히려 환상문학으로 간주되는 것이 보통이다. 심지어 어떤 연구자는 "쿤스트메르헨과 환상소설은 궁극적으로 동일"하며 정확히 말하면 "쿤스트메르헨은 현대 환상소설의 역사적 선구자 또는 일찍이 나타난 역사적 변종"[21]이라고 진술한다. 우리가 판타지로 분류하고 있는 미하엘 엔데의 『모모』(1970) 『끝없는 이야기』에 대해서 독일에서는 아직도 쿤스트메르헨이라 일컫는 연구자들이 있다. 이를 정리하면 독일의 쿤스트메르헨은 1970년대 이후 환상문학 담론이 형성되기 전의 장르 명칭으로 보는 것이 타당하며, 영어권의 의미로 볼 때는 판타지에 속한다고 해도 무방하다.[22] 이를 도표로 보면 아래와 같다.

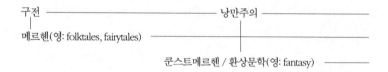

이오덕의 창작메르헨 이해와 관련하여 주목해볼 것은 원종찬의 분류이다. 그는 메르헨이 근대의 창작 주체를 가지면서 그 일부가 창작메르헨으로 발전했고, 여기에 소설적 리얼리티가 가미됨으로써 그 일부가 판타지로 발전했다는 이오덕의 접근법은 "매우 정확하다"고 평가하면서 "나는 이오덕의 도표에서 '메르헨'이라는 말을 '옛이야기' 또는 '동화'로 번역할 수 있겠기에, '창작메르헨'은 '초현실적 이야기가 나오는 창작동화' 곧 '공상동화'라고 번역하는 것이 적당하다고 본다"[23]는 견해를 피력한다. 그러

21 Helmut Müler, "Phantastische Erzälung," *Lexikon der Kinder- und Jugendliteratur* (Hrsg. v. Klaus Doderer, Weinheim: Basel 1979) Bd. 3, 39면.

22 우리나라에서도 쿤스트메르헨은 '환상문학' 씨리즈에서 소개된다. E. T. A. 호프만 『악마의 묘약』 (환상문학전집 1, 박계수 옮김, 황금가지 2002) 참조.

면서 '공상동화', 판타지, 사실동화, 소년소설을 도표화하는데, '공상동화'를 낮은 연령에, 판타지를 높은 연령에 둔다. 물론 어느 작품이 어디에 들어가느냐 하는 것은 "수학의 도표처럼 뚜렷한 경계를 지을 수 없다"고 덧붙이지만 '창작메르헨'에 대한 철저한 오해가 이러한 구분의 바탕이 되었음을 지적하지 않을 수 없다. 그러나 오해에 바탕을 두더라도 그것이 우리 동화의 독자적인 발전에 근거하고 있다면 그것은 외래 개념의 고유한 수용으로 받아들일 수 있다고 본다. 한 외래어가 본디 쓰이던 뜻과 달리 쓰이는 경우는 얼마든지 있기 때문이다. 이와 관련하여 우리 아동문학의 독자적 발전 가운데 하나는 동화와 소년소설을 구분하던 관행이 될 것이다.[24]

판타지동화, 공상동화

판타지를 리얼리즘 계열의 작품과 함께 아동문학 산문의 큰 갈래로 받아들인다면 하위 분류는 당연히 가능하다. 이때 판타지동화와 판타지소설을 구분하는 논자들이 눈에 띈다. 선안나는 「판타지 동화와 판타지소설의 비교」에서 넓은 의미의 동화와 좁은 의미의 동화의 관계를 이해하기 쉽게 도표로 보여주면서 판타지동화와 판타지소설의 예로 각각 『트리갭의 샘물』(1975)과 『호비트』(1937)를 분석한다. 그리고 "판타지 동화는 대체로 현실의 시공간을 무대로 하여 사건이 시작되는 반면, 판타지소설은 신화적 차원의 시공간에서 사건이 일어난다"(164면)라고 결론짓는데, 여기서 도출해낸 판타지소설 개념은 1990년대 후반 대중문화 쪽의 좁은 의미의 판타지 개념과 유사하여 아동문학에서 판타지를 논하겠다던 의도에서 벗어날 뿐더러 판타지 아동문학의 범주를 축소시킨다. 앞에 언급했다시피 서구

---

23 원종찬 「동화와 판타지(1)」 『어린이문학』 2001년 7월호 41~2면.
24 동화와 소설(아동소설·소년소설)의 구분 문제는 원종찬 「동화와 소설」(『아침햇살』 2001년 봄호)과 박상재, 앞의 책 등 참조.

아동문학의 판타지는 『호비트』이전에 70년이 넘게 발전해왔기 때문이다. 또한 이 분류를 적용하면 『이상한 나라의 앨리스』는 판타지동화인가 소설인가? 『샬롯의 거미줄』(1952)이라든가 『오이 대왕』(1972)은? 또한 논자가 이야기하는 판타지동화와 '좁은 의미의 동화'는 같은 개념인가, 다른 개념인가?

판타지 세계의 시공간을 분류기준으로 하는 선안나와 달리 원종찬은 '소설적 리얼리티'를 강조한다.

> 공상동화와 판타지의 차이는 동화와 소년소설의 차이에 대응한다. 예컨대 필리파 피어스의 『학교에 간 사자』가 공상동화라면, 『한밤중 톰의 정원에서』는 판타지다. 공상동화는 자연법칙에 대한 이해가 없는 나이의 독자를 상대로 하기 때문에 옛이야기처럼 현실과 초자연의 세계에 구분이 없지만, 판타지는 자연법칙에 대한 이해를 지닌 나이의 독자를 상대로 하기 때문에 초자연의 세계를 포함하더라도 소설에 상응하는 리얼리티가 요구되며, 이에 따라 대개는 현실과 초자연의 세계가 구분되어 있다. 공상동화의 주인공은 초자연의 세계를 거의 아무렇지도 않게 받아들이지만, 판타지의 주인공은 초자연의 세계를 만났을 때 흔히는 놀라고 머뭇거리고 주저한다.(「'일하는 아이들'과 '유희정신'을 넘어서」 32~3면, 각주)

『학교에 간 사자』나 『한밤중 톰의 정원에서』는 서구에서 다같이 'fantasy'로 분류되는 것은 말할 것도 없다. 소설적 리얼리티를 강조하면서, 원종찬은 흥미롭게도 "자연법칙에 대한 이해가 없는 나이"의 독자를 거론한다. 『학교에 간 사자』에 엮인 동화로 미루어 그것은 4~8세 정도의 어린이를 이야기하는 것으로 짐작된다. 이 연령대가 자연법칙을 이해하는 정도 역시 각 연령이나 개인에 따라 동일하지 않으리라는 점은 일단 도외시하고 이렇게 물어보자. 귀신이나 도깨비, 요정이나 마법사를 믿는 시대 또는 사회의 독자들에게 판타지가 존재할까? 그들에게는 그 존재가 환상이 아니라 사실일 수 있다. 다시 말해 자연법칙에 대한 이해가 없는 독자에게 초자연의 세계는 판타지가 아니다. 신화시대에 신화가 판타지가 될 수 없는 것도 이 맥락에서이다.[25] 그렇기는 하지만 독자의 나이와 장르를 연결시키는 것은 혼란을 안겨줄 수 있다고 본다. 이른바 "전래동화 나이"니 "모험소설 나이"를 상기해보자. 더욱이 '자연법칙에 대한 이해'와 같은 모호한 한정어가 붙은 경우는 특히 그렇다고 여겨진다.

"주인공의 놀람과 머뭇거림"이라는 개념도 마찬가지다. 이것은 주지하다시피 또도로프의 환상문학론의 핵심개념이므로 직접 들어보기로 하자.

> 환상문학은 세 가지 조건이 충족되어야 한다. 첫째, 텍스트는 독자들로 하여금 작중 인물들의 세계를 살아있는 사람들의 세계로 간주하도록 해야 하는 동시에 묘사된 사건들을 자연적으로 설명(explanation)할 것인지 초자연적으로 설명할 것인지 망설이도록 해야 한다. 둘째, 이러한 망설임은 작중 인물이 경험할 수도 있다. (…) 셋째, 독자는 텍스트와 관련해서 어떤 확실한 태도를 취해야 한다. 즉 독자는 '시적인'(poetic) 해석뿐만 아니라 '알레고리적'(allegonical)인 해석도 거부해야 한다. 이 세 가지 요구사항은 비중이 똑같지는 않다. 첫번째와 세번째는 실제로 장르를 구성하는 요소이다. 그러나 두번째는 충족되지 않을 수도 있다. 그렇지만 대부분의 예들은 이 세 조건을 충족한다.[26]

---

25 이와 관련하여 우리 고대소설이나 『서유기』 같은 작품을 섣불리 판타지장르로 넣는 일은 숙고를 요한다고 본다. 왜냐하면 환상문학을 이야기하려면 문학의 모방(미메시스) 원칙을 '의식적'으로 떠났을 때부터, 즉 낭만주의 시대 이후에야 가능하다는 점을 생각해봐야 할 것이기 때문이다. Dieter Petzold, 앞의 글 15면.

26 Tzvetan Todorov, *The Fantastic: Structural Approach to a Literary Genre*, New York: Cornell 1975, 33면.

앞의 인용문에서 보았듯이 또도로프의 환상문학 정의에서 반드시 충족되어야 하는 조건은 '독자의 망설임'이다. 망설임의 주체를 주인공까지 확대시킨다 해도 또도로프의 환상문학 정의는 일반문학 쪽에서도 이미 너무 좁은 것으로 판명되었지만, 아동문학의 경우는 더욱 거북한 코르셋으로 작용함은 이미 서구에서도 여러 논자들이 지적하고 있다. 리얼리티의 인식은 중요하지만, 만약 독자의 나이와 머뭇거림이라는 개념을 가지고 '공상동화'와 판타지를 가려내는 '형식적 변별점'으로 삼는다면 많은 판타지 작품을 잘라내는 결과가 된다. 주인공의 초현실에 대한 머뭇거림이 없는 『호비트』라든가 『공주와 고블린』(1872) 또는 『내 이름은 삐삐 롱스타킹』(1945)은 '자연법칙에 대한 이해가 없는 나이의 독자'를 대상으로 한 '공상동화'인가? 또 설령 '자연법칙에 대한 이해가 없는 나이의 독자'를 대상으로 했다고 해서 '무민'(Moomin) 씨리즈를 '공상동화'에 넣을 수 있을까? 우리 아동문학에서 예를 찾자면 주인공의 초현실에 대한 머뭇거림이 있는 「모래마을 아이들」(김옥 『학교에 간 개똥이』 창비 1999)은 '자연법칙에 대한 이해가 있는 나이의 독자'를 대상으로 한 판타지인가? 이런 의문들은 궁극적으로 분류기준을 재고해야 한다는 것을 의미할 것이다.

판타지, 두개의 세계?

주인공의 망설임을 강조하는 것은 그간 우리 아동문학이 이오덕이 했듯이 현실과 비현실 내지 초현실이라는 '두개의 세계'의 구분을 판타지의 주요 요건으로 생각한 데서 비롯한 것이다. 독일 아동문학에서도 초기 판타지론은 크뤼거의 견해를 바탕으로 '두개의 세계' 개념을 중심으로 전개되었다. 이 이론의 체계적인 정리를 시도한 예테 클링베리는 『호비트』나 '무민' 씨리즈와 같은 작품들을 보며 결국 1980년대부터 이런 식의 구분을 포기하고 환상문학을 '낯선 현실'(fremde Wirklichkeit) 즉 '다른 세계'의 문학으로 통칭하기에 이른다. 문학 자체가 이미 장르간의 경계가 무너지는 추세인데다가, 특히 다양한 가능성이 열려 있는 형식인 경우에는 어쩔 수 없는 귀결이라 하겠다.

원종찬의 판타지론 시도는 문제가 있기는 하지만 이오덕에 이어 이른 바 환상동화를 무조건 판타지장르에 포함시키기 어렵다는 인식을 명확히 했다는 데 의미가 있다. 그러나 이오덕과 원종찬의 판타지론 사이에는 유례없는 한국 아동문학(번역동화까지 포함하여) 시장의 융성과 환상문학 담론의 성립이 있다. 또한 이오덕이 높게 평가한 이른바 생활동화 역시 많은 문제점을 노출한다. 이것은 이오덕이 '공상동화'를 비판하면서도 구체적인 판타지장르론을 펼 수 없었던 반면 원종찬은 '공상동화'와의 구분을 시도하고 또 판타지의 가능성에 긍정적인 시선을 보낼 수 있는 데 대한 설명이 될 것이다.

원종찬 역시 논의가 이루어진 두 시점 사이의 상황 차이를 보지 못하는 것은 결코 아니다. 그러나 이오덕의 판타지론을 한계짓는 과정에서 다시 한번 환상 내지 공상을 동화의 본질로 파악하는 환상동화론자들의 '동화' 개념을 붙드는 한편, 서구 판타지의 개념을 좁게 적용함으로써 혼돈을 초래하고 있다. 현재의 동화들은 '생활동화'를 인정하든 안하든 오히려 아동설화를 동화로 간주하는 방정환식의 동화 개념에 가깝게 다양한 스펙트럼을 보이고 있기 때문이다. 결론적으로 동화와 소년소설의 구분에서 출발하여 판타지동화와 소설의 형식적 변별점을 찾으려는 시도는 오늘의 시점에서 오히려 혼란을 초래한다. 알다시피 동화의 특성을 공상으로 생각하는 이원수도 "문학으로서 볼 때 동화는 소설의 한 갈래"[27]임을 인정하지 않았는가.

---

27 이원수 「동화작법」 『이원수아동문학전집』 29권, 웅진 1984, 98면.

2. 리얼리티, 현실과의 관계

문학적 환상은 개개인의 공상이나 망상과는 달리 문학체계 안에서 표현되어야 한다. 우리 아동문학의 판타지 논자들도 한결같이 내적 리얼리티를 강조한다. 이것은 판타지에 대한 이해가 또도로프 식의 환상문학론보다 톨킨 식의 판타지 이해에 가깝다는 것을 보여준다. 알다시피 또도로프는 독자의 망설임을 이야기하지만 톨킨은 작가가 창조한 다른 세계, 그의 말을 빌리면 '2차세계'에 대한 독자의 믿음을 강조하기 때문이다. 그러나 우리 아동문학에서는 톨킨 식으로 순전히 2차세계로 이루어진 판타지 작품은 찾아보기 어렵고 오히려 두개의 세계가 공존하는 것이 대부분이다. 따라서 '다른 세계' 자체의 법칙성보다는 그곳으로 넘어가는 통로가 우선적으로 강조된다.

원종찬이 "환상·공상·판타지·동심 따위 말들을 가닥없이 늘어놓은 관념의 토로"[28]에 가깝다고 비판하는 환상동화론에서도 환상의 '유기적 관계'를 강조한다. 예를 들어 김요섭은 "상상력이 불쑥 던져준 착상을 환타지라고는 할 수 없다. 환타지란 현실 속에 비현실의 세계를 생생하게 유기적으로 관계를 창조해주며 전개시키는 조직체이기 때문이다. 그리고 그 세계가 비현실이기는 하지만 구체적이면서 또한 눈에 보여야 하며 한 세계로서 창조되어야 한다"[29]는 인식을 보여주며 박상재 역시 "현실과 환상의 세계를 연결해주는 통로"와 리얼리티를 언급한다.

이오덕 역시 사또오 사또루의 말을 빌려 "판타지란, 현실에서는 있을 수 없는 공상의 세계를, 면밀한 계산과 완벽한 규칙을 기본으로 하여, 흡사

28 원종찬 「'일하는 아이들'과 '유희정신'을 넘어서」 35면.
29 김요섭 『현대동화의 환상적 탐험』 52면.

있었던 것처럼 리얼하게 그린 문학이다"[30]라고 정의하면서 리얼리티에 주목한다. 또한 비슷한 맥락에서 김서정은 판타지 세계 '나름대로의 법칙과 질서' '논리와 신빙성'[31]을, 이지호는 '환상의 논리'[32]를 이야기한다. 다시 말해 작품 내적 리얼리티는 우리 아동문학 판타지론에서 가장 중요시되는 평가기준인 것이다. 이러한 강조는 경험 현실을 넘어서는 사물이나 사건을 경험 현실의 논리로 독자를 납득시켜야 하는 판타지의 어려움을 반증한다.

판타지의 리얼리티는 내적 리얼리티 이전에 경험 현실에 직접 비추어 평가되기도 한다. 예를 들어 "차가 굴 속에 들어가는데 그 굴이 캄캄하다는 것은 어찌 된 것인가? 캄캄해서 앞이 안 보이는 굴은 어디에도 있을 수 없다. 이것은 이야기의 흐름에서 볼 때 아무래도 이상하게 느껴진다. 오늘날 사회 같지 않다는 느낌이다"[33]와 같은 문제제기가 그것이다. 이런 지적은 구체적인 내용은 저마다 달라도 환상동화 또는 판타지문학에 늘상 주어지는 부담이다. 특히 경험 현실에 대응하는 구체적인 사물이나 사건이 판타지 세계에 엮여 있을 때는 더욱 그렇다. 『고양이 학교』(김진경, 문학동네 2001)는 작가의 야심에 찬 의도에도 불구하고 이러한 리얼리티를 성공적으로 이뤄내기가 얼마나 어려운지를 보여준다. 가장 큰 예는 집단체험으로서의 쓰레기 사건인데, 이 사건이 '세상에 이런 일이'와 같은 텔레비전 프로그램에 소개되었다면 혹시 모를까, 독자로서는 믿을까 말까 망설일 여지도 없다.

30 이오덕 「판타지와 리얼리티」 『어린이를 지키는 문학』 백산서당 1984, 104면.
31 김서정 『멋진 판타지』 굴렁쇠 2002, 20, 22면.
32 이지호 「『고양이 학교』, 그 환상의 논리와 서사문법」 『어린이문학』 2003년 1월호.
33 이오덕 「손 쉽게 써 버린 꿈 이야기」 『어린이책 이야기』 195면.

'공상동화'의 리얼리티

내적 리얼리티라는 측면에서 흥미로운 것은 현실과 비현실이 나뉘지 않고 한 차원으로 나타나는 '환상동화'이다. 이오덕과 원종찬은 이들 동화를 판타지와 구별하고자 하고, 특히 원종찬은 리얼리티라는 측면에서 '공상동화'와 판타지를 구분하려 함은 앞에서 살펴본 바와 같다. 자연법칙에 대한 이해가 없는 나이의 독자를 대상으로 한 '공상동화'에는 내적 리얼리티가 결여되어 있다고, 또는 결여될 수밖에 없다고 판단한 것이다. 사실 자연법칙을 이해하지 못하는 독자에게 리얼리티는 아무 문제가 되지 않는다. 리얼리티를 문제삼는 것은 자연법칙을 이해하는 독자이다. 이와 관련해서 관심을 끄는 것이 여을환이 필리파 피어스의 『학교에 간 사자』를 분석한 「진실을 말하는 공상의 언어」(『동화읽는어른』 2002년 8월호)이다.

그는 공상동화가 "인물의 내면으로 들어가 공상의 뿌리를 드러낸다"는 점에서 옛이야기와 구별되며, 독자가 "인물의 내면에 공감"하면 작품의 리얼리티가 성립된다는 인식을 보여준다. 여기서의 독자는 자연법칙의 이해와는 관계가 없다. 주인공의 망설임도 필요하지 않다. "공상의 뿌리에는, 일어났으면 싶은 일이 일어나고, 진짜라고 믿고 싶기 때문에 진짜다라는 주관의 공식이 있"기 때문이다. 경험 현실에서는 결코 일어날 수 없는 일이지만 독자가 인물의 내면에 공감하면, 공상의 의미를 이해하고 동화 속 사건을 논리적으로 받아들이게 된다. 즉 작품 내적 리얼리티를 인정하게 되는 것이다. 서구와는 달리 '장편' 길이의 판타지를 찾아보기 어려운 우리 판타지 아동문학을 볼 때 이러한 논의의 실마리는 앞으로의 판타지론에 시사하는 바가 많다고 여겨진다. 특히 다음과 같은 인식은 주목해볼 필요가 있다.

공상적 사건의 현실성은 인물이 내면 세계의 문제를 실제로 해결하거나 주변 상황이 실제로 달라지면서 확보된다. 그 점에서 공상은 꿈과 전혀 다르

다. 꿈이 아니기에 주변 인물들의 태도에도 영향을 준다.(여을환 「진실을 말하는 공상의 언어」 9면)

여기서 말하는 현실은 작품 내적 현실이지만, 이것에 공감하는 독자의 현실, 즉 외부 현실 역시 당연히 관련된다.

판타지 세계와 외부 현실

우리 아동문학 논자들이 또하나 많은 관심을 갖는 것은 판타지와 현실과의 관계이다. "현실주의와 판타지는 현실을 전유하는 두 가지 서로 다른 방식일 뿐 상반된 방식이 결코 아니다"[34]고 강조하거나, 로즈메리 잭슨이 말하는 환상성의 '전복' 개념에 매력을 느끼는 것도 같은 맥락일 것이다.

판타지와 현실의 관계는 정확히 말하면 작품 내적 현실과 외부 현실의 관계에 대한 물음이기도 하다. 따라서 그 관계는 리얼리즘 계열의 문학과 마찬가지로 '반영'이라는 측면에서도 조명된다. 원종찬은 임정자의 작품 의미를 논하는 자리에서 "초자연의 세계는 외부의 억압에 저항하는 내면의 힘이 분출한 공상"임을 강조하며 이들 동화에도 "나름대로 '이 시대 아이들'의 '현실'이 반영되어 있"[35]다고 옹호한다.

판타지와 현실의 관련을 따져보려면 어떠한 현실이 어떻게 다루어지고 있는가 하는 비판적인 분석작업도 있어야 할 것인데, 아직은 충분히 다뤄지고 있지 않다. 『수일이와 수일이』(김우경, 우리교육 2001)를 예로 들어보자. 이오덕은 "현실과 초현실을 자유롭게 넘나들 수 있게 되는 장치"로서 성공했을뿐더러 "이야기를 읽는 재미를 느끼게 하면서 좋은 생각을 가지게 하고, 또 한편으로 깨끗한 우리말을 익히게 하는 보기 드문 작품"[36]으로 칭

---

34 김상욱 「어린이문학에서 현실주의와 판타지」 87면.
35 원종찬, 앞의 글 33~4면.
36 이오덕 「참된 자기로 돌아가기」 『어린이책 이야기』 266, 267면 참조.

찬을 아끼지 않는데, 여기저기서 권장도서로 추천되는 것을 보면 많은 사람들이 의견을 같이하는 것으로 여겨진다.

이 작품은 손톱을 깎아 함부로 버리면 쥐가 주워 먹고 그것을 버린 사람으로 둔갑한다는 우리 옛이야기와, 가짜 때문에 혼이 난 진짜가 개과천선하게 되는 『옹고집전』을 모티프로 삼았다는 데서도 크게 호감을 얻을 만하고, 진짜 수일이가 쥐로 변하는 반전까지 포함하여 극적 구성에서도 드문 솜씨를 보여준다. 또한 옹고집이 구원을 받는 것은 도사의 도움을 통해서이지만, 자기를 본 모습으로 돌아오게 해줄 진짜 고양이를 스스로 찾아나서는 행동 주체로 수일이를 그리는 재해석도 높이 살 만하다.

그러나 작품 말미에 가서 주제로 떠오르는 "내 진짜 모습"이란 대체 무엇일까? 가짜 옹고집이 진짜 옹고집보다 여러 면에서 훌륭하게 그려지듯이 가짜 수일이 역시 진짜 수일이보다 부모님 말씀도 잘 듣고 학교와 학원에서 열심히 공부하며 세상을 보는 데서도 생각이 더 깊다. 메씨지가 이렇게 전달된다면 공부에 짓눌려 좀더 노는 시간을 갖고 싶던 아이들이 이 이야기에서 '해방감'을 느낄 수 있을까? 작가는 그 점을 의식했는지 "내 진짜 모습"이라는 말로 얼버무리고 있으나 아이들로서는 가짜와 진짜의 대비에서 어떤 것이 내 본디 모습인지 찾기 어렵다. 결국 이 작품은 나름대로 아이들의 현실을 반영하는 데서 출발하지만, 여기서 제시하는 판타지 세계는 많은 '좋은 생각'에도 불구하고 아이들에게는 어른들이 끊임없이 강요하는 굴레로 느껴지기 쉽다.

판타지를 현실의 억압과 관련해서 소망의 상, 해방의 공간으로 보는 견해는 이재복의 『판타지 동화 세계』에 오게 되면 "구원의 세계" "감천부활세계" "거듭난 세계" 등 유토피아의 모습으로까지 나타난다. 소망의 상역시 판타지 세계의 한 형태일 수 있지만, 일면의 과도한 의미 부여는 문제가 있다. 예를 들어 로이스 로우리의 『기억 전달자』처럼 디스토피아를 그린 판타지는 어디에 서 있어야 하는가?

판타지에서 현실과의 관계를 강조하고 그 때문에 높은 평가를 내리는 것은 어쩌면 그간 우리 아동문학의 리얼리즘에 대한 부채의식의 연장이 아닐까 하는 일말의 의구심이 든다. 우리 아동문학사를 돌이켜보면 서구식 개념에서 우리나라 최초의 판타지로 꼽을 수 있는 주요섭의 『웅철이의 모험』(1946)에서도 모순된 법이라든가 가난과 같은 현실문제들이 다루어지고 있으며,[37] "'동화적 상상력'이나 팬터지의 도입으로 상찬되던 제도권의 창작 경향들이 실은 정직한 현실 대면을 회피하고 불의와 부패와 타협하는 알리바이로 몇몇 동화적 특질들을 이용"[38]해왔다는 판단에 해당할 작품들에서도 종종 분단이라든가 농촌 현실, 영양실조 등 어떻게든 현실문제를 엮어넣어야 한다는 강박관념을 읽을 수 있을 정도이다. 판타지 기법 면에서 많은 가능성을 보여준 최근의 『영모가 사라졌다』(공지희, 비룡소 2003)도 그 강박관념에서 자유롭지 않은 듯 보인다. 때리는 아버지와 매 맞는 아이와의 갈등같이 무언가 문제적인 현실을 꼭 갖다대어야 할 것 같은 강박관념 말이다. 『한밤중 톰의 정원에서』에서 문제적인 현실은 홍역 같은 흔한 전염병에 불과했음을 생각해보자.

3. 맺음말

우리 아동문학 판타지론을 전개하는 데 가장 큰 문제점은 우선 환상을 동화의 본질로 받아들여온 동화 개념으로 보인다. 동화의 이런 이해는 메르헨이라는 서구 개념이 도입되는 과정에서 초래한 오해도 한몫을 하고 있고, 다른 한편으로는 판타지장르의 발생상 옛이야기와 밀접한 관련을

---

37 졸고 「조끼 입은 토끼를 따라간 아이」, 『열린어린이』 2003년 6월호 참조.
38 김이구 「팬터지를 사랑할 것인가」, 96면.

지니는 데서도 이유를 찾을 수 있다. 게다가 우리 동화의 특수한 역사적 전개가 있다. 우리 동화는 판타지를 리얼리즘 계열의 소년소설과 구분하여 유년을 대상으로 한, 환상의 요소를 포함한 단편 길이의 작품을 지칭하는 것으로 받아들였다. 그러나 리얼리즘 계열의 이른바 생활동화가 등장하며 동화는 환상성만을 주장할 수 없게 된다. 우리 아동문학 판타지론은 환상동화와 생활동화의 서로에 대한 옹호에서 시작되는데, 이는 다시금 동화의 본질이 무엇이냐 하는 문제와 충돌하게 된다.

최근 우리 아동문학 논자들은 대체로 환상의 속성을 지닌 작품을 판타지로 보고 있으나 '문학적' 환상의 속성과 구조에 대한 천착은 아직 부족하며, 아울러 기존의 환상동화 내지 공상동화와 장르로서의 판타지의 관계 역시 여전히 미해결의 상태로 남아 있다. 논자들은 판타지의 리얼리티 문제를 입을 모아 강조하지만 내적 리얼리티에 대해서는 대부분 형식적 고찰에 머물고 있다. 그리고 우리의 힘겨운 역사와 현실에서 비롯된, 문학에 대한 리얼리즘의 요구와 관련해서 판타지 세계와 외부 현실의 관련성 문제도 논자들의 큰 관심사이지만, 흔히 소재와 주제의 비판적 분석까지는 보여주지 못하고 있다.

결론적으로 앞으로 우리 아동문학 판타지 담론은 동화론의 재정립과 아울러 환상동화 내지 공상동화의 자리매김, 그리고 형식주의적인 장르론을 넘어설 때 더 풍부하고 선명해지리라고 생각한다. 물론 담론이 제대로 형성되려면 그에 걸맞은 작품들이 있어야 할 것이다.

_창비어린이 2003년 가을호

제3부 아동청소년문학 다양하게 읽기

외국동화를 통해 살펴보는 생태주의 동화

1. 환경 및 생태계 파괴의 인식

생태주의는 한마디로 지구상의 자연계에 존재하는 모든 생물들의 조화로운 공존공생을 추구하는 주의이다. 이러한 생태주의가 문학의 의식에 들어온 것은 무엇보다도 1960년대부터 서구 산업사회에서 본격적으로 일기 시작한 환경운동, 녹색운동과 밀접한 관련을 지닌다. 환경파괴로 인한 생태계의 파괴가 결국은 인간 자체의 생존을 위협할 것이라는 자각을 하게 된 것인데, 환경파괴의 심각성에 대한 여론을 일반화하는 데 가장 많이 기여한 것으로는 무엇보다도 1972년 『성장의 한계. 인류의 현 상태에 대한 로마 클럽 보고서』를 꼽을 수 있다. 핵에너지의 위험, 대지와 하천, 바다의 화학물질 오염문제, 지구 대기온도의 점진적 상승으로 인한 온난화현상, 계속되는 가뭄으로 인해 가속화되는 사막화현상, 천연자원의 급격한 감소 추이, 많은 동식물과 야생동물의 멸종 가능성, 그리고 산업폐기물 오염 정도 등을 내용으로 하는 이 보고서는 지구인들에게 충격을 주었다. 그리고 같은 해 6월 스톡홀름에서는 제1차 유엔인간환경회의가 열리고, 사회적으로는 환경운동, 녹색운동이 사회운동의 주요 흐름으로 자리잡는다.

2. 환경운동 및 반핵운동과 동화

아동청소년문학에서도 이러한 문제의식을 공유하는 작품들이 나오기 시작한다. 환경오염을 고발하는, 이른바 환경동화라고 일컬어지는 작품들로, 1971년 미국 아동청소년문학 작가 진 크레이그헤드 조지의 『누가 정말 울새를 죽였나』가 대표적인 예로 꼽힌다. 가장 깨끗한 도시임을 자랑으로 아는 가상의 도시 새들보로가 무대인데, 이 도시의 마스코트인 울새가 죽어나가자 환경에 관심이 많은 소년 토니가 그 이유를 밝혀내고 다시 깨끗한 도시환경을 위해 노력한다는 내용이다. 이 작품은 미국의 해양생물학자 레이첼 카슨이 제2차 세계대전 때 해충퇴치약으로 엄청난 위력을 발휘한 DDT의 순환과정을 밝힘으로써 그 위험을 경고한 『침묵의 봄』(1962)을 모티프로 삼았다. 이렇게 계몽적 성격이 강한 작품은 흔히 작가의 목소리가 앞선 나머지 독자에게 생각할 여지를 남겨놓지 않을 위험이 크지만, 『누가 정말 울새를 죽였나』는 작가가 독자에게 설교하거나 독자의 판단을 앞서 이끌지 않고 문학적 형상화에 성공함으로써 환경동화의 고전이 되었다.

생태계 파괴에 맞선 아이들의 행동을 그린 것으로는 구드룬 파우제방의 『나무 위의 아이들』(1983)을 예로 들 수 있다. 산타나네 가족은 남아메리카 원시림 가장자리에 살고 있는데, 그들이 사는 땅과 숲의 주인 세뇨르 리폴이 숲을 태워 밭으로 개간해서 더 많은 돈을 벌고자 한다. 하지만 산타나네 아이들을 통해 숲이 없어지면 숲속에 살던 동물들은 터전을 잃고 맑은 물과 좋은 공기가 사라질 것임을 알게 된 세뇨르 리폴의 아들 움베르토가 나무 위로 올라가 숲을 태우지 못하도록 막는다. 아들의 행동 때문에 아버지가 그토록 순식간에 경제적 동기를 포기할 수 있느냐고 이의를 제기할 수도 있지만, 개발논리를 포기하지 않고 환경보존은 불가능하다는 것을 잘 보여준다.

구드룬 파우제방의 『핵 폭발 뒤 최후의 아이들』(1983)과 『구름』(1987)은 공포를 통한 계몽이라고 일컬을 수 있을 정도로 핵의 위험에 대한 경각심을 고취시키는 데 중점을 둔다. 『핵 폭발 뒤 최후의 아이들』은 핵전쟁이 일어나기 직전의 몇년 동안 인류를 멸망시킬 준비가 진행되고 있는데도 아무런 대책 없이 방관하거나 무관심한, 심지어는 핵무기로 인해 평화의 균형이 유지되는 거라고 주장한 결과가 무엇인지를 보여준다. 그리고 『구름』은 대체에너지의 해결사로 여겨지던 원자력발전소의 사고가 어떤 결과를 가져다주는지 주인공 야나의 눈을 통해 보여주는데, 두 작품 다 예측할 수 있는 결과와 상황전개임에도 불구하고 생생하고 다층적인 상황설정과 인물들의 내면묘사로 긴장감 있게 읽힌다.

위의 작품들에서 드러나듯이 환경오염이라든가 핵의 위험, 생태계 파괴 문제를 다룬 작품들은 강한 계몽 의도를 바탕에 깔고 있다. 이때 문학작품으로서 중요한 것은 작가가 자신의 생각을 앞장서서 외치지 않고 독자가 생각할 여지를 남겨두어야 한다는 점이다.

3. 자연과 생태의식

다른 한편, 생태주의란 무엇보다도 관계의 개념을 바탕으로 한다. 인간과 자연은 상호관계 속에서 삶의 공동체를 이루며, 만약 그러한 그물망에서 하나가 파괴될 때는 공동체 전체가 위험해진다는, 지구라는 공동체에서 모든 생명체가 더불어 살고 또 살아야 한다는 의식, 즉 생태의식에서 출발한다. 이러한 생태의식을 근거로 생태주의는 환경주의나 환경관리주의와 구별되기도 한다. 생태주의를 이렇게 넓혀 생각한다면, 그간의 인간중심주의, 기술문명우월주의를 비판적으로 지양하고, 명시적이든 암묵적이든 자연과의 관계를 반성하게끔 독려하는 작품들 역시 넓은 의미에서 생태주의동화에 포함시켜도 좋을 것이다.

이는 최근 생태문학이나 녹색문학의 논자들인 김용민, 이남호의 '넓은 의미'의 생태문학 개념과도 통하며, 진 크레이그헤드 조지의 『나의 산에서』(1960)와 『줄리와 늑대』(1973), 베치 바이어스의 『검은 여우』(1968), 포리스트 카터의 『내 영혼이 따뜻했던 날들』(1976), 게리 폴슨의 『손도끼』(1988), 쑤전 제퍼스의 『시애틀 추장』(1991), 콜린 티엘의 『티미』(1993), 론 버니의 『독수리의 눈』(1995), 팀 윈튼의 『블루백』(1998), 이자벨 아옌데의 『야수의 도시』(2002) 등이 여기에 속하는 작품이라 할 수 있을 터이다.

이런 계열의 작품은 딱히 생태의식을 전면에 내걸지 않아도 자연의 존재와 가치를 감각적으로 구체화해준다. 따라서 우리는 이들 작품에 대해 자연을 어떤 식으로 묘사하고 있는가, 인간과 자연의 관계를 어떻게 나타내고 있는가, 자연과 어울려 사는 삶을 어떤 식으로 그리고 있는가, 또 그것들은 생태의식의 고양이라는 면에서 어떤 가치를 전달해주는가 등의 질문을 던져야 할 것이다.

혼자 힘으로 산에서 생활해보고자 캐츠킬 산으로 떠난 주인공 샘 그리블리의 산속생활을 그린 『나의 산에서』나 비행기 조종사의 갑작스런 죽음으로 캐나다의 숲 어딘가에 불시착해서 손도끼 하나로 생존해야 했던 브라이언의 이야기를 그린 『손도끼』는 야생의 자연 속에서 살아남기를 다룬다는 점에서 로빈슨 크루소우 류의 모험소설에 속한다. 하지만 프라이데이까지 포함하여 야생의 자연을 문명화의 대상으로 본 『로빈슨 크루소우』와는 달리, 둘다 주인공으로 하여금 자연은 정복의 대상이 아니라 함께 살아나가야 할 존재임을 깨닫게 해주는 미덕을 지닌다. 스스로 택하지 않은

182

갑작스런 모험이었기에 심리적인 충격과도 맞서야 했던 『손도끼』에서는 이른바 문명이란 것이 인간과 자연을 얼마나 갈라놓는지를 이렇게 진술한다.

> 라이플 총은 브라이언과 주변에 있는 모든 것들 사이를 갈라 놓는 것 같았다. 라이플 총이 없었을 때는 숲 속 생활에 적응하고, 일부분이 되고, 이해하고, 이용해야만 했다. 하지만 라이플 총이 있다면 숲 속 생활을 두려워하거나 알려고 노력할 필요가 없었다. 바보 새를 죽이기 위해 가까이 다가설 필요도 없었다. 또 바보 새를 쳐다보지 않고 옆으로 걸어가는 척할 때 바보 새가 도망가지 않는다는 걸 알 필요도 없었다.(177면)

브라이언은 야생의 자연을 체험한 후 "무슨 일이 일어나면 신중하게 살펴보고 나서 반응하는 능력"을 얻게 되고, "말하기 전에 충분히 생각하는" 사려 깊은 사람이 되며, 모든 음식을 "경이로운 눈"으로 바라보게 된다(184면). 자연을 체험하며 겪는 경이는 "처음 보았던 모습 그대로 바람처럼 가볍고 자유"로운 검은 여우의 모습에 대한 기억처럼 "숱한 시간을 뛰어넘어"(『검은 여우』 7면, 168면) 지속될 수 있으며, 이는 자연이 인간에게 주는 귀한 선물이 아닐 수 없다. 이런 작품들은 딱히 생태주의를 내걸지 않지만 이남호가 녹색문학에 대해 희망하듯이 "자연에 대한 사랑과 연민과 존경의 마음"(이남호, 34면)을 느낄 수 있게 해준다.

『줄리와 늑대』는 에스키모 소녀 미약스(줄리)가 늑대 아마록의 도움을 받아 툰드라평원이라는 거친 야생의 자연 속에서 살아남는 감동적인 이야기다. 하지만 아마록은 비행기를 타고 재미삼아 사냥하는 인간의 손에 죽고 만다. 당당하고 용감하고 아름답게 살아가던 죄없는 아마록의 죽음은 줄리에게 인간의 문명이란 것에 대해 환멸을 안겨준다. 그리고 그 환멸에, 어렵사리 만난 아버지 집에서 비행기 헬멧과 눈안경을 발견하게 됨으로써 배신감까지 더해진다. "인간이 자연을 파괴할 권리는 없다. 늑대가 멸종되면, 반대로 사슴의 수가 너무 많아져 들풀을 다 먹어치울 거야. 그러면 북극쥐는 먹이가 없어 굶어 죽게 되고 북극쥐를 먹고 사는 새나 여우, 족제비도 살아갈 수 없게 돼. 이런 일이 반복되면 알래스카는 자생력이 없는 죽음의 땅이 되고 말 거야"(148면)라며 평화롭게 사는 늑대들을 멸종시키고 알래스카를 독차지하려는 백인들의 정책을 비판하던 아버지가 아니었던가. "늑대가 에스키모의 다정한 친구였던 옛날은 아쉽게도 끝나"(200면)버렸음을 통감하며 결국은 아버지 집 쪽으로 향하는 결말은 비극적이면서도, 독자로 하여금 좋았던 과거로의 도피가 아니라 다시 한번 현재적 시점에서 현실을 반성하게 하는 리얼리티를 제공한다.

자연과 조화를 이루며 일구는 삶을 무엇보다도 잘 보여주는 작품은 고아가 된 다섯살 소년 '작은나무'가 체로키 인디언의 피를 받은 할머니 할아버지와 함께 산에서 사는 이야기를 쓴 『내 영혼이 따뜻했던 날들』인 듯싶다. 매에게 잡아먹히는 메추라기를 보며 슬픈 얼굴을 짓는 작은나무에게 할아버지는 '자연의 이치'를 알려준다.

"슬퍼하지 마라, 작은 나무야. 이게 자연의 이치라는 거다. 탈콘 매는 느린 놈을 잡아갔어. 그러면 느린 놈들이 자기를 닮은 느린 새끼들을 낳지 못하거든. 또 느린 놈 알이든 빠른 놈 알이든 가리지 않고, 메추라기 알이라면 모조리 먹어치우는 땅쥐들을 주로 잡아먹는 것도 탈콘 매들이란다. 말하자면 탈콘 매는 자연의 이치대로 사는 거야. 메추라기를 도와주면서 말이다."(24면)

약육강식이라는 단어로 막연히 상상하던 '잔인한' 자연의 법칙과는 사뭇 다르다. 이러한 자연의 이치를 모르는 백인 교사는 작은나무가 사슴 두 마리의 사진을 보며 두 사슴의 자세나 주변 풀, 나무 모습을 보아 짝짓기를 하는 게 분명하다고 말하자 얼굴을 벌겋게 붉히면서 "추잡스럽다"고 고함을 지른다(295면). 철저히 인간중심적인, 따라서 진실과도 먼 교육현장의 단면이 아닌가. 결국 작은나무는 다시 할아버지에게 돌아간다.

아름답고 감동적인 일화들로 가득찬 이 이야기는 탐욕과 허위의 문명세계에 대한 비판은 충분하지만, 사람에 따라서는 대안적이라기보다는 도피적 성격으로 받아들일 수도 있다. 이미 생존의 터전이 되었기에 문명세계의 틀을 벗어나기 어려운 사람들에게는 실행하기 어려운 요구이기 때문이다. 이런 성격은 자연민족인 원주민의 삶을 현대문명과 대비시켜 보여주는 데는 성공적이지만, 『줄리와 늑대』에서와는 달리 그들 내부의 내면적 갈등은 존재하지 않는 것처럼 그림으로써 『시애틀의 추장』과 마찬가지로 야생의 삶을 신화화 내지 신비화시키는 태도하고도 통한다.

이런 식의 신화화는 아마존오지로 야수를 찾아 탐험을 떠난 탐험대의 이야기를 그린 『야수의 도시』에서도 나타난다. 이 작품은 일반문학에서도 인정받는 작가의 작품이라 기대를 했으나, 생태의식 측면에서는 큰 실망을 안겨주었다. 생태주의는 오락적 요소로서만 기능하며, 원주민의 묘사 역시 과장된 신비주의로 채색되어 있고, 이른바 '하얀 신(神)'의 신화가 바탕에 깔려 있기 때문이다. 백인문명의 파괴적 성격은 오스트레일리아 원주민 학살을 다룬 가슴 아픈 이야기 『독수리의 눈』에서도 다루어진다.

역시 오스트레일리아를 배경으로 하여 고래 남획 문제를 다룬 『블루백』은 보호구역 설정을 관철한 사람은 이른바 학문적 성취를 이룩한 아벨이 아닌 소박하게 자신의 터전을 지키던 어머니로 드러남으로써 모성과 자연을 결부시키는 생태여성주의적 관점의 단초를 보여준다.

4. 인간의 정신적 생태

생태주의는 자연과의 관계만을 주목하는 것이 아니다. 생태계 파괴는 인간의 정신에서도 일어난다. 최근에 나온, 생명을 복제하기에 이른 인간의 정신적 생태계 파괴를 경고한 낸시 파머의 『전갈의 아이』가 좋은 예이다. 복제인간 '클론'으로서 마트의 처절한 존재상황과 고뇌, 클론은 아니지만 뇌에 칩이 이식되어 한가지 단순작업에 봉사하도록 만들어진 '이짓'의 존재방식, 그들을 만들고 통제하는 '진짜' 인간들과 그들에 의해 유지되는 체제를 다룸으로써 과학발전이 꼭 인류에게 행복을 안겨주지는 않으리라는 묵시론적인 예언들을 느끼게 한다.

생명복제에 대해서는 두가지 태도가 존재한다. 이는 원자력발전에 대한 태도를 연상시키는데, 하나는 윤리적인 이유를 들어 반대하는 태도와 또하나는 치료라는 목적을 내세우며 제한적 찬성을 보내는 태도가 같기 때문이다. 그간 과학의 전개는 윤리적 이유가 큰 장애요소가 되지 않음을 증명한다. 복제양 돌리가 태어나자 배아복제의 성공이 국민적 성과인양 떠받들어졌다. 과학자들은 치료라는 목적을 내세워 앞으로도 꿋꿋하게 실험을 계속할 것이며, 복제인간의 탄생은 영화나 소설 속의 일이 아니라 현실이 될 것이다.

이 작품의 장점은 그러한 미래의 청사진에 대해 윤리적 구호를 높이 외치는 것이 아니라 다만 보여준다는 데 있다. 지금의 독자는 아무도 클론인 마트와 자신을 동일시하지 않겠지만, 적어도 그에 대한 부당한 대우는 느낄 수 있다. 만약 나의 클론이 존재한다면 그는 나일까, 별개의 인간일까, 아니면 내가 언젠가 이용할 수 있는 장기 창고일까 하고 물을 수도 있겠다. 클론을 만들고 유지하는 것이 철저히 비인간적 착취를 기반으로 하는 거대자본임도 알 수 있을 것이다. 얼마전 인간의 수명은 1,000년이며 노화방지 기술이 가능하다는 기사를 읽었다. 그러나 그 기술을 장악하고 이용할 수 있는 것은 역시 자본과 권력을 소유한 이들이 될 것이다. 그리고 그들의 자본증대와 권력유지를 위해 많은 인간들이 '이짓'으로 전락하여 소모되고 폐기될 것이다. 그것이 이 소설이 그려주는 미래의 청사진이다.

마지막에서 클론 마트는 자신을 존재하게 한 엘파트론이 저지른 죄과를 해결하기 위해 나선다. 이런 희망이라도 없으면 미래의 상이 너무 암담했을 것이다. 하지만 이것은 어디까지나 소설의 희망사항에 그칠 수 있다. 현실은 더욱 암울할 수도 있으니까. 막연히 자연에의 회귀를 그리는 이들에게 생태주의적 주제가 어디까지 나갈 수 있는가를 보여주는 작품이다.

5. 맺음말

이상에서 보았듯이 생태주의동화는 환경파괴와 생태계파괴에서 시작해서 자연과의 교감은 물론 인간의 정신적 생태계까지 스펙트럼이 대단히 넓다. 관건은 작품에 나타난 생태의식의 정도이다. 아울러 그 의식이 문학적으로 어떻게 형상화되었는가 역시 고려해야 한다. 생태주의 비평은 반드시 생태주의동화를 대상으로 할 필요는 없다. 생태의식을 짚는 일은 어떤 동화에 대해서도 가능할 것이기 때문이다.

| 참고문헌 |

게리 폴슨 『손도끼』 김민석 옮김, 사계절출판사 2001.
구드룬 파우제방 『구름』 김헌태 옮김, 일과놀이 2000.
구드룬 파우제방 『나무 위의 아이들』 김경연 옮김, 비룡소 1999.
구드룬 파우제방 『핵 폭발 뒤 최후의 아이들』 함미라 옮김, 보물창고 2005.
김용민 『생태문학』 책세상 2003.
김욱동 『문학 생태학을 위하여』 민음사 1998.
낸시 파머 『전갈의 아이』 백영미 옮김, 비룡소 2004.

론 버니『독수리의 눈』지혜연 옮김, 우리교육 2000.

베치 바이어스『검은 여우』햇살과나무꾼 옮김, 사계절출판사 2002.

수잔 제퍼스『시애틀 추장』최권행 옮김, 한마당 2001.

이남호『녹색을 위한 문학』민음사 1998.

이자벨 아옌데『야수의 도시』우석균 옮김, 비룡소 2003.

진 크레이그헤드 조지『나의 산에서』김원구 옮김, 비룡소 1995.

진 크레이그헤드 조지『줄리와 늑대』작은우주 옮김, 대교출판 2002.

콜린 티엘『티미』햇살과나무꾼 옮김, 문학과지성사 2003.

팀 윈튼『블루백』이동옥 옮김, 눌와 2000.

포리스트 카터『내 영혼이 따뜻했던 날들』조경숙 옮김, 아름드리미디어 2000.

_오른발왼발 2005년 1월호

외국의 역사 논픽션

최근 우리나라 어린이책 분야에서는 논픽션[1]에 지대한 관심을 보이고 있다. 이와 아울러 역사 관련 논픽션 역시 활기를 띠는 추세이다. 그렇기는 하지만 아직까지 관심에 부응할 만한 평가는 없는 실정이다. 따라서 이 시점에서 외국의 사례를 살펴보는 것도 나름의 의미가 있을 것이다. 역사라는 방대한 주제를 외국에서는 아이들에게 어떻게 보여주고 있는가? 그러나 이 물음을 제대로 묻기 위해서는 먼저 논의가 되는 대상의 범주를 명확히 하기 위해 어떤 작품을 역사 논픽션에 포함시키고 있는지 또는 시킬 수 있는지를 따져보아야 할 필요가 있다. 그런 다음 어린이책 역사 논픽션은 형식과 내용에서 어떤 공통점이나 특징을 지니는지 몇가지 사례를 통해 살펴보고, 그 평가는 어떻게 이루어지는지 알아보기로 한다.

어떤 작품에 대한 공식적인 평가는 대체로 상이라는 형태로 나타나는

---

1 허구가 아닌 과학적, 사회적, 역사적 사실들에 대한 지식을 전달하기 위한 책을 아동청소년문학에서는 흔히 '지식책' 또는 '정보책'이라고 부르기도 하지만, 합의된 용어는 아니다. 이는 영미권도 마찬가지여서 'information book'을 논픽션과 동격의 개념으로 쓴다. 『케임브리지 아동문학사전』 참조.

데, 우리나라 어린이 정보책에 주어지는 상은 창비 '좋은 어린이책' 원고 공모의 기획부문이 고작이다. 그러나 이 상의 수상작은 미출간 원고를 대상으로 하는 까닭에 그해의 우수한 정보책을 대표한다고 하기는 어렵다. 우리나라와 달리 해외에서는 기출간도서 가운데 가장 우수한 논픽션에 수여하는 상이 여럿 눈에 띈다. 이들은 제각기 평가하는 기준이 조금씩 다르기는 하지만, 이 상들의 일정한 의의와 대표성은 인정할 수 있다. 따라서 본고에서는 미국과 독일에서 어린이 논픽션에 수여하는 상의 종류와 평가기준, 수상작의 종류와 성격을 알아보고, 그다음으로 그 가운데 역사물이 차지하는 비중과 특성을 짚어보고자 한다.

1. 역사 논픽션의 정의와 범주

'논픽션'을 사전에서 찾아보면 "상상으로 꾸민 이야기가 아닌, 사실에 근거하여 쓴 작품. 수기, 자서전, 기행문 따위"(『표준국어대사전』), "르포르타주·여행기·전기·일기·사회·인문·자연과학 등 사실을 주체로 하여 쓴 책 또는 문장"(『두산 세계대백과사전』), "과학, 문화, 정치, 사회, 경제, 역사의 분야에서 새로운 사실과 인식들을 가장 대중적이며 쉽게 이해할 수 있는 형식으로 제공하는 출판물"(*Metzler Literatur Lexikon* 1990)로 정의된다. 이런 정의에서 보듯이 논픽션은 '사실'과 '대중성'을 키워드로 한다. 바로 이 '사실'의 전달이라는 점에서 픽션과 구별되지만, 우리가 잊지 말아야 할 것은 논픽션 역시 문학의 큰 갈래라는 점이다.

논픽션이 다룰 수 있는 분야는 사회, 정치, 문화, 경제, 과학, 예술 등 온 분야를 망라한다. 그리고 이들 각 부분에는 어떤 식으로든 역사가 녹아 있게 마련이다. 사회사라든가 정치사, 경제사, 문화사, 과학사, 예술사를 생각해보라. 따라서 우리가 역사 논픽션이라고 일컬을 때는 어떤 정보의 전달을 일차적인 목적으로 삼느냐 하는 점을 우선적으로 고려해야 하리라고 본다. 이와 관련해서 말하면, 여기서는 통사를 비롯해 특정 시대 또는 사건이 일차적인 정보전달의 목적이 되는 논픽션을 역사 논픽션으로 일컫고자 한다. 물론 때로는 이러한 구분을 적용하기 어려운 경우도 있다. '인물 이야기'가 그 예가 될 것인데, 그것은 한 인물을 이야기하기 위해서는 시대 및 역사적 배경을 이야기하지 않을 수 없기 때문이다.

2. 몇가지 사례에서 본 역사 논픽션의 특징과 형식, 관점

역사 논픽션은 논픽션 일반과 마찬가지로 '사실'과 '대중성'을 두 축으로 한다. 주지하다시피 논픽션의 대중성을 꾀하기 위한 노력은 독자가 이해하기 쉬운 문체 및 서술형식의 차용이라든가 다양한 시각자료의 동원으로 나타났다. 예를 들어보자. 1986년 벨기에의 카트린 샤드포드가 글을 쓰고 미셸 타리드가 삽화를 그린 세계사책의 독일어 번역판은 25cm×32cm의 대형판에 그림 위주로 편집되었다. 책 제목은 『세계의 대제국』이며 '인류의 역사'라는 부제가 붙어 있는데, 이러한 형식의 책은 나이 어린 독자를 위한 역사 논픽션에서 흔히 접할 수 있는 형태이다.

2002년 독일 청소년문학상 어너상에 오른 만프레트 마이의 『청소년을 위한 이야기 세계사』는 앞의 책보다 나이 많은 독자를 위한 것으로, 판형은 훨씬 축소되고(16.5cm×24.3cm) 글이 많지만 역시 삽화가 빠지지는 않는다. 텍스트와 시각자료라는 면에서는 우리의 역사 논픽션들과 크게 다르지 않은 것이다.

『세계의 대제국』의 목차를 살펴보면 크게 '파라오의 이집트' '지중해와 페르시아만 사이' '아시아의 제국들' '과거를 찾아서' 이렇게 4부로 나뉜다. '파라오의 이집트'에서는 '나일강 홍수, 정지 작업, 나무와 점토벽돌,

황금, 글 쓰는 사람의 삶, 두 나라의 군주, 파라오의 군대, 성스런 사원, 위대한 건축가, 영원을 위한 장소, 피안의 계속된 삶, 의사와 주술사, 두 강변의 나라, 한 문화의 종말'이 다루어지고, '지중해와 페르시아만 사이'에서는 '히타이트 제국, 아시리아인, 불과 검, 바빌론의 명성, 도시의 마르둑, 외교관과 상인, 페르시아인, 왕들의 왕, 알렉산더의 꿈'이, '아시아의 제국들'에서는 '인도의 마우라 왕조, 진 왕국, 최초의 황제, 만리장성, 유교, 한(漢) 문화, 중국의 수도 뤄양'이, '과거를 찾아서'에서는 '중국의 발명들, 투탄카멘, 7대 세계 기적, 과거의 약탈들'이 다루어진다.

만프레트의 마이의 『세계사』는 머리말을 제외하고 48편의 이야기로 진행된다. '최초의 인간, 유목민에서 농부로, 위대한 발명가와 발견자, 지적인 민족, 최초의 세계 기적, 인더스강에서 꽃핀 고도의 문화, 거대한 땅, 근대세계에 대한 토대, 최초의 세계제국, 두 가지 새로운 세계종교: 기독교와 이슬람, 카롤링거 왕조, 위와 아래와 아주 아래, 새로운 밀레니엄, 누가 최고 권력자가 될 것인가?, 십자군전쟁, 도시들의 부상, 새로운 사유, 새로운 세계, 기독교 교회의 분열, 유럽의 신앙전쟁, 중국과 일본의 방수격벽, 짐은 국가다!, 잉글랜드의 모범, 폭력과 함께 근대 속으로, 합스부르크 왕가와 호엔촐러른 왕가, 이성의 시대, 프로이센 왕좌에 철학자가?, 미국으로 향하여!, 자유와 평등과 박애, 나폴레옹 치하의 유럽, 산업혁명, '사회문제'에 대한 한 가지 답, 미국은 미국인에게, 너의 식민지와 나의 식민지, 세계에 독일의 본질을, 20세기의 대비극, 최초의 사회주의국가, 적은 오른쪽에 있다!, 독일이 영도자의 나라가 되리라, 히틀러의 인종광기, 파멸의 전쟁, 두 개의 적대 진영의 발생, 공포의 균형, "제3세계", 근동 갈등, 전진하는 중국과 일본, 동구블록의 해체, 하나의 세계'가 그 차례이다.

이미 차례에서 알아볼 수 있듯이 두 책 다 역사를 다룬다고는 하지만, 때로는 문화에, 때로는 정치에, 때로는 사회에 중점이 두어져 서술됨을 알수 있다. 또한 '세계사'를 표방하고는 있지만, 어디까지나 그 중심은 서양이다. 이 점에서 『청소년을 위한 이야기 세계사』의 저자 마이의 「머리말」은 흥미로운 시사를 던져준다.

> 세계를 이해하고자 하는 사람은 역사를 알아야 한다. (…) 학교에서의 역사수업의 한 문제는 오랫동안의 학생으로서의 생활이 끝날 때에야 겨우 전체가 눈에 들어온다는 데 있을 수 있다. 아마도 이 책은 여기서 도움이 되고 역사수업에 보충이 될 수 있을 것이다. (…) 또 하나 미리 밝혀두어야 할 중요한 점은 이 세계사는 독일의 관점에서, 독일의 독자들을 고려해서 쓰여졌다는 점이다. 프랑스 또는 폴란드 작가라면 다른 관점을 채용할 것이다.

마이는 이해해야 할 세계로 최근의 팔레스타인 문제 등을 예로 든다. 현재적 관점에서 역사를 이해하고자 노력하는 것이다. 하지만 중요한 것은 저자가 자국의 관점에서 이 책을 썼음을 명확히 한다는 점이다. 이는 대부분의 외국 역사 논픽션을 보면 짐작해볼 수 있는 일로, 만약 이 책들이 '세계사'라는 명목으로 우리 아이들에게 소개된다면 아이들은 해당국을 중심으로 한 관점에서 세계사를 바라보게 될 것이다. 이 점은 우리나라에서 다루어지는 세계사와 비교해보면 더욱 뚜렷해진다.[2]

서술 형식을 보면 아이들을 위한 역사 논픽션에서는 될 수 있는 대로 쉽게 설명하고자 노력하는 것이 눈에 띈다. 예를 들어보자.

> 아메리카에서 식민지를 상실한 후 유럽 식민지 세력들은 잉글랜드를 필두

---

2 우리나라 세계사의 목차는 고등학교 교과서에 따르면 대체로 '인류의 기원과 문명의 발생(세계사와 우리의 생활, 인류의 출현, 신석기혁명, 문명의 발생), 고대 세계의 문화(고대 세계의 형성, 동아시아 세계, 인도와 동남아시아, 서아시아 세계, 지중해 세계), 아시아 세계의 형성(아시아 세계의 특성, 동아시아 세계의 전개, 인도와 동남아시아 세계의 전개, 이슬람 세계의 전개, 동서문화의 교류), 유럽 세계의 형성(게르만족의 이동과 중세유럽의 성립, 중세유럽 사회의 특성, 비잔틴 세계, 중세유럽 사회의 동요), 서양 근대사회의 전개(서양 근대사회의 특성, 근대의식의 성장과 유럽 세계의 확대)'순으로 서술된다.

로 다시 거세게 극동으로 향한다. 잉글랜드는 인도에서 유럽 경쟁세력들을 하나씩 내몰았다. 특히 1756년에서 1763년 사이 7년전쟁 중에 있던 프랑스를 내몰았다. 그럼에도 불구하고 인도는 아직 브리튼 제국의 일부가 되지 못했다. 인도는 개인의 상업회사인 '동인도 회사'가 지배했는데, 이 회사는 점차 준(準) 정부로 변화했다. 형식적으로는 19세기 중반까지 인도 제후들이 통치했지만, 실질적으로는 인도 반도 전체에서 브리튼이 세력을 장악했다. 브리튼은 이 땅을 근대화 즉 '서구화'시키고자 했다.(134면)

말 그대로 역사를 개략해서 보여주는 논픽션도 있지만, 때로는 특정 중요한 사건을 집중조명하는 논픽션도 존재한다. 그 가운데 특히 집중적으로 다루어지는 사건 중 하나가 20세기 서구역사에서 가장 잔혹한 사건으로 꼽히는 홀로코스트이다. 그렇다면 이렇게 잔혹한 사건의 경우 어느정도까지 아이들에게 진실을 알려줄 것인가 하는 물음이 나온다. 이 점에서 좋은 시사가 되는 책은 안네 프랑크 에듀케이션 트러스트의 대표인 영국의 클리브 A. 로튼이 쓴 『홀로코스트 이야기』(1999)이다. 21.5cm×28cm의 판형에 48면으로 나온 이 책은 무엇보다도 그림자료가 풍부하고 생생하다. 본문 첫페이지를 열면 산더미같이 쌓인 시체들의 사진이 평화로운 풍경과 대조를 이루어 비극의 현장을 강조하며, 이렇게 충격적인 사진은 거듭 나타난다. 아이들을 독자로 하고 아무리 잔혹하다고 해도 필요하다고 판단될 경우에는 있는 그대로 보여주는 것이다. 그러나 이 책의 장점은 있는 그대로 보여준다는 데 있기보다는 왜 그것을 보여주는가에 있다.

이 책은 '어떻게 이런 일이 벌어질 수 있었을까?' 하는 물음에서 출발해서 '유럽의 유대인, 독일의 불황, 히틀러의 권력장악, 나찌 정부, 크리스탈의 밤, 번개 전쟁과 전쟁, "국가의 적들", 게토, 죽음의 분대, 수용소, "마지막 해결", 활동적인 레지스탕스, 도움을 편 사람들, 시간이 다하다, 수용소의 해방, 살아남은 사람들, 진실과 정의, 이런 일이 다시 있을 수 있을까?'

에서 다시 한번 최근 일련의 사태(캄보디아, 르완다, 보스니아)를 점검하고, 마지막으로 역사의 교훈을 이야기한다. 1948년 유엔이 채택한 인권선언을 다시 확인하는 것이다. 그리고 이는 표지에서 "역사가 주는 교훈을 배우지 못한 사람들은 그 교훈을 되살려야 할 것이다"라는 글귀로 강조된다. 동일한 역사를 반복하지 않기 위해서 이 잔혹한 과거를 고스란히 담아내는 것이 이 책의 목적인 것이다. 이 책은 2002년 독일에 번역 소개된다.

3. 미국의 어린이 논픽션 수상작과 평가기준

영미권에서 가장 공신력 있는 아동문학 자료 싸이트로 인정받는 '아동문학 웹 가이드'[3]에 따르면, 미국에서는 '로버트 F. 사이버트 정보책 상' '보스턴 글로브-혼북 상' '플로라 스티글리츠 스트라우스 논픽션 상' '오르비스 픽투스 뛰어난 어린이 논픽션 상'이 어린이 논픽션을 대상으로 상을 수여한다.

이 가운데 어린이 논픽션에 가장 먼저 상을 수여한 것은 '보스턴 글로브-혼북 상'이다. 1967년부터 매년 수상작을 낸 이 상은 1976년부터 논픽션부문을 포함시킨다. '오르비스 픽투스 뛰어난 어린이 논픽션 상'은 전국영어교사협의회에서 주관하며, 세계에서 가장 오래된 어린이 논픽션인 요한 아모스 코르메니우스의 『눈에 보이는 세계』를 기려 제정한 상으로 1990년부터 논픽션만을 대상으로 수상작을 낸다. '플로라 스티글리츠 스트라우스 논픽션 상'은 뱅크 스트리트 칼리지의 어린이도서회에서 오랫동안 회장으로 일한 스트라우스를 기려 제정한 상으로, 역시 논픽션만을 수상 대상으로 하며 1993년부터 수상작을 낸다. 미국에서 가장 권위 있는 어

---

3 http://www.ucalgary.ca/~dkbrown/

표 2 미국 어린이 논픽션 수상작[4]

상	연도	제목	저자	부문	연령
BGHB	1976	중국으로의 항해	Tamarin	역사(미국과중국 접촉)	
BGHB	1977	기회, 행운과 운명	Dickinson	일화모음	
BGHB	1978	나찌 독일의 어린시절	Koehn	인물	Young Adult
BGHB	1979	집을 떠난 길	Kherdian	역사, 인물	Young Adult
BGHB	1980	빌딩	Salvadori	기술	
BGHB	1981	직조공의 재능	Lasky	기술	
BGHB	1982	헝가리에서의 어린시절	Siegal	역사, 인물	Young Adult
BGHB	1983	2차 세계대전 중 미국 속의 일본인	Davis	역사	Young Adult
BGHB	1984	포카혼타스	Fritz	인물, 역사	Young Adult
BGHB	1985	쇼군의 나라의 페리 제독	Blumberg	역사	Ages 9-12
BGHB	1986	스미쏘니언 자연사 박물관	Thomson	자연	Grade 3 Up
BGHB	1987	플리머스의 순례자	Sewall	역사그림책	Ages 4-8
BGHB	1988	노예 앤서니 번스의 승리	Hamilton	인물, 인종	Ages 9-12
BGHB	1989	어떻게 작동하나	Macaulay	과학	Grade 4 Up
BGHB	1990	위대한 작은 매디슨	Fritz	인물, 역사	Ages 9-12
BGHB	1991	아팔라치아	Rylant	지리, 생물	Ages 4-8
BGHB	1992	예술가와의 대화	Cummings	예술	Ages 9-12
BGHB	1993	난 여자가 아니야?	McKissack	인물, 인종	Ages 9-12
BGHB	1994	일리노어 루즈벨트	Freedman	인물, 역사, 정치	Ages 9-12
BGHB	1995	애비게일 애덤스	Bober	인물, 역사	Young Adult
BGHB	1996	어느 고아 이야기	Warren	인물, 역사, 사회	Ages 9-12
BGHB	1997	물 한 방울	Wick	자연	Ages 4-8
BGHB	1998	레온의 이야기	Tillage	인물, 인종	Ages 9-12
BGHB	1999	에베레스트 산 위에서	Jenkins	지리 그림책	Ages 4-8
BGHB	2000	월터 랠리 경	Aronson	인물, 역사	Young Adult
BGHB	2001	항해	Dash	기술, 인물	Ages 9-12
BGHB	2002	우디 구스리의 노래와 삶	Partridge	인물	Young Adult
BGHB	2003	존 하비의 모험	Kalman	인물	Ages 4-8
FSS	1993	일리노어 루즈벨트	Freedman	인물, 역사, 정치	Ages 9-12
FSS	1995	2차 세계대전 두 젊은이 이야기	Ayer	역사, 인물	Young Adult

상	연도	제목	저자	부문	연령
FSS	1997	오, 자유!	King	역사, 인종	Ages 9-12
FSS	1998	이크발 마시: 반 아동노동	Kuklin	인물, 정치	Ages 9-12
FSS	1999	나의 눈으로	Bridges	역사, 인종	Ages 6 and older
FSS	2000	아이다 웰스	Fradin	인물, 사회	Young Adult
FSS	2001	카버	Nelson	인물, 인종	Young Adult
FSS	2002	노예 저항의 이야기	Evans	인물, 인종 그림책	Ages 4-8
FSS	2002	매리언 앤더슨	Ryan	인물, 음악	Ages 4-8
OP	1990	위대한 작은 매디슨	Fritz	인물, 역사	Ages 9-12
OP	1991	프랭클린 루즈벨트	Freedman	인물, 정치	Ages 9-12
OP	1992	찰스 린드버그의 여행	Burleigh	인물	Ages 4-8
OP	1993	위드패치 캠프 학교 이야기	Stanley	역사	Ages 9-12
OP	1994	이민열차를 타고 아메리카 횡단	Murphy	인물, 역사	Ages 9-12
OP	1995	북태평양 해안의 놀라운 세계	Swanson	자연	Ages 9-12
OP	1996	큰 불	Murphy	역사	Ages 9-12
OP	1997	레오나르도 다 빈치	Stanley	인물, 예술	Ages 9-12
OP	1998	나비 제국의 이야기	Pringle	과학, 생물	Ages 9-12
OP	1999	섀클턴의 모험	Armstrong	역사, 탐험	Ages 9-12
OP	2000	나의 눈으로	Lundell	역사, 인종	Ages 6 and older
OP	2001	골드러시 시대의 미국 흑인	Stanley	역사, 인종	Young Adult
OP	2002	아일랜드 대기근	Bartoletti	역사	Ages 9-12
OP	2003	매리언 앤더슨	Ryan	인물, 음악	Ages 4-8
RFS	2001	월터 랠리 경	Aronson	인물, 역사	Young Adult
RFS	2002	아일랜드 대기근	Bartoletti	역사	Ages 9-12
RFS	2003	아돌프 히틀러의 삶과 죽음	Giblin	인물, 역사	Ages 10-up

린이 문학상인 칼데콧 상과 뉴베리 상을 운영하는 미국도서관협회 아동분

4 BGHB: 보스턴 글로브-혼북 상 The Boston Globe-Horn Book Award, FSS: 플로다 스티글리츠 스트라
우스 논픽션 상 The Flora Stieglitz Straus Award for nonfiction, OP: 오르비스 픽투스 뛰어난 어린이 논픽
션 상 Orbis Pictus Award for Outstanding Nonfiction for Children, RFS: 로버트 F. 사이버트 정보책 상
The Robert F. Sibert Information Book Award.

과는 2001년부터 '로버트 F. 사이버트 정보책 상'을 제정하여 그해의 가장 뛰어난 논픽션에 상을 수여한다. 각 상의 수상작은 앞의 표와 같다(표2 참조).

표를 보면 총 48종의 논픽션 작품이 수상했고, 그 가운데 6종은 2개 상을 중복 수상한다. 주제나 부문별로 보면 자연이나 과학 관련 주제는 드문 반면 대부분이 인물이나 역사 이야기에 집중되어 있다. 대상 연령은 낮은 연령 대상의 그림책부터 청소년까지 비교적 넓고 고른 스펙트럼을 보이고 있어, 특정 주제를 특정 연령과 연결시키는 태도는 보이지 않는다.

역사 논픽션에 주목해보면 무엇보다도 인물 이야기와 함께 역사를 다루는 것이 눈에 띈다. 특히 흑인 인권에 관련된 인물 이야기가 많은 것은 흑백차별의 역사를 지닌 다인종사회 미국의 특성을 반영한다고 하겠다. 다음으로 많이 다루어지는 주제는 나찌 및 제2차 세계대전으로, 이는 현대사에 대한 관심으로 해석해볼 수 있다.

그렇다면 대체 어떤 평가기준으로 수상작을 결정하는가? 보스턴 글로브-혼북 상은 '높은 문학성'을 이야기하며,[5] 플로라 스티글리츠 스트라우스 논픽션 상은 스트라우스의 인본주의 이상을 어린 독자들에게 고취시키는 논픽션을 기리는 데 주안점을 둔다.[6] 이때 용기와 근면, 진실과 아름다움의 가치, 변화하는 세계에의 적응 등이 키워드로 등장한다.

오르비스 픽투스 뛰어난 어린이 논픽션 상은 정확성(Accuracy), 구성(Organization), 디자인(Design), 스타일(Style)을 평가기준으로 내건다.[7] 정확성은 사실들이 시사적이고 완전한가, 사실과 이론이 균형잡혀 있는가, 관점이 다양한가, 상투성을 피해 있는가, 저자의 자격이 적합한가, 다루는 범위가 적당한가, 디테일이 진정성을 지니는가의 면에서 평가되며, 구성

5 http://www.hbook.com/bghbrules.shtm 참조.

6 http://www.bankstreet.edu/bookcom/index.html 참조.

7 http://archive.ncte.org/elem/orbispictus/nomination.shtml 참조.

은 논리적인가, 명확한가, 상호 관련성을 시사하는가, 패턴(일반에서 특수로, 단순한 것에서 복잡한 것으로 등)이 제공되는가가 고려된다. 디자인은 매력과 가독성, 일러스트레이션의 보충적 역할과 적당한 배치, 포맷, 타이포 등을 평가하며, 문체는 재미, 자극, 저자의 주제에 대한 열렬한 관심도를 따지며, 아울러 독자의 호기심과 놀라움을 이끌어내는가, 용어는 적합한가, 풍부한 언어를 구사하는가를 살핀다.

가장 최근에 제정된 논픽션 상인 로버트 F. 사이버트 정보책 상은 서술과 일러스트레이션의 질이 일차적인 평가기준이다. 이때 텍스트와 일러스트 자료들이 명료하고 정확하게 제시되는가, 증거자료들이 적당한가, 특색 있는 언어를 구사하는가, 일러스트레이션이 뛰어난 예술성을 지니는가를 살핀다. 그다음으로는 사실과 개념, 아이디어가 독자에게 좋은 자극이 되는가, 글과 그림이 독자의 관심을 끄는가, 한 주제에 대해 정보를 제공하는 스타일이 적절한가, 연령에 맞는가 하는 점이 고려된다.[8]

앞에서 보았듯이 논픽션의 평가기준들은 대체로 사실의 정확성과 진정성, 관점의 균형 및 다양성, 서술의 문제의식과 독창성, 참신성, 시각자료의 역할, 책 전체 포맷의 매력 등에 모아진다고 할 수 있다.

4. 독일의 청소년문학상 논픽션부문 수상작과 평가기준

독일에서 가장 권위 있는 문학상으로는 단연 '독일 청소년문학상'(Deutsche Jugendliteraturpreis)이 꼽힌다. 이 문학상은 1956년부터 수상자를 냈으며 논픽션부문이 편입된 것은 1967년이다. 이때는 '독일 청소년도

---

8 http://www.ala.org/Content/NavigationMenu/ALSC/Awards_and_Scholarships1/Literary_and_ Related_Awards/Sibert_Medal/Sibert_Medal_Terms_and_Criteria6/Sibert_Medal_Terms_and_Criteria.htm 참조.

서상'(Deutsche Jugendbuchpreis)이었으나, 1981년부터 청소년문학상으로 이름을 바꾸어 지금까지 계속된다. 논픽션부문은 1984년부터 1998년까지 아동부문과 청소년부문으로 나뉘었다가 다시 통합되었다. 각 연도의 수상작은 다음과 같다.

상	연도	제목	저자	부문	연령
DJ	1967	북서로의 수수께끼	Luetgen	인물, 탐험	Ab 12
DJ	1968	그리고 우리 밑에는 땅	Heimann	과학, 기술	
DJ	1970	살아남은 사람	Elliott	인물, 탐험	
DJ	1971	사회와 국가	Drechsler(Hg.)	사전, 정치	Ab 14
DJ	1972	동굴-태양 없는 세계	Bauer	자연	
DJ	1973	내 목숨은 일곱 개	Hetmann	인물, 탐험	Ab 14
DJ	1974	천가지 변장술	Frisch	동물	
DJ	1975	성당	Macaulay	건축	
DJ	1976	인간의 행성	Dolezol	지구	
DJ	1977	에스키모	Herbert	사회	
DJ	1978	창가의 둥지	Flanagan	생물	
DJ	1979	이게 뭘까?	Jensen	촉감그림책	
DJ	1979	물밑의 삶	Parks	자연	
DJ	1980	페터와 이다와 최소	Fagerstroem	과학, 생물	Ab 6
DJ	1980	동물들은 어떻게 서로를 이해하나	Schmid	과학, 동물	
DJ	1981	조피 숄의 짧은 생애	Vinke	인물, 역사	Ab 12
DJ	1982	고운 사람, 작은 사람	Julius		
DJ	1984	리네아의 연감	Bjoerk	식물	Ab 4
DJ	1985	마요 광장의 여자들	Klemt-Kozinowski(Hg.)	사회, 인권	
DJ	1986	조국이 아닌 다른 나라의 황제를 위하여	Everwyn	역사	
DJ	1986	들소 사냥꾼과 생쥐 친구	Welck		
DJ	1987	나의 잃어버린 나라	Nhuong	인물, 역사	
DJ	1987	핵물리학자 리제	Kerner	인물	
DJ	1988	화가의 정원의 리네아	Bjoerk	미술	
DJ	1988	탑	Maar	건축	

상	연도	제목	저자	부문	연령
DJ	1990	내 형제의 보호자	Bernbaum		
DJ	1990	숲이 어떻게 책 속으로 왔나?	Lucht	자연, 책	
DJ	1991	철의 종달새	Krausnick	인물	
DJ	1992	렌즈, 돋보기	Eckerman	기술	
DJ	1993	별들의 제국으로	Hornung	우주	Ab 12
DJ	1994	안네 프랑크	Anne-Frank-Stiftung	인물	
DJ	1995	망가진 시간	Kordon	인물	
DJ	1996	빨강, 파랑, 그리고 노랑 조금	Sortland	미술	
DJ	1997	왕의 아이들	Kaiser(Hg.)	인물, 역사	
DJ	1998	예술의 집	Partsch	예술	
DJ	1999	티베트	Sis	지리그림책	
DJ	2000	미스 팝과 미스터 압	Stemm	실용, 만들기	
DJ	2001	식물은 우리에게 무엇인가	Paulsen	자연	
DJ	2002	주위세계의 시각 사전	Schuh	자연그림책	
DJ	2003	경제의 역사	Piper	경제	

　　표를 보면 독일 청소년문학상의 논픽션부문은 다양한 분야에서 수상작이 나오는 것을 알 수 있다. 그렇기는 하지만 인문, 사회 분야에서는 역시 인물 이야기가 압도적이며, 4종의 역사 관련 논픽션 가운데 3종이 인물 이야기와 함께 다루어지고 있다. 이때 2종(『조피 숄의 짧은 생애』 『왕의 아이들』)이 제3제국, 즉 나찌 시대를 역사적 배경으로 한다. 이러한 추세는 여기서는 다루지 않았지만 후보작까지 포함하면 더욱 뚜렷하다. 미국과 다른 점으로 특히 눈에 띄는 것은 번역책에 대한 적극적인 평가로, 여러 수상작의 원작이 스웨덴에서 나온 작품이다. 자료 부족으로 평가기준에 대해서는 뚜렷이 언급할 수 없지만, 미국의 사례에서 살펴본 것과 크게 다르지 않으리라 여겨진다.

5. 맺음말

역사 논픽션은 다룰 수 있는 범위가 가장 넓은 분야라고 할 수 있다. 미국과 독일의 역사 논픽션은 논픽션 일반과 마찬가지로 사실의 정확성을 우선시하지만, 수상작의 면모를 볼 때 역사 논픽션의 경우에는 주제의식, 관점 등이 큰 역할을 하고 있음을 알 수 있다. 예를 들어 노예제라든가 홀로코스트 같은, 다시 반복되어서는 안될 역사에 큰 비중을 두는 것은, 역사는 그저 지나간 과거가 아니라 현재의 거울이어야 한다는 의식에서 비롯할 것이다. 그러나 이는 어찌 보면 식민지 종주국 또는 역사적 가해자로서의 자기반성과 맥을 같이한다. 따라서 외국의 역사 논픽션을 우리나라에 소개할 때는 신중한 검토가 필요하리라 여겨진다.

_오른발왼발 2004년 1월호

외국 그림책에 나타난 전쟁

　20세기는 발칸반도에서 일어난 제1차 세계대전에서 시작하여 발칸반도에서 벌어진 미국과 나토의 코소보 공격으로 끝났다. 돌이켜보면 지난 100여 년 동안 인류는 1, 2차 세계대전, 알제리전쟁, 소련의 부다페스트 침공, 한국전쟁, 베트남전쟁, 중동전쟁, 걸프전쟁, 중남미분쟁 등 대규모 전쟁 외에도 크고 작은 온갖 분쟁을 겪었다. 전쟁의 세기라고 해도 과언이 아닐 만큼 많은 전쟁을 겪은 것이다. 그리고 이제 21세기, 그 벽두인 2001년 9·11사태가 일어났고 2003년 봄, 미국은 '테러와의 전쟁'이라는 명목 아래 이라크를 공격했다. 그뿐인가, 국제정세는 우리 한반도가 여전히 휴전 상태의 분단국임을 거듭 상기시켜주고 있다. 이러한 현실 앞에서 평화에 대한 갈망은 무력해 보이기만 하다. 1995년이 유엔이 지정한 '세계 관용의 해'였고 2000년이 '세계 평화와 문화의 해'였음을 기억하면 특히 그렇다.

　1998년 뮌헨 국제청소년도서관은 '안녕, 적(敵)아!'(Hello, dear enemy!)라는 주제 아래 19개국의 그림책 41종을 선정해 순회전시를 시도한다. 이는 전쟁이라는 현실을 아이들에게도 제대로 알려주어야 하리라는 문제의식이 형성되었음을 보여준다. 우리나라 역시도 최근 들어 전쟁을 다룬 서구 창작그림책들의 소개가 비교적 활발하다. 완전한 목록은 아닐 터이지만, 필자의 눈에 들어온 것은 모두 13종으로 『어머니의 감자밭』(1967) 『바람이 불 때에』(1970) 『여섯 사람』(1972) 『백장미』(1985*) 『용감한 꼬마 재봉사』(1986) 『시냇물 저쪽』(1993*) 『왜?』(1995*) 『전쟁』(1998*) 『계단 위의 고양이』(1998) 『곰 인형 오토』(1999) 『어느 날 밤, 전쟁기념탑에서……』(2000) 『새똥과 전쟁』(2000) 『오줌싸개 꼬마』(2002)가 그것이다.[1]

원서의 출간년도와 비교해보면 우리의 전쟁에 대한 관심은 최근 몇년 동안에 집중되어 있음을 알 수 있다. 이는 무엇보다도 9·11사태 이후 전개되는 우리 외부 현실의 반영이기도 하겠지만, 세계 어느 곳에선가 전쟁 없는 나날이 드물었음을 생각해보면 그림책의 주된 독자 대상인 아이들, 다시 말해 보호해주고 아름다운 것만을 보여주어야 마땅하다고 여기는 연령의 아이들에게도 더이상 잔혹하고 비이성적인 현실을 가릴 수 없다는 의식이 반영되었다고 보아도 무방할 것이다.

그러나 독자 대상을 아이들로 삼기에, 또 그림책이라는 일정한 형식으로 보여주어야 하기에 어떤 형태로든 일반화 내지 단순화를 거칠 수밖에 없을 것이다. 이는 특정한 역사적 배경의 전쟁을 다루더라도 마찬가지다. 그렇기는 하지만 전쟁의 실상과 본질을 제대로 전달하기 위해서는 대체로 전쟁의 원인과 모습, 결과를 중심으로 다룰 수밖에 없다. 따라서 본고는 위에서 든 작품들을 중심으로 우선 전쟁의 원인을 어떻게 그려주는가, 전쟁의 현상과 결과는 어떻게 묘사되는가 하는 물음에서 출발하고자 한다. 여기서 나타난 분석결과는 그림책이 전쟁을 다루는 한계와 가능성을 짚는 바탕이 될 수 있을 것이다.

---

1 1998년 뮌헨 국제청소년도서관의 '안녕, 적아!'라는 주제 아래 선정된 그림책 가운데 직접적으로 전쟁에 관련된 책은 16종이다. *표시는 뮌헨 국제청소년도서관의 1998년 목록에 들어 있는 작품을 뜻한다.

전쟁의 원인

아이들은 늘 "왜?"라고 묻는다. 전쟁에 대해서도 마찬가지다. 왜 전쟁이 일어나는가? 그러나 그 대답은 전쟁 전문가들조차 한마디로 잘라 말하기 어려울 것이다. 그림책이라는 제한된 형식으로는 더욱 그럴 것이다. 이를 반영하듯, 13종의 그림책 가운데 8종은 그 원인을 언급하지 않으며, 남은 5종 가운데 『전쟁』은 아예 "너무 오래 전부터 전쟁을 하고 있는 중이라 전쟁이 왜 시작되었는지 아무도 알지 못했습니다"라는 데서 이야기를 시작한다.

『왜?』는 글 텍스트 없이 서사를 전달하는데, 여기서는 개구리가 갖고 있는 꽃을 쥐가 빼앗는 데서 전쟁이 일어난다. 전쟁의 일차적인 원인은 타인의 것에 대한 욕심과 폭력이다. 『오줌싸개 꼬마』에서도 "아주아주 먼 옛날" "나쁜 놈들"이 주인공 아이가 평화롭게 살고 있는 아름다운 마을을 차지하려고 했기 때문에 전쟁이 일어난 것으로 나온다. 두 작품 다 일차적인 책임이 한쪽의 욕심에 있는 것으로 보이지만, 시점에서 두 작품은 차이를 보인다.

먼저 『왜?』는 객관적 관찰자의 시점을 유지한다. 꽃을 빼앗긴 개구리는 다른 개구리들을 불러 쥐에게 덤벼들고, 도망친 쥐는 무기를 갖고 돌아와 개구리들을 공격한다. 점점 더 많은 쥐와 개구리가 싸움에 가담하고 싸움은 더욱 격렬해진다. 어느 한쪽의 잘잘못을 말하기 어렵게 되는 것이다. 이를 보며 독자는 비록 쥐가 먼저 욕심을 부렸다고 해도 피해자인 개구리와 자신을 동일시하기 어렵다. 동일시하기 어렵다는 것은 어느 쪽을 편들기 어렵다는 뜻이다. 반면 『오줌싸개 꼬마』에서는 상대를 "나쁜 놈들"이라고 정의내림으로써 전쟁의 책임을 전적으로 상대에게 둔다. 또한 오줌싸개 꼬마의 시선으로 전쟁을 봄으로써 독자를 피해자측 꼬마의 시선으로 유도한다.

『왜?』와 『오줌싸개 꼬마』와는 달리 『새똥과 전쟁』은 전쟁의 발단을 통치자들에게서 찾는다. 빨간나라 임금님과 파란나라 임금님이 산책을 하고 있는데, 날아가던 새들이 임금님들의 콧등에 똥을 싼다. 두 임금님들은 서로 웃다가 그것을 자신에 대한 비웃음이라 여기고 전쟁을 시작한다. 비록 오해와 모욕감이라는 소통의 단절과 감정적 반응이 함께하기는 하지만 전쟁은 새똥 같은 하찮은 빌미로도 일어날 수 있다는 것이다. 처음에는 임금님의 뜻에 따르며 자기 군대가 멋지다고 생각하던 백성들도 헛된 공격과 함께 힘들고 슬픈 하루하루가 계속되자 눈물을 흘릴 뿐이다. 하지만 두 나라 임금님은 전쟁을 끝내려 하지 않는다. 전쟁의 책임은 빨간나라 임금님과 파란나라 임금님 쌍방에게 동시에 주어진다는 점에서 독자는 중립적으로 전쟁을 바라볼 수 있다.

『여섯 사람』역시 특정한 역사적 배경에서 자유로울 수 있는 장점을 지닌 옛이야기 형식을 빈다. "옛날에 여섯 사람이 있었어"라고 시작하는 것이다. 이 여섯 사람은 "평화로이" 일하면서 살 수 있는 땅을 찾아다니다가, 마침내 기름진 땅을 찾아 그곳에 정착한다. 그들은 열심히 일해서 잘살게 되자 도둑에게 땅을 빼앗길까봐 걱정이 된다. 그래서 군인을 고용하는데, 평화가 계속되자 군대를 유지하는 비용이 아까워 이웃의 농장을 하나씩 빼앗기 시작한다. 이들에게 항복하지 않은 이웃 농부들은 강 건너로 도망가지만, 적이 쳐들어올 것에 대비해 자신들도 군대를 양성한다. 강 양쪽에서 망을 보던 보초들은 날아오르는 물오리를 보고 화살을 쏘는데, 두 보초는 서로 자기를 쏘았다고 생각해 급기야 치열한 전투가 벌어진다.

여기까지의 이야기가 전체의 80%를 차지한다. 전쟁의 원인을 그려주는 데 집중하고 있는 것이다. 이 모든 일의 발단은 보다시피 궁극적으로 경제적 이해관계로 설정된다. 그러나 이 경제적 이해관계에서 전쟁까지 이르는 과정은 그리 단순하게 처리되지 않는다. 여기에는 소유에 따른 불안이라는 심리적 동기, 대가없는 투자는 허락하지 않는 자본의 논리(자본의 확대논리), 팽창주의적 식민주의, 우연성 등 여러 요인들이 복합적으로 어우러지는 것으로 제시된다. 어려운 용어가 동원되지 않으면서도 지나친 단순화는 피해 있다.

이 작품에서 주목할 것이 있다. 여섯 사람이 처음에 추구한 것은 "평화"와 "자유로운 노동"이었고, 맨 마지막 역시 각 진영의 여섯 사람이 "평화로이 일하면서 살 수 있는 땅"을 찾아 떠돌아다닌다는 점이 그것이다. 이렇게 순환적 결말은 그들 여섯 사람이 다시 땅을 찾아 일굴 것이며, 다시 군인을 고용하고 남의 땅을 빼앗게 될 수도 있음을 암시한다. 누군가 그 순환의 고리를 끊을 수 있으리라는 암시는 어디에도 보이지 않는다. 판단과 결단은 독자에게 유보되는 것이다. 독자를 진지하게 생각하는 태도라 할 수 있겠다.

이 작품은 미·소 냉전체제가 굳게 뿌리를 내리고 있는 가운데 베트남전쟁이 한창 막바지로 치닫던 1972년 스위스에서 출간된다. 흑백의 그림이 더욱 유의미하게 보이는 것은 이 부분이다. 작가는 다른 그림책에서처럼 양 진영을 특정 진영을 연상시키는 빨강과 파랑으로 구분하지 않는다. 인물들이 어느 진영에 속하는지 서로 구분할 수 없이 정형화되어 있을 뿐이고, 오직 구분되는 것은 군인들의 모자뿐이다.

이상에서 보았듯이 전쟁의 원인에 대해서 많은 그림책이 설명을 포기한다. 특정한 역사를 소재로 한 작품은 특히 그렇다. 이것은 현실에서 일어난 전쟁의 원인을 아이들의 눈높이에 맞도록 설명하는 것이 얼마나 어려운지를 보여주는 부분이다. 우화나 옛이야기 형식을 빌어서야 비로소 추상적 또는 비유적으로 다루어질 뿐이다. 이때 강조되어 그려지는 전쟁의 원인은 소유욕 또는 경제적 이해관계이다. 전쟁 상대인 양쪽 진영 어디에도 편들지 않으려는 노력은 전쟁의 실상을 보여주려는 계몽적 의도로 해석할 수 있다.

전쟁의 모습과 결과

전쟁의 모습은 거의 모든 작품이 담아낸다. 『여섯 사람』에서는 여섯 사람 말고 모든 사람이 다 죽는다. 『왜?』에서는 비록 죽음이 암시되지는 않지만, 아름답던 땅이 검은 잔해들만 남기고 황폐해진 모습을 보여준다. 정도의 차이는 있으나 두 작품 다 전쟁의 결과는 죽음과 황폐화뿐임을 알려주는 것이다. 『계단 위의 고양이』 역시 전쟁이 일어나자 혼자 남아 집을 지키는 고양이의 눈을 통해 전쟁이 남기는 아픔과 황폐화에 초점을 맞춘다. 『시냇물 저쪽』은 아이들의 눈에 비친 전쟁의 모습을 보여준다. 시냇물을 사이에 두고 함께 놀던 어린 토끼 금강이와 초롱이는 한순간 영문도 모른 채 적이 되어 서로 만나지 못한다. 금강이의 아버지도 떠난다. "전쟁은 굉장한 소리를 내며 큰 불을 질렀고, 모든 것을 부숴"버린다.

이 작품에서 전쟁의 결과는 죽음과 황폐화뿐임을 알려주고 있다(『왜?』니콜라이 포포프 글·그림, 현암사 1997).

그러나 전쟁의 모습이 언제나 비참하고 참혹하게 제시되는 것은 아니다. 『오줌싸개 꼬마』에서는 우선 아이들이 뛰어노는 소리가 들리지 않고, 시장에는 꽃도 없고 아무도 웃지 않아 '슬프다'는 아이의 주관적 반응을 보여준다. 그리고 그 슬픔은 온통 마을과 아이를 감싸고 있는 검은색으로 강조된다. 집들 역시 맨 처음의 밝고 명랑한 색감과는 달리 칙칙한 색들로 바뀐다. 하지만 형태가 파괴되지는 않는다. 슬픔은 있지만 공포라든가 파괴는 보이지 않는다. 게다가 꼬마가 오줌을 쌈으로써 전쟁이 종결된다. 물론 이것은 '옛날'이야기다.

옛이야기나 우화 형식을 빌린 작품들과는 달리 특정 전쟁을 배경으로 하는 작품들에서는 무엇보다도 전쟁의 모습이 중점적으로 다루어진다. 철저한 고증을 바탕으로 한 사실주의적 그림으로 유명한 인노첸띠의 작품 『백장미』는 마치 기록영화를 보는 듯이 생생한 장면들을 보여준다.

이 작품에서는 전쟁이라는 단어가 한마디도 나오지 않는다. 그럼에도 불구하고 우리는 제2차 세계대전이 배경임을 안다. 바로 독일이라는 지명과 나찌 표시 때문이다. 맨 첫 장면은 밝고 활기찬 표정의 사람들이 군인들을 전송하는 모습을 보여준다. '백장미'라는 뜻의 이름을 가진 소녀 로즈 블랑슈가 사는 독일의 어느 작은 도시의 모습이다. 로즈 블랑슈도 밝은 미소를 지으며 군인들을 전송한다. 그가 들고 있는 나찌의 기(旗)가 벽과 담에 걸려 있는 다른 기들과 함께 선명하다. 그러나 군인들이 탄 탱크의 소음과 트럭의 질주를 제외하면 로즈 블랑슈에게 일상은 "전과 달라진 게 하나도 없는 듯한 느낌"이 들 때도 있다. 아이들은 여전히 퀵보드를 타고 놀고 굴뚝 청소부는 굴뚝을 청소한다. 강가를 한가로이 거닐 수도 있다. 그러나 글 텍스트에는 없지만 그림은 로즈 블랑슈가 앉아 있는 강 건너편에 철조망이 쳐 있음을 보여준다. 철조망은 금지의 상징이다. 로즈 블랑슈가 누리는 한가로움과 아름다움은 완전한 것이 아닌 것이다. 그것을 외면이라도 하듯 로즈 블랑슈는 옆으로 앉아 있다.

그러던 어느날, 한 어린 사내아이가 트럭에서 도망치려다 다시 붙잡혀 가는 모습을 보게 된다. 로즈 블랑슈는 트럭의 자취를 쫓아간다. 먹구름, 온통 얼어붙은 세상, 그리고 철조망, 이 일련의 기호들은 앞으로 블랑슈가 발견하는 것이 그만큼 암울할 것임을 예고한다. 그리고 양면으로 펼쳐지는 암울한 잿빛 장면. 철조망 담 저편 기다란 나무집 앞에 아이들이 서 있다. 로즈 블랑슈는 배고파하는 아이들에게 먹을 것을 가져다주기 시작한다. 글 텍스트는 감정이라든가 가치판단을 절제한다. 전세가 기우는 것을 묘사할 때도 마찬가지다. 보이는 대로 담담히 기술하는 태도를 유지한다.

어느 날 아침, 도시는 냄비와 이불 보따리와 의자를 싣고 피난을 떠나는 사람들로 넘쳐났습니다. 군인들도 그 사람들 사이에 뒤섞여 있었습니다. 찢어진 군복을 입은 군인도 있었습니다. 절뚝거리는 군인도 있었고, 고통스러워하는 군인도 있었고, 물을 달라고 애원하는 군인도 있었습니다.(24면)

『백장미』 크리스토프 갈라즈 글, 로베르토 인노첸티 그림, 이수명 옮김, 아이세움 2003.

피난민과 부상병의 행렬이 이어지는 도시 담벼락에 쓰여진 "모든 전선에서 독일의 승리"라는 문구가 아이러니컬하다. 로즈 블랑슈는 안개 속에서 사라진다. 죽음이라는 단어는 사용되지 않지만 "총성"이라는 말로 그것이 죽음임은 이해되고도 남는다. 누가 쏘았을까? 그것은 안개 속에서 그림자로 존재하던 어느 군인이다. 군모와 진행 방향으로 미루어 퇴각하는 독일군임을 짐작할 수 있을 뿐이다.

'백장미'는 제2차 세계대전 때 뮌헨의 대학생 한스 숄과 조피 숄 남매가 조직한 반(反)나찌단체의 이름이기도 하다. 그들은 '백장미'라는 이름이 찍힌 삐라를 뿌리며 히틀러에 대한 저항을 호소한다. 목숨을 걸고 삐라를 다른 도시로 가져가거나 밤이면 벽에다 '히틀러 타도'라는 글자를 칠하고, 다른 동아리들과 군대 안의 저항운동권과도 접촉을 개시한다. 하지만 그들은 1943년 봄, 모두 비밀경찰에게 체포되어 국민법정에서 사형선고를 받는다. 이 공공연한 사실을 안개라는 배경으로 처리한 것은 아이의 놀람과 낙담을 강조하려는 시각적 효과를 노린 것으로 볼 수도 있지만, 작가가 의식했건 안했건 안개라는 장치는 '노란 별'을 단 아이들에게 먹을 것을 갖다주던 한 독일인 소녀를 이 세상에서 사라지게 한 것은 전쟁이라는 안개 그 자체이며, 따라서 누가 쏘았느냐는 중요하지 않다는 뜻을 전하는 데 기여한다.

같은 제2차 세계대전을 배경으로 한 『곰 인형 오토』 역시 전쟁의 참혹한 모습을 보여준다. 그러나 오토는 로즈 블랑슈와는 달리 살아남는다. 비록 찢어지고 상처투성이 모습으로 변했지만, 오토는 결국 옛 주인과 재회한다. 이런 해피엔딩은 『백장미』보다 더 어린 독자의 눈높이를 겨냥했기 때문일 것이다.

제1차 세계대전을 다루는 『어느 날 밤, 전쟁기념탑에서……』는 자신들의 죽음의 의미를 확인하기 위해 전쟁기념탑에서 빠져나온 전사한 병사들의 모습을 통해, 당시 전쟁의 참혹함과 무모함을 보여줌과 동시에 전쟁이

이 작품에서는 전쟁의 참혹함과 무모함을 전쟁기념탑에서 빠져나온 전사한 병사들의 모습을 통해 보여주고 있다(『어느 날 밤, 전쟁기념탑에서……』 페프 글·그림, 조현실 옮김, 주니어파랑새 2002).

여전히 계속되고 있는 현실을 꼬집는다.

"말도 안 돼! 우리가 죽은 게 도대체 언젠데, 아직까지도 나아진 게 없잖아!"(21면)

이 책에서도 희망은 아이에게 건다. "또 그놈의 전쟁이냐! 제발 딴 데 좀 보자! 아예 꺼 버리던가!" 하는 할아버지의 나무람에서 드러나듯이 어른들은 전쟁에 무감각하고, 전쟁에 관심을 갖는 것은 아이뿐이다. 아이는 죽은 병사들의 이야기를 듣기 위해 위험을 무릅쓰고 구덩이가에 걸터앉는다. 이러한 허구적 서사와 함께 곳곳에 제1차 세계대전의 참상을 알려주는 관계자료들이 삽입되어 있는데, 논픽션과 픽션을 접목시킨 것은 새로운 시도로 평가할 수도 있겠으나 한 펼침면 안에서 정보부문과 허구부문이 각각 독립적이어서 두 부문의 유기적 구성에는 성공하지 못한다. 또한 픽션과 논픽션의 글 텍스트의 난이도가 다른 것은 아이와 어른 모두를 독자 대상으로 삼겠다는 것으로 해석할 수 있지만, 정보 측면에서 보자면 어른에게는 단편적이며 불충분하고, 아이에게는 이야기 전체의 흐름을 방해하는 요소가 될 수 있다.

이상에서 보았듯이 전쟁의 모습과 결과는 전쟁을 현실적으로 다루든 일반화나 추상화해 다루든 파괴와 죽음, 황폐화로 그려진다. 또한 살아남는다고 하더라도 상처와 아픔은 그대로 남는다(『곰 인형 오토』『계단 위의 고양이』). 어느 쪽이든 이야기가 여기서 끝날 때는 전쟁의 무의미성에 대한 판단은 독자의 몫이다. 넓게 보면 전쟁의 참상을 다룬다는 것 자체에 이미 그러한 전쟁이 되풀이되어서는 안된다는 의지가 깔려 있다고 할 수 있다. 다만 다루는 방식에서 그 의지가 다른 정도로 전달된다.

전쟁의 해결

현실의 전쟁은 개개인의 의지와는 상관없이 시작하고 끝난다. 그러나 문학은 현실을 반영하기도 하지만 소망을 투영하기도 한다. 어린이 독자를 상대하는 아동문학의 경우는 특히 그렇다. 그림책 역시 종종 전쟁이 누군가의 노력으로 끝날 수 있음을 보여준다. 이런 해결은 현실의 전쟁을 다룰 경우에는 거의 불가능하지만 옛이야기나 우화의 형식에서는 가능하다. 이때 그 해결을 맡는 이는 대부분 아이들이다. 『새똥과 전쟁』은 그 대표적인 예이다.

> 아이들은 서로를 향해 달려나가 함께 어울려 놀기 시작했어요.
> 백성들은 천천히 창과 깃발을 내려놓았어요. (…)
> 오래지 않아, 어른들은 더 이상 전쟁에 관심을 갖지 않게 되었어요. (…)
> 이제, 서로 싸우던 기억은 까마득하기만 해요!
> 빨간 집과 파란 집이 옹기종기 모여 있어요.

작은 언덕 위에 있는 우리 마을이 정말 아름답지요?

　그것은 소망이며 이상향이다. 현실적으로는 불가능한 이야기인 것이다. 아이들도 그 정도는 안다. 『오줌싸개 꼬마』는 더더욱 그렇다. 꼬마가 오줌을 싸서 전쟁을 끝낼 수 있다니 얼마나 신나는 일인가. 전쟁은 한판의 우스개 장난이 되어버린다. 선명한 색감이며 생동감 있는 유희적 형태들 역시 유쾌하다. 그렇더라도 왜 전쟁을 다루었는지가 충분히 전달된다면 그 자체를 나무랄 이유는 없다. 이 작품이 말미에 전하는 메씨지를 들어 보자.

　나는 여러분이 그 마을에 가서 동상을 꼭 보았으면 해요.
　그리고 이 이야기를 친구들에게도 들려주었으면 하지요.
　그런데…… 전쟁이 일어나는 게 아니라면 아무 데서나

『오줌싸개 꼬마』 블라디미르 라둔스키 글 · 그림, 노경실 옮김, 주니어김영사 2002.

오줌을 싸지는 말아요.

전쟁 때문에 50년 동안 천막생활을 하며 철저히 일상을 파괴당한 이들에게 이 이야기가 어떻게 비칠까 하는 질문은 하지 않더라도 평화와 반전(反戰)의 메씨지는 오줌을 싸느냐 마느냐의 일로 희석되어버린다. 전쟁을 진지하게 보면서 반전을 이야기하고 싶은 이들에게 이 작품은 마땅치 않게 보일 수 있다.

『시냇물 저쪽』 역시 아이들에게 희망을 걸지만 신중한 태도를 보여준다. 전쟁이 끝났는데도 가시울타리가 없어지지 않은 것을 본 금강이는 왜 전쟁을 쫓아버리지 않느냐고 묻는다. 그 물음에 아빠는 "전쟁을 영원히 쫓아버릴 순 없단다. 가끔 잠을 자게는 할 수 있지. 전쟁이 잠을 잘 때는 다시 깨어나지 않게 모두들 조심해야 한단다"라고 대답한다. 보다 강력한 의지와 희망의 메씨지를 기대한 이들은 실망할 수도 있겠지만, 그것이 현실인지도 모른다. 그러나 아이들은 어른들처럼 체념하고 있지만은 않는다. 초롱이가 가시울타리에 구멍을 내고 시냇물을 건너오는 것이다. 낭만적인 발상이기는 하지만 아이들만이, 아이들 같은 마음만이 서로를 가르는 가시울타리를 뚫을 수 있음을 전하려는 것이라 보인다.

전쟁의 해결에 초점을 맞춘 작품은 『전쟁』이다. 여기서도 빨강나라와 파랑나라가 서로 전쟁을 벌이고 있다. 많은 사상자를 내고 군사력이 약해지자 빨강나라 왕자는 파랑나라 왕자 파비앙에게 결투를 신청한다. 그러나 파랑나라 왕자는 전쟁 같은 것엔 관심도 없고 말 타는 것도 좋아하지 않는다. 파랑나라 왕자는 양을 타고 결투 장소로 나가는데, 빨강나라 왕자의 말이 낯선 양의 울음소리에 놀라 앞다리를 허공으로 들어올린다. 그 바람에 빨강나라 왕자는 말에서 떨어져 죽고 만다. 이것을 일종의 수치스런 속임수라고 여긴 파랑나라 왕은 왕자를 내쫓는다. 왕자들이 없어진 후에도 전쟁이 계속되는 것을 본 파랑나라 왕자는 노랑나라에서 보내는 것처럼 꾸며 양쪽 나라에 선전포고문을 보낸다. 빨강나라와 파랑나라는 각각 노랑나라와 싸우기 위해 싸움터로 나오지만, 정작 노랑나라는 나타나지 않는다. 노랑나라의 군대를 기다리며 빨강나라와 파랑나라는 동맹을 맺는다. 하지만 아무리 기다려도 노랑나라의 군대가 나타나지 않자 빨강나라와 파랑나라 사람들은 서로 뒤섞여 일상생활을 시작한다. 전쟁이 끝난 것이다. 파랑나라 왕자는 그제야 노랑나라를 찾아가 자초지종을 설명한다. 훗날 파랑나라 왕자는 노랑나라를 다스리게 되고 그가 살아있는 한 전쟁은 일어나지 않는다.

이 작품은 2001년 유네스코 아동문학상을 수상하면서 반전 및 평화 의식을 높게 평가받는다. 일단 빨강 노랑 파랑의 대비로 전개되는 시원한 장면 구성과 전쟁을 끝내겠다는 파랑나라 왕자 파비앙의 의지와 실천이 전면에 부각되었기 때문일 것이다. 그렇다면 파비앙은 어떤 인물인가.

파비앙은 전쟁에 별로 관심이 없었습니다.
좀더 정확히 말하자면, 관심 있는 게 아무것도 없었습니다.
파비앙은 온종일 공원에 있는 나뭇가지 위에 앉아서 시간을 보냈습니다.

현실에 관심없는 몽상가인 셈이다. 따라서 아버지가 시름에 잠겨 있어도 아무 할 말을 찾지 못한다. 그에 반해 빨강나라 왕자 쥘은 아버지에게 용기를 내라고 격려하며 파랑나라 왕자에게 "둘이 결투를 해서 이긴 쪽이 이 전쟁에서 승리하는 것으로 하자"는 편지를 보낸다. 언뜻 보기에 빨강나라 왕자가 더 용기와 책임감이 있다. 파비앙은 양을 타고 결투를 하러 나간다. 결투 자체를 포기한 것이다. 양의 울음에 빨강나라 왕자의 말이 놀라지 않았다면 승패는 뻔하다. 그것은 전쟁의 무의미성에 대한 왕자 개인의 항거일 수 있지만, 그 결과는 파랑나라 백성들의 굴속을 뜻할 것이다. 그렇다면 왜 작가는 나라가 그 지경이 되도록 무관심한 파랑나라 왕자에게 전쟁을 끝내게 했을까. 그 답의 단서는 글 텍스트가 아니라 그림 텍스트가 제공한다. 파비앙이 나무에 올라앉아 바라보는 저 밑에 싸움 없이 평화로운 노랑나라가 보인다. 그것은 파랑나라 왕자가 다른 각도에서 세상을 보고 있음을 알려준다. 이기느냐 지느냐의 측면에서만 보면 다른 대안은 나오지 않는 법이다.

하지만 이 작품에는 백성의 의지가 나오지 않는다. 그림책이라는 형식이 요구하는 불가피한 단순화와 일반화를 고려하더라도 작가의 시선은 왕과 왕자들에만 머물러 있다. 백성의 목소리는 글과 그림 어디에도 나와 있지 않다. 전쟁을 끝내게 만든 이도 왕자 한 사람이다. 능력 있는 지도자에 대한 열망이 얼마나 위험한 것인지는 역사가 증명한다. 물론 이 작품은 서양의 중세를 배경으로 한 동화에 불과하다고 반론할 수도 있다. 그렇더라도 단순히 메씨지만으로 작품을 평가하기보다는 어떤 해석으로 나아갈 수 있는가를 생각해보는 자세가 아쉽다.

『전쟁』과 유사하게 『어머니의 감자 밭』 역시 두 나라의 전쟁에 무관한 제3자의 존재가 있고, 한 사람이 전쟁의 종식과 평화에 결정적인 역할을 한다. 전쟁이 끊이지 않는 동쪽나라와 서쪽나라 한가운데에서 한 아주머니가 높다란 담을 두른 채 두 아들과 함께 감자 밭을 일구며 산다. 하지만 세월이 흘러 몸이 자란 아들들은 담 너머로 멋진 군인들의 행렬을 보고 양쪽 나라의 군대를 따라나선다. 두 아들은 군인이 되고, 사령관이 되어 서로 치열한 싸움을 벌인다. 싸움이 점점 더 격렬해지면서 양쪽 나라에는 먹을 것이 떨어진다. 두 아들은 어머니의 감자 밭을 찾아온다. 벽을 무너뜨리고 들어와보니 집은 부서지고 어머니는 쓰러져 있다. 두 아들은 눈물을 흘리고, 병사들 역시 고향의 어머니를 생각하며 눈물을 흘린다. 정신을 차린 어머니가 감자를 나눠주고 병사들은 어머니와 함께 노래를 부른다. 군대의 근사한 겉모습에 매혹되어 평화의 터전을 떠났던 두 아들은 칼과 훈장을 땅에 묻고 새로 밭을 일군다. 『전쟁』과는 달리 이 책에서는 전쟁의 해결방식이 한 뛰어난 개인의 지혜에서 나오는 것이 아니라, 땀 흘려 감자를 일구는 노동과 두 아들을 껴안는 모성에서 나온다. 동일한 평화와 반전의 메씨지를 전하지만 그 노력의 주체를 보는 시각은 다르다.

모성이 전쟁을 해결하는 중요한 계기임을 보여주는 또하나의 작품은 『용감한 꼬마 재봉사』이다. 그림 형제의 동화를 모티프로 한 이 작품은 용감하다는 찬사에 취한 꼬마 재봉사가 수천수만명의 사람들이 비참하게 죽어가는데도 아랑곳않고 무기의 단추들을 눌러댄다. 재봉사의 잘못을 일깨워준 것은 친구 엘리의 어머니다. 엘리의 어머니는 몸통만 남은 처절한 모습의 아들을 안고 재봉사를 찾아와 전쟁의 참상을 알려준다. 군인들은 군복을 벗어던지고 집으로 돌아가고, 어머니들은 당분간 어머니가 되는 행복을 단념한다. 왕들은 분노하고, 어머니들을 위협하기도 하고 아이를 낳으면 돈을 주겠다고 유혹도 하지만 어머니들은 꿈쩍하지 않는다. 세상이 제대로 되고서야 어머니들은 다시 아이를 낳는다. 흥미로운 점은 이 모든 이야기가 옛이야기임을 밝히는 것이다.

우리는 할아버지께 여쭈어 보았어요.
"할아버지, 정말 있었던 이야기예요?"
할아버지께서 대답하셨어요.
"아직은 아니다. 하지만 너희들이 이 이야기를 참말로 만들 수 있지."

누구를 통해서건 전쟁이 해결되는 것을 보여주는 이야기들은 바로 이런 대화를 내포하고 있을 것이다.

맺음말

218

본고는 우리나라에 번역 소개된 외국 그림책들을 중심으로 전쟁의 원인과 모습, 해결방안을 살펴보았다. 이때 문학성이나 예술성보다는 주제가 어떻게 다루어지고 어떻게 전달되고 있는가를 주된 관심사로 삼았다. 분석결과에 따르면 많은 그림책들이 중점을 두어 보여주고 있는 것은 참혹한 전쟁의 모습이다. 이에 반해 원인과 해결방식에 대해서는 묘사가 포기되거나 옛이야기 내지 우화 형태로 제시된다. 아울러 많은 경우 현실에서는 불가능한 방식으로 전쟁을 해결하는 모습이 그려지는데, 이는 어린이라는 독자 대상을 고려하기 때문에 일어나는 현상으로 파악된다. 소재와 주제를 어떻게 다루느냐는 전적으로 창작자의 몫이며, 특정 독자를 대상으로 한 그림책이라는 형식의 제한은 있겠으나, 그렇더라도 전쟁의 본질을 놓치게 할 수 있는 묘사 태도는 지양되어야 하리라 여겨진다.

근본적으로 어른들의 잘못을 아이들에게 알려주는 것은 아이들이 앞으로 떠맡을 미래를 믿기 때문이겠지만, 사실상 전쟁의 발발은 아이들하고는 전혀 관계없는 일이다. 마치 나는 '바담풍' 하면서 아이들은 '바람풍' 하기를 바라는 것과 같다. 그러나 전쟁은 여전히 현실이며, 아이들 역시 알아야 한다. 인식은 의지의 출발이며, 평화에의 의지는 빠를수록 좋을 것이기 때문이다. 이때 연구주제를 평화의 문제로 넓혀보는 것은 본고에서 다음으로 남겨둔 과제이다.

| 참고문헌 |

니콜라이 포포프 글·그림 『왜?』 현암사 1997.

데이비드 매키 글·그림 『여섯 사람』 김중철 옮김, 비룡소 1997.

레이먼드 브릭스 글·그림 『바람이 불 때에』 김경미 옮김, 시공주니어 1995.

로베르토 인노첸티 그림/크리스토프 갈라즈 글 『백장미』 이수명 옮김, 아이세움

2003.

블라디미르 라둔스키 글 · 그림 『오줌싸개 꼬마』 노경실 옮김, 주니어김영사 2002.

아나이스 보즐라드 글 · 그림 『전쟁』 최윤정 옮김, 비룡소 2001.

아니타 로벨 글 · 그림 『어머니의 감자 밭』 장은수 옮김, 비룡소 2003.

안나 피그나타로 그림/콜린 톰슨 글 『계단 위의 고양이』 한미호 옮김, 국민서관
    2002.

야노쉬 글 · 그림 『용감한 꼬마 재봉사』 김경연 옮김, 보림 1996.

에릭 바튀 글 · 그림 『새똥과 전쟁』 양진희 옮김, 교학사 2001.

엘즈비에타 글 · 그림 『시냇물 저쪽』 홍성혜 옮김, 마루벌 1995.

토미 웅거러 글 · 그림 『곰 인형 오토』 이현정 옮김, 비룡소 2001.

페프 글 · 그림 『어느 날 밤, 전쟁기념탑에서……』 조현실 옮김, 주니어파랑새 2002.

_어린이문학교육연구 2003년

다른 건 그냥 다를 뿐이야

유럽행 비행기를 타고 밑을 내려다보면 지구라는 별이 얼마나 넓은지, 생존의 조건이 얼마나 다른지를 새삼 확인하게 된다. 보기만 해도 누런 모래바람이 살갗에 느껴질 정도로 메마르기 짝이 없는 고비사막을 지나고, 비행기 창에도 서리가 낄 정도로 꽁꽁 얼어붙은 시베리아 동토 위를 한참 날다가 이윽고 눈 아래 검은색이 돈다 싶게 촉촉한 초록이 펼쳐지면 말 그대로 젖과 꿀이 흐르는 땅을 목도하는 느낌이다. 풍요로운 환경이 부러운 동시에, 척박한 땅을 삶의 터전으로 삼고 역사를 이어온 사람들에 대해 숙연한 감동이 인다. 기실 사람을 아름답게 하는 것은 천혜의 조건을 누리기만 하는 데서 오는 것이 아니라, 그 핍박한 조건에서도 자신의 삶을 일구어나가는 데서 올 성싶다. 철로 자갈 틈으로 옹색하게 피어나면서도 생명의 몫을 다하고 있는 민들레를 보며 문득 생명의 경건함을 느끼지 않을 사람이 몇이나 될까.

하지만 세계경제를 단일경제체제로 급속히 재편해나가고 있는 신자유주의적 세계화라는 흐름 속에서 모든 가치판단이 자본과 경쟁의 논리에

귀속되고 있는 지금, 경제적 후진은 개인이 되었건 국가가 되었건 열등한 것으로 폄하되기 일쑤다. 문화에서도 마찬가지다. 우리는 같은 아시아에 속하면서도 문화에 있어서는 문화적 제국주의라 할 정도로 서구문화 지향 일변도를 보여왔다. 이러한 서구 편향은 경제적인 약자와 비주류에 속하는 아시아 문화에 대한 무관심과 폄하로 이어졌다. 문학의 사정도 다르지 않다. 특히 동남아권의 문학작품은 신문학의 역사가 우리보다 훨씬 긴데도 거의 소개되어 있지 않다. 민족적 수난의 역사, 민족적 정서, 사회의 제반환경, 강대국과의 문화적 갈등 양상 등 우리나라와 공유하는 바가 많을 터인데도 그들의 문학에 대해서는 관심도 아는 바도 거의 없다.

타문화에 대한 관심은 결국 자신의 문화에 대한 관심과도 통한다. 우열이 아닌 다양성의 관점에서 서로의 존재방식을 인정하려는 노력이 있을 때 진정 더불어 사는 삶이 실현될 것임은 당연하다. 영상매체의 발달로 세계 오지 곳곳을 카메라의 눈을 통해 찾아볼 수 있는 요즘이지만, 그것이 신기하고 낯선 것에 대한 이국적인 관심을 넘어서 과연 다양한 문화에 대한 관심으로 이어지고 있는지는 의문이다. 이달 초 EBS 주최로 국제다큐멘터리축제[1]가 열렸다. 2004년도부터 시작했으니 올해로 두번째 축제인데, 작년 '변혁의 아시아'란 주제에 이어 올해는 '생명과 평화의 아시아'를 주제로 아시아에 대한 이해를 넓히려는 노력을 보여주었다. 이런 노력이 청소년문학에서도 이어졌으면 하는 바람에서 이번에는 특히 이 영화제 '아시아 5개국 특별전'의 주빈이자 우리나라에서 일하는 많은 이주노동자들의 고향인 동남아와 관련된 문학을 함께 찾아보고 싶었다.

가장 먼저 눈에 띈 것은 이주노동자의 인권문제를 다룬 책들이었다. 그 가운데 국가인권위원회가 기획한 5편의 동화집 『블루시아의 가위바위보』(창비 2004)는 비록 초등학생용 동화로 분류되어 있지만 청소년은 물론 어른

---

1 EIDF(EBS International Documentary Festival), http://www.eidf.org 참조.

도 읽고 생각해볼 만한 책이다.

방글라데시 소녀 디아나가 민영과 우정을 키우며 한국에 정을 붙여가는 이야기 「반 두비」(김중미), 이주노동자를 대하는 한국인의 이중적인 태도를 이해할 수 없는 몽골 소년 빌궁의 이야기 「아주 특별한 하루」(박관희), 불법으로 취업해 하루하루를 불안하고 외롭게 보내는 베트남 소년 티안의 가족 이야기 「혼자 먹는 밥」(박상률), 베트남인 엄마를 둔 수연의 이야기 「마, 마미, 엄마」(안미란), 독일에서 간호사로 일한 고모를 통해 인도네시아에서 온 블루시아를 이해하게 되는 준호의 이야기 「블루시아의 가위바위보」(이상락), 이렇게 5편이 실려 있는데, 인권이라는 주제에 걸맞게 소수자로서의 이주노동자에 대한 억압과 무시, 차별과 편견이라는 공통된 문제의식에서 출발한다. 가난한 나라에서 왔다고 놀리고, 손으로 밥을 먹는다고 미개인이라 하고, 몽골에서 왔다면 다 초원에서 말 달리다 온 것으로 생각하고, 걸핏하면 너희 나라로 가라고 윽박지르고, 때리고, 임금을 떼먹고, 불법체류자로 잡아간다.

하지만 이 책은 이런 현실고발에 그치거나 가진 자로서 베풀어야 한다는 시혜자적 관점에서 이야기를 풀어나가지 않는다. 여기서 중요한 역할을 하는 것은 이른바 긍정적인 인물들이다. 디아나의 친구 민영, 티안의 친구 현아, 서독에 간호사로 갔던 고모의 역할이 그것이다. 민영은 이혼가정의 아이로 같은 소수자의 입장을 이해할 수 있는 처지에 있는 인물이다. 티안을 '튀김'이라는 별명이 아닌 이름으로 꼬박꼬박 불러주는 현아는 지금은 돌아가셨지만 원양어선 선원이었던 아버지 덕분에 다른 문화의 사람들에 대해 열려 있는 태도를 취할 수 있다. 서독 이모는 자신의 경험을 통해 인도네시아 노동자들의 처지에 설 수 있다. 하지만 그것은 어디까지나 개인적인 차원이고 사회정책적, 노동구조적인 차원의 문제는 끝내 해결되지 않는 문제로 남는다. 따라서 어머니까지 불법체류로 잡혀간 티안의 눈앞에는 끝없는 '어둠'만 남아 있는 것으로 그려진다. 그것은 어느 개인이 아닌 다함께 풀어야 할 과제인 것이다.

우리 사회 내 소수자로서 동남아 출신 이주노동자의 문제를 살펴보는 것은 우리 사회를 반성한다는 점에서 매우 의미가 있다. 여성학자 정희진이 말하듯 소수자의 인권문제는 "'겨우' 10%에 해당하는 '소수자'를 '보호'하는 차원의 문제가 아니다. '장애인'이라는 경계는 비장애인 중심주의의 결과이며, 동성애자 역시 그러하다. 이들의 존재는 실재가 아니라 발명된 것이다. 즉, 규명되고 변화해야 할 것은, '전체 사회'이지 '그들'이 아니다. 소수자가 겪는 차별과 고통은 그 사회가 어떤 사회인지를 말해줄 뿐이다. 소수와 '주류'가 별도로 존재하는 것이 아니라 기준이 무엇인가에 따라 누구나 소수자가 될 수 있는 것"(『한겨레』 2005년 3월 25일)이기 때문이다. 또한 사회적 소수자의 문제는 그와 관련된 당사자의 인권에만 국한된 것이 아닌, 해당 사회 구성원들의 삶의 질을 측정할 수 있는 중요한 지표이다. 소수자의 인권이 존중될수록 그 사회는 개인의 다양한 행복추구권을 인정한다는 뜻이 될 것이기 때문이다. 문학이 이에 대한 문제의식을 함께 하는 것은 문학의 한 역할이기도 하다.

당연한 이야기지만, 이 땅에 살고 있는 그들의 인권을 다루는 것만으로는 다른 문화를 온전히 이해하기 위해 노력했다고 할 수 없다. 방글라데시 말로 '친구'라는 뜻의 「반 두비」에서 디아나는 이렇게 역설한다.

> 내가 바라는 거는요. 내가 한국말 배우고, 한국 역사랑 예절 공부하는 것처럼 우리 반 애들도 방글라데시에 대해 조금이라도 알아주는 거예요.(42면)

다른 것은 그냥 다를 뿐이다. 우열이 있는 것이 아니다. 다양성을 다양성으로 받아들이고 인정하는 것은 대화와 소통의 전제이다. 그 역할을 아동청소년문학에서 기대해보고 싶은 마음 간절하다.

인간 존재의 다양한 스펙트럼을 경험하는 것은 문학의 즐거움

문학의 서구 편향을 비판적으로 바라보며 우리가 속한 아시아를 돌아보면, 여기서도 정치적·경제적 힘의 역학관계가 성립하고 있음이 드러난다. 중국과 일본, 인도의 문학을 제외하면 아시아지역의 문학은 거의 소개되어 있지 않은 거나 마찬가지다. 아동청소년문학은 더욱 그렇다. 설령 있다고 하더라도 대개 옛이야기들이 소개되는 데 그치고 있다. 옛이야기는 민족 고유의 정서가 담긴 대단히 좋은 읽을거리임에 틀림없지만, 지금을 사는 아이들의 모습을 담아내지는 못한다. 이는 서구, 특히 미국의 각종 아동청소년문학 수상작들이 거의 실시간으로 소개되는 것과 크게 대조된다. 혹시 그럼으로써 우리는 은연중에 서구의 눈으로 보고 서구인처럼 생각할 것을 조장하고 있지는 않은지 생각해볼 일이다.

물론 아시아 여러 국가의 아동청소년문학은 서구에 비해 상대적으로 역사가 짧긴 하다. 하지만 정말 소개할 만한 작품이 없을까? 그렇지는 않을 것이다. 여기서 문득 1996년 영국에서 출간되었으며, 이후 세계적인 아동청소년문학 연구의 기본도서가 된 『아동청소년문학 백과』(피터 헌트 편 1996)에 소개된 한국 아동청소년문학이 떠오른다. 그 전문을 읽어보자.

한국은 2000년의 역사를 기록하고 있지만, 이 시기의 대부분이 중국제국의 일부였다. 한국은 1910년 일본에 합병되었으며, 따라서 일본문학은 한국문학에 큰 영향을 끼쳤다. 어쨌든, 긴 외국의 점령기간 동안에도 민족주의는 전통적인 민속 문학을 통해 살아 있었다. 방정환은 한국이 필요로 하는 것에 그가 받은 일본식 교육을 접목시켰다. 그는 한국 어린이들이 그들 자신의 언어로 교육받을 수 있어야 한다고 믿었다. 그리고 민속 동요와 민요가 인기가 있음을 깨닫고 가장 리드미컬한 일본 노래 가운데 하나에 한글 가사를 붙이기도 했다. 윤석중은 여기에 영향을 입었고, 그의 시와 동요는 진정한 의미에서의 첫 한국 아동청소년문학을 성립했다.

1945년 이후 국가가 분단되면서, 북한은 러시아식 교육 패턴과 책 형식을 받아들인 반면, 남한은 미국의 영향을 입었다. 1962년 남한에서의 큰 문학적 사건은 10권으로 출간된 『한국아동문학독본』이었다. 여기에는 동요, 동화, 동극, 동시, 그리고 단편 소년소설들을 싣고 있으며, 매력적인 일러스트레이션을 담고 있다. 1978년 한국 현대아동청소년문학연구소가 서울에 설립되었다.

아시아 국가 가운데 중국과 일본, 인도는 각각 수 페이지에 걸쳐 소개된 반면, 한국은 몽골, 베트남, 말레이시아, 싱가포르, 태국, 인도네시아와 함께 "극동"(the far east)의 하나로 소개되어 있고, 그것도 가장 적은 지면이 할애되어 있다. 전문을 굳이 여기서 소개한 이유는 저들의 한국에 대한 인식을 안타까워하자는 게 아니라(물론 여기에는 우리 자신의 책임도 크다), 일본을 제외한 같은 아시아 국가들의 아동청소년문학에 대한 우리의 지식이 오히려 우리 아동청소년문학에 대한 저들의 지식에 훨씬 못 미치고 있음을 한번 상기해보자는 뜻에서이다. 이른바 전문연구자들이 그럴진대 일반인들이야 두말할 나위가 없을 것이다. 여기서 캐나다의 아동청소년문학가 페리 노들먼의 말은 귀기울여 들을 만하다.

모든 민족과 피부색의 어린이들이 모든 민족과 피부색의 작가들이 쓴, 모든 민족과 피부색의 어린이들에 대한 책을 읽는다는 일은 너무나 중요하다. 개별성을 나타내는 데 인종과 피부색이 아직도 그렇게 중요한 역할을 하는 세계에서, 다른 배경을 가진 사람들에 관한 혹은 그런 사람들이 쓴 책은, 인간이 되는 방식의 다양한 스펙트럼에 다가가도록 허용한다. 그런 스펙트럼을 경험하는 것이 문학의 주요 즐거움 중 하나이다. 그것은 포용성을 길러 준다.(『어린이 문학의 즐거움 1』 시공주니어 248면)

이주노동자의 인권이라는 관점은 매우 중요하지만, 그것으로 다가 아님은 자명하다. 하지만 수요가 없으면 공급은 창출되기 어렵다. 인권문제를 출발점으로 그 다양한 스펙트럼이 펼쳐지는 계기가 되었으면 좋겠다.

드문 예외 ─『그림자 개』

이런 상황에서 1984년부터 2002년 사이에 발표된 신작 11편이 수록되어 있는 현대 인도동화집 『그림자 개』(창비 2004)는 드문 예외에 속한다. 물론 단편집이기에 편자의 관점과 의도가 많이 숨어 있겠고, 또 그 가운데서도 역자의 눈으로 한번 더 걸러지긴 했지만, 우리가 익히 보아온 서구의 작품들에서와는 다른 관심을 읽어낼 수 있다. 가장 눈에 띄는 것은 가난한 아이들에 대한 애정이다. 여기서 가난은 단순히 경제적 가난을 뜻하는 것이 아니라 인도 사회의 오랜 병폐로 꼽히는 신분제도, 즉 카스트제도라는 유산 속에서의 가난이다. 「왜 왜 소녀」에서는 소녀 모이나의 끊임없는 '왜'라는 질문이 그러한 사회적 모순들을 인식하고 극복하는 계기가 되는 것을 보여준다. 주인한테 쌀을 보내주어 고맙다고 말하라는 엄마에게 모이나는 묻는다.

"왜요? 전 외양간 청소도 하고 주인님을 위해서 엄청나게 많은 일을 하잖아요? 주인님이 저한테 고마워하나요? 그런데 왜 전 고맙다고 해야 되죠?"(8면)

모이나는 인도의 낮은 계급에 속하는 서보르다. '왜?'라고 묻지 않는 이들은 주어진 가난과 불평등을 그대로 받아들인다. 하지만 모이나는 다르다.

우리에게 익숙한 서구 작품들에서와는 다른 관심을 읽어낼 수 있는 현대 인도동화집 『그림자 개』(말라 다얄 엮음, 아잔따 구하타꾸르따 외 그림, 이화경 옮김, 창비 2004)

"왜 전 물을 길으러 강까지 멀리 걸어가야만 돼요? 왜 우리는 나뭇잎으로 엮은 오두막집에서 살아요? 왜 우리는 하루에 두 번 밥을 먹으면 안 되는 거죠?" (…)

"왜 난 부자들이 먹다 남긴 찌꺼기를 먹어야 되지? (…)"(9면)

모이나는 자신의 '왜?'에 대한 해답을 찾기 위해 마을에서 초등학교에 들어간 최초의 여자아이가 되었고, 열여덟살이 된 지금은 싸미띠 학교에서 학생들을 가르친다. 가난을 운명처럼 알고 순응하는 모든 셔보르들이 모이나처럼 '왜?'라고 물으며 현실을 개척하기를 바라는 작가의 따뜻한 마음이 담겨 있는 아름다운 이야기다.

'천한' 계급 출신에 대한 따뜻한 시선은 곳곳에 담겨 있다. 그리고 이런 따뜻한 시선은 생생한 캐릭터들로 감동이 증폭된다. 우연히 발견한 멋진 빨간 벨벳 신발 한 짝을 통해 대장이 된 소아마비 소년 조셉의 이야기 「마법의 빨간 금구두」, 단돈 3빠이사를 들고 에이드 축제에 갔다가 먹고 싶은 것, 사고 싶은 것을 참으며 할머니에게 꼭 필요한 집게를 사다준 하미드의 이야기 「에이드 축제」, 일하는 아줌마의 딸과 친구가 된 「미안해, 단짝 친구야!」가 그것이다. 오랫동안 뿌리박혀 있는 신분제도를 생각하면 가난하고 천한 신분의 아이들에 대한 따뜻하고 애정어린 시선 자체가 혁명적일 수도 있지 않을지.

인도에서는 힌두교가 다수이지만 회교도도 존재한다. 카슈미르분쟁에서 복합적으로 터졌듯이 종교갈등도 만만치 않다. 따라서 힌두교와 무슬림 인물들의 만남을 다루는 작품들에서는 종교간의 관용을 바라는 작가의 의도를 읽을 수 있다. 힌두교 소년이 무슬림 아줌마의 도움을 받아 터널을 지나는 무서움을 극복하는 「터널」, 힌두교 소년과 무슬림 신문팔이 소년의 만남을 그린 「신호등이 바뀔 때」가 그것이다.

인도 역시 식민지 경험이 있는 나라다. 「나라얀뿌르 사건」은 영국의 식민지 시절 인도 독립을 위해 애쓰는 가족의 모습을 다룬다. 여기에는 우리가 잘 아는 불복종, 비협력, 비폭력을 골자로 하는 간디의 무저항주의가 독립운동에 어떤 영향을 끼쳤는지도 드러난다. 아무 구호도 함성도 지르지 않은 채 그저 천천히 걷기만 한 학생들의 시위에서 돌아온 대학생 모한은 두려워서 그렇게 돌아섰느냐는 동생 만주와 바부의 질문에 이렇게 대답한다.

"두렵냐고? 천만에! 우리는 그렇게 하기로 미리 계획했던 거야. 우리는 경찰이 정문에서 막을 줄 알고 있었지. 우리가 저항하고 폭력적으로 나오기를 경찰들이 바라고 있다는 것도 알고 있었고. 그래, 경찰들은 우리를 기습해서 감옥으로 끌고 가기 위해 우리가 그렇게 하기를 바랄 거야. 우리는 그걸 알고 있었지. (…)"(61면)

그밖에 동물을 잡아먹는 식물 이야기 「굶주린 셉또푸스」, 인도의 전통

요리를 소재로 아들의 소망과 재치를 그린 「맛있는 달 이야기」처럼 이국적인 이야기와, 작은 찌르레기 새끼들과의 만남으로 생명의 소중함에 눈뜬 짓궂은 개구쟁이 이야기 「고무줄 새총을 가진 소년」처럼 어디서나 만날 수 있을 듯싶은 아이들 이야기도 있다.

보통 인도에 대해선 '가난한 나라'와 '신비롭고 환상적인 나라'라는 두 가지 모순적인 이미지가 존재한다. 그렇다면 이 책은 이러한 이미지를 강화시키는가? 아니면 인간 존재의 특수성과 아울러 보편성을 알려주는가? 만약 전자라면 이 책은 다문화적 관점의 편찬에서 실패한 것이다. 그러나 후자라면 우리와 같지만 다르게 살아가는 사람들에 대한 인식을 더욱 넓고 풍요롭게 해주는 데 기여할 것이다.

미디어가 아무리 발달하고 다양해졌다 하더라도 문학은 특정 역사와 문화 속에서 살아가는 사람들의 내면에 접하기 가장 좋은 매체다. 그들은 우리와 다르기도 하고 같기도 하다. 우리 각각이 다르기도 하고 같기도 한 것처럼. 그 다양한 스펙트럼을 접할 때 우리 역시 더욱 풍요로워질 것은 분명한데, 왜 이제 이 땅에서 우리와 함께 살아가게 된 사람들을 키워낸 터전과 그곳 사람들 이야기는 이토록 접하기 어려운지 모르겠다. 여기서 다시 한번 관심과 필요를 생각하지 않을 수 없다.

미국 아동청소년문학과 다문화적 관심

아동청소년문학에서 다문화적 관심이 가장 큰 나라는 아무래도 다인종 국가인 미국일 것이다. 미국의 다문화주의는 1960년대 피부색의 차이로 정치, 경제, 교육에서 소외되고 억압당해온 아프리카계 미국인들의 시민권운동으로부터 시작된다. 이 운동에 자극받아 미국 내의 멕시코계, 아시아계, 푸에르토리코계 등 비주류 민족들 역시 정치, 경제, 교육적 기회의 평등을 요구하기 시작했다. 새로운 다원주의라는 이름으로 펼쳐진 이 운동은 여성, 장애자, 동성연애자들 같은 다른 집단에게도 그들의 권리와 자격을 주장하도록 자극하는 계기가 되었다.

　미국 아동청소년문학에서도 이러한 흐름을 받아들이는데, 특히 흑인의 체험을 감싸안는 시도는 영국의 아동청소년문학가 존 로 타운젠드도 지적하고 있듯이 미국 현대 아동청소년문학의 눈에 띄는 특징들 가운데 하나다. 백인 지배 사회에서 흑인의 위치는 『톰 아저씨의 오두막』이나 『허클베리 핀의 모험』으로 거슬러 올라가지만, '인종차별 폐지론자'의 소설들이 쏟아져 나오기 시작한 것은 1950년대말에서 1960년대초이다. 이 맥락에서 다른 소수집단, 즉 아메리카인디언, 아시아계, 라틴아메리카계에 대한 관심도 높아졌고, 9·11일 사태 이후에는 이슬람 문화에 대한 관심도 높아지고 있는 것이 눈에 띈다. 미국의 '테러와의 전쟁' 선포와 그 이후에 벌어진 일련의 사태를 보면 이러한 다문화적 관점이 정치 및 경제적 이해관계를 바탕으로 한 관점에 얼마나 긍정적인 영향을 주었는지는 대단히 회의적이긴 하지만, 적어도 '반(反)편견'을 목표로 하는 교육과 아동청소년문학 분야에서 다문화적 관심은 매우 중요하게 받아들여지고 있고, 또 이 주제에 관한 다양한 도서목록이 작성되고 있다.

『쌍둥이 빌딩 사이를 걸어간 남자』

　우리나라에도 더러 이 목록에 속하는 작품들이 소개되는데, 때로는 미국에서 그 작품이 주목을 받을 수밖에 없었던 맥락, 즉 미국 아동청소년문학의 다문화적 관심을 의식했다기보다는 오히려 문학상 수상작이라는 것에 더 끌린 것이 아닌가 싶기도 하다. 가령 2004년 칼데콧 상과 보스턴 글로브-혼북 상을 받은 그림책 『쌍둥이 빌딩 사이를 걸어간 남자』(모디캐이 저스타인 글·그림, 신형건 옮김, 보물창고)를 보자. 이 책은 1974년 필립 쁘띠라는 프랑스 출신의 젊은이가 '쌍둥이빌딩'(뉴욕 세계무역센터) 사이에 팽팽히 줄을 매고 300미터 높이의 공중을 오가며 1시간 동안 온갖 묘기를 부린 실화를 다룬다. 하지만 만약 쌍둥이빌딩이 비극적으로 사라진 9·11사태가 없었다면 이 작품이 그토록 큰 주목을 받을 수 있었을까 의문이 인다. 아니, 바로 9·11사태 때문에 미국 밖의 독자로서 불편한 마음이 드는지도 모르겠다. 그것은 이 책에서 읽히는 숨은 질문 때문이다. 그 남자가 묘기를 선보이던 그 빌딩은 어디로 갔는가? 네가 없앴는가? 네가 파괴했는가? 왜? 그런 물음들을 이끌어내려는 것만 같다.

이 책을 읽고 난 후 합리적인 관점에서 아이들 독자에게 테러를 설명해줄 수도 있을 것이다. 그러나 테러를 야기한 원인까지 설명하기엔 길이 너무 멀게 느껴진다. 그 길을 생략한다면 역사적 맥락을 모르는 미국 아이들에게 대단한 선동일 수 있다. 긍정적으로 말하면 반테러에 대한 선동이지만, 이렇게 테러 일반을 생각하며 반테러를 생각하기엔 그들에게 너무도 가까운 곳에서 일어난 사건이 아닐까? 그렇다면 그들에게는 오히려 상실이 먼저 다가오고, 상실에 따른 슬픔과 아픔이 다가오고, 그리고 이른바 9·11사태의 가시적인 발원자들에 대한 분노가 따라오지 않을까? 이 책이 의도하는 바가 그런 분노나 선동은 분명 아닐 것이다. 그러나 만에 하나 그렇게 읽힐 소지가 있다면, 미국인들에겐 이 책이 뉴베리 상을 줄 만한 충분한 이유가 있다 하더라도 궁극적으로 상호인정을 목표로 하는 다문화적 관점에서는 비판할 여지가 있다고 본다.

『바람의 딸 샤바누』

『바람의 딸 샤바누』(사계절 2005) 역시 뉴베리 어너 상 수상작일 뿐만 아니라 미국 내 다문화 관련 여러 도서목록에서 추천을 받는 책이다. 처음 이 작품을 눈여겨본 계기는 우리나라에서는 찾아보기 어려운 파키스탄 유목민을 다룬 작품이기 때문이었다. 파키스탄은 우리나라와 오래전부터 깊은 관계를 맺어온 나라다. 파키스탄의 고승 마라난타는 백제에 불교를 전

파키스탄에서 유목생활을 하는 당찬 소녀 샤바누의 운명을 그린 『바람의 딸 샤바누』(수잔느 피셔 스테이플스 지음, 김민석 옮김, 사계절 2005).

파했고, 서기 727년 혜초는 불교가 융성했던 파키스탄 서북부의 간다라를 방문했다. 하지만 지금 우리에게 파키스탄은 가난한 이주노동자의 나라로만 인식되어 있을 뿐이다.

우리는 이 책을 통해 파키스탄 북부 촐리스탄 사막에서 낙타를 기르며 유목생활을 하는 가족의 둘째딸인 열한살 소녀 샤바누의 곁으로 가게 된다. 이곳에서는 여자아이가 열세살이면 결혼을 해야 한다. 열세살 난 언니 풀란은 이미 약혼했고, 따라서 아이가 아니라 여자다. 이슬람 여자는 함부로 밖에 나가서도 안되고, 외출할 때는 꼭 차도르로 얼굴을 가려야 하며, 결혼을 위해 모든 것을 포기하고 집안일을 배워야 한다. 언니는 구속적인 삶에 순종하지만, 집안살림보다는 바깥에 나가 낙타를 돌보는 것을 더 좋아하는 샤바누는 그렇지 않다. 샤바누는 언니의 결혼준비를 도우며 결혼과 사랑, 성에 대해 많은 생각을 한다. 샤바누에게는 남편에게 무조건 복종해야 하며 얼굴도 제대로 모르는 채 결혼해야 하는 제도와 관습이 답답하기만 하다. 샤바누는 자유롭게 독립적인 삶을 살아가는 샤르마 이모가 부럽다. 그러던 중 언니의 결혼준비가 한창인 때 언니의 약혼자가 죽는다.

부유한 지주의 동생이 예쁜 언니를 탐냈기 때문이다. 언니는 결국 약혼자의 동생 무라드와 결혼한다. 무라드는 암묵리에 정해져 있던 샤바누의 결혼 상대였다. 그리고 샤바누 자신은 자신과 가족의 경제적 미래를 위해 부유하지만 나이 많은 지주의 네번째 부인이 되어야 한다. 결국 샤바누는 가출을 감행하지만 성공하지 못한다. 함께 떠난 어린 낙타 미투의 다리가 부러졌기 때문이다.

> 미투 옆에 누웠다. 우리는 아무 말도 하지 않았다. 그저 날이 밝기만을 기다릴 뿐이었다. 두렵지는 않았다. 더 이상 내게 상처를 입힐 건 없었다. 굴루번드처럼 나는 가족한테 배신을 당해 팔렸다. 또 미투는 나처럼 마음이 시키는 대로 했다가 뛰어난 재능을 잃고 말았다.(321면)

아버지에게 매를 맞으며, 또 아버지의 울음소리를 들으며 샤바누는 샤르마 이모가 들려준 충고를 가슴에 새긴다.

> 비밀은 내면의 아름다움을 간직하는 거야. 그게 바로 가슴 속에 자리잡은 영혼의 비밀이지.(323면)

독자는 당찬 소녀 샤바누의 운명 앞에서 가슴 아픈 감동을 느끼며 책을 덮는다.

"다른 것은 그냥 다를 뿐이야!"

이 책의 작가 수잔느 피셔 스테이플스는 파키스탄 펀자브 지방의 작은 시골마을에서 여성을 위한 문맹퇴치 프로젝트에 참가한 경험을 바탕으로 "독자들이 자신에 대한 새로운 의미와 다른 이들에 대한 깊은 존중심을 얻기를 바라는" 마음에서 이 작품을 썼다고 한다. 다시 말해 일차적으로 파키스탄 독자를 대상으로 한 작품이 아니다. 여기서 물음 하나가 떠오른다. 아무리 타문화와 타인종에 대한 이해와 애정이 있다 하더라도 백인이자 외국인으로서 갖는 한계는 없을까? 이슬람이나 파키스탄이 너무도 낯선 독자로서는 이에 대한 판단을 내리기 어렵다. 다만 1970년 『뉴욕 타임즈 북 리뷰』(*New York Times Book Review*)에서 흑인 작가 줄리어스 레스터가 한 말이 눈에 들어온다.

나는 흑인을 다룬 책을 비평할 때에는 (작가가 무슨 인종이든지) 두 가지 질문을 한다. "흑인의 입장을 정확하게 대변하고 있는가?" "흑인 어린이들이 읽기에 적당한가?" 백인 작가의 작품 가운데 이 두 가지 질문에 긍정적인 대답을 할 수 있는 작품은 거의 없다.

스테이플스는 이슬람 여성이 쓰는 차도르를 처음에는 여성억압의 상징으로 보았지만, 그들과 함께 생활하면서 그것이 사막생활에 대단히 요긴한 것임을 발견할 정도로 그들의 문화를 존중하게 된다. 그가 깨달은 것은 1995년 작가가 자신의 작품들을 이야기하고 있는 글의 제목처럼 "다른 것은 그냥 다를 뿐"이다.[2]

스테이플스는 『바람의 딸 샤바누』에서 척박한 사막 속에서 살아가는 유목민의 삶을 물질적 풍요를 누리는 눈으로 그리지는 않는다. 나름의 삶의 즐거움과 따뜻한 인간관계를 담아내는 것이다. 그렇기는 하지만 이슬람 독자의 입장에서는 예를 들어 "가족의 배신"으로 부유하지만 나이 많은 지주와 결혼하게 되도록 설정한 상황을 보며 작가가 은밀한 방식으로 이슬람 문화의 도덕성을 비판하고 있는 것은 아닌지 물을 수도 있겠다 싶다.

---

2 http://scholar.lib.vt.edu/ejournals/ALAN/winter95/Staples.html 참조.

문화적 전유

자기와 다른 집단의 체험을 묘사하려고 노력하는 작가에 반대하는 사람들은 그것을 절도행위로 보고 '문화적 전유' 혹은 '목소리의 전유'라고 일컫는다. 물론 이것을 논리적 극단으로 몰고 가면 남성은 여성에 대해 믿을 만한 소설을 쓸 수 없으며, 이성애자는 동성애자에 대한 믿을 만한 소설을 쓸 수 없다. 혹은 더 나아가, 어른은 어린이에 대해 믿을 만한 소설을 쓸 수 없다는 말이 된다. 그렇기는 하지만 페리 노들먼이 지적하고 있듯이 문화적 전유 개념에 들어 있는 몇가지 가설, 즉 "첫째, 이야기에서 사람들을 묘사하는 방식은 언제나 그 작가의 의식적, 무의식적 태도 때문에 왜곡된다. 둘째, 인종적, 민족적 집단의 특징은 모든 작가의 의식적, 무의식적 태도를 창조하는 데 불가피하게 한몫을 담당한다. 셋째, 독자는 허구적 묘사를 사실로 받아들이기 때문에 자신과 다른 인종적, 문화적 배경을 그리는 작가가 쓴 스토리는 늘 오도될 위험성이 있다"(『어린이 문학의 즐거움 1』 259면)는 늘 염두에 두어야 할 사항으로 보인다. 우리가 그들에 대해 쓰든, 제3자를 통한 글을 읽든간에 말이다.

_웹진 『문장 글틴』 2006

외국 아동문학 번역의 현주소

"번역이 없이는 세계문학도 없다." 너무도 당연한 이야기다. 하지만 그동안 번역출판에 대해서는 호의적이라기보다 회의적인 시선으로 보아온 것이 사실이다. 흔히들 "출판 철학의 빈곤"이라며 준엄하게 비판하거나 "역량 있는 국내 필자를 발굴하는 대신 쉬운 번역서를 택해 외서 의존도를 심화시키고 있다"면서 마땅치 않아 한다. 그렇다면 아동문학 번역출판은 이러한 일반적인 비난에서 자유로운가? 자유롭지 않다면 어느 정도인가? 진정한 문제는 무엇이며, 그것을 해결하기 위해서는 어떤 방향의 모색이 이루어져야 하는가?

오래된 지형 하나 — 번역서가 너무 많다

우리 출판 현황을 이야기할 때면 으레 지적하는 사항이 있다. 바로 번역서 의존도가 너무 높다는 것. 대한출판문화협회의 통계에 따르면 2007년 전체 신간 발행종수의 30%가 번역서라고 한다.[1] 아동도서의 경우는 더욱 심각하다. 번역서가 차지하는 비율이 무려 38.4%에 이른다. 이 수치를 그대로 받아들인다면 2.5권 가운데 1권이 번역서인 셈이다. 하지만 1990년 대만 해도 아동분야의 번역서 비율은 평균치를 크게 웃돌지 않았다.[2] 급 격히 편차가 커지기 시작한 것은 2000년대에 들어서면서부터다(아래 표 참조).

최근 10년간 아동도서 발행종수 추이(신간, 1998~2007) 및 번역도서 비율

구분	1998	1999	2000	2001	2002	2003	2004	2005	2006	2007
아동 신간 전체	3,864	3,399	4,062	4,754	6,103	5,219	5,915	7,146	6,700	7,307
아동 번역 신간	716	707	1,333	1,570	2,443	2,048	2,245	2,374	2,290	2,811
아동 번역 비율	18.5	20.8	33.6	33.0	40.0	39.2	38.0	33.2	34.2	38.4
전체 번역 비율	17.9	19.6	25.3	28.2	28.8	29.1	28.5	24.5	23	30

출처 대한출판문화협회 출판통계. 아동분야를 중심으로 재구성.

여기서 눈여겨볼 것이 있다. 바로 아동출판의 성장 속도이다. 1990년대 초반에 가히 폭발적이라 할 정도로 가파르게 치고 올라간 아동출판은 "1995년까지 연평균 45%씩 큰 폭으로 증가"하다가(『한국일보』 2002년 12월 26

---

1 대한출판문화협회의 통계자료는 납본된 자료를 근거로 집계된 것이므로 출판계 대표 통계로는 볼 수 없다는 전제가 따른다. 하지만 납본 비율이 대략 73%에 이른다고 하니(한기호 「한국출판의 현황과 번 역의 과제」 영미문학연구회 2007년 가을 정기학술대회 참고) 대략적인 추이를 짐작할 수 있는 근거는 될 것이다.

2 아동도서 발행종수 추이(1990~1997) 및 번역도서 비율

구분	1990	1991	1992	1993	1994	1995	1996	1997
아동 신간 전체	2,344	3,213	4,149	4,061	4,360	4,163	4,135	4,538
아동 번역 신간	313	468	634	655	774	831	627	965
아동 번역 비율	13.4	14.6	15.3	16.1	17.8	20.0	15.2	21.3
전체 번역 비율		14.5	15.5	15.5	14.7	15.0	15.0	18.2

출처 대한출판문화협회 출판통계. 아동분야를 중심으로 재구성. 전체 번역 비율은 백원근 「번역출판의 양적 성장과 그 함의」, 『기획회의』 218호 20면에서 인용.

일) 2002년에는 문학과 교양 부문마저 크게 앞지르게 된다. 물론 1998년에 아이엠에프(IMF)의 여파로 일시적인 내림세를 경험하지만 이는 소폭에 그치고 1999년부터 다시 상승세를 회복하는데, 이러한 상승세는 그뒤로도 계속되어 2005년에는 전체 시장 규모의 1위에 오르고, 2007년에는 급기야 전체 발행부수의 50.16%를 차지하기에 이른다.

다시 신간종수를 보자. 1990년에서 1999년까지 국내 필자에 의한 신간의 종수는 평균 3,172.5권이고, 2000년부터 2007년까지의 종수는 평균 3,761.5권이다. 특히 2005년부터는 평균 4,500여종에 달하는 신간이 국내 필자에 의해 집필된 것으로 나타난다. 현실적으로 매우 어려운 일이지만 한 필자가 1년에 책을 여러권 냈다고 가정해도 몇년 사이에 수백 단위에 달하는 새로운 필진이 등장한 셈이다. 이러한 국내 필자들의 활약에도 불구하고 번역서의 비율이 점점 더 높아지고 있는 것은, 국내 필자의 증가가 시장의 성장률을 따라가지 못했기 때문이라고 해석할 수 있을 것이다. 다시 말해 아동출판 시장의 확대와 번역서 비율의 증가는 같은 궤도에 있는 것이다. 하지만 2000년대와 1990년대의 번역률 증가는 서로 다른 의미를 갖는 것으로 판단된다. 독자의 요구가 달랐기 때문이다. 1990년대 아동출판의 번역서에 대한 요구는 두가지로 나누어 생각해볼 수 있다.

첫째, 동시대 동화에 대한 요구. 1993년 7월호 『동화읽는어른』에서 이주영은 "국내 동화를 읽자. 외국 동화를 소개하더라도 16~19세기 동화보다 20세기 동화를 번역하자"는 어린이도서연구회 창립 취지를 재확인한다. 그러한 요청을 하는 까닭은 무엇보다도 16~19세기 동화들에 제국주의 식민주의 이데올로기가 내포되어 있다는 혐의를 두기 때문이다.

16~19세기에 서구 열강이 아프리카, 아메리카, 아시아로 침략하는 시기, 미국이 인디언을 대량 학살하면서 서부로 나가던 시기에 쓰여진 많은 명작들 속에는 서구 중심적 세계관과 인종 편견이 잠재해 있다. 또한 침략과 대량

학살을 통한 영토 확장을 마치 정당한 진출과 서부 개척이라는 미명으로 왜곡시키는 논리가 잠재해 있다. 이러한 문제점은 이미 여러 사람들에 의해서 지적되었고, 그러한 비판의 보편성을 획득하고 있다. 그런데 일본은 명치유신 이후에 자신들의 대륙과 해양으로의 침략 정책을 정당화하기 위한 입맛에 알맞은 그러한 내용의 책들을 세계명작으로 뽑아 번역을 하였고, 우리나라에서 그대로 중역을 해서 우리 어린이들에게 세계명작이라고 읽혀 왔다. 그런 동화를 감동 깊게 읽은 우리나라 어린이들은 왜곡된 세계관과 잘못된 가치관, 정서적인 굴절을 강요당하게 되었다. 나아가 역사적 패배의식과 열등의식에 빠지게 되었다.[3]

이런 비판은 아마도 『로빈슨 크루소우』라든가 『소공녀』 같은 작품에 해당될 터인데, 당시 유통되는 도서를 살펴보면 어린이도서연구회가 출범한 1980년대에 이미 비록 전집 형태이긴 하지만 메르헨 씨리즈, 에이브 또는 에이스 씨리즈 등의 목록에 중요한 20세기 작품들이 소개되어 있음을 발견하게 된다.[4] 물론 그 목록이 일본 아동청소년문학 전집의 목록과 무관하지 않을 것임은 익히 짐작할 수 있다. 가령 1973년에 출간된 금성출판사 칼라명작 소년소녀 세계문학(전30권)은 일본 쇼오가꾸깐(小學館)의 씨리즈를 그대로 옮겨온 것임이 발견되는데, 이 금성출판사 전집은 1980년대에도 여전히 유통된다. 따라서 그뒤 어린이도서연구회의 쟁점이 오히려 전집이냐 단행본이냐 하는 문제로 집중된 것은 충분히 이해가 간다. 이렇게 단행본 형태의 동시대 동화에 대한 요구가 당시 아동출판의 번역서 출간에 매우 고무적으로 작용했을 것은 당연하다.

3　이주영 「번역동화 출판의 경향과 지향점」 『동화읽는어른』 1993년 7월호.
4　『사자왕 형제의 모험』(1973), 『산적의 딸 로냐』(1981), 『니코 오빠의 비밀』(1963), 『한밤중 톰의 정원에서』(1958), 『노랑 가방』(1976), 『트리갭의 샘물』(1975), 『줄리와 늑대』(1972) 같은 작품을 예로 드는 것으로 보아 이주영이 말하는 20세기 동화는 정확히 말해 20세기 후반, 즉 동시대의 동화로 짐작된다.

둘째, 완역 고전에 대한 요구. 이는 전집에 대한 불신과도 맥을 같이한다. 2000년에 필자는 한 칼럼에서 "명작이기 때문에 꼭 읽혀야 한다는 태도도 문제지만 19세기 제국시대의 소산이라는 이유로 싸잡아 명작을 거부하는 태도는 재점검 해봐야 할 듯싶다. 그 사이에 짜깁기식 번역과 조잡한 편집에 대책 없이 맡겨진 어린이 고전의 출판 현실도 문제다"라는 지적을 한 바 있다(「김경연의 어린이책방」 『국민일보』 2000년 6월 27일). 그것은 어느 개인의 요청이 아니라, 아동도서 시장을 활성화시킨 주역으로 간주되는, 지극한 교육열과 이를 뒷받침할 경제력을 지닌 386세대에 속한 많은 부모들의 요청이기도 했다. 그들 역시 자신들이 어렸을 때 읽었던 고전에 대해 향수를 갖고 있었고, 그때의 감동을 아이들과 나누고 싶어했다(아동문학의 고전은 많은 경우 그렇게 성립한다). 하지만 이제는 짜깁기식 번역, 그것도 일본어를 통해 중역한 것이 아니라 원작의 언어를 바로 옮긴 완역을 원칙으로 하는 새로운 번역을 요구한다. 몇몇 대형 출판사들이 이 요구에 동참하고, 나아가 현상적으로는 크게 달라 보이지 않을지라도 이전의 전집과는 다른, 독자적인 작품 목록을 채워나가기 시작한다.

동시대 동화와 새로운 고전 번역에 대한 요구의 결과, 특기할 만한 현상이 나타난다. 1920년대 전후는 물론 1970년대, 1980년대, 그리고 당해년의 작품이 뒤섞인 채 한꺼번에 소개되는 것이다. 작품이 후대에 재발견되는 경우는 문학사에서 드물지 않은 일이기는 하지만, 짧은 시기에 거의 모든 시기의 작품이 몰역사적으로 쏟아질 때 독자로서는 갈피를 잡기 어려울 수밖에 없다. 만약 서지사항이 잘못되거나 불분명하다면 더욱 그렇다.

문제는 그후다. 이른바 검증받은 작품들이 속속 소개되는 시기가 끝나고 '더 찾을' 타이틀이 없다는 판단에 도달하자 출판사들은 신간 잡기에 안간힘을 쓰게 된다.[5] 2000년대 번역서 비율의 증가는 이 점에서 1990년대

---

5 우리나라는 1996년에 문학·예술 저작물의 보호를 위한 베른협약에 가입한다. 저작권 개념의 강화로

와 다른 의미를 갖는다고 본다. 바로 번역서의 종수 채우기 역할이 커진 것이다. 양에 급급하다보면 질에 소홀할 가능성은 더욱 높아지는 법이다. 이와 관련해서 번역서가 일정정도 문학성이나 상품성이 검증되었다는 생각도 재고할 필요가 있다. 때로는 원산국에서 검증될 겨를 없이 출간 전에 더미(가제본) 또는 PDF 파일 상태에서 저작권이 거래되기도 하기 때문이다. 차떼기가 아니라 서가떼기로 저작권을 구매하는 행태도 나타난다. 그렇게 충당된 작품들로 만들어진 일부 전집이 버젓이 '세계의 명작 동화'라는 수식어를 달고 독자들에게 다가간다. 정말이지 '출판 철학'이 아쉬운 상황이 된 것이다.

오래된 지형 둘─특정 언어권에 편중되어 있다

번역출판을 거론할 때 빠지지 않고 등장하는 또하나의 레퍼토리는 국내에 소개되는 외국책들이 특정 언어권에 편중되어 있다는 것이다. 한국문화예술진흥원(현 한국문화예술위원회) 통계에 따르면 1998년 우리나라에 번역된 문학작품의 원산국 분포율은 영어권이 44.9%, 일본이 15.5%, 중국이 10%, 프랑스가 9.8%, 독일어권이 7.4%로 나타난다.[6] 만약 일본이 절대적인 우세를 점하고 있는 만화까지 포함된 전체 도서를 대상으로 한 통

이를 중개하는 에이전트들의 입지가 커지게 되는데, 번역출판이 필요 이상으로 과열된 데는 이렇듯 출판사들의 신간에 대한 요구와 에이전트들의 발빠른 대응이 맞물린 면도 없지 않다고 본다. 한국이 세계적으로 해외 저작권료가 가장 비싼 나라로 인식된 데도 에이전트의 책임이 없지 않다. 저작권 구매자로부터 얼마나 높은 로열티를 확보하고 얼마나 많은 선인세를 받아내는가가 저작권 판매자에게 에이전트의 능력을 가늠하는 척도로 받아들여진다는 어느 에이전트의 말이 아직도 귀에 생생하다. 물론 그런 과도한 경쟁과 출혈을 무릅쓰면서까지 '시장성'을 이유로 저작권을 사들이는 출판사의 책임이 가장 크다.

6 졸고 「Deutschsprachige Kinder- und Jugendliteratur in Korea(한국의 독일 아동청소년문학)」 『독어교육』 제22집 2001, 323면에서 재인용.

계였다면 분포가 조금 달라질 수도 있었을 것이다. 그로부터 10년의 세월이 흐른 2007년은 어떤가. 다시 한번 한국출판연구소 책임연구원 백원근의 자료에 의존해보면, 일본(37%)과 미국(31%)이 변함없이 번역서 전체의 68%를 차지한다. 비율순으로 나열해보면 그다음 영국이 7.9%, 프랑스 6.3%, 독일 5.5%, 중국 2.8%, 이딸리아 1.4%, 체코 1%순으로 나타난다. 역시 영미권이 절대적 우세를 차지하는 것이다. 일본의 비중이 높은 것은 만화부문 때문이기도 하지만, 그간 일본 소설의 활발한 소개도 일정한 몫을 했으리라 여겨진다.

여기서 백원근은 아동서와 문학이 그러한 편향성을 다소나마 뛰어넘어 가장 보편적으로 소통되는 출판 장르임을 보여준다고 말한다(「번역출판의 양적 성장과 그 함의」, 24면). 과연 그러한가? 2007년 아동부문 번역서는 2,811종인데 그 가운데 일본이 243종(8.6%), 미국이 987종(35.1%), 영국이 387종(13.8%), 프랑스가 352종(12.5%), 독일이 247종(8.8%), 이딸리아가 62종(2.2%), 체코가 60종(2.1%)이다.[7] 이를 도표로 정리하면 다음과 같다.[8]

	전체	미국	일본	영국	프랑스	독일	이딸리아
아동 번역	2,811	987	243	387	352	247	62
비율(%)	38.4	35.1	8.6	13.8	12.5	8.8	2.2

이 수치에 따르면 영미권이 48.9%로 전체 도서의 번역서 비율 38.4%를 훨씬 웃도는 비율을 차지한다. 영미권 편중은 2002년 조월례도 「어린이책 출판 현황과 전망」이라는 쎄미나 발표문에서 이미 지적한 바 있는데, 몇년이 지났어도 사정이 크게 달라지지 않은 셈이다. 프랑스와 독일의 비율도

7 백원근이 확인해준 바에 따르면, 대한출판협회의 납본 통계상 '체코'로 분류된 국가에는 체코, 폴란드, 오스트리아, 헝가리, 스위스가 포함된다. 이러한 분류기준이 어떻게 성립될 수 있는지 의아하다.

8 백원근이 정리한 표에는 총 발행종수가 9,515종으로 대한출판문화협회의 7,307종과는 차이가 난다. 여기서는 대한출판문화협회 수치를 따른다.

전체 도서의 경우를 상회한다. 게다가 전체 번역도서에서 2.8%의 비중을 차지하는 중국 도서는 아동부문에서는 수치에 잡혀 있지도 않다. 한마디로 아동분야는 서구 편향이 더욱 심한 것으로 보인다.

이에 대한 책임을 곧바로 출판계에 묻는 것은 적어도 아동도서 부문에서는 신중해야 한다고 본다. 본격적인 세계 아동문학의 역사는 이제 겨우 약 150년을 헤아리고 있고, 여기서 선구적인 역할을 한 것이 영미권을 비롯한 서구 아동문학이기 때문이다. 청소년문학(Young Adult Literature) 역시 영미권이 먼저 행보를 내딛었다. 따라서 대략 제2차 세계대전 이전 시기까지의 아동문학 고전이나 청소년문학에 눈을 돌린다면 서구 편향, 특히 영미권 편향은 불가피하다고 여겨질 정도다. 하지만 세계 각국이 고유의 아동문학 역사를 축적한 지금에는, 언어적 접근성이든 시장성이든 여러 이유가 있겠지만, 균형잡힌 소개를 위해 노력하느냐고 물을 수 있고 또 물어야 할 것이다. 다행히 변화의 조짐은 있다. 일본서에 대한 관심은 수치에서도 보이듯 일찌감치 약진하고 있고, 창작동화에 국한해 보아도 비록 종수는 적지만 중국과 대만은 물론 터키, 인도, 스페인, 이딸리아, 아르헨띠나, 그리스, 스웨덴, 노르웨이, 러시아 등 다양한 국가의 당대 아동문학이 선보이기 시작한 것이다. 그렇기는 하지만 만약 독자들이 외면한다면?

외국 아동문학의 번역, 장벽인가 가능성인가

유례없는 호황을 구가한 2002년의 아동출판 시장을 보며 『문학사상』은 2003년 1월호에서 「아동출판의 범람과 아동문학 현황」이라는 특집을 마련한다. 여기서 "번역동화 신간 종수의 급격한 팽창은 국내 창작동화의 위축을 불러올 수도 있으나 세계적 수준의 내용이나 시장이 아직 정착하지 못한 상황이어서 향후 발전적 방안을 찾는 계기로 삼아야 한다는 일반적인 평가"(47면)에 기대어 아동도서 번역출판에 조심스러운 견해를 표명한다. 이러한 우려가 그사이에 얼마나 현실화되어 나타났는가를 짚어보기 위해서는 좀더 세밀한 자료가 필요하다. 알다시피 아동도서에는 여러 장르가 함께하는데, 크게 그림책과 창작동화, 논픽션 또는 지식정보책으로 나눌 수 있다. 통계를 구하지 못해 설득력 있는 분석은 어렵지만, 번역비율이 가장 높은 분야는 그림책 분야일 것이다. 게다가 논픽션에 대한 관심이 높아지면서 이 분야의 번역서도 제법 상승했으리라 짐작된다. 창작동화에 국한한다면 생각보다 번역서의 비율이 높지 않을 수도 있다는 뜻이다.[9]

또한 각종 문학상과 전문잡지 들이 마련되어 국내 창작동화에 주어진 가능성도 큰 폭으로 넓어졌다. 작품만 좋으면 '등단'이라는 관행 없이 발표할 가능성도 적지 않다. 따라서 번역동화의 팽창이 국내 창작동화의 위축을 가져오리라는 우려에는 동의하기 어렵다. 이는 앞으로도 마찬가지다. 적어도 아동도서 시장 전체가 위축되지 않는 한은 그럴 것이다.

그러나 아동출판 시장이 전체 출판시장 규모의 50%를 넘게 차지하는 것은 분명 이상현상이다. 번역서가 약 40%를 차지하는 현상은 더더욱 이상하다. 그 번역서의 절반가량을 영어권 책이 차지하고 있는 것도 마찬가지다. 문제는 명확하다. 당연히 아동출판계의 자성이 필요하다. 적어도 상업성 외의 다른 이유가 출간을 결정하는 데 작용하기를 바란다.

출판도 산업이다. 상품이 팔려야 살아남는다. 따라서 출판계에 기대하는 것은 한계가 있다. 전체 매출의 30% 이상을 장악하게 된 온라인서점 역

---

9 이에 대해 어떤 전체적인 상을 그릴 수 있을까 기대하며 대한출판문화협회에 자료를 구할 수 있는지 문의했으나, 어렵다는 답변을 받았다. 백원근도 「번역 출판의 양적 성장과 그 함의」의 보론에서 "출판 통계, 이대로는 안 된다"는 문제의식을 보인다. 여기에 덧붙여 아동청소년출판 부문은 따로 관리되어야 경향분석이든 연구든 좀더 정확한 근거 위에서 행할 수 있음을 이야기하고 싶다.

시 이익을 쫓아가기 급급한 지 오래다. 가장 많이 노출되는 책들이 어떤 것들인지 한번 눈여겨보라. 문제는 독자다. 독자가 바로서야 출판계도 바로선다. 외국의 무슨무슨 문학상을 수상했다는 이유로 특별한 관심을 두는가? 그렇다면 출판계에서는 계속 수상작 확보를 둘러싸고 과도한 경쟁을 벌일 것이다. 이름난 작가의 책 외에는 거들떠보지 않는가? 그렇다면 출판계는 작품의 질과 관계없이 그 작가의 작품을 확보하기 위해 필요 이상의 지출을 감행할 것이다. 내 아이가 잘살게 하기 위해 경제원리가 아닌 돈 버는 기술을 가르치는 책을 집을 것인가? 그렇다면 출판계는 그런 기술을 가르치는 책들을 열심히 찾아다닐 것이다. 그리고 온라인서점은 그런 '팔릴 만한' 책들로 화면을 가득 메울 것이다.

비평가도 독자다. 다행스럽게도 최근에 '번역비평'이 필요하다는 것에 점점 더 큰 공감대가 형성되고 있다. 한국번역비평학회는 2007년 가을 계간지 『번역비평』을 창간했고, 한국출판마케팅연구소 역시 2008년 2월 격주간지 『기획회의』에 번역출판을 살펴보는 고정 꼭지를 마련했다. 이들이 일궈낼 담론에서 그간 일반 비평에서도 연구에서도 소외되었던 아동청소년문학 분야가 어떻게 다루어질지 기대된다. 부디 번역비평이 오역이라든가 졸역을 짚는 데만 주력하지 않기를 바란다. 진정한 번역비평이 되기 위해서는 그 책이, 그 작품이 우리에게 지닌 의미와 한계까지 아울러 짚을 수 있어야 한다고 본다. 정말 뜻있는 책을 훌륭한 번역으로 소개했다면, 상을 주었으면 좋겠다. 한국백상출판문화상에 번역부문이 있기는 하지만, 일반도서와 아동도서가 함께 경쟁해야 한다.

이제 가장 본질적인 물음을 생각하며 이야기를 마치기로 한다. 왜 외국동화를 읽는가? 괴테는 말한다. "이방인을 이해하려고 하는 사람은 문학 세계로 들어가야만 한다."[10] 문학은 타인의 관점과 소통하는 가장 내밀한

---

10 박정희 「최근 독일어권 문학에서 '이주자 문학'의 현황」 『독일문학』 제91집 2004, 201면에서 재인용.

장이다. 동화도 마찬가지다. 그리고 외국 동화는 더욱 다양한 관점과 삶을 만날 가능성을 준다. 그만큼 편향은 더더욱 바람직하지 않다.

_창비어린이 2008년 가을호

제4부 동화와 아이들

아이들의 변호사, 크리스티네 뇌스틀링거

2003년 제1회 '아스트리드 린드그렌 문학상' 수상자의 한 사람으로 크리스티네 뇌스틀링거(Christine Nöstlinger, 1936~)가 결정되었을 때, 독일어권에서는 당연한 결정이라는 반응을 보인 것으로 기억한다. 독일어권에서 뇌스틀링거는 '하나의 현상'으로 일컬어진다. 30대 중반인 1970년에 처녀작 『불꽃머리 프리데리케』로 "새로운 아동문학의 원형"이라는 찬사를 받으며 등단한다. 이어서 『지하실의 아이들』(1971, 번역본 제목은 『우리들의 행복 놀이』), 『오이대왕』(1973), 『날아라 풍뎅이야』(1973), 『14살의 일제 얀다』(1974), 『통조림 속의 아이 콘라트』(1975, 번역본 제목은 『깡통 소년』), 『수호유령 로자 리들』(1979, 번역본 제목은 『수호유령이 내게로 왔어』) 등등 발표작마다 새로운 문제의식과 접근방식으로 평단의 주목을 받으며 1970년대부터 독일 아동청소년문학의 대표주자로 자리를 굳힌다.

그리고 지금까지 약 150편의 작품을 발표하는 놀라운 필력을 과시하고 있는데, 더욱 놀라운 것은 이러한 다작에도 불구하고 비교적 고른 작품 수준을 유지한다는 점이다. 그의 전체 작품에 대한 평가는 이미 1984년 '한

251

스 크리스티안 안데르센 상' 수상으로 확고해진 바 있다. 등단에서 린드그렌 상 수상에 이르기까지 뇌스틀링거는 명실공히 아스트리드 린드그렌의 명성과 업적을 잇는 작가임을 인정하지 않을 수 없다.

우리나라에 소개된 뇌스틀링거의 작품은 현재 '프란츠 이야기' 씨리즈 12권(1984~2001:2000~2003)[1]과 '내 친구 미니 이야기' 씨리즈 3권(1992~1999:2000), '오소리 다니' 씨리즈 2권(2001:2002)을 포함해 31종으로 파악된다. 단행본으로는 『세 친구 요켈과 율라와 예리코』(1983:1997), 『하얀 코끼리 이야기』(1995:1997), 『머릿속의 난쟁이』(1989:1997), 『오이대왕』(1973:1998), 『깡통 소년』(1975:2001), 『뚱뚱해도 넌 내 친구야』(1997:2001), 『상냥한 미스터 악마』(1977:2001), 『나만 아는 초록 막대 사탕의 비밀』(1977:2002), 『불꽃머리 프리데리케』(1970:2002), 『우리들의 행복 놀이』(1971:2003), 『새로운 피노키오』(1988:2003), 『그 개가 온다』(1987:2003), 『교환학생』(1983:2004), 『수호유령이 내게로 왔어』(1979:2005)가 소개되었는데, 이 가운데 절반이 1970년대에 출간된 책이다.

1970년대는 독일 아동청소년문학에서 비판적 반성이 일던 시기이다. 기성의 정치를 비롯해 문화와 사회에 대해 전반적인 반성과 개혁을 요구하며 나선 68세대의 비판의식이 아동청소년문학에서도 '해방' '현실비판' '반(反)권위'와 같은 표어들로 관철되는데, 무엇보다도 비판의 표적이 된 것은 아이들의 세계를 '훼손되지 않은 세계'로 이상화하는 것이었다. 이는 아이들의 심성을 순화한다는 명목 아래 마냥 달콤하고 행복한 '보호구역'에 가둬놓는 종류의 아동문학에 대한 비판과 반성으로, 아이들의 세계가 결코 낙원이 아니며, 아이들 역시 현실문제로부터 자유로울 수 없다는 인식을 기반으로 한다. 그리고 그 중심에는 아이들의 권리가 있다. 이런 인식은 21세기에 들어선 지금에는 그다지 새로울 것이 없으나, 그렇다고 언

---

1 앞은 원본 출간년도이고 뒤는 국내 번역본 출간년도이다. 이하 동일.

제나 그 인식이 온전히 살아있는 작품들을 만나게 되는 것은 아니다. 뇌스틀링거는 누구보다도 이러한 혁신적 조류를 이끈 작가로, 우리나라에 그의 1970년대 작품이 큰 비중으로 소개되고 또 큰 반응을 얻고 있는 것은 아직 우리 아동문학에서 그러한 태도들이 요청되고 있다고 해석할 수 있다.

물론 뇌스틀링거는 문학이 개혁을 이뤄낼 수 있으리라는 1970년대의 신념을 한결같은 낙관으로 밀고 나가지는 않는다. 1980년대, 함께 개혁을 일궈낼 수 있으리라 기대했던 소시민과 사회주의자들의 순응과 타협을 보며 아동문학으로 사회개혁이 가능하리라는 정치적 낙관주의는 체념적 태도로 바뀐다. 그리고 그러한 체념 속에서 글쓰기에 대한 회의에 맞서 "마치 희망이 있는 것처럼 일을 계속해야" 한다고 자신을 추스르다가, 1990년대에는 "아이가 진지하게 받아들여지지 않기 때문에 아동문학이 진지하게 받아들여지지 않는다"는 인식과 함께 "관심을 갖고 귀를 기울일 준비가 되어 있는 적당한 청중"에게만 이야기를 들려주기로 한다.[2] 하지만 이렇게 작가의 태도와 의도가 변했다 하더라도 기본적인 비판의식과 아이들의 권리에 대한 존중, 아이들에 대한 이해는 단단한 핵으로 자리잡고 있음은 물론이다.

이 글에서는 우리나라에 번역된 작품을 중심으로 작가의 아이들에 대한 인식과 이해가 어떻게 형상화되어 있는지를 살펴보며, 우리가 흔히 이야기하는 '아이들의 눈높이' 개념을 다시 생각해볼 기회를 갖기로 한다.

뇌스틀링거의 작품세계 개괄

뇌스틀링거의 작품은 크게 판타지 계열과 리얼리즘 계열로 나뉜다. 판

---

2 졸고 「독일 아동 및 청소년 문학 연구」 서울대 대학원 2000 참고.

타지 계열 작품에서는 현실에 잘 적응하지 못하고 괴로움을 겪는 아이가 곤궁과 괴로움, 좌절에서 해방되기 위해 판타지적 속성을 얻거나, 상상의 존재가 현실세계에 나타나 촉매자 또는 구원자의 기능을 하거나, 인물 자체가 반어적인 방식으로 판타지적 요소를 갖고 현실세계와 만나게 된다. 이 계열의 작품에서는 아이에 대한 기존의 상을 변화시키고 아이의 권리를 관철시키려는 태도가 나타난다. 이러한 태도는 독자에게 현실의 문제들과 더불어 산다는 의미를 보여주고, 사회의 규범과 가치에 대한 관념을 일깨워주며, 어른 세계의 잘못된 발전을 지적하고 비판함으로써 '해방'의 기능을 지향한다. 아이들에게 용기를 주고 자립성과 자의식을 개발하도록 도와주며 연대와 인간성, 관용만이 사회를 변화시킬 수 있다는 것을 보여주려는 것이다. 하지만 이런 심각한 문제 제시에는 언제나 유머가 함께한다. 결코 '재미'를 놓치지 않은 것이다.

리얼리즘 계열의 작품은 아동청소년문학에서 리얼리즘을 강력히 요청했던 1970년대 경향과 밀접한 관련을 지닌다. 특히 1980년대초까지의 작품들에서는 사회비판적이며 반권위적 특징들이 강하게 나타나며, 1980년대 중반부터는 '프란츠'와 '미니'를 주인공으로 한 씨리즈에서 보이듯이 사회비판적 요소보다는 아이들 일상과 고유의 문제들에 주로 초점이 맞춰져 있다. 이는 초등학교 저학년을 독자 대상으로 하기 때문일 수도 있지만, 1980년대 중반 뇌스틀링거의 창작의도가 변화한 데서도 이유를 찾을 수 있다. 이 계열의 작품들은 아이가 주인공이며 주제는 아이의 일상세계에서 온다. 그 바탕에는 아이들의 문제를 있는 그대로 보여줌으로써 독자의 생각과 다른 이들의 문제를 이해할 수 있는 능력을 유도하고, 나아가 현실의 변화가 필요함을 인식하도록 도와주려는 의도가 깔려 있다. 여기서도 유머러스한 기본 톤은 여전히 유지되어 재미를 확보한다.

뇌스틀링거의 주제는 우정과 사랑, 가족, 학교, 전쟁 등 다루지 않은 것이 거의 없다시피 할 정도로 광범위하다. 하지만 어떤 주제를 다루든 먼저 즐겁고 재미있어야 한다는 기본태도에는 변함이 없어 작품 전체는 낙관적이고 명랑한 성격을 지닌다. 우리나라에는 제한적으로 소개되어 그의 작품세계 전반을 충분히 개괄하기는 어렵다. 특히 주요작 가운데서도 청소년을 대상으로 한 소설은 거의 소개되지 않았다. 우리나라에는 '프란츠' 씨리즈와 '미니' 씨리즈를 제외하면 주로 판타지 계열의 작품이 소개되었는데, 이 역시 최근 우리 아동문학의 관심을 반영하고 있는 것으로 보인다.

구원으로서의 환상

뇌스틀링거의 시선은 많은 경우 상처입고 아픔이 있는 아이들에게 향한다. 처녀작 『불꽃머리 프리데리케』 역시 예외는 아니다. 프리데리케는 뚱뚱하고 불처럼 빨간 머리를 갖고 있어 친구들에게 놀림받고 따돌림당한다. 그러나 고양이로부터 자신의 머리에 특별한 능력이 있다는 것을 알게 된 프리데리케는 가족이었던 고양이와 안나 이모, 자신을 이해해주던 집배원 부부와 함께 "모두 서로 도우며 행복하게 사는 나라"로 떠난다. 떠남으로써 몰이해의 세계와 화해하는 것은 불가능해진다. 그렇다면 이 작품은 현실도피를 이야기하는가? 아이들이 계속 놀리고 어른들은 그런 아이들의 행동을 "못 들은 척, 못 본 척"하는 이상, 프리데리케에게는 화해의 가능성이 남아 있지 않을 것이다.

우리는 여기서 이 작품이 '옛날에'로 시작하는 옛이야기 형식을 취한 판타지임을 눈여겨볼 필요가 있다.[3] 이 형식에서는 마법이 유효하다. 프리데리케가 자신을 구하는 것도 자신의 빨간 머리가 지닌 마법의 힘을 발견

---

3 이 옛이야기 형식은 번역본(김영진 옮김, 소년한길 2002)에는 나타나 있지 않다. 번역본은 바로 "프리데리케라는 여자애가 있었습니다"로 시작한다.

할 수 있었기 때문이다. 물론 현실에서는 가능하지 않다. 하지만 따돌림당하는 아이 편에서 생각해본다면, 주변의 이해를 구하기에 앞서 자기 존재의 고유성과 특별성을 확인할 수 있는 그 무엇을 꿈꾸지 않을까. 뇌스틀링거는 바로 그 꿈에 초점을 맞춘 것으로 보인다. '후기'는 이러한 해석을 뒷받침한다.[4] 번역본에는 없기에 추려서 옮겨본다.

어제 카틴카가 다시 나를 찾아왔다. 카틴카는 옆집에 사는 어린 소녀다. 카틴카는 날마다 내게 와서 내가 망친 그림들을 가져간다. (…) 따라서 이 이야기를 처음 시작부터 알고 있다. 어제 카틴카가 물었다. (…) "프리데리케가 다른 아이들한테 고맙다고 해야 할 것 같아요. 아이들이 그렇게 못되게 굴지 않았으면, 그 멋진 나라에 가지 못했을 테니까요." (…) 만약 그와 비슷한 멋진 생각을 하게 된 독자가 있다면 나는 두가지를 생각하라고 권하고 싶다.
　1. 빨간 마법의 머리를 가진 아이는 백만명 가운데 한 사람이지만, 프리데리케 같은 꼴을 당하는 아이는 수천명이다.
　2. 아이들이 못되게 굴어서 프리데리케가 멋진 나라에 가도록 도와주었다고 해도, 나라면 그런 식의 도움은 주지 않을 거다.

독자에게 바람직한 상을 직접 보여주는 것이 아니라, 뒤집어 보여줌으로써 생각을 유도하는 이런 서술전략은 뇌스틀링거의 장기다. 이 또한 뒤집어 생각하면 아이의 자율적 사고에 대한 기대이자 믿음의 다른 표현일 수도 있다. 우리 아동문학에도 이른바 '왕따'라고 불리는 따돌림당하는 아이라든가 장애아에 대한 관심이 드물지 않게 나타난다. 그리고 대부분은

4　무슨 까닭인지 번역본에는 후기 부분도 생략되어 있다. 이밖에도 서술 순서가 바뀐 부분도 눈에 띈다. 내가 갖고 있는 책이 뇌스틀링거 자신이 삽화를 그린 구판본이기 때문에 이런 차이가 생겼는지도 모르겠다. 다만 아동문학을 번역할 때 '우리 아이들의 이해를 돕기 위해' 자의적으로 변형해도 된다고 생각하는 일부의 관행에서 비롯된 차이가 아니기를 바랄 뿐이다.

『내 짝꿍 최영대』(채인선 1997)라든가 『가방 들어주는 아이』(고정욱 2002)에서 처럼 주변의 이해와 화해라는 결말을 보여준다. 이런 결말의 차이는 기본적으로 아이들에 대한 작가의 태도에서 온다고 보아도 무리가 없을 것이다. 사고의 재료보다는 완제품을 제공하는 편에 더욱 안심하는.

이 작품은 기본 모티프를 따돌림에 두고 있지만, 사회비판적인 요소도 빠지지 않는다. 아이들의 비행에 눈을 감음으로써 교육의 진정한 사명을 저버리는 학교라든가, 날아가는 프리데리케들로부터 시선을 돌리게 하려고 써커스단을 동원하는 시장의 모습 등 만만치 않은 풍자가 포함되어 있다. 아울러 사회적 이상향에 대한 작가의 견해도 내비친다. 아무도 남보다 더 잘살려고 애쓰지 않고, 누구나 자기가 좋아하는 일을 하고, 일하고 싶지 않으면 하지 않아도 되지만 재미있으니까 일하는 나라. 작가의 정치적 지향을 읽을 수 있는 부분이다. 이와 관련해서 빨간색이 갖는 함의가 무엇인지, 프리데리케를 도와주는 집배원 아저씨는 왜 하필 색맹인지를 생각해 보면 자못 흥미진진하다. 물론 이런 설정은 의도적일 수도 있고, 작가 특유의 유머가 작용한 것일 수도 있다.

이 작품은 아이들의 현실을 미화하거나 이상화하지 않고 독자가 있는 그대로의 현실을 인식하며 자율적이고 비판적으로 사고할 수 있도록 유도하는 "새로운 종류의 아동문학의 원형"이라는 평가를 받는다. 페터 헤르틀링을 필두로 리얼리즘을 강력히 주장한 당시 독일 아동청소년문학 상황을 생각해보면 뇌스틀링거가 『우리들의 행복 놀이』『오이대왕』『깡통 소년』『수호유령이 내게로 왔어』 등 거듭 판타지 형식으로 이런 주장을 성취한 것은 뜻밖의 일일 수 있다. 그러나 이는 판타지가 결코 현실을 미혹하거나 도피를 꾀하는 장르가 아님을 보여주는 좋은 예라 하겠다.

아이들의 상처와 아픔은 다양하다. 가난 때문에, 학습능력이 떨어지기 때문에, 부모가 이혼했기 때문에, 못생겼기 때문에 아이들은 각기 나름대로 아픔을 지니고 살아간다. 그런 아이들을 모두 마법의 힘으로 부당한 현실로부터 훌쩍 떠나게 할 수는 없는 일이다. 이 아이들을 행복하게 해줄 방법은 없는가? 이에 대한 대답은 『우리들의 행복 놀이』(김영진 옮김, 소년한길 2003)에서 모색된다. 은퇴하고 슈크림 먹는 것과 창밖을 내다보는 것으로 소일하는 피아 마리아는 어느날 아이들이 수요일마다 옆집 지하실로 사라지는 것을 발견한다. 궁금한 피아는 그곳을 찾아가고, 죽었던 옛 남자친구 페리가 아이들과 행복 놀이를 하는 것을 알게 된다. 하지만 앤디[5]만큼은 너무도 소심해서 그곳에 갈 엄두를 못 낸다. 페리는 피아에게 앤디의 보모 노릇을 해주어 이 행복 놀이에 동참할 수 있도록 도와달라고 요청한다. 하지만 뇌스틀링거는 앤디를 지하실로 보내는 것이 아니라, 다른 아이들을 지상으로 불러낸다. 행복하게 함께 놀 공간이 생기자 아이들은 페리를 전혀 기억하지 못한다. 이는 현실세계에서 아이들의 욕구가 충족된 다음에는 판타지세계가 불필요할 수도 있음을 시사한다. 이 작품에서도 아이들은 어른의 도움을 받긴 하지만 그 터전 위에다 자기들만의 세계를 꾸미는 것은 아이들 자신으로 그려진다. 이때 감상적인 동정은 흔적도 없다. 이는 부모의 이혼으로 혼란된 삶을 살아야 하는 안나의 이야기 『머릿속의 난쟁이』에서도 마찬가지다.

권위 무너뜨리기

1970년대 '반권위'적 아동청소년문학 작품의 가장 대표적인 예로 꼽히는 작품이 『오이대왕』이다. 이 작품 역시 판타지이지만 판타지 요소의 기능은 앞의 두 작품과는 다르다. 『불꽃머리 프리데리케』와 『우리들의 행복 놀이』에서는 판타지 요소가 현실세계를 보상하는 것이었다면, 『오이대

---

5 원본의 이름은 안데를(Anderl)이다. 왜 영어식인 앤디로 표기했는지 의아하다.

왕』에서는 비판적인 거리를 두어야 할 것으로 설정된다. 갈등상황도 가족 간의 갈등으로 집약된다. 이때 작중화자(볼프강 호겔만)가 문제삼는 것은 무엇보다도 아버지의 권위이다. 더불어 열두살 먹은 호겔만이 국어선생이 강조하는 '올바른' 글 구성을 포기하고 자기식대로 쓰겠다는 의지를 밝히는 데서 또다른 권위에도 도전하고 있음을 드러낸다.[6]

호겔만의 가족구성원들은 전통적인 역할분담을 보여준다. 아버지는 가장으로서 가족의 생계를 책임진다. 아버지에게 가정은 직장에서의 긴장을 해소할 수 있는 조화로운 사적 공간을 의미한다. 아버지의 권위적 규범은 종종 두 아이들과의 갈등을 부른다. 아버지가 보기에 그들의 욕구는 자신이 이룩한 조화로운 세계를 깨뜨리는 것이기에 마땅히 지양되어야 한다. 어머니는 전업주부이다. 물론 그러한 위치에 불만이 없지 않지만 아버지의 입장을 옹호한다. 그러나 이런 내재된 갈등에도 불구하고 우리는 이런 가정을 정상적이라 생각한다.

뇌스틀링거는 쿠미오리라는 오이 모양의 판타지 생물을 등장시킴으로써 이러한 허상의 '정상성'을 폭로한다. 쿠미오리들은 호겔만의 집 지하실에 살고 있는데, 쿠미오리들이 쿠데타를 일으키는 바람에 오이대왕이 위로 피신해온다. 쿠데타와 혁명에 대한 견해에 차이를 보이면서 호겔만 가족은 오이대왕을 따르는 아버지와 오이대왕을 마땅치 않게 여기는 나머지 가족들로 나뉜다. 이제 정상적으로 보였던 가정은 온통 뒤죽박죽이 된다. 이러한 뒤죽박죽은 가족에 내재하던 갈등이 표면화된 것에 불과하다. 오이대왕에 대한 저항은 아버지에 대한 불복종을 뜻한다. 물론 나중에 아버지는 진실을 알고 사태수습에 나선다. 하지만 아버지는 실종되고 가족들

---

6 1997년 우리말 번역본(유혜자 옮김, 사계절)에는 누나가 쓰고 싶어도 '이야기의 구성이 너무 어려워' 시작을 못하고 있는 것으로 되어 있다. 하지만 원본에는 누나가 이야기의 구성을 어려워하는 이유는 국어(독어)교사의 말 때문임이 명시된다. 이 작품이 권위와 그로 인한 갈등을 다룬 것임을 생각할 때 이 부분을 생략하고 번역한 것은 작품 전체의 의도를 약화시킨다.

은 그의 행방에 전전긍긍한다. 여기서 그들이 대결한 것은 아버지로 대표되는 가정 자체가 아니라 가부장제적·권위적 구조였음이 드러난다.

그러나 이 작품의 결말은 열려 있다. 아버지의 오이대왕에 대한 환상은 깨어졌으나, 아버지 자신의 권위적 태도에 대해서는 어떤 통찰을 하게 되었는지 명백하게 드러나지 않은 채 끝나는 것이다. 이는 가부장제적 권위의 이데올로기가 정치적 권위와 밀접한 관련을 지니지만 훨씬 사적이며 내밀한 형태를 취하고, 따라서 더 내면화되기 쉽고 지속적임을 역으로 보여주고 있다고 해석할 수 있다. 인식을 자기화해서 실천하는 것은 각자의 몫이지 작가가 앞질러 보여줄 수 없다는 뇌스틀링거의 태도를 다시 한번 확인하게 된다.

가정 내 억압적 권위는 『교환학생』[7]에서도 다루어진다. 영어 성적이 C

---

7 이 작품의 번역본(김재희 옮김, 동녘 2004)에 대해선 몇가지 짚고 넘어가지 않을 수 없다. 11~2면을 보면 "현모양처인 울 엄마는 자식들 공부 잘하는 게 인생의 목표 같은 사람이라, 누나랑 내가 성적표에 '올 A'만 받아 온다면, 꿈에라도 한번 입어 보는 게 평생소원이라는 까만 밍크코트를 선물로 받는 것보다 더 기쁘겠다고 한다. 자식들 성적에 이렇게 집착을 하니, 영어선생님을 찾아가 내게 도움이 될 만한 정보를 빼내려는 게 엄마로서는 당연한 일인지도 모르겠다. 한 달 후 성적표에 내가 C를 받아 올까 봐 걱정이 돼서 잠이 안 온다는 우리 엄마는 두 팔 걷어붙이고 나를 돕겠다는 마음을 먹었을 거다. 엄마 입으로 이런 소릴 한 적은 없었지만, 나는 우리 엄마가 그러고도 남을 사람이라는 걸 잘 알고 있었다. 엄마가 영어와 얘기한다는 소리를 듣자마자 나는 바로 사태를 알아차렸다." 이런 문장이 나온다. 우리 사정에 비추어 실감나는 대목이 아닐 수 없다. 그런데 문득 무엇을 "현모양처"라 옮겼는지 궁금해서 원문을 찾아보았다. 우리말로 옮기면 이렇다.
"우리 엄마는 반짝반짝 최상위권을 달리는 성적표를 너무도 좋아한다. 내 생각에 나나 누나의 올 A 성적표는 까만 진짜 밍크코트보다 엄마를 더 기쁘게 할 것 같다. 비록 그런 코트를 갖는 것이 엄마에겐 아직 이루어지지 않은 너무나 큰 소원이긴 하지만 말이다. 우리 엄마는, 내게 B를 주십사 설득하려고 영어선생을 찾아갔을 거다. 보기 싫은 C 때문에 내 성적표가 망가지지 않도록! 엄마는 내게 그런 말은 안 했지만 난 엄마를 안다! 난 당장 사태를 알아차렸다."
현모양처는커녕 "인생의 목표" "평생소원" "두 팔 걷어붙이고" 같은 단어는 눈을 씻고 찾아봐도 없다. 십분 양보해서 이런 것은 역자가 '실감'나는 번역을 위해 첨가했다 치자. 하지만 이런 친절한 설명을 덧붙임으로써 인물의 성격은 원본과 차이를 보이게 된다. 아이의 좋은 성적은 현모양처가 아닌 보통 엄마라도 얼마든지 바랄 수 있다. 더군다나 '올 A'의 성적표가 엄마를 더 기쁘게 할 거라는 것은 화자의 생각이지 어머니의 말이 아니다.
이어서 12면의 "내가 아무리 실력이 달려도 그렇지, 엄마의 촌지 덕분에 점수가 올라가는 건 정말 더럽

밖에 되지 않자 자식들에게 언제나 '최고'를 원하는 부모는 에발트를 방학 때 영국의 어학코스에 보내려고 한다. 물론 에발트는 내키지 않는다. 누나의 지혜를 빌려 가까스로 어학코스 계획을 포기하게 했으나, 이번에는 영국에서 온 교환학생을 받기로 결정한다. 그런데 막상 도착한 교환학생은 모범생으로 찬사를 받는 톰이 아니라 어찌해볼 수 없이 끔찍한 '악마' 재스퍼다. 자갈 수집이 취미이고 씻지도 않으며 생선과 감자튀김에 케첩을 잔뜩 발라 먹는 재스퍼. 그의 반항의 원인을 알게 된 가족들은 마음을 합해 그를 돕기 시작한다. 재스퍼는 이혼한 부모의 편의에 따라 자신이 원하는 바와는 무관하게 아버지 집에서 살다가 어머니 집으로 옮겨야 했는데, 어머니가 재혼해서 낳은 동생만 사랑한다고 생각해 마음에 상처를 입은 것이다.

이 작품은 해피엔드로 끝난다. 에발트의 부모는 자식들에 대한 사랑법을 돌이켜볼 기회를 갖고, 재스퍼도 에발트의 누나 빌레와 '약혼'이라는 형식으로 이런 가족의 일원으로 받아들여진다. 에발트의 부모는 재스퍼에게 그 '약혼'이 가족으로서 소속감을 느끼기 위한 소망에 불과하다는 것을 이해하고 빌레를 설득할 정도가 된 것이다. 이 작품은 다시금 가족 자체를 부정하는 것이 아니라 억압적 구조가 문제임을 이야기한다.

고 치사하고 비열한 짓이다"를 보자. 원본을 읽을 때 "촌지"란 단어를 읽은 기억이 없는지라 다시 원문을 찾아보았다. 촌지에 해당할 법한 단어는 "schnorren"밖에 없다. 이 단어는 주변에 얼쩡거려서 원하는 것을 얻어낸다는 뜻이다. 그렇다면 왜 촌지라는 단어가 튀어나왔을까? 앞뒤를 살펴보니 이는 아마도 "B를 주십사"의 문장에 들어 있는 "ein Gut"을 잘못 해석한 데서 나온 듯싶다. 독일어의 'Gut'은 상품이라는 뜻도 있기 때문이다. 결국 'Schnorrerei'(원하는 것을 얻으려고 얼쩡거림)는 '사심 없는 선물'이라는 생뚱맞은 단어로 탈바꿈한다. 이런 문장을 읽은 독자는 오스트리아에도 촌지를 주는 관행이 있구나라고 생각할 수 있겠다. 그들 나라에 촌지 같은 관행이 없다고 옹호할 생각은 없다. 다만 텍스트상에서는 전혀 그런 언급이 없다는 것만큼은 분명히 하자. 이 문장의 원문은 "난 점수를 거저 얻을 생각은 없다!"이다. "내가 아무리 실력이 달려도 그렇지"라든가 "더럽고 치사하고 비열한 짓" 같은 과장된 표현은 전혀 들어 있지 않다. 거의 모든 문장에 이런 식으로 첨가된 원문에 없는 긴 요설들은 일견 나름대로 재미를 주지만, 뇌스틀링거 특유의 간결하고 정곡을 찌르는 유머의 맛은 자취를 감춘다.

교육의 위계 거꾸로 세우기

재스퍼 같은 아이들과는 달리 정말 '완벽한' 아이도 있다. 『깡통 소년』(아이세움 2001)의 콘라트가 바로 그런 예이다. 콘라트는 어른들이 소망할 수 있는 최고의 아이이다. 말 잘 듣고 예의바르고 고분고분한 정말 착한 아이. 하지만 이런 아이를 뇌스틀링거가 옹호하는 것이 아님은, 요란한 화장과 홈쇼핑을 즐기고 아이스크림이나 초콜릿을 좋아하는 바톨로티 부인을 어머니로 안겨주어 '재교육'을 받게 하는 데서 드러난다. 놀라운 뒤집기가 아닐 수 없다. 전복의 상상력이라고도 말할 수 있는 이런 상상력은 뇌스틀링거의 크나큰 매력이다. 『상냥한 미스터 악마』라든가 『그 개가 온다』 『새로운 피노키오』 역시 그러한 상상력의 소산이다. 물에 떠내려옴으로써, 업둥이로 집앞에 놓여짐으로써 느닷없이 주어지는 아이의 모티프는 옛이야기라든가 성서로 거슬러올라간다. 가까운 예로 미하엘 엔데의 짐 크노프 역시 배달되어 온다. 하지만 뇌스틀링거의 콘라트처럼 그 존재 자체가 교육에 대한 완벽한 반어로 기능하는 캐릭터는 없다.

"엄마가 좋아하는 것이면 저도 좋아요." "여덟 살짜리 남자는 세수할 때나 이 닦을 때만 거울을 보는 거예요. 안 그러면 왕자병에 걸려요." "아이스크림은 원래 여름에만 먹는 것 아닌가요? (…) 후식으로 먹는 것 아닌가요?" "여덟 살이 된 어린이니까 그런 일쯤은 할 수 있고, 사소한 집안일을 해서 엄마를 도와 드려야 할 의무도 있잖아요." "제가 어디에서 놀아야 방해가 가장 덜 되나요?" "여덟 살짜리 아이에게는 한동안 한 가지 장난감만 갖고 놀면서 집중하도록 하는 게 좋을 거예요. 안 그러면 성격이 신경질적으로 변할 수 있거든요." "인형은 여자아이들한테나 어울리죠." "노래를 부르고 싶은데 여덟 살짜리 아이가 무슨 노래를 부르는지 몰라서요. 그런 교육은 미처 받지 못했거든요." "어린아이는 부모님이 말할 때나 노래를 부를 때 잘 듣고 있어야 한다고 배웠어요. 그런데 나쁜 말이나 나쁜 노래를 부를 때는 듣지 말라고 배웠거든요." "여자아이가 남자아이를 보호해주는 게 맞는 일인가요? 그 반대가 되어야 하는 것 아닌가요?"

완벽하게 프로그래밍된 콘라트의 입에서 나온 이 일련의 발언들은 어른들이 아이들의 귀에 못이 박이도록 주입하는 착한 행동의 예들이다. 뇌스틀링거는 이 작품을 통해 이러한 상식과 편견 들을 아주 유쾌한 방식으로 반성하도록 유도한다. 그에게 한가지 분명한 사실은 아이는 아이다워야 하고, 진심으로 사랑받아야 한다는 것이다. 이는 『그 개가 온다』에서도 다시 한번 강조된다. "고양이에겐 살코기와 우유가 필요해요. 쓰다듬어주는 것도 원하고요. 다른 모든 것은 저절로 된답니다." 사랑과 이해가 최고의 교육이라는 생각은 사실 뇌스틀링거만의 생각은 아닐 것이다. 그러나 이렇게 기발한 반어로 기존의 교육을 비판적으로 보게 하는 것은 뇌스틀링거만이 이룩할 수 있는 뛰어난 성취라고 여겨진다.

도움을 주는 존재들

아이들을 인정한다고 해서 아이들을 해결사로 설정하는 것은 온당치 않다. 아이들에겐 도움이 필요하다. 그것이 현실이다. 뇌스틀링거의 책에는 상처를 입거나 곤경에 빠지거나 슬플 때 아이를 도와주는 조력자들이 등장한다. 때로는 부모가, 때로는 이웃집 어른이, 때로는 상상의 존재가 그 역할을 맡는다. 이 가운데 상상의 존재는 다시 한번 뇌스틀링거의 상상력에 감탄하게 한다. 『나만 아는 초록 막대 사탕의 비밀』의 막대사탕, 『우리들의 행복 놀이』의 피아 마리아, 『머릿속의 난쟁이』의 난쟁이가 그들이다.

재미있는 것은 그 조력자들 역시 절대 완벽한 존재가 아니라는 점이다.

마치 린드그렌의 '카알손'과 비슷하다. 카알손은 날 수 있는 난쟁이지만 허풍쟁이면서 욕심 많고 하는 일도 그다지 변변치 않다. 뇌스틀링거의 '머릿속의 난쟁이' 역시 잠꾸러기에 잘난 체도 잘하고 읽고 쓰기는 물론 수학도 시원치 않은 존재다. 하지만 안나의 '모든' 생각을 읽어내며 함께 고민하고 해결을 모색한다. 이러한 조력자 가운데 수호유령 '로자 리들' 은 무척 흥미로운 존재다. 역시 뚱뚱하고 평발인 아주머니 유령인데, 날지 도 못한다. 수호천사를 살짝 뒤집어 유령으로 설정한 것이야 그렇다 쳐도, 유령이 된 곡절과 날지 못하게 된 까닭을 들어보면 1970년대 뇌스틀링거 의 참여의식과 정치적 성향까지 짚어볼 수 있다. 로자는 나찌점령기에 유 태인 피쉴 씨를 도와주려다 전차에 치인다. 그러나 세상의 불의에 차마 완 전히 죽지 못하고 나름대로 올바른 정의를 위해 발벗고 나선다. 그리고 폭 격을 당한 건물더미에 깔려 날지 못하게 된 것이다.

유령이 된 것이 좋으냐고? 아냐, 정말 아냐! 그렇기는 하지만 괜찮은 면도 있어. 난 유럽 전체에서 단 하나밖에 없는 노동자 유령이거든! 유럽을 떠도는 유령들은 모두 귀족 유령들뿐이란다. (…) 모두들 죄를 저지른 자들이지! (…) 내 말뜻은 그들이 생전에 어떻게 살았는지, 자신들의 노동자와 농부들 을 어떻게 대했는지, 어떤 전쟁을 시작했고, 어떻게 사람들을 앞에서 또는 뒤 에서 속이고 가진 것을 남김없이 빼앗았는지를 말하는 거야. 아무렴, 이 로자 리들은 절대 그런 자들과 함께 서지 않아.(『수호유령이 내게로 왔어』 풀빛 2005, 61면)

사회의 정의라든가 시민으로서의 용기 등 대단히 무거울 수 있는 주제 를 이번에도 뇌스틀링거는 이름에 콤플렉스를 갖고 있을뿐더러 겁도 많은 아이 나스타를 도와준다는 기둥 줄거리에다 유쾌한 방식으로 짜넣는다.

맺음말

뇌스틀링거는 읽을 때마다 그 상상력과 유희성에 감탄하게 된다. 그의 상상력은 68세대 특유의 비판적 시각을 잃지 않으면서도 유쾌하고 기발한 상상세계를 펼쳐내는 한편, 아이들의 마음속으로 들어가는 데서도 유감없이 발휘된다. 『세 친구 요켈과 율라와 예리코』 '프란츠 이야기' '미니 이야기' 씨리즈는 아이들의 심리를 이해하고 그들 편에서 생각하는 것이 어떤 것인지, 아이들의 일상을 다룬 동화가 얼마나 재미있을 수 있는지 보여주는 예이다.

필자가 뇌스틀링거를 개인적으로 만난 것은 두번이다. 한번은 심포지엄에서, 한번은 인터뷰 때문에 만났다. 억센 빈(Wien) 사투리에 만만치 않은 유머로 좌중을 웃게 하는, 눈빛이 반짝이는 할머니. "어떤 작품이 가장 유명한 작품인가요?" 한 아이가 물었다. 그러자 뇌스틀링거는 "오, 대단히 철학적인 질문을 하는군" 하면서 대단히 진지하게 덧붙였다. "우선 유명하다는 게 뭔가부터 정의해야 할 것 같아. 대체 유명하다는 게 뭘까?" 그때 느낀 것은 아이들을 진지하게 받아들이는 데서 그의 작품이 시작되었을 거라는 점이었다. 뇌스틀링거는 말한다. "아동문학이 '진정한 문학'이 되는 것은 우리 사회가 아이들에 대해 어떤 새롭고 더 나은, 더 인간적인 관계를 맺을 수 있어야 가능해질지도 모른다. 아동문학은 진지하게 받아들여지지 않는다. 그것은 아이들이 진지하게 받아들여지지 않기 때문이다. 어린이들이 '미성숙'한 존재로 간주되는 한 아동문학은 계속 미성숙한 상태로 머물 것이다."[8]

_창비어린이 2005년 봄호

---

8 뇌스틀링거 「아동문학은 문학인가?」 『창비어린이』 2003년 창간호 221면.

구원의 판타지, 미하엘 엔데

『모모』라는 작품의 인기가 새삼스레 뜨겁다. '새삼스레'라는 말을 쓴 것
은 1970년대말에서 1980년대초에 학창시절을 보낸 사람 가운데는 이 작품
의 감동을 기억하는 이들이 꽤 많을 것이기 때문이다. 문학과 현실의 관계
가 화두였던, 다른 말로 하여 문학의 리얼리즘에 대한 논의가 한창이던 당
시, 이미 『모모』와 함께 『끝없는 이야기』의 환상세계는 독자들에게 새롭
고 신비로운 독서 경험을 안겨주었다. 이들 작품의 작가가 바로 미하엘 엔
데이다. 그의 환상세계는 1990년대말 판타지 또는 환상문학에 대한 관심
이 높아지면서 다시 한번 많은 독자들의 독서 경험을 풍요롭게 해왔다.
MBC TV 드라마 "삼순이" 후광에 힘입어 표면으로 떠오른 독자들의 호응
은 그의 환상세계에 대한 우리 독자들의 공감 가능성을 확인하는 계기로
작용한다. 이 시점에서 그가 추구하는 환상세계는 어떤 것인지, 그의 환상
세계가 우리에게 환기시키는 것은 무엇인지, 왜 그것들이 우리의 공감을
이끌어내는지 하는 질문들을 던져보기로 한다.

현실에서 판타지로

독일에서도 모모 열풍이 있었다. '시간 도둑과 사람들에게 도둑맞은 시간을 되돌려준 아이에 관한 기이한 이야기. 메르헨 소설'이라는 부제를 단 『모모』는 반핵운동 시위에 나선 대학생들이 옆구리에 끼고 다니던 컬트북이었다. 하지만 본격적인 열풍은 1979년 『끝없는 이야기』가 출간된 이후에야 일어난다. 알다시피 독일의 1970년대는 68세대가 기성의 정치를 비롯해 문화와 사회에 대해 전반적인 반성과 개혁을 요구하며 나선 시기이다. 비판의식이 관철된 것은 문학 분야도 예외가 아니었다. 문학에서 사회비판적인 내용을 기대하고, 이를 통해 대중의 의식에 영향을 줄 것을 요구했다. 말하자면 문학의 정치화라고 일컬을 수 있는 흐름이 우세했던 것이다. 아동청소년문학 역시 '해방'이라든가 '현실비판' '반(反)권위'와 같은 표어들을 내걸며 기존의 규범과 권위를 비판하고 사회적 갈등들과 대결하도록 고무된다. 여기에는 문학이 개혁을 일구어낼 수 있으리라는 신념이 함께한다.

그러나 문학을 통한 개혁이라는 신념은 외부의 사회정치적 변화와 함께 서서히 환멸로 화하고, 문학의 정치화는 새로운 주관성에 자리를 내어주게 된다. 이러한 상황에서 아동청소년문학 역시 현실에서 판타지로, 외부세계에서 내면세계로, 비판적 참여에서 회피적 도피로, 진보에서 복고로 전환하는 모습이 나타난다. 이러한 문학적 전환점은 1979년에, 특히 엔데의 『끝없는 이야기』에서 이루어졌다고 이야기된다. "네가 하고 싶은 대로 행하라." 엔데는 이 작품에서 그렇게 말한다. 고단하고 무의미한 일상을 떠나고 싶은 사람에게 그 이상 소망스런 말이 있을까. 『모모』에 열렬한 호응을 보내던 독자들은 『끝없는 이야기』에도 매료된다. 이런 폭넓은 대중적 호응은 시대적인 분위기와도 밀접한 관계가 있다. 지금 우리의 호응 역시 단순히 인기 영상매체의 후광 때문이라고만 설명할 수 없는 이유가 여기 있을 것이다.

문학으로의 길

엔데가 자신의 환상세계를 키우게 된 데는 개인사적인 배경도 큰 몫을 차지한다. 미하엘 엔데는 1929년 독일 남부 가르미쉬-파르텐키르헨에서 태어나 1931년 뮌헨으로 이사했다. 뮌헨은 작곡가 리하르트 바그너를 후원한 음악과 무대의 도시이고, 반(反)인상주의를 표방하며 자아와 영혼의 주관적 표현을 추구하는 '감정표출'의 예술로 정의되는 독일 표현주의 유파인 '청기사'파를 배태한 고장이었다. 또한 제1차 세계대전이 끝난 후에는 우익정당들의 온상이었고, 히틀러가 나찌에 가담하여 그 지도자가 된 곳도 바로 이곳이었다. 아버지 에드가 엔데는 독일 최초의 초현실주의 화가 가운데 하나로, 엔데는 여러 화가와 조각가, 문학가와 그들의 아이들 틈에서 어린시절을 보낸다. 또한 나찌 치하인 1936년 초등학교에 입학했고, '히틀러 소년단'에 입단해야 했다. 같은 해 아버지의 그림이 '퇴폐예술'로 낙인찍혀 예술활동을 금지당했으며, 엔데는 주변의 친한 예술가들이 나찌에게 끌려가는 것을 보고 강제수용소에 대한 이야기를 들으며 자란다. 결국 집에서 들은 이야기는 밖에서 말하지 않는 법을 배운다.

그는 1943년부터 시와 단편을 써보기 시작했으나 소망은 극작품을 쓰는 것이었다. 경제적인 이유로 대학을 중퇴하고 20세인 1949년 장학금을 받으며 연극학교에 들어가 1950년 수련을 마쳤으나 그의 작품을 채택하려는 극단은 없었다. 이후 노래가사, 라디오·텔레비전 각본을 쓰기도 하고 무대감독을 맡기도 하지만, 그가 버는 돈은 그사이 아버지와 이혼한 어머니와 자신이 사는 집의 세를 내는 데도 충분치 않았다. 경제적인 어려움과 함께 예술적·문학적인 위기도 다가온다. '뭔가 전혀 다른 일'을 시도하는 것밖에 탈출구가 없는 상황에서 학창시절 친구 일러스트레이터가 그림책 텍스트를 써달라고 부탁한다. 이를 계기로 그는 어떤 계획이나 의도 없이 단순히 '글을 지어내는 즐거움'에 몸을 맡기게 되는데, 그 결과 1년 후인 1958년 '짐 크노프와 기관사 루카스'라는 두툼한 원고가 완성된다. 하지만 열한 군데 출판사를 전전하는 동안 이 원고를 출간하겠다고 나서는 데가 없었다. 에리히 케스트너에게도 원고를 보내보지만 응답이 없었다. 원고가 완성된 지 1년 반 후에 티네만이라는 출판사에서 두권으로 나누어 출간할 수 있도록 개작하는 조건과 함께 원고를 채택한다. 그리하여 1960년에 『짐 크노프』라는 이름으로 1권이 나오고 1961년에 2권이 나오는데, 이 작품은 독일 청소년문학상을 수상하고 라디오와 TV 씨리즈로 방송되는 등 대대적인 성공을 거둔다. 경제적인 어려움이 풀린 것이다.

그의 대표작인 『모모』가 나오기까지는 10년이 넘는 공백이 있다. 그사이에 엔데는 다시 극작품을 쓰는 일에 몰두한다. 물론 그사이에 결혼도 하고 아버지가 세상을 떠나기도 했다. 1971년 그는 로마 근교로 이사하는데, 그가 독일을 떠난 것은 문학계의 분위기 때문으로 설명되기도 한다. 당시 독일 문학계는 사회비판적인 내용으로 독자에게 '정치적으로 올바른' 영향을 의도하지 않는 작품은 '도피문학'으로 간주했고, 엔데는 이런 분위기에 숨이 막힐 것 같았다. 로마에서의 전원생활은 엔데의 삶을 바꾼다. 이 새로운 삶 속에서 결실을 맺은 『모모』가 시간이라는 문제를 다룬 것도 놀라운 일은 아닌 듯 보인다. 이 작품 역시 독일 청소년문학상을 수상했지만, 처음 반응은 『짐 크노프』에 미치지 않았다. 하지만 해를 거듭하면서 판매부수가 늘고 역시 여러 나라 말로 소개된다. 1978년에는 『모모와 시간 도둑』이라는 오페라가 초연된다.

엔데는 1977년에 일본을 여행하고 가부키와 노(能) 극에 깊은 인상을 받는다. "이들 극 형식의 나지막한 암시, 기본 요소들은 관객들이 당연히 지성과 감성, 자신의 창조적 상상력을 갖고 있으리라 전제합니다. 그렇게 함으로써 그것은 관객에게 지극한 경의를 증명하고 있습니다." 엔데는 그렇게 쓴다. 같은 해 『끝없는 이야기』를 쓰기 시작해서 2년 후 탈고하고, 이 작품으로 엔데는 다시 한번 세계적으로 유명해진다. 우리나라에 엔데가 소개된 것도 이즈음이다. 1977년 『모모』를 시작으로 1978년에는 『짐 크노프』가 『짐』과 『뮈렌왕자』로, 1980년에는 『끝없는 이야기』가 잇따라 독자들에게 선보인다.

"마술적 판타지를 통한 치유"

"기관사 루카스가 사는 나라는 단지 아주 작았다." '짐 크노프와 기관사 루카스'를 시작할 때 오직 확실한 것은 이 문장 하나밖에 없었다고 엔데는 종종 말한다. 아무 의도도 계획도 없이 단지 "이야기를 지어내는" 기쁨에 몸을 맡겼다는 것이다. 그의 말을 액면 그대로 받아들인다면 그의 글쓰기는 놀이에 견줄 수 있다. 기관차 역시 아이들이 좋아하는 장난감 아닌가. 기관사 루카스, 기관차 엠마, 알폰스 왕, 소매 씨, 뭐어 부인은 어른이지만, 아이들의 놀이에 동참하는 어른들이다. 그래서 많은 이들은 '짐 크노프'의 세계를 장난감세계와 비교하기도 한다. 다시 말해 아이들이 맘껏 놀 수 있는 놀이세계인 것이다. 그곳은 한마디로 "유년의 낙원"이다. 또한 그 세계에는 왕이 있고, 용에게 잡혀간 공주가 있다. 주인공은 용에게 잡혀간 공주를 구하기 위해 모험을 떠난다. 이들은 잘 알다시피 서양 옛이야기에 빠지지 않는 요소들이다. 짐이 리시를 구하고 해적들을 물리침으로써 물속에 가라앉았다가 다시 올라온 나라 짐발라는 이상향으로서의 어린이나라이다. 이 작품이 아직도 즐겨 읽힌다면, 놀이와 모험을 좋아하는 아이가 독자 안에서 함께 즐거워하기 때문일 것이다.

짐도 그렇지만, 『모모』의 모모와 『끝없는 이야기』의 바스티안은 더 나은 세계를 보장하고 희망을 지닌 존재이며, 긍정적인 이상향의 상징으로서의 아이이다. 이런 아동관은 낭만주의적 아동관의 전통에 서 있는 아동상이다. 또한 아스트리드 린드그렌의 삐삐나 오트프리트 프로이슬러의 '작은 마녀'처럼 자율적인 아이이기도 한데, 자율적인 아이, 자율적인 유년에 대한 생각은 1960년대 독일 아동청소년문학의 특징이기도 하다. 하지만 『짐 크노프』가 아이들의 읽을거리에 그친 반면 『모모』와 『끝없는 이야기』는 어른들도 읽는다. 어쩌면 어른들이 더 많이 읽을지도 모르겠다. 대체 왜 그럴까.

시간을 빼앗아 목숨을 이어가는 회색 신사들이 나타나 사람들의 즐거움을 모두 빼앗아가자 모모와 호라 박사, 그리고 거북 카시오페이아가 사람들에게 시간을 되찾아준다는 내용의 『모모』와, 바스티안이라는 외로운 소년이 사람의 아이에게 새 이름을 받지 못하면 '무'로 화할, 다시 말해 멸망할 위기에 처한 '어린 여제'의 나라인 판타지아, 즉 환상의 나라를 구한다는 내용의 『끝없는 이야기』는 합목적성에 규정되고 관리되는 세계에 대해 판타지의 세계를 일종의 긍정적인 이상향으로 제시한다. 시간에 쫓기고, 경쟁으로 점철된 현실로 인해 황폐해지고 '무'로 화할 위험에 놓인 내면세계를 구출할 필요성 앞에 선 독자는 어른이건 아이건 그러한 세계 인식에 공감하지 않겠는가.

하지만 엔데 자신은 사회비판적 의도를 부정한다. 자신은 산업사회의 문제들에 대한 해답을 의도한 것이 아니라 형이상학적 해답을 의도했다는 것이다. 예를 들어 뇌스틀링거의 『오이대왕』은 가족의 위계구조를 드러냄으로써 현실적인 문제를 바라보게 한다. 이를 일컬어 "사회적 판타지"라고 하는데, 기실 『모모』나 『끝없는 이야기』는 그런 구체적인 현실에 대한 문제제기는 약하다. 그 때문에 "내면세계로의 도피"(카민스키)라는 비판을 받기도 했다. 사실 이 비판은 1970년대에 판타지문학 일반에 가해진 것이기도 하다. 그러나 엔데는 코레안더 씨의 입을 통해 이렇게 말한다.

"환상 세계로 절대 갈 수 없는 사람들이 있단다. (…) 그리고 환상 세계로 갈 수 있지만 영원히 거기서 머무는 사람들이 있지. 또 환상 세계로 가서 다시 돌아오는 사람들도 몇 있단다. 너처럼. 그리고 그 사람들이 두 세계를 건강하게 만들지."(비룡소 2000, 3권 235면)

따라서 "네가 하고 싶은 대로 행하라"가 단순한 자의를 뜻하지 않음은 분명하다. 환상의 세계가 무의미한 현실세계의 대안일 수 없는 것과 같다. 바스티안이 뛰어든 환상의 세계 판타지아는 사람의 세계와 마찬가지로 '무'의 위기에 빠져 있다. 어떻게 하면 이 '무'의 세계를 구할 수 있을 것인가 하는 문제를 위해 엔데는 세가지 규칙을 제시한다.

"첫째, 네가 가능하다고 생각하는 것만을 원해야 한다. 둘째, 네 이야기에 속한 것만을 가능하다고 생각할 수 있다. 셋째, 네가 진실로 원한 것만이 네 이야기에 속할 수 있다."(1권 253면)

바로 자신을, 자신의 참모습을 알고 또 자신이 진정 원하는 바를 알아야 한다는 것이다. 이에 대한 숙고와 천착이 없이는 "네가 하고 싶은 대로 행하라"라는 주문은 효력이 없다. 하지만 바스티안은 "원래 있는 그대로의 자신이 되고 싶어"함으로써 현실로 돌아온다. 물론 그 길고 험난한 여로 뒤에 돌아온 현실은 "이제부터 모든 것이 달라질" 것이다. 이것은 바스티안의 이야기이다. 하지만 『끝없는 이야기』의 말미에 언급되듯, 다른 사람들에게는 또다른 자기만의 이야기가 있을 것이다.

미하엘 엔데의 환상세계는 세계의 무의미성에 맞서는 세계이다. 그는 예술과 문학이 이런 '무'의 위험에 처할 세계를 다시 살 만한 세계로 만들기를 기대한다. 그것은 '무'로 뛰어들어 새로운 환상세계를 창출하고, 새로운 가치를 창출해내는 일이다. 클라우스는 이를 일컬어 "마술적 판타지를 통한 치유"라고 말한다. 이러한 치유를 믿는다는 것은 문학의 힘을 믿는다는 말과도 통한다. 또한 문학의 힘을 믿는다는 것은 문학을 통한 계몽의 힘을 믿는다는 뜻이기도 하다. 그리고 그 계몽은 특히 아이들을 대상으로 한 문학에서 강하게 나타날 수밖에 없다. 『트랑퀼라』라든가 『필레몬』 『벌거벗은 코뿔소』 『국자와 냄비 전쟁』 등 우화적 성격이 강한 작품들뿐만 아니라, 자연을 파괴하는 세력에 맞서는 『마법의 술』이라든가 답답한 현실을 피해 공상의 나라 '산타크루즈'로 갔다가 '착한' 아이가 될 결심을 하는 『헤르만의 비밀 여행』 등에서 계몽성이 강하게 읽히는 것은 바로 그 때문일 것이다.

우리나라에 소개된 엔데

1980년 『끝없는 이야기』가 소개된 이후 그의 작품은 거의 실시간으로 우리 독자들에게 소개된다. 『내일의 나라』(1983:원음사 1986), 『조나단 길프씨의 허무한 인생 이야기』(1986:청조사 1990), 『마법의 술』(1989:세계일보 1991), 『자유의 감옥』(1992:고려원 1996) 등이 그것인데, 흥미롭게도 우리에게 엔데는 아동청소년문학 작가라기보다는 일반문학 작가로 받아들여졌음을 알 수 있다. 말하자면 '어른들을 위한 동화'의 선상에서 받아들여진 것이다. 이는 독일의 수용과 비교해보면 무척 흥미롭다. 사실 『내일의 나라』라든가 『인생』 또는 『자유의 감옥』은 아이들을 위한 책이 아니었다. 그런데도 독일 평단은 이들을 어린이책 서평에서 다룬다. 이를 보며 미하엘 엔데는 이렇게 말한다.

"문학이라는 살롱으로 들어가려면 어떤 문을 통해서 들어가도 된다. 감옥의 문을 통해서도 괜찮고, 정신병원의 문을 통해서도 괜찮으며, 술집 문을 통해서 들어가도 괜찮다. 다만 아이들 방에서 나오는 문을 통해서 들어가면 안된다."(『뷔르젠블라트』 1985년 3월 29일)

우리의 경우 아동청소년문학 쪽에서 엔데를 수용한 것은 1990년대 후반의 일이다. 이는 그제야 청소년을 위한 도서 출간이 비교적 본격적으로 시작된 데서도 연유하겠지만, 또하나는 앞에서도 언급했듯이 판타지문학에 대한 새로운 관심에서도 까닭을 찾을 수 있겠다. 그리하여 엔데의 많은 작품들이 속속 다시 번역되거나 처음으로 소개되는데, 길벗어린이는 『짐 크노프』를 완역하여 새로운 장정으로 선보이고(2005), 비룡소는 『모모』(1999)와 『끝없는 이야기』(2000)를 새로 번역해 독자들 앞에 내놓았다. 『끈기짱 거북이 트랑퀼라』(1972:보물창고 2005), 『조그만 광대 인형』(1978:시공주니어 2000), 『꿈을 먹는 요정』(1978:시공주니어 2001), 『벌거벗은 코뿔소』(1987:문학과지성사 2001), 『주름쟁이 필레몬』(1984:중앙M&B 2005), 『오필리아의 그림자 극장』(1988:베틀북 2001), 『냄비와 국자 전쟁』(1990:한길사 2001), 『마법의 설탕 두 조각』(1991:한길사 2001), 『헤르만의 비밀 여행』(1992:한길사 2002), 『내 곰인형이 되어줄래?』(1993:베틀북 2002), 『보름달의 전설』(1993:보림 2005), 그리고 동화 단편들을 모은 『미하엘 엔데 동화전집』(1994:보물창고 2004) 등은 새로 소개된 작품들이다. 그만큼 우리 독자들도 "마술적 판타지를 통한 치유"가 필요하다는 증거라고 해도 좋으리라.

| 참고문헌 |

Klaus Berger, *Michael Ende. Heilung durch magische Phantasien*, Wuppertal 1985.

Roman Hocke / Thomas Kraft, *Michael Ende und seine phantastische Welt*, Stuttgart-Wien-Bern 1997.

Bettina Hurrelmann(Hrsg.), *Klassiker der Kinder- und Jugendliteratur*, Frankfurt am Main 1995.

Reiner Wild(Hrsg.), *Geschichte der deutschen Kinder- und Jugendliteratur*, 2, Auflage, Stuttgart 2002.

_동화읽는가족 2005년 겨울호

'쉴다 시민들' 이야기, 두가지 재화 방식

1. 들어가는 말

본고를 쓰게 된 동기는 대단히 소박하다. 오트프리트 프로이슬러의 『실다의 똑똑한 사람들』(사계절 2004)을 대했을 때, 문득 우리 독자들은 이 이야기가 다시 쓴, 또는 고쳐 쓴 이야기인지 알고 있을까 궁금했다. 외국 문학 작품의 경우에는 특히 다른 텍스트와의 관계를 절단한 독서를 하기가 쉽다. 물론 그 관계를 모른다고 해서 이 작품이 주는 즐거움이 감소되는 것은 아니겠지만, 그 관계를 안다면 더욱 풍부한 독서 경험을 하게 되리라는 것은 자명하다.

프로이슬러의 많은 작품들이 그렇듯 이 작품 역시 모티프는 독일의 옛 이야기에서 따온 것이다. 1597년 독일 슈트라스부르크에서는 『랄레부르크 사람들의 이야기』라는 제목의 골계담(Schwank)이 나온다. 이는 유토피아 나라의 작은 도시 랄레부르크에 사는 주민들에 대한 우스운 이야기들을 모은 것이다. 이듬해인 1598년, 배경이 랄레부르크에서 마이센("미

276

스노포타미아") 지방 '쉴다'라는 도시로 바뀐 『쉴트 시민들의 이야기』가 프랑크푸르트 암 마인에서 나온다. 이 책의 저자는 알려져 있지 않다. 이 책의 인기는 그후로도 약 35개 판본이 나오는 것으로 입증되는데, 특히 낭만주의 작가들이 이 소재에 관심을 기울인다. 루트비히 티크, 루트비히 아우르바허, 카를 짐로크, 구스타프 슈밥이 그들이다. 물론 이들 판본은 어린이 독자를 염두에 둔 것은 아니었다.

전후 폐허가 된 독일의 아동문학은 옛이야기에서 읽을거리를 찾는다. 흥미로운 것은 이런 현상이 1815년부터 1848년 3월혁명 이전까지의 '왕정복고시기'를 일컫는 이른바 비더마이어 시대와, 1870년 프랑스와 프로이센 사이의 전쟁을 거쳐 1918년 제1차 세계대전의 종전으로 막을 내린 빌헬름제국 시대에도 나타났다는 점이다. 두 시대 다 사회적으로나 정치적으로나 복고의 시대였다. 당대의 파괴 상황을 주제로 삼기 꺼려질 때 과거로 눈을 돌리는 것은 거듭 있어온 현상인데, 1950년대 에리히 케스트너와 프로이슬러가 옛이야기를 재화하게 된 것도 이 흐름과 무관하지는 않을 것이다. 그러나 두 작가는 아동문학에서의 옛이야기 재화에서 하나의 획을 긋는다. 케스트너는 이미 1930년대에 『틸 오일렌슈피겔』을 다시 고쳐 씀으로써(1938) 옛이야기를 아동문학에 편입시키기 시작했고, 프로이슬러는 무서운 물요정을 귀여운 꼬마요정으로, 악독한 마녀를 작고 어리버리한 존재로 만드는 등 주인공들이 지닌 어두운 측면을 제거하면서 옛이야기를 아동문학에 편입시킨다.

쉴다 시민의 이야기가 아동문학의 관심을 끈 것은 20세기에 와서이다. 이때 여러 개작이 시도되는데, 가장 유명한 것으로는 에리히 케스트너의 『쉴다의 시민들』(1954)과 오트프리트 프로이슬러의 『우리 쉴다에서는』(1958)이 꼽힌다.[1] 두 작품을 살펴보면, 여러 일화들의 공통점에도 불구하

1 Klaus Doderer(hrsg. v.), *Lexikon der Kinder- und Jugendliteratur*, Weinheim u. Basel 1979, 3. Bd., S.

케스트너와 프로이슬러는 옛이야기 재화 방식에서 현격한 차이를 보이며 여러 면에서 생각할 점을 던져준다. (좌) 『실다의 시민들』 에리히 케스트너 지음, 문성원 옮김, 시공주니어 2005 (우) 『실다의 똑똑한 사람들』 오트프리트 프라이슬러 지음, 유혜자 옮김, 사계절 2004.

고 재화의 방식에서 현격한 차이를 보인다. 본고는 바로 그러한 차이를 살펴보고, 그것이 작가의 의도 및 아동문학 체계와 어떤 관련을 지니는지 짚어보고자 한다.

281면. 케스트너의 『쉴다의 시민들』은 『걸리버 여행기』(문성원 옮김, 시공주니어 2000)에 수록되어 있다가 2005년 『실다의 시민들』로 재출간되었다. 이 글에서는 2000년에 출간된 책으로 참조하였다. 프로이슬러의 『우리 쉴다에서는』은 『실다의 똑똑한 사람들』(유혜자 옮김, 사계절 2004)이라는 제목으로 출간되었다.

2. 성인코드, 아동코드

어른들을 위한 판본으로 참조할 수 있었던 것은 『유토피아 뒤에 있는 미스노포타미아 왕국 쉴다 시민들의 이제까지 알려지지 않은 놀랍고 모험적인 이야기와 사건』이라는 긴 제목을 가진 짐로크의 것인데,[2] 이 판본과 비교해볼 때 아이들을 위한 재화에서는 무엇보다도 비교적 단순한 구문의 사용, 순화된 표현들의 채택과 일화들의 축약 내지 생략이 눈에 띈다. 특히 일화들의 생략은 케스트너 판본에서 더욱 분명하게 드러나며, 비교적 긴 분량의 프로이슬러 판본에는 케스트너 판본에 없으나 짐로크 판본에서는 발견되는 일화들도 포함되어 있다. 이해를 돕기 위해 각각의 판본에 소개된 일화를 따라가보자.

케스트너 판본은 쉴다의 시민들이 어리석은 체하기로 결정한 까닭에서 시작해서, 시청을 지으며 창문을 잊어버린 사건, 밭에 소금을 심은 사건, 시를 가장 잘 짓는 사람을 시장으로 뽑은 사건, 황제의 방문, 담벼락 위의 풀을 먹이려고 젖소를 끌어올린 사건, 종을 물에 빠뜨린 사건, 가재 소동과 재판, 칼에 찔리지 않도록 가슴에 붙일 쇠붙이가 엉덩이에 붙어 있는 사건, 학교 사건, 생쥐개로 인한 쉴다의 멸망으로 끝난다.

프로이슬러 판본은 사라져버린 쉴다에의 추억에서 시작해서 지혜로웠던 할아버지 이야기, 할머니들이 할아버지들에게 돌아오라고 편지를 보낸 이야기, 할아버지들이 할머니들의 편지를 보고 돌아온 이야기, 바보 노릇하기 시작한 이야기, 후손들의 반성, 멋진 시청을 세우자는 계획, 설계도를 구한 후 집에 가다가 뻐꾸기를 쫓고 쉴다의 명예를 지킨 이야기, 시청을 세

---

2   Karl Simrock, Wundersame, abenteuerliche und bisher unbeschriebene Geschichten und Thaten der Schildbürger in *Misnopotamien, hinter Utopia gelegen*, in http://gutenberg.spiegel.de/simrock

울 나무를 구하는 이야기, 캄캄한 시청, 햇빛을 퍼나르는 이야기, 지붕을 떼어냈다가 다시 얹은 이야기, 창문이 없다는 걸 알아낸 이야기, 종을 마련했다가 물속에 감춘 이야기, 가재 소동, 시청의 종을 마련할 돈을 구하기 위해 밭에 소금을 뿌린 이야기, 소금밭에 들어온 소를 쫓아낸 이야기, 소금나무의 수확이 실패로 돌아간 이야기, 알뜰하게 살기 위해 담 위의 풀을 소에게 뜯기려고 한 이야기, 친척에게서 받은 달걀 사건, 황제의 방문, 시장 선거, 돼지치기가 시장으로 뽑힌 이야기, 새 시장과 모피를 구하러 간 이야기, 겸손한 새 시장 부부, 황제를 맞을 준비, 황제의 방문과 만찬, 황제가 준 술에 취한 뒤 자기 다리 찾기, 쥐와 생쥐개, 생쥐개로 인한 쉴다의 몰락으로 끝난다.

위의 개요에서 보이듯 시청 사건, 소금밭 사건, 시장 선출, 황제의 방문, 담벼락 위의 풀을 먹이려고 젖소를 담벼락 위로 끌어올리기, 종 숨기기, 가재 재판 소동, 생쥐개(고양이)로 인한 쉴다의 멸망 등 일련의 일화들은 두 판본에 공통되지만, 학교 소동은 케스트너의 이야기에만 들어 있고, 뻐꾸기 사건이라든가 달걀 사건, 술에 취해 자기 발을 못 찾은 이야기는 프로이슬러의 판본에만 있다. 물론 이들 일화들은 짐로크 판본에는 다 수록되어 있다.

일반적으로 아이들을 위한 재화에 기본적으로 축약이나 생략이 나타나는 것은 독자인 아이들에게 맞는지(어른들만의 이야기, 즉 성인코드의 생략), 쉽게 이해할 수 있는지를 무의식적 또는 의식적으로 배려하는 데서 비롯한다. 그렇다고 성인코드만이 생략의 대상이 되는 것은 아니다. 예를 들어 짐로크 판본에는 있으나 케스트너와 프로이슬러 판본에 다같이 생략된 일화들 가운데 시장 아들 결혼 이야기 같은 것은 성인코드 때문이리라 짐작된다. 이 일화의 말미에서 신부는 3일의 침묵을 지키지 못한 돼지치기의 딸을 바보라고 하면서 자기는 아버지의 종과 2년 동안 잠자리를 같이 했으나 이제껏 신랑 외에는 아무에게도 말하지 않았다고 고백한다. 하지만 집 바꾸기 일화는 조금 다르다. 짐로크 판본에 따르면 두 사람이 교환으로 많은 것을 얻는다는 소리를 듣고 취중에 흔히 그러하듯 집을 바꾸기로 한다. 그런데 둘 다 집을 비워야 할 때 마을에서 가장 위쪽에 살던 사람은 집을 마을 쪽으로 조금씩 옮기고 가장 밑에 살던 사람은 조금씩 위로 옮겨서 집을 바꾼다. 특별히 성인코드가 없는데도 빠져 있는 것이다.

이와 관련해서 케스트너 판본에만 선택된 학교 이야기를 보자. 한 쉴다의 시민이 아들을 학교에 보내려고 데려간다. 그러나 아들에게 뭔가를 가르치려면 적어도 일년은 맡겨두어야 한다는 선생의 말에 그는 "뭘 배우려면 아픔도 감수하고 돈도 들여야겠죠. 하지만 일 년이란 세월을 그런 식으로 보낸다는 건 너무 아깝습니다. 차라리 얘도 제 아비처럼 그냥 멍청하게 지내는 편이 훨씬 낫겠습니다요"(176면)라고 하면서 아들을 도로 데려간다. 이 일화가 쉴다 시민의 어리석음만 부각시키는 것이 아님은 선생과의 대화에서 드러난다. 아들을 얼마 동안 맡길 거냐는 질문에 아버지는 "곧 데려갈 겁니다. 그렇게까지 많이 배울 필요는 없으니까요. 선생님이 알고 계신 정도만 알아도 충분합니다!"(175면)라고 대답한다. 보기에 따라서는 교육제도와 교사에 대한 풍자이자 비판일 수 있는데, 이 일화를 케스트너는 선택한 반면 프로이슬러는 생략한다. 그 까닭을 우리는 우선 작품의도에서 생각해볼 수 있다. 다음 장에서 살펴보겠지만, 케스트너는 이야기의 교훈성에 주목하는 반면 프로이슬러는 문학성에 주목하기 때문이다. 사실 학교 일화는 케스트너 판본에서도 앞뒤의 연결고리 없이 삽입된 일화의 성격이 강한데, 프로이슬러에게서는 플롯을 고려해서 생략되었을 가능성이 크다.

쉴다 사람들의 일화들에는 바보나 어릿광대 이야기가 그렇듯 인간성이나 사회에 대한 반어와 풍자가 숨겨져 있다. 이런 요소들은 지적인 긴장을 필요로 한다는 점에서 성인코드에 가깝다. 그럼에도 불구하고 아이들이 재미있게 읽을 수 있는 이유는 뻔한 합리적 해답을 슬쩍 비켜가는 쉴다 시민들 나름의 논리이다. 순진함, 우매함, 억지에서 나오는 나름의 논리는 매우 기발하여 독자에게 웃음과 재미를 안겨준다. 이는 『뮌히하우젠 백작』이나 『틸 오일렌슈피겔』과 같은 일련의 골계담이 독일 아동문학에 편입될 수 있었던 큰 이유일 것이다.

3. 옛이야기, 아동문학

옛이야기의 재화 방식에 관심을 가질 때 '쐴다 사람들 이야기'를 재화한 케스트너 판본과 프로이슬러 판본은 여러 면에서 생각할 점을 던져준다. 이는 근본적으로 선(先)텍스트를 어떤 눈으로 바라보았는가, 전통적인 의미에서 옛이야기로 보았는가, 아니면 재구성될 수 있는 문학으로 보았는가 하는 물음과 통한다. 이 물음을 위해서는 문학의 기본요소인 배경과 인물, 플롯, 시점을 중심으로 살펴보는 것이 의미가 있을 것이다.

(1) 배경

우선 배경에서 케스트너는 시간적 배경이 "권총이 발명되지 않았던 중세"이고 공간적 배경이 "독일 중부"라고 밝힌다. 그런데 이 도시가 속한 나라는 짐로크 판본과 마찬가지로 유토피아, 즉 "우토피아" 제국[3]으로 되어 있다. 중세 독일 중부라는 특정 시공간에 '아무 데에도 없는 곳'이라는 뜻에서 유래한 이상향, 우토피아라는 나라가 있었다는 것은 역사적으로는 물론 논리적으로도 모순이다. 이러한 논리적 모순을 의식했는지 프로이슬러는 유토피아를 언급하지 않고 쐴다를 큰 쐴다 천과 작은 쐴다 천 사이에

---

3 번역본에는 우토피아 공화국으로 되어 있으나 원문은 Kaiserreich 즉 제국으로 되어 있다. 공화국이란 주권을 가진 국민이 직접 또는 간접 선거에 의하여 일정한 임기를 가진 국가원수를 뽑는 국가 형태로, 제국의 세습군주를 일컫는 황제가 존재할 수 없다.

있었던 도시로 묘사한다. 흥미로운 것은 이 도시에 대한 묘사가 실제 존재하는 도시를 그려주는 듯 사뭇 구체적이라는 점인데, 이는 케스트너 판본에서는 찾아볼 수 없는 서술 태도이다. 옛이야기에는 묘사가 등장하지 않음을 고려하면, 케스트너는 이 이야기를 아이들에게 재미있게 들려줄 만한 전통적인 의미에서의 옛이야기로 생각하고 있는 반면, 프로이슬러는 옛이야기의 재화에 소설 기법을 도입하고 있음을 시작부터 보여준다.

(2) 인물

옛이야기 소재를 대하는 두 작가의 다른 태도는 인물들의 설정에서도 드러난다. 케스트너의 인물들은 한 쉴다의 시민, 남자들, 여자들, 시장, 돼지치기, 선생, 술집 주인, 빵집 주인 등으로 지칭되며, 각 인물들의 개성은 크게 문제되지 않는다. 그러나 프로이슬러의 작품에서는 '쉴다의 시장이자 내 장인어른이었던 사무엘 헤켈만' '내 막내누나의 남편이며 정육점을 하는 칼브펠' '나의 대부이자 목수인 크바스트' '빵집 주인 자우어브로트' 등 구체적인 이름을 지닌다. 엄밀한 의미에서 그들 각각의 개성이 개개 사건과 연결되지는 않지만, 적어도 이름에서 그들의 개성이 암시된다. 하지만 이는 번역본에서는 드러나지 않는다. 왜냐하면 헤켈만(Hechelmann, '헤헬만'이 옳은 표기)은 'hecheln' 즉 '삼에 빗질하다'에서 온 것이며, 칼브펠(Kalbfell, '칼프펠'이 옳은 표기)은 '송아지 가죽'이라는 뜻이고, 크바스트(Quast)는 '강모나 작은 가지 따위의 다발'이라는 뜻이며, 자우어브로트(Sauerbrot)는 '신맛 나는 빵'이라는 뜻임을 독일어를 모르는 독자는 알 수 없기 때문이다. 게다가 'hecheln'에는 '비난하다, 헐뜯다'라는 뜻이 있고, 'Sauerbrot'를 'saures Brot'라고 띄어쓰면 '어려운 생계'라는 뜻이 있다는 것도 알 수 없다. 번역할 때 그 이름이 순수한 의미에서 고유명사인지, 아니면 그 이상의 의미관계를 포함하는지에 대한 고려없이 옮겼을 때 나타나는 의미차단이 여기서 일어난 것이다.

흥미로운 것은 쉴다의 몰락을 이야기하는 '시청 서기' 예레미아스 풍크 툼의 이름이다. 예레미아스 또는 예레미아는 이스라엘이 패망하고 백성들 은 포로로 잡혀갈 것을 예언한 예언자이다. 그는 자신의 동포들을 위해 눈 물을 흘리며 기도했고, 하느님은 그런 그의 기도를 들어주어 지금은 나라 가 망하지만 지나면 다시 크게 성장하리라는 사실을 알려준다. 예레미아 스라는 이름, 집시의 예언과 쉴다의 몰락뿐만 아니라 "성경을 보면 이집트 의 어둠은 사흘 동안만 계속되었다고 나와 있다"(케스트너 38면)는 직접적인 인용은 성서와의 상호텍스트성을 이야기해볼 수 있는 요소들이다. 풍크툼 은 마침표라는 뜻인데, 그를 통해 쉴다가 몰락한 이야기를 마치게 한 것은 의도적 작명의 좋은 예가 아닐 수 없다.

(3) 플롯

프로이슬러 판본에서 문학적 구성 의도가 가장 잘 드러나는 것은 무엇 보다도 전체 이야기의 구성, 즉 플롯이다. 사건의 차례를 보면 케스트너는 짐로크의 판본과 비교해볼 때 생략된 일화는 있을지언정 그 순서에서는 차이를 보이지 않는다. 그러나 프로이슬러 판본의 사건들은 케스트너 판 본과 그 순서가 꼭 일치하지는 않는다. 여기서 주목할 것은 가능한 한 사 건과 사건이 유기적인 인과관계를 지니도록 짜여져 있다는 점이다. 쉴다 가 없어지게 된 동기를 예로 들어보자. 케스트너 판본에서는 쉴다의 멸망 의 동기를 말미에서야 알려준다.

쉴다의 시민들 모두 가재를 몰랐다는 사실은 여러분도 이미 잘 알고 있다. 하지만 쉴다의 시민들이 여태 고양이를 한 번도 보지 못했다는 사실은 그보 다 훨씬 더 놀라운 일일 것이다. 그 대신에 쉴다의 시민들은 쥐에 대해서는 누구보다도 잘 알았다. (⋯) 어느 날 바로 이 술집에 고양이를 데리고 다니는 방랑자 하나가 찾아왔다. 쉴다의 쥐들은 고양이가 뭔지 몰랐기 때문에 아무

거리낌 없이 고양이에게 다가갔다. 30분이 지나자, 그 고양이는 쥐를 스물네 마리나 잡아 죽였다. 그곳에 같이 있던 다른 손님들과 술집 주인은 그 동물의 이름이 무엇이며, 값은 얼마나 하는지 궁금해 했다.(케스트너 177면)

하지만 프로이슬러는 이 이야기를 하게 된 계기가 쉴다의 멸망에 대한 슬픔에서임을 이미 서두에서 밝히고 들어간다.

실다에는 그렇게 여러 가지 가축들이 있었다. 그러나 고양이만은 눈을 씻고 찾아봐도 볼 수 없었다. 고양이로 말하자면…… 유독 고양이만큼은 우리가 사는 실다에 절대 발을 들여놓을 수 없었다. (…)

그 이유는 정말 무엇이었을까?

우리는 천번 만번 조심하기 위해서 그렇게 했다.

옛날 아주 오래 전 옛날에, 실다에 어떤 늙은 집시가 나타나 이렇게 예언했다고 한다.

"당신들이 살고 있는 이 도시는 끔찍한 종말을 맞게 될 거요. 검은 연기가 치솟으면서 불길에 휩싸이고, 마침내 불에 탄 재밖에 남지 않을 거요. 그게 다 고양이 때문입니다." (…)

"앞으로 절대 고양이를 기르지 맙시다."

사람들은 모두 한 목소리로 외쳤다. 그게 과연 우리에게 도움이 되었을까? 그렇게 했는데도 우리는 실다가 망하는 걸 막을 수 없었다. 앞에서 말했듯이 그런 불행한 일이 8년 전에 일어나고 말았다. 그렇게 된 원인은 고양이가 아니라 생쥐를 잡는다는 생쥐개 때문이었다. 하지만 벌써부터 자세히 말해주면 이야기를 끝까지 할 까닭이 없어지기 때문에 일단은 그 정도만 밝혀두겠다.(프로이슬러 7~10면)

예문에서 보았듯이 케스트너 판본에서는 쉴다에 고양이가 없는 이유가 설명되어 있지 않지만 프로이슬러는 그 이유를 논리적으로 설명한다. 가령 케스트너에게서는 하나의 일화로 보이는 가재 사건 역시 프로이슬러에게서는 물에 빠뜨린 종을 찾다가 가재와 맞닥뜨리게 되었다는 인과관계 아래 설명된다. 이러한 논리성은 전체 이야기를 독립된 일화의 나열이 아니라 유기적인 통일성을 지닌 하나의 완결된 이야기로 만든다. 그리고 이런 구성이 전통적인 소설 개념에 더욱 다가감은 말할 것도 없다.

이러한 논리성과 관련해서 또하나 눈여겨볼 점은 쉴다 시민들이 시청을 짓게 된 동기이다. 케스트너는 짐로크와 마찬가지로 쉴다 시민들이 '어리석은 척'하기 위해 세모난 새 시청을 짓기로 했다고 말한다. 하지만 프로이슬러는 다르다. 쉴다 시민들은 다시 똑똑한 사람들이 되기 위해, 그리고 그것을 증명하기 위해 시청을 짓는 것이다. 그리고 다른 시청보다 훨씬 더 아름답고 독특한 시청을 짓기 위해 삼각기둥 모양의 시청 설계도를 택한다. 정반대의 자기인식인 것이다.

논리적으로 본다면 시청 사건 이후의 일련의 어리석은 행동들은 프로이슬러의 설명이 훨씬 설득력이 있다. 본디 어리석기 때문에 아무리 똑똑해지려고 노력해도 결국은 어리석은 행동을 할 수밖에 없는 것은 누구나 납득할 만하다. 이 사건에 대해 케스트너는 선생의 입을 빌어 "영리하지 않은 사람은 아무리 오랫동안 영리한 것처럼 행동해도 진짜로 영리해지지 않는 법입니다. 하지만 영리한 사람이 너무 오랫동안 어리석은 것처럼 행동하다보면 언젠가는 진짜로 어리석은 사람이 될 수도 있습니다. 그것이 바로 내가 걱정하는 점입니다"(케스트너 125면)라는 경고로 채우지만, 이 논리는 프로이슬러의 것만큼 설득력이 있지는 않다. 적어도 한신(漢信)과 강태공의 문화권에 사는 이들에게는 그럴 것이다.

하지만 교훈의 측면에서 보면 자기가 똑똑하다고 생각하는 인간들이 실상은 얼마나 어리석은가에 초점을 맞추는 편이 훨씬 더 교훈적이다. 이 옛이야기에서 교훈을 이끌어내려는 태도는 작품 말미에서 더욱 분명해진다. 케스트너는 이 재화를 다음과 같은 말로 끝맺는다.

　누가 어리석은 사람인지 그렇지 않은 사람인지 알아볼 수 있는 딱 한 가지 방법이 있다. 어리석은 사람들은 자기가 손에 넣은 것에 대해서는 만족하는 법이 거의 없지만, 자기 자신에 대해서는 늘 만족스러워한다. 그러니까 여러분도 조심하도록! 다른 사람이 혹시 어리석은 사람인지 아닌지 조심해야겠지만, 또 조심해야 할 사람이 있다. 누구일까? 그래 맞았다. 바로 여러분 자신이다!(케스트너 184면)

　이러한 해설과 논평이 가능한 것은 작가의 시점 때문이다. 그런데 프로이슬러는 케스트너와는 달리 1인칭 시점을 선택한다. 시점은 플롯을 구성할뿐더러 화자와 독자와의 거리를 가깝게 또는 멀게 유도하는 중요한 요소이므로 별도의 장에서 살펴보기로 한다.

(4) 시점

　케스트너는 앞에서 언급했듯이 전통적인 옛이야기 형식에 따라 전지적 시점을 택한다. 이는 일어난 사건에 대해 거리를 둔다는 뜻이며, 따라서 화자 자신이 일어난 사건에 대해 해설과 논평이 가능하고, 독자 역시 화자와 함께 거리를 두고 사건을 관찰하게 된다. 하지만 프로이슬러는 쉴다의 '시청 서기' 예레미아스 풍크툼의 1인칭 시점을 선택한다. 예레미아스는 여러 바보짓, 특히 "쉴다의 명성이 위협받을 때 쉴다 사람들은 어떤 희생을 치러서라도 쉴다의 명성을 지켜낸다는 걸 증명해 보이는 좋은 예"(케스트너 32면)로 든 뻐꾸기 사건의 주인공이다. 이런 화자가 쉴다의 사건들에 거리를 두고 판단을 내리기는 어렵다. 화자의 눈으로 사건을 따라가는 독자 역시 마찬가지다.

　독자가 사건의 진실을 알 필요가 있을 때, 작가는 전지적 시점의 화자와는 다른 방식으로 사건을 보여준다. 소금밭 사건을 예로 들어보자. 케스트너는 "물론 여러분은 진작부터 밭에서 뭐가 자라고 있었는지, 마을 사람들이 뭐에 물렸는지 눈치채고 있었을 것이다. 그건 바로 쐐기풀이었다! 여러분도 알고 있고 나도 알고 있던 사실이다. 그러니까 우리는 쉴다의 시민들보다 훨씬 더 영리한 셈이다"(케스트너 142면)라고 직접 진실을 알려준다. 하지만 프로이슬러는 객관적으로 진실을 알려줄 인물을 동원한다.

점심때쯤 낯선 사람들이 말을 타고 소금밭에 불쑥 나타났다. 체크무늬 셔츠에 철모를 쓴 남자들이었다. (…) 그 남자가 내 쪽으로 다가와 물었다.
"지금 뭐하고 있는 겁니까?"
"소금나무에서 소금을 거둬들이고 있어요."
내가 말했다. (…)
"소금나무? 세상에 이럴 수가! 당신들 혹시 눈이 먼 건 아니오? 도대체 뭘 보고 있는 거요?"
나는 그의 요란한 웃음소리에도 끄떡 않고 당당하게 말했다.
"그야 당연히 우리가 키운 소금나무를 보고 있지요."
"이건 쐐기풀이란 말이오! 그냥 평범한 쐐기풀!"(프로이슬러 87~8면)

각 일화에 대해서는 이런 식의 객관화가 가능하지만, 전체 이야기에 대해서는 객관화가 전적으로 독자의 판단에 맡겨진다. 왜냐하면 1인칭 시점으로는 케스트너처럼 이야기 전체에 일정한 거리를 두며 논평하기 어렵기 때문이다. 예레미아스는 다음과 같은 말로 전체 이야기를 끝맺는다.

이것이 8년 7개월 전에 일어났던 일이다. 전에 고향에서 같이 살던 사람들이 나와 내 아내처럼 새로운 곳에 잘 정착해 살고 있기를 진심으로 바란다. (…) 지금 어디에 살고 있든지 간에 그들은 평생 동안 진정한 실다인으로 살아가며 행동할 것이다. 그리고 실다의 정신을 자식들에게도 물려줄 것이다. 세상의 어느 도시, 어느 마을에서든 분명히 실다의 피를 물려받은 사람들이 몇 사람쯤은 아직도 살고 있을 것이다.

그것으로 나는 큰 위안을 삼는다.(프로이슬러 177면)

정말 위안을 삼을 일인지? 독자는 그 뒤에 숨은 반어(反語)를 이해해야 하는 건 아닌지? 반어를 파악하기 위해선 지적 노력이 필요하다는 점을 고려하면 아이들 독자에게는 케스트너 판본보다 프로이슬러 판본이 어려울 수도 있다.

4. 맺음말

재화에 있어 선텍스트와의 대화 측면을 생각해보면 우선 두 작가 다 독자 대상을 고려하고 있음을 알 수 있다. 이는 크게 보아 일반적으로 아동문학에 기대하듯 일화들의 취사선택과 순화된 언어표현으로 나타나는데, 그렇다고 이것이 반드시 안일한 생략이나 단순화를 의미하지 않음은 프로이슬러의 예에서 더욱 뚜렷하다. 창작으로서의 재화에 비중을 두기보다는 전통적인 옛이야기 형식을 따르는 케스트너와는 달리 프로이슬러는 선텍스트의 완전한 재구성을 통해 문학화를 시도한다. 재화가 창작으로 화하며 문학적 통일성과 완결성을 이야기할 수 있게 되는 것이다. 두 경우 다 나름의 장점과 한계를 지닌다. 또한 두 판본은 나름대로 고유한 재미를 제공하는데, 이는 무엇보다도 언어적 표현에서 연유할 것이다. 이 부분을 별개의 지면으로 다루지 않은 까닭은 앞에 든 예문들에서 충분히 감지할 수 있다고 여겨지기 때문이다.

최근 들어 어린이책에서 옛이야기의 재화를 시도한 작품들이 부쩍 눈에 띈다. 지금 우리나라의 경우 이런 현상은 일차적으로 어린이책 시장의 팽창과 이에 부응하는 질높은 창작의 상대적 빈곤을 타개해보려는 출판계의 노력에서 오겠으나, 다른 한편으로는 아동문학에서 옛이야기의 중요성과 가능성을 반성해보려는 노력과도 무관하지 않다고 여겨진다. 옛이야기는 작가들이 비교적 가볍게 접근할 수 있는 여가놀음이 아니라 문학이며, 또 문학이 되어야 한다는 담론의 제기가 이런 추측을 뒷받침한다고 보아도 좋을 것이다.[4] 본고가 그러한 담론에 작게나마 한 자극이 된다면 바랄 나위가 없겠다.

| 참고문헌 |

마리아 니콜라예바 『용의 아이들』 김서정 옮김, 문학과지성사 1998.

에리히 케스트너 『걸리버 여행기』 문성원 옮김, 시공주니어 2000.

오트프리트 프로이슬러 『실다의 똑똑한 사람들』 유혜자 옮김, 사계절 2004.

Klaus Doderer(hrsg. v.), *Lexikon der Kinder- und Jugendliteratur*, Weinheim u. Basel 1979, 3. Bd.,

Erich Kästner, *Die Schildbürger*, Zürich 1954.

Otfried Preussler, *Schilda bei uns*, Stuttgart, Wien 1958.

Isa Schikorsky, *Schnellkurs Kinder- und Jugendliteratur*, Köln 2003.

Karl Simrock, Wundersame, abenteuerliche und bisher unbeschriebene Geschichten und Thaten der Schildbürger in *Misnopotamien, hinter Utopia gelegen*, in http://gutenberg.spiegel.de/simrock/schildbg/schildbg.htm.

Reiner Wild(hrsg. v.) *Geschichte der detuschen Kinder- und Jugendliteratur*, 2. Aufl.

---

4 『창비어린이』 2004년 봄호의 특집 '옛이야기는 살아있다' 참고.

Stuttgart 2002.

_동화와번역 2005년 8집

그림 형제의 『어린이와 가정을 위한 옛날이야기』

작년(1999년) 키류 미사오라는 공동 필명을 사용하는 두명의 일본 작가가 쓴 『정말은 무서운 그림 동화』가 일본 독서가를 장악했다는 이야기가 들리는가 싶더니, 우리나라에도 이내 그 책이 『알고 보면 무시무시한 그림 동화』(서울문화사 1999)라는 이름으로 번역되어 베스트셀러 목록에 오르내렸다. 신문 서평에 따르면 일본 작가들은 1812년 초판 원고를 토대로 "잔혹한 형벌이나 남녀간 성행위 장면을 가감 없이" 묘사한 '민망'하고 '무서운' 이야기들의 '원모습'을 재현해내려 했다고 한다. 우리가 너무도 잘 알고 있는 『백설공주』『헨젤과 그레텔』『신데렐라』『라푼첼』『늑대와 일곱 마리 아기염소』 등 13편의 동화가 그 재구성의 대상이 되었다는데, 이를 알게 된 한 어머니는 "아이가 보고 뭘 느낄까" 두렵다며, 요즈음 나오는 창작동화를 사지 않고 그림(Grimm) 형제의 동화집을 산 것을 후회했다. 동화(童話)는 글자 그대로 어린이들을 위한 이야기여야 하는데, 그림 형제의 동화는 전혀 어린이들을 위한 이야기가 아니라고 질겁한 것이다.

그림 형제의 동화는 사실 동화가 아니다. 우리는 흔히 독일어의 '메르헨'(Märchen)을 '동화'로 옮기는데, 메르헨은 어원상 '이야기'라는 뜻에 지나지 않는다. 그림 형제의 메르헨은 작가를 알 수 없이 전해내려오는 옛 날이야기, 즉 '폴크스메르헨'(Volksmärchen)을 수집하여 다듬어낸 것이 다. 지금 쓰는 우리말로 군이 옮기자면 전래동화라고 할 수 있겠다. 하지 만 우리의 전래동화 역시 오랫동안 전해내려오는 옛이야기 가운데 일부를 일컬을 뿐이다. 다른 한편 독일 낭만주의 시대에 루드비히 티크, 클레멘스 브렌타노, E. T. A. 호프만 같은 작가들이 메르헨의 요소들을 차용하여 문 학작품으로 만들어낸 '쿤스트메르헨'(Kunstmärchen)이 있는데, 쿤스트메 르헨도 예술동화 혹은 창작동화라고 옮기지만 창작 의도 자체로 보면 어 린이들을 위한 이야기가 전혀 아니었다는 점에서, 최근에 우리가 창작동 화라고 부르는 것과는 상당한 차이가 있다. 이렇게 볼 때 폴크스메르헨이 든 쿤스트메르헨이든 우리는 애당초 동화가 아니었던 것들에 동화라는 이름을 붙여놓고 당황해하는 셈이다.

메르헨이 우리나라에서 동화로 옮겨진 데는 무엇보다도 일본의 영향을 생각해보지 않을 수 없다. 1868년 메이지유신과 더불어 일본은 3세기에 걸쳐 외국과의 교류를 봉쇄했던 에도시대를 끝내고 서구에 문호를 개방하 면서, 서구문학을 의식적으로 도입하고자 시도한다. 이와 관련하여 서구 의 아동문학 역시 적극적으로 도입하는데, 1890년대에 이미 『로빈슨 크루 소우』『걸리버 여행기』『돈 끼호떼』『해저 이만 리』『소공자』, 그림 형제와 안데르센 동화 등이 일본 독자들에게 소개된다. 물론 오늘날 이야기하는 번역의 형태가 아니라, 당시 서구문물에 낯선 일본 독자들의 취향에 맞도 록 번안된 형태였다. 그림 형제의 옛이야기는 빌헬름 부쉬의 『막스와 모리 츠』와 더불어 그보다 앞선 1887년에 출간된 도서목록에서 찾을 수 있다. 이는 서양에서 어린이들을 위한 문학이 발생한 지 약 1세기 후로서, 독일 에서 메르헨은 이미 어린이들을 위한 장르로 받아들여지고 있는 시점이었 다. 따라서 일본은 그림 형제의 옛이야기를 동화라고 옮겼고, 일본을 통해

서구문학을 받아들인 우리나라는 이 용어를 그대로 받아쓴 것으로 짐작된다. 그에 따라 우리의 동화 개념은 그 원류가 역시 설화나 민담임에도 불구하고 메르헨과는 달리 애초부터 어린이라는 목표집단의 틀에서 벗어날 수 없게 되었다.

이야기가 잠시 옆으로 흘렀는데, 그림 형제는 우리에게 이른바 동화집을 엮어낸 사람들로 잘 알려져 있지만, 사실은 '근대 독일문학의 창시자'라는 말을 들을 정도로 독일의 언어와 문학 발전에 큰 공을 세운 학자이기도 하다. 형 야코프(Jacöb, 1785~1863)는 독일어의 기초를 세운 『독일어 문법』을 비롯하여 『독일의 신화』 『독일어 역사』 등 많은 학문적 업적을 남겼고, 동생 빌헬름(Wilhelm, 1786~1859) 역시 『독일 영웅 전설』을 비롯한 많은 저서를 남겼다. 형제의 공동작업도 『어린이와 가정을 위한 옛날이야기』 말고도 『독일의 전설』 등 여덟권에 달한다. 특히 1840년 프로이센 왕 프리드리히 빌헬름 4세의 초청을 받아 베를린으로 간 후 같이 쓰기 시작한 『독일어 사전』은 그들이 죽은 뒤에도 후대 독일어 학자들에 의해 작업이 계속 이어져 약 100년 뒤인 1961년에 완성된다.

그림 형제가 옛이야기를 수집한 데는 "민중의 정신"이 만들어낸 문학의 원형으로서 "자연 시가"(Naturpoesie)를 추구한 낭만주의적 문학관이 자리하고 있다. 그들에게 민간전승문학은 인류의 "모든 삶을 촉촉하게 적시는 영원한 샘"에서 나오는 "영원히 타당한 형식"이다. 이러한 견해에서 그들은 아힘 폰 아르님과 클레멘스 브렌타노의 민요 수집을 도우면서 자신들도 민담을 수집한다. 1920년 윌렌베르크의 트라피스트회 수도원에서 다시 발견된 1810년의 초고에는 총 49편의 이야기가 수록되어 있다고 한다. 그림 형제는 친구 아힘 폰 아르님의 격려에 힘입어, 1812년 『어린이와 가정을 위한 옛날이야기』라는 제목으로 제1권을 출간하고, 이어서 1814/15년에 제2권을 출간한다. 1819년에는 이 두권을 함께 모으고 또다른 이야기들을 더 넣어 모두 170편의 이야기를 담은 2판을 출간하고, 그후 새로 이야기를 수집하고 다듬기를 거듭하여 1857년 모두 200편[1]을 실은 7판에 이르게 된다. 그림 형제가 엮어 펴낸 이 옛이야기 모음집은 그 문체나 양식에 있어서 가장 뛰어난 성과였고, 이는 특히 유럽에서 숱한 옛이야기 모음집이 나오게 하는 자극제가 되었다.

1818년 1월 18일 아힘 폰 아르님에게 보낸 야코프 그림의 편지에 보이듯이, 그림 형제가 원래 어린이를 염두에 두고 옛이야기책을 편찬한 것은 아니었다.

> "나로서는 어린이들을 위해 이 옛이야기책을 쓴 것은 전혀 아니었네. 그러나 그들에게도 상당히 바람직할 거야. 나는 그것을 매우 기쁘게 생각하네."

그렇기는 하지만 초판이 나오자 실제 독자는 어린이들임이 드러난다. 이러한 맥락에서 1819년의 2판부터는 특히 빌헬름의 손질이 더해지며, 이는 판을 거듭할수록 강화된다. 2판의 서문에서 그림 형제는 어린이와 옛이야기의 특별한 관계에 대해 이야기한다.

> "이러한 문학의 내부에는 어린이들을 그토록 경이롭게 복되게 보이도록 하는 저 순수함이 흐르고 있습니다. 그들은 똑같이 파르스름할 정도로 새하얗고 순결한, 빛나는 눈을 가지고 있습니다."

이렇게 그림 형제가 옛이야기들의 놀라울 정도의 순수함을 인정했음에도 불구하고 그들의 동화에는, 비록 많은 수정을 거친 최종판을 보더라도, 어른들이 어린이들에게 읽어주기 어려운 잔혹한 장면들이 곳곳에서 눈에

---

1 그림 형제의 메르헨에는 번호가 있는데, 이 가운데 155번 이야기는 두편으로 되어 있다.

뜬다. 따라서 이런 옛이야기들이 아이들에게 들려주기에 적합한가 하는 물음이 제기되는 것은 놀라운 일이 아니다. 제2차 세계대전 후에는 영국 점령군이 그림 동화의 인쇄를 금지시킨 일도 있었다. 거기서 보이는 잔혹성들이 나찌의 강제수용소를 연상시킨다고 생각했기 때문이다. 그렇지만 잔혹한 장면들이 독일의 옛이야기에만 나오는 것이 아님을 생각하면, 그러한 연관성은 이내 반박될 수 있다. 우리는 여기서 어떻게 잔혹한 장면, 성적인 장면들이 걸러지지 않고 옛이야기들 속에 들어가 있게 되었는가를 그러한 이야기들을 탄생시킨 실재 세계와의 관련에서 한번 생각해볼 필요가 있을 것이다.

민담에 대해 문화사적으로 접근한 로버트 단턴의 저서 『고양이 학살』 (문학과지성사 1996)은 이 점에서 대단히 흥미롭다. 단턴은 옛이야기들을 탄생시키고 전승해갔던 근세초 농민들의 생활상에 주목한다. 단턴에 따르면 근세초 프랑스의 농민들은 전쟁과 흑사병, 기근 그리고 농민이나 농노 착취를 기반으로 하는 영주제도, 원시적인 농사기술, 가혹한 세금, 이런 사회적 배경에서 계모와 고아의 세계이며 비정하고 끝없는 노동의 세계, 거친 동시에 제어된 잔인한 감정의 세계에 살고 있었다. 가족 전체가 침대 하나나 두개에 끼어들어가 추위를 막기 위해 가축들에 둘러싸인 채 잠을 잤다. 어린이들이 부모의 성행위를 구경하게 되는 것은 당연했다. 당시의 어느 누구도 어린이가 순진한 피조물이라고 생각하거나, 어린시절이 특별한 양식의 옷이나 태도에 의해 사춘기, 청년기, 성인과 구분되는 사람의 단계라고 생각하지 않았다. 어린이들은 걸을 수 있게 되자마자 부모 옆에서 일했고, 10대에 이르자마자 농가의 일손이나 하인, 도제로서 성인의 노동력에 합세했다. 이런 사정은 독일도 다르지 않았다. 따라서 이처럼 모질고 험한 세상의 이야기들에 지금의 어린이 개념을 요구한다는 것은 무리가 아닐 수 없을 것이다.

그러나 이렇게 문화사적인 이해가 가능하다 해도 그런 옛이야기들이 지금의 아이들에게 적합한가 하는 문제는 여전히 남아 있다. 이 문제에 대해서는 학자들 사이에도 의견이 분분하다. 옛이야기의 형식과 구조를 분석한 막스 뤼티는 묘사의 추상성을 들어 옛이야기들의 잔혹성을 위험하다고 보지 않는다. 뤼티는 옛이야기에서는 피가 흐르지 않는다고 주장한다. 예를 들어 우리가 보통 『신데렐라』로 알고 있는 『재투성이 아셴푸텔』(KHM 21)[2]을 보면, 언니들의 신발에서 피가 솟아나는 것 때문에 가짜 신부임이 들통난다. 『너덜네의 새』(KHM 46)에서는 "피가 바닥에 강물처럼 흐른"다. 그렇다고 뤼티의 주장이 확실하게 반박되지는 않는다. 일반적으로 옛이야기들에서는 몸이 다치고 사지가 절단되어도 피와 통증이 수반되지는 않기 때문이다.

민속학자 루츠 뢰리히는 불과 물이 마술을 풀어주는 데 쓰이는 것처럼 주술적 관념에서 형벌이 발생했고, 중세의 형벌에서도 그와 상응하는 벌을 찾을 수 있다는 점을 지적하면서, 아이들은 잔혹성을 잔혹성으로 느끼는 것이 아니므로 해롭지 않을 수 있다고 본다. 크리스타 뷔르거는 가혹한 형벌의 "장식적 성격"을 시사하면서 잔혹성에 중요성을 부여하지 않으며, 베른트 볼렌베버는 옛이야기의 잔혹성을 잔인한 현실의 반영으로 해석한다. "옛이야기들은 잔인한 현실을 비추어준다. 그것들은 거의 언제나 거센 개인적 갈등이나 사회적 갈등에서 출발하며, 그 갈등의 고달픈 제거를 보여준다." 따라서 볼렌베버는 우리나라로 치면 중학교 3학년에서 다룰 것을 권한다.

한편 오토 그멜린은 텍스트를 고쳐서 잔혹성을 없애고자 한다. 정신분석학 쪽에서 접근하는 브루노 베텔하임 같은 이는 악당이 사형을 당하는 것은 해롭지 않을 뿐만 아니라 아이의 심리적 안정에 필수적이라고까지 본다. 베텔하임에 따르면 어린이의 이분법적 세계상은 내면의 혼돈이 질

---

2 KHM: Kinder- und Hausmärchen(『어린이와 가정을 위한 옛날이야기』)의 약자.

서를 잡고 개인적 안정을 얻기 위해서 선과 악의 병존과 악의 근절을 필요로 한다. 아이들은 내면의 불안을 부정적인 인물에 투영하고 착한 인물과 자신을 동일시함으로써, 악이 선을 통해 부정되는 것을 보며 내면의 불안을 이겨낼 수 있다는 것이다. 옛이야기가 아이의 공격성과 불안을 소화하는 데 긍정적인 영향을 끼치는 조건은 바로 옛이야기의 추상적 형식으로 주어지는 텍스트의 허구성이다. 베텔하임은 네다섯살의 아이들도 이미 그러한 허구성을 알고 있음을 거듭 시사한다. 말하자면 옛이야기의 미학적 구조가 동일시와 거리두기를 동시에 가능하게 한다는 것이다. 따라서 베텔하임은 이러한 거리를 없앤다는 이유로 구체적인 삽화나 영화화를 반대한다.

다른 한편 옛이야기가 아이들에게 부적합하다고 보는 견해도 만만치 않다. 특히 이데올로기 비판적 시각의 사회학적 해석에서는 적어도 빌헬름의 손으로 수정된 옛이야기들은 아이들에게 복종과 순응, 수동성을 가르친다고 본다. 나아가 아이들이 학대와 착취의 대상으로 나타나는 데 주목하기도 한다. 클라우스 도더러는 『어린이와 가정을 위한 옛이야기』의 최종판 200편의 이야기 가운데 어린이들이 등장하는 20편을 분석하면서 "부모들이 사회의 압박을 아이에게 연장"함으로써 아이들은 "지배와 억압의 마지막 희생물"임을 강조한다. 또하나의 특별한 비판은 여성과 소녀의 성 역할에 대해서 가해진다. 이들 옛이야기에서 여성의 성 역할적 본보기는 겸손과 복종, 수동성인 데 반해 아버지의 권위는 불가침으로 남아 있다고 보는 것이다.

그러나 이러한 비난은 많은 옛이야기들에서 일반화하기 어려운 것으로 드러난다. 옛이야기의 주인공이 수동적인 경우는 드물다. 『용감한 꼬마 재봉사』(KHM 20)라든가 『여섯 사내가 세상을 헤쳐나간 이야기』(KHM 71), 『무서움을 배우려고 길을 떠난 젊은이 이야기』(KHM 4), 『겁없는 왕자』(KHM 121), 『브레멘의 음악대』(KHM 27) 같은 이야기들을 생각해보

라. 또한 성 역할의 경우에도 여자아이가 적극적으로 삶을 개척하거나 구원자로 나타나는 이야기가 드물지 않다. 비록 거인이나 용과 싸워서 이길 수는 없지만 영리하고 부지런하고 끈기 있게 상황을 극복하는 것이다. 『농부의 영리한 딸』(KHM 94)과 『업둥이』(KHM 51), 『헨젤과 그레텔』(KHM 15) 등이 그 예이다.

어떤 하나의 견해를 일반화할 수 없다는 것은 그만큼 옛이야기의 세계가 다양하다는 뜻이 될 것이다. 때문에 선택의 가능성이 주어지기도 한다. 주제에 따라 고를 수도 있고 독자의 이해력에 따라 고를 수도 있는 것이다. 여기서 잠깐 언급하고 싶은 것은 이른바 "메르헨 나이"이다. 이 개념은 독일의 경우 1918년 샤를로테 빌러가 발달심리학을 토대로 제기한 것으로, 네살부터 여덟살까지의 단계를 일컫는다. 우리나라에서도 이상현의 『아동문학강의』(일지사 1987)를 보면 '옛이야기'기로 네살부터 여섯살 무렵을 꼽는다. 물론 이러한 단계론에 따른 연령 구분은 연구자들에 따라 약간의 차이를 보일뿐더러, 그동안 발달심리학적 단계론 역시 어린이의 발전은 내인적(內因的)으로만 이루어지는 것이 아니라 사회와 환경 같은 외인적(外因的) 요소와의 상호규정으로 이루어진다는 인식을 토대로 비판을 받았다. 발달심리학적 단계론에 대한 이러한 비판을 도외시한다 해도 그렇게 옛이야기 독자의 나이를 고정하는 것은 옛이야기가 지닌 다양성으로 볼 때 전면적인 재고가 필요하다고 생각된다.

마지막으로, 요즈음 곧잘 눈에 띄듯이 『정치적으로 올바른 베드타임 스토리』라든지 『흑설공주 이야기』 같은 옛이야기 고쳐쓰기에 대해 생각해보자. 이 시도들은 대부분 옛이야기에 담겨 있는 이데올로기가 아이들의 경험에 직접 옮겨질 수 있다는 판단에서 이루어지는 것으로 보인다. 그러나 이 경우 우리는 과연 옛이야기의 사건들이 오늘날 아이들의 세계로 곧바로 옮겨질 수 있는가를 먼저 물어봐야 할 것이다. 그러기에는 사건들이 너무 먼 세계에서 일어나지 않는지? 그것도 매우 추상적으로 벌어지고 있지는 않은지? 이 점에서 테레제 포저의 말에 귀를 기울일 필요가 있다. "만약 직접적인 현실성을 원하는 사람은 근대적인 형태의 주변생활 이야기들로 돌아가봐야 할 것이다. 이 이야기들은 의심할 여지 없이 중요한 기능을 하고 있기 때문이다. 그러나 옛이야기들을 합리적이거나 근대적인 이야기로 만들어서는 안될 것이다. 그것들의 영향은 다른 영역에 속해 있기 때문이다."

발터 킬리의 말대로 "모든 합리화의 시도는 옛날 옛이야기를 입으로 들려주던 사람부터 시작해서 오늘날 아이들에 이르기까지 옛이야기에서 발견했던 것, 즉 전체적인 세계를 이해하려는 뒤늦은 시도에 불과"하다. 이런 옛이야기들의 현대화나 합리화 시도들은 흥미로운 시도이기는 하지만, 흔히 옛이야기들이 보여주는 전체적인 세계를 담아내지 못하는 것으로 드러난다. 그것은 옛이야기가 지닌 복합적 실타래에서 한 가닥을 끌어내 가다듬는 데 지나지 않으며, 따라서 옛이야기가 지니고 있는 다층성과 전체성을 훼손시키기 십상이다. 옛이야기는 그림 형제의 말대로 시대에 따라 얼마든지 변할 수 있다. 옛이야기는 고정된 것이 아니라 사람들이 만들어 가는 것이기 때문이다. 그러나 어떤 경우에도 다층성과 전체성의 훼손으로 나아가는 일은 경계해야 할 성싶다.

아이들은 옛이야기를 좋아한다. 이 사실만으로도 아직 옛이야기들은 살아 있다. 그림 형제의 『어린이와 가정을 위한 옛날이야기』도 예외는 아니다. 설령 그 원래의 이야기가 잔혹하다 해서 옛이야기 전체를 거부하는 것으로 나아가서는 안될 것이다. 다만 선택은 불가피하다. 때로는 간단한 내용의 1810년의 초고를 비롯하여, 1812~15년의 초판, 혹은 1819년판에서 고를 수도 있을 것이다.

_문학과교육 2000년 봄호

우리 동화 속의 아이들

몇년 전 우리 아동문학의 문제를 이야기하는 자리에서 서양 아동문학과는 달리 몽실이라든가 노마를 제외하면 이렇다 할 캐릭터가 떠오르지 않는 것이 안타깝다고 한 기억이 난다. 그것은 작가가 관념 속의 아이를 그려냈을 뿐 살아있는 아이들을 창조하는 데 실패했다는 뜻이 아니겠느냐고. 말은 그렇게 했지만, 우리 동화들을 얼마나 안다고…… 마음 한구석이 늘 편안치 않았다. 공부가 턱없이 부족함에도 이번 연재를 맡게 된 까닭이 여기에 있다.[1] 이 기회에 우리 아동문학에 대한 공부를 시작한다는 생각이다.

여기서 가장 먼저 동화에 등장하는 아이들의 모습에 주목하려는 이유는 우선 아동문학이기 때문이다. 당연한 이야기지만 아동문학은 아이들을 고려하지 않고는 성립되지 않는다. 아이들에게 읽히기 위해, 또는 아이들이 읽어주기를 바라며 작가는 작품을 쓴다. 이때 작가는 머릿속에 알게 모

1 이 글은 2003년 『열린어린이』에 연재한 글이다.

르게 어떤 아이의 상을 갖고 있게 마련이다. 그리고 그 아이의 상은 일정한 문학적 형식을 통해 드러난다.

물론 작가가 갖고 있는 아이의 상은 작중 아이라는 인물을 그리는 데만 그치지 않는다. 언어 선택과 주제, 구성 등 작품을 이루는 요소들 곳곳에 작가의 아동상이 투영된다. 누가 의식적으로 어려운 어휘를 골라 쓰고 지나치게 복잡한 플롯을 설정하겠는가. 누가 동화에서 폭력의 미화나 노골적인 성 묘사를 기대하겠는가. 그런 일들을 피하는 것은 독자인 아이를 고려하기 때문이다. 이렇게 아동문학에 대해 지니는 일정한 관념들이 아동문학이라는 문학체계의 규범을 이룬다.

문학작품에서 등장인물은 그 주변세계와의 연결고리이자 작가의 이념을 담아내는 그릇으로서 대단히 중요한 역할을 한다. 등장인물이 아동일 때는 더욱더 직접적으로 작가와 시대의 아동상이 반영된다. 다른 한편 모든 체계가 그렇듯 일단 생겨난 체계는 그 체계만의 특수한 발전논리가 있다. 그것은 고유성이기도 하고 특수성이기도 하다. 그런 의미에서 우리 아동문학의 시작부터 동화 속 아이들의 모습을 추적해보는 것은 우리 아동문학의 고유성과 특수성, 그 발전과정을 살펴보는 일과도 맞닿아 있다. 그러나 역량에 한계가 있는 필자로서는 한걸음에 거기까지 가기는 너무 먼 길이다. 당장은 아쉬우나마 주요 작가 주요 작품들을 대상으로 첫걸음을 내디디려 한다.

소망의 아이
방정환 「만년 샤쓰」

우리 아동문학의 시작에 우뚝 서 있는 이는 누구보다도 방정환(方定煥, 1899~1931)이다. 한때 동심주의니 영웅주의니 눈물주의니 해서 비판의 표

방정환 「만년 샤쓰」의 삽화, 김종도 그림(『엄마 마중』 방정환, 송영, 이태준 외 지음, 겨레아동문학연구회 엮음, 보리 1999).

적이 되다가 요즈음 재평가가 한창인데, 그 가운데 위치하는 작품 중 하나가 「만년 샤쓰」(1927)라는 단편이다.

'만년 샤쓰'는 아무것도 걸치지 않은 맨몸을 말한다. 이 제목의 사건이 파악되는 것은 추운 겨울날 체육시간에 웃통을 벗어야 할 때이다. 창남이가 양복 저고리를 벗자 셔츠도 적삼도 아무것도 안 입은 맨몸이 드러난 것이다. 그때부터 창남이는 '만년 샤쓰'라는 별명을 얻는다. 그런데 사건은 거기서 끝나지 않는다. 그다음날은 양복 웃저고리에 조선 겹바지를 입고 버선도 안 신고 맨발에 짚신을 끌고 나타난다. 사정을 들어본즉 동네에 불이 났는데 살림살이가 다 타버린 동네사람들에게 옷을 나눠주어서 그리 되었다는 것이다. 이재복은 이 인물의 비현실성을 들며 영웅주의와 눈물주의를 비판하고, 원종찬은 문학사적 평가와 아울러 살아 있는 캐릭터의 창출이라는 점에서 긍정적인 평가를 한다.

사실 중학교 1학년짜리가 자신의 핍박한 삶에 그토록 의연하기란 어려운 일이다. 그렇다고 "인간의 냄새가 나지 않는, 기계적인 아이로 떨어져"[2] 버렸다고 읽기는 어렵다. 그것은 원종찬의 지적대로 일정정도 "성격 창조"[3]에 성공하고 있기 때문이다. 종종 우리는 작중화자나 작가가 그 인물이 착하다고 규정해놓지만 정작 어떤 면에서 어떻게 착한지에 대해서는 어리둥절하게 만드는 작품들을 본다. 이와는 달리 「만년 샤쓰」의 작중화자는 인물의 성격을 미리 규정하지 않고, 묘사로써 독자의 동의를 이끌어내는 데서 출발한다. 이는 무엇보다도 창남이의 쾌활한 성격을 드러내는 대목을 보면 알 수 있다. "이 없는 동물이 무엇인지 아는가?"라는 선생의 질문에 창남은 기운 좋게 손을 들어 "이 없는 동물은 늙은 영감입니다!"라고 대답한다. 이런 흰소리가 전혀 우습지 않은 사람도 있겠지만 웃음이야말로 시대적, 사회적 제약 아래 놓이는 것이니만큼 크게 탓할 생각은 없다.

이재복은 방정환에게서 영웅주의와 눈물주의를 문제삼으면서도 이야기꾼으로서의 면모를 높이 산다. 그런데도 「만년 샤쓰」의 이야기성에 대해서 눈을 감아버리는 것은 사뭇 의아하다. 창남의 성격 묘사는 우선 모든 것을 웃음으로 돌릴 줄 아는 의연함과 태평함을 드러내는 데서 시작한다. 그다음에는 과묵한 성격이 이야기되는데, 이때는 작중화자가 더욱 적극적으로 개입하여 서술로 처리한다. 화자가 독자의 판단을 선취하는 것이다. 그런 다음 노력하는 성격을 이야기할 때는 다시 철봉연습이라는 사건을 통해 묘사한다. 판단을 독자에게 맡기는 것이다. 그리고 그다음에는 체육시간의 맨몸 사건을 통해 창남의 가정형편을 더욱 구체적으로 드러내면서 다시 한번 창남의 의연함과 태평함을 강조한다. 이를 작가는 체육선생의 입을 통해 창남의 '의기'와 '용기'로 해석해준다. 작중화자가 개입하지 않고 대사의 형태로 제3자를 끌어들인 것은 화자 자신의 판단이 객관성을 갖는다는 것을 입증하려는 장치로 읽힌다. 한마디로 화자가 독자나 청자를 당겼다 놓았다 반복하며 점차 창남의 성격을 각인시켜나가는 것이다.

---

2 이재복 『우리 동화 바로 읽기』 참고.
3 원종찬 『아동문학과 비평정신』 참고.

흥미로운 것은 창남이 '만년 샤쓰'라는 별명을 얻은 다음에 벌어지는 장면이다. 우리가 여기서 주목할 것은 그 자초지종을 밝히는 대화법이다.

"너는 양복바지를 어찌했니?" "없어서 못 입고 왔습니다." (…) "어째서?" (…) "(…) 저희 집 동리에 큰불이 나서 저희 집도 반이나 넘어 탔어요. 그래서 모두 없어졌습니다."(28면)

이런 대화가 오가며 창남은 어머니하고 단 두 식구가 살며, 창남의 집은 반밖에 안 타 먹고 잘 곳이 있는 터라 당장 입을 것만 남기고 여벌옷들을 어머니의 제안에 따라 떨고 있는 동리사람들에게 나눠줬는데, 하도 딱한 노인이 있어 입고 있던 양복 바지를 벗어주었음을 알린다. 그에 대해 "그래 너는 네가 입을 셔츠까지 버선까지 다 벗어주었던 말이냐?"는 질문이 이어지고 버선과 셔츠까지도 못 입게 된 사연이 펼쳐진다. 당대의 신파극이 그랬으리라 싶을 정도로 한없이 최루를 자극해나가는 것이다. 그리고 그것은 "저희, 저희 어머니는 제가 여덟 살 되던 해에 눈이 멀으셔서 보지를 못하고 사신답니다"라는 대답에서 절정을 이룬다.

참으로 기구한 삶이다. 듣는 이들은 너나할것없이 눈물을 뚝뚝 흘린다. 그토록 어렵고 신산스런 삶을 쾌활하고 의연하게 받아들이는 용기와, 그 와중에도 남까지 생각할 줄 아는 사랑의 정신. 방정환이 그린 '만년 샤쓰' 창남이의 모습이다. 이 인물에 공감하느냐 않느냐는 독자의 몫이다. 그래서 눈물주의니 영웅주의라 비판할 수도 있고, 자신보다 훨씬 어려운 형편에서 꿋꿋이 이겨나가는 모습을 소박하게 귀감으로 삼을 수도 있다. 1920년대 곤핍한 식민지 치하에 살지 않는 현재 독자로서는 전자의 태도를 취하기가 쉬우리라 여겨진다. 하지만 아무리 그렇더라도 '만년 샤쓰'라니, 결핍을 승화시키는 기막힌 유머가 아닌가. 이런 유머에서 "이념과의 대조를 통해 유한성을 무(無)로 만드는 전도된 숭고"를 본 독일의 미학자이자 작가 장 파울이 떠오른다.

캐릭터 창조에 성공적이라고 본 원종찬도 이 대목에서 "다소 통속적인 교훈성"[4]을 짚는다. 그러나 다시 한번 읽어보자. 문답의 과정을 보면 앞에 간단히 소개한 대로 수수께끼를 풀어가는 듯이 유희적이다. 또한 화자는 서사적 거리를 취하며 창남과 듣는 이들의 반응을 기술하는 데 머물지만, 정작 창남은 독자의 반응을 극대화시킬 줄 아는 이야기꾼으로서 이야기를 풀어나간다. 마치 창남이 대신 작가가 들어선 듯하다. 게다가 그 진술은 아무리 작중청자나 독자들이 믿을 수 있는 정황에서 행해졌다고 하더라도 어디까지나 당사자 창남의 입을 통해 전달되고 있을 뿐이다. 그 말이 참인지 거짓인지 밝혀진 것은 아무것도 없다. "나쁜 짓인 줄은 알면서도 거짓말을 했습니다." 교묘하지 않은가. '아무리 어려운 환경이라도 웃음을 잃지 않고 꿋꿋하게, 그러나 제 한 몸만 돌보는 것이 아니라 이웃도 돌볼 줄 아는 아이를 보여주기 위해 아아, 나쁜 짓인 줄 알면서도 거짓말을 했습니다.' 이 작품에서 작가가 직접 말할 기회가 있다면 그렇게 말했을 것만 같다. 말하자면 신파에 가까운 통속성은 듣는 이의 신명을 휘어잡을 수 있는 능숙한 이야기꾼이 이용한 유희적인 장치로도 읽을 수 있는 것이다.

창남은 한마디로 작가 방정환이 소망하던 그 시대 아이의 모습이다. 소망의 아이는 당연히 현실의 아이가 아니다. 그렇지만 그는 때로는 속옷도 못 입고 겨울을 나고 신발도 살 수 없는 절대적 빈곤 속에서 산다. 그곳은 무지개나라가 아니다. 적어도 이 작품에서는 그렇다.

_열린어린이 2003년 1월호

---

4 원종찬 「'방정환'과 방정환」 참고. 어린이도서연구회 홈페이지에 실린 글임.

현실과 대결하는 아이
송영 「새로 들어온 야학생」 외

1930년대 카프(조선프롤레타리아예술가동맹)의 영향 아래 있던 우리 아동문학의 특징으로 흔히 도식성과 관념성이 지적된다. 아이들에게 식민지 상황을 이해시키기 위해 약한 자를 억압하는 힘있는 자를 어떻게 해서든지 몰아내는 이야기 구조로 일관한다는 것이다. 오랫동안 이 시기의 작품들을 쉽게 접할 수 없었기에 프로문학에 대해서는 으레 그러려니 알고 있던 일반 독자로서 겨레아동문학선집 『엄마 마중』에 수록된 송영의 「쫓겨 가신 선생님」과 「새로 들어온 야학생」(1938)은 뜻밖이었다.

송영(宋影, 1903~1978)은 배재고보를 중퇴하고 잠시 일본에 건너갔다가 귀국하여 1922년 국내 최초의 계급문학운동 단체인 염군사(焰群社)를 조직하는 데 일익을 담당했으며, 1925년에는 카프 창건에 가담한 소설가이자 극작가로 알려져 있다. 아동문학 분야에도 관심을 두어 『별나라』 편집을 맡기도 했으며 1932년에는 『소년 문학』을 만들었고, 1945년 카프에서 활동하다 월북했다. 한마디로 프로문학 계열에서 열렬히 활동한 작가인 것이다. 특히 창간초부터 무산아동을 위한다는 취지를 뚜렷이 한 『별나라』의 1930년 7월호에 실린 「고래」라는 동화는 이재복도 지적했듯이 '거대한 힘을 가진 억압자가 약하지만 작은 힘을 모아 저항하는 어린 힘들에 의해 물러난다'는 프로문학의 도식을 철저하게 좇고 있어 첫머리부터 그 전개와 결말이 뻔히 들여다보일 정도다(이재복 『우리 동화 바로 읽기』 145~47면 참고).

「쫓겨 가신 선생님」(『어린이』 1928)은 부제 '어떤 소년의 수기'에서 나타나듯 한 소년의 독백으로 되어 있다. 1인칭 화자 '나'는 "그 중 믿고 지내던 선생님의 덕택으로 자꾸 세상이 이상스럽게 보이는 시골 소년"이며, 집이

송영 「새로 들어온 야학생」의 삽화, 김종도 그림
(앞의 책, 보리 1999).

가난하기에 공립 보통학교에 가지 못한 사립학교 학생이라고 자신을 소개한다. 그런데 좋은 큰 학교를 마다하고 조그맣고 가난한 학교로 건너온 '이상한' 선생님을 만난다. 선생님은 "우리들은 다른 데 사람보다 한 겹 더 눌리우고" 있음을 일깨워주고, 부모님같이 "헛애만 쓰는 사람이 되기 위하여 자라가고 있는 처지를 생각해보라"고 촉구한다. 또한 무엇보다도 우리들을 '친아우나 아들같이' 귀여워한다. 그러나 그 선생님은 "생각이 좋지 못하다고 자격이 안 계시다"는 이유로 쫓겨나고 만다. 그후 일년이 지나고 '나'는 이런 이야기를 혼자만 알고 있을 수 없다고 깨닫는다.

이 작품에서 '나'의 캐릭터는 애당초 관심 밖이다. 중요한 것은 나의 깨달음의 동기인 선생님이다. 「만년 샤쓰」의 창남이가 유머로써 어렵고 궁핍한 삶을 감내하기만 할 뿐 그 원인에 대해서는 알고자 하지 않는다면, 여기서의 '나'는 선생님을 통해 그 궁핍과 아울러 자기들을 누르는 또 한 겹의 억압에 대해 각성하기 시작하고, 또 그것을 많은 이들의 공감대로 확장하려는 의지를 얻는 것이다. 처음에는 아무것도 모르고 가난을 뜨악하게 여겼던 주인공은 선생님의 현실인식을 받아들이며 발전하는데, 이러한 발전은 작가가 독자에 대해 품는 바람이기도 하다. 이는 아동 독자에 대해 현실의 무작정 감내가 아닌 인식과 행동을 요구하는 쪽으로 아이의 상이 바뀌었음을 뜻한다. 그리고 그 요구를 가장 거세게 드러낸 것이 프로아동문학이라는 점에서 이 계열 문학의 문학사적 의의가 있다.

그러나 「쫓겨 가신 선생님」의 '나'는 프로아동문학 가운데 대표적인 작품으로 꼽히는 적파(赤波)의 「꿀단지」[5]에서 극명하게 드러나듯이, "어른보다 앞서가는 아이"[6]도 아니고 "작가 관념의 소산"인 "꼭두각시 주인공"[7]과도 거리가 있다. 첫번째 이유는 비록 독자의 동의를 구하는 1인칭 화자이기는 하지만 실제로는 선생님의 사상을 전하는 매개자의 역할에 끝나기 때문이며, 두번째 이유는 독자의 판단을 선취하는 구호를 외치기보다는 형식적이나마 독자에게 판단을 유보하는 서술 태도를 보이기 때문이다.

「새로 들어온 야학생」의 만득이 역시 이러한 '나'의 연장선상에 있는 아이로 읽힌다. 만득이는 아버지가 쉰이 넘어서야 본 늦둥이로 가난한 살림이지만 금지옥엽 귀염을 받으며 자란다. 하지만 만득이가 소학교 5학년이 되었을 때 아버지는 감독으로 승진하기는커녕 직장에서 쫓겨나게 되는데, 집안식구들에게 그 사실을 알리지 않고 감독으로 출근하는 척하면서 막노동자로 일한다. 어느 공일날 만득이는 전람회 출품작을 그리러 한강철교로 나갔다가 공사장에서 지게질을 하는 아버지를 목격하게 된다. 아버지의 옛 직장에 찾아가 자초지종을 알게 된 만득이는 이제 학교를 그만두고, 낮에는 어느 회사의 급사 노릇을 하며 밤에는 야학생으로 공부한다.

자칫하면 「꿀단지」에서처럼 '나쁜' 지주와의 개인적 대결로 흐를 수 있을 터이지만, "그전에는 오래 다닌 사람은 감독이 되기도 했는데, 인제는 으레 내보낸다. 나이가 늙으면 일을 잘 못한다고……"라는 젊은이의 설명

---

5 『별나라』 1932년 1월호. 이재복, 앞의 책 134~41면 참고.
6 이재복, 앞의 책 134면 참고.
7 원종찬 『아동문학과 비평정신』 107면 참고.

에서 보이듯,「새로 들어온 야학생」에서는 아버지의 해고가 인간을 노동력으로만 평가하는 자본주의 경제원리에 따른 구조적인 것까지는 강조되지 않더라도, 적어도 사장 개인이 유독 나빠서는 아닌 것으로 기술된다. 이 역시 프로문학이 요구하던 '투쟁성'을 찾아보기 어렵게 하는데, 이러한 투쟁성의 제거가 1, 2차 카프검거사건(1931, 1934)을 겪으면서 "소시민적 삶이나 현실에서의 의식의 패배를 그리는 작풍으로 급격히 변모"(『두산 세계대백과사전』)한 것과 관련이 있는지는 모르겠다. 그러나 바로 그 때문에 해고된 아버지의 내적갈등이 삽입되면서 오히려 독자의 공감과 감동을 일으킬 수 있는 여지가 생기는 것이다. 사실을 알게 된 만득이는 아버지가 감독으로 승진된 줄만 알고 새 양복을 조르던 철없는 아이에서 스스로 벌며 공부하는 아이로 발전한다. 만득이가 앞장서서 사장에게 해고의 부당함을 따지고 힐책하는 것보다, 비록 공부해야 출세한다는 통념이 깔려 있더라도 훨씬 설득력 있는 결말인 것이다.

이 작품의 장점은 서술 태도에서도 찾을 수 있다. 전지적 화자의 시점이기는 하지만 논평 따위로 독자를 끌고 나가기보다는 구경꾼의 눈으로 보이는 대로 그려줌으로써 독자의 공감을 이끌어내는 데 성공하는 것이다.

> "여보 마누라. 나는 기어코 오늘 감독이 된다우."
> 아버지는 헝겊 구두를 신으시면서 어머니를 보시고 좋아하십니다. (…)
> "얘, 만득아, 너도 내년에 졸업만 하면 중학교로 가게 됐다. 내가 감독이 되니까, 월급도 많아지고 다른 일꾼들도 모두 날더러 나리, 나리 그런단다."
> "아이구, 좋아라. 아버지 정말, 나 중학교 가지?"(152면)

이렇게 티없이 좋아라 하는 장면을 함께 보았기에 독자는 해고당한 아버지의 절망이 더욱 가슴 아프다. 아버지는 천가지 만가지 생각을 하다가 어떤 고물상에 걸려 있는, 회사 감독이 입는 양복과 모자를 사는데, 화자는 아무 군말 없이 거기서 이야기를 중단하고 장면을 바꾼다. 또한 바로 이렇게 절제된 서술 태도 때문에 독자는 만득이의 놀라움에 더욱 공감할 수 있다. 이래도 눈물, 저래도 눈물, 감상성이 전적으로 배제된 것은 아니지만, 앞에 예로 든 서술 태도에서는 어린이 독자보다 많은 것을 아는 어른 작가가 흔히 범하는 과잉친절은 찾아볼 수 없다.

송영의 다른 작품은 읽어볼 수 없었기에 이 작품 하나만으로 그에 대한 재평가를 요구할 수는 없다. 「고래」라든가 단편적으로 인용되는 훗날 북한에서 쓴 글들을 보면 전혀 재평가의 대상이 아닌지도 모르겠다는 생각이 들기도 한다. 하지만 카프 작가이면서 카프문학의 도식성을 벗어났을 뿐더러 동심주의에서도 벗어난 두 작품은 우리 아동문학사의 소중한 유산이라 여겨진다.

_열린어린이 2003년 2월호

외로운 아이 / 가해자로서의 아이
이태준 「엄마 마중」 외

"철 알기 시작하면서부터 굴욕만으로 살아온 인생 사십……" 1925년 『시대일보』에 「오몽녀」를 발표하면서 문단에 나온 이태준(李泰俊, 1904~월북)은 『해방전후』(1946)에서 주인공 현의 입을 빌어 자신의 지난날을 그렇게 회고한다. 그의 개인사를 들여다보면 비단 철 알기 시작하면서만 굴욕의 삶을 이야기할 수 있는 것은 아니다. 어린시절에 고아가 되어 구박과 천대를 받으며 보냈다는 건 익히 알려진 사실이다(『나의 고아시대』). 게다가 이른바 월북작가로서 정작 북으로 올라가서는 '친일파적이며 부르주아 반동작가'라는 이유로 끝내는 숙청당했다 하니 그의 굴욕의 삶은 끝간 데를 몰랐던가 싶다. 그렇다면 그는 동화에서는 어떤 아이들을 보여주는가.

『엄마 마중』의 표지(앞의 책, 보리 1999).

외로운 아이

10여편에 이르는 이태준의 동화는 거의 1929년에서 1933년 사이에 『어린이』지에 발표되었다. 1933년 '9인회(九人會)'를 결성하여 순수문학을 이끈 이태준을 두고 임화는 '비경향문학이 낳은 가장 큰 작가'라고 평가했다지만, 그의 동화들은 이미 해방전 이태준의 문학적 지향점을 짐작하게 한다. 1930년대라면 아동문학 동네도 카프의 영향 아래 들어선 시기인데, 그의 동화에서는 계급성은 물론 식민지 상황을 읽어내기 어렵다. 그저 고아라는 작가 개인의 특수한 배경이 강하게 새겨져 있을 뿐이다.

"명일 옷감을 끊어다 주실 아버지도 돌아가셨고, 맛난 음식을 차려 주실 어머니까지 벌써 옛날에 돌아가신" 을손이와 정손이(「슬픈 명일 추억」 1929), "집집마다 있는 아버지, 아이마다 있는 어머니가 어느 한 분도 계시지 않는" 영남이(「쓸쓸한 밤길」 1929), "이제 열네살밖에 안된 자기 알몸뚱이 하나밖에는 아무것도 없는 외로운 소년" 귀남이(「눈물의 입학」 1930)는 모두 작가와 마찬가지로 고아이다. 육친의 죽음으로 따뜻한 보호를 절단당한

홀홀단신 고아의 외로움과 설움의 끝은 죽음이거나(「슬픈 명일 추억」), 무작정 떠나기(「쓸쓸한 밤길」) 또는 떠나서 새로운 삶을 찾기(「눈물의 입학」)이다. 어떤 해결이 모색되든 고아라는 존재론적 조건은 특정한 사회적 관계와 관련짓지 않아도 이미 '외로움'이라는 존재방식을 이해하게 한다.

하지만 「외로운 아이」(1930)의 인근은 조금 다르다. 고아여서가 아니라 주변인물, 특히 반 친구들과 선생들의 오해 또는 몰이해 때문에 외로운 아이가 되는 것이다. 인근이 담배꽁초를 줍는 것을 본 순길은 인근이 담배를 피운다고 생각하고 선생님에게 고자질한다. 선생님 역시 자초지종을 알아볼 생각은 하지 않고 다짜고짜 따귀부터 갈긴다. 인근은 아무 변명 없이 눈물을 흘리며 벌을 선다. 이 작품은 외로움이 고아라는 존재론적 조건 때문이 아니라, 학교로 대표되는 사회나 인간관계에서 비롯되기도 한다는 것을 보여주었다는 점에서 주목할 만하다. 아쉬움이 있다면 인근이 어째서 벌을 선 다음날부터 학교에 오지 않았는지, 담배꽁초를 주운 까닭이 무엇인지를 이야기할 때 숨어 있던 화자가 나타나 직접 설명함으로써 서사적 긴장이 떨어진다는 것이다.

외로움은 그리움하고 통하고, 그리움은 기다림과 통한다. 이태준의 외로움이 그리움과 기다림으로 이어지며 가슴 뻐근한 감동을 주는 작품은 뭐니뭐니해도 「엄마 마중」(1938)인데, 그 감동은 무엇보다도 서술의 절제와 압축에서 온다.

추워서 코가 새빨간 아가가 아장아장 전차 정류장으로 걸어 나왔습니다. 그리고 껑―, 하고 안전 지대에 올라섰습니다.(191면)

「엄마 마중」은 대뜸 이렇게 시작한다. 아가는 왜 전차 정류장으로 걸어 나왔을까? 작중화자는 아무 설명이 없다. 다만 전차가 오고, 아이가 차장에게 묻는 질문만이 서술된다.

"우리 엄마 안 오?"

아, 아이는 엄마를 기다리는구나. 그러나 왜 엄마가 아이를 두고 갔는지는 알 수 없다. 일하러 간 것인지, 다른 볼일을 보러 간 것인지, 아니면 영영 아이를 두고 떠났는지 그 어느 것도 알 수 없다. 다시 전차가 오고, 다시 아이는 묻는다.

"우리 엄마 안 오?"

그 질문만 반복되고, 다시 전차 차장의 "너희 엄마를 내가 아니?"라는 쌀쌀맞은 대꾸만이 던져진다. 왜 아이가 엄마를 기다리는지는 여전히 알려지지 않는다.

그리고 세 번째 "우리 엄마 안 오?" 하는 아이의 질문에 세 번째 차장이 "다칠라. 너희 엄마 오시도록 한 군데만 가만히 섰거라, 응?" 하고 친절하게 당부한다. 역시 왜 아이가 엄마를 기다리는지, 아이 엄마가 언제 마침내 올 것인지에 대해서는 전혀 알 수 없다.

> 아가는 바람이 불어도 꼼짝 안 하고, 전차가 와도 다시는 묻지도 않고, 코만 새빨개서 가만히 서 있습니다.(192면)

「엄마 마중」은 그냥 그렇게 끝난다. 아이의 그리움과 기다림의 절절함은 일체의 군더더기없이 통째로 독자에게 안겨진다. 극도의 생략이 주는 효과의 극대화. 과연 '한국 단편소설의 완성자'라고 불리는 작가의 솜씨답다. 그만큼 아이의 기다림이라는 단순한 줄거리를 '삼세번'이라는 동화적 모티프를 빌려 간결하게 응축해 그려내고 있는 것이다.

가해자로서의 아이

아이들이 언제나 천사인 것은 아니다. 때로는 저보다 못한 아이에게 사정없이 잔인한 것도 아이들이다. 그런 아이들은 우리 아동문학 작품 곳곳에서 만날 수 있다. 하지만 이태준의 작품들에는 악의없이 순수한 동심에 서이지만 상대에게 뜻하지 않게 해를 끼치는 아이들의 이야기를 만날 수 있다. 순수한 동심 하면 천사주의를 떠올리는 사람들에게는 뜻밖의 시선일 것이다. 강아지를 얻어왔다가 죽이고 만 「어린 수문장」(1929), 둥지에서 꺼내온 까치 삼형제가 모두 죽게 되는 「불쌍한 삼형제」(1929), 새둥지를 넘보는 아이 때문에 새가 가버려 나무 혼자 남게 되는 「슬퍼하는 나무」(1932)가 그 예이다.

「어린 수문장」의 화자는 마냥 심술궂게 저보다 약한 아이를 괴롭히는 아이들과는 달리 자신이 저지른 행동의 결과에 마음 아파한다. "그 어린 목숨의 가련한 죽음은 그날 밤새도록 나의 꿈자리를 산란하게 하였습니다." 하지만 그렇게 가슴 아파한다고 해서 작가는 행동의 결과를 좋은 쪽으로 얼버무리지 않는다.

그 후 며칠 못 되어 나는 웃말에 갔다가 그 어미 개와 마주치게 되었습니다.

그는 자기 자식 하나를 그처럼 비참한 운명으로 끌어 낸 나임을 아는 듯이 불덩어리 같은 눈알을 알른거리며 앙상한 이빨을 벌리고 한 걸음 나섰다 한 걸음 물러섰다 하면서 원수를 갚으려는 듯한 기세를 돋구고 있었습니다.

그때 마침 그 댁 할머님이 나오시다가,

"네가 양복을 입고 와서 그렇게 짖는구나. 이 개, 이 개."

하시고 쫓아 주셨습니다.

딴은 내가 양복을 입고 가기는 하였습니다. (175면)

짐승도 자기 자식을 해한 사람을 알아보는데 하물며 인간이랴…… 그런 식의 결말을 기대했는데 느닷없이 '양복'이라는 문화적 코드가 등장한다. 당시 양복을 입는 이들은 누구인가? 개화기의 양복은 주로 관복으로 입었으며 일부 상류층에서만 드물게 볼 수 있는 것이었고, 서양식 문관복은 일본을 통해서 들어온 것임을 상기해보면 교묘한 환유법으로도 읽힌다.

아이들이 아무 생각 없이 장난삼아 저지른 행동의 결과는 더욱 참담하게 그려진다. 「불쌍한 삼형제」의 영선과 두 동무는 이제 겨우 날개가 돋아 푸덕푸덕하고 한 칸 통씩밖에 날지 못하는 어린 까치를 갖고 집으로 돌아온다. 영선이 악동이냐 하면 그건 절대 아니다. 오히려 새끼까치가 아무것도 먹지 않자 저도 밥을 먹지 않고 애를 쓰며, 해가 졌는데도 지렁이를 잡아오는 동정심 많고 정 깊은 아이다. 사납게 달려드는 어미까치의 꿈을 꾸고 무서워진 영선은 새끼까치를 묶었던 노끈을 가위로 끊어주지만, 새끼까치는 자유로워진 것이 아니라 고양이에게 잡아먹히고 만다. 다른 두 동무가 가져간 새끼까치들도 다를 바 없는 운명에 처한다. 이 일련의 사건을 「불쌍한 삼형제」의 화자는 다만 일어난 그대로 전할 뿐 앞장서 논평하지 않는다. 이 이야기에서 교훈을 느끼느냐 마느냐는 독자의 몫으로 남겨두는 것이다.

그에 반해 「슬퍼하는 나무」에서는 나무의 입을 빌려 새 새끼를 호시탐탐 노리는 아이에게 "나는 너 때문에 좋은 동무 다 잃어버렸다!"고 나무란다. 비록 손바닥 길이에도 못 미치는 짧은 단편인데다 유년의 아이들을 대상으로 쓴 작품이지만 무릇 세상의 관계가 일대일이 아닌 복합적 관계임을 보여준 것은 유년동화의 의미 있는 성과이다. 그러나 나무의 나무람으로 끝이 마무리된 이상, 이 작품이 "결코 어린이들에게 어떤 가치관을 심어주려는 의도를 드러내 보이지 않았지만, 오히려 더욱더 강하게 작가의 의도를 내면에 숨겨 가슴으로 전달하고 있다"[8]고 조건없이 평하기는 어렵다고 본다. 오히려 대화 형식의 여백에 비해 「불쌍한 삼형제」보다 작가의 목소리가 앞으로 나서고 있기 때문이다.

---

8 이재복, 앞의 책 108면 참고.

순수한 동심에서 나온 행동일지라도 언제나 결과가 좋은 것은 아니다. 세 작품의 공통된 메씨지는 이른바 동심천사주의에 대한 이태준의 입장으로 보아도 무방할 듯싶다. 다른 한편 「몰라쟁이 엄마」(1931) 「꽃장수」(1933)와 같은 작품처럼 형식과 내용에서 유년의 아이들을 떠나지 않은 것은 카프의 영향 아래 '수염난 총각적 아동'(송완순)을 그려내는 소년소설이 주류를 이루던 그 시대 아동문학에 대한 암묵적인 비판이 아닐까.

월북작가 이태준은 이제는 아동문학사에서도 "기존 작품들의 구태의연한 설화투에서 벗어나 사실성을 갖춘 (…) 생활동화"(원종찬 『아동문학과 비평정신』 320면)를 마련했다는 점에서 평가되고 있다. 특히 이재복은 이태준을 "우리들에게 동화 쓰기가 어디서부터 시작돼야 하는지를 보여주는"(이재복 95면) 작가로 높이 평가한다. 그러면서 "동화 쓰기는 바로 자기가 보고 느낀 삶을 있는 그대로 '시를 쓰는 즉흥 기분으로' 쓰는 데서부터 시작"함을 강조한다. 그러나 이태준 이후 70여년의 세월이 흐른 지금 그간의 생활동화가 어떻게 전개되어왔는지를 생각하면, 이제는 「엄마 마중」의 작가 이태준이 '무엇'을 썼느냐보다는 '어떻게' 썼느냐에도 더욱 관심을 가지는 것이 좋을 듯싶다.

_열린어린이 2003년 5월호

조끼 입은 토끼를 따라간 아이
주요섭 「웅철이의 모험」

조끼 입은 토끼를 따라간 아이라면 열이면 열 '이상한 나라의 앨리스'를 떠올릴 것 같다. 하지만 우리나라에도 그런 아이가 있다. 바로 웅철이다. 웅철이는 『사랑 손님과 어머니』로 잘 알려진 주요섭(朱耀燮, 1902~1972)이 지은 장편동화 『웅철이의 모험』의 주인공인데, 앨리스처럼 조끼 입은 토

2006년 풀빛에서 단행본으로 출간된 주요섭의 『웅철이의 모험』.

끼를 따라갔다가 '땅속나라' '달나라' '해나라' '별나라'를 구경하게 된다.

『웅철이의 모험』은 1937년 4월 조선일보사의 『소년』 창간호부터 1938년 3월호까지 연재된 작품으로, 1946년 김의환의 삽화와 함께 조선아동문화협회 발행으로 단행본으로 출간된다.[9] 그러나 이 작품은 오랫동안 잊혀져 있었다. 어문각의 『한국문예사전』(수정증보판, 1991)에는 "1930년 장편 『구름을 잡으려고』를 『동아일보』에 연재하는 한편 아동소설 『웅철이의 모험』을 발표했다"고 두루뭉술하게 언급되어 있는 반면, 권영민의 『한국 근대문인 대사전』(아세아문화사 1990)에는 아예 주요섭의 작품목록에서 빠져 있다. 일반문학에서 동화가 소홀히 다루어지는 것은 그간의 아동문학의 위상에서 충분히 설명될 수 있겠지만, 방정환도 「새로 개척되는 '동화'에 관하여」(『개벽』 1923년 1월호)에서 "조선서 동화집이라고 발간된 것은 한석원 씨의 『눈꽃』과 오천석 씨의 『금방울』과 졸역 『사랑의 선물』이 있을 뿐이다. 그밖에 동화에 붓을 댄 이로 상해(上海)의 주요섭 씨가 있다"라고 언급

---

9 이 글에서는 1946년 김의환의 삽화로 조선아동문화협회에서 출간된 책을 참조했다.

하고 있거니와, 비록 일반문학 작가이기는 하지만 『어린이』와 『신가정』 『소년』 등에서의 활동을 볼 때 주요섭이 이재철의 『세계아동문학사전』(계몽사 1989)에 작가 자체가 들어 있지 않은 것은 뜻밖이다.

『웅철이의 모험』은 앨리스의 이야기를 듣고 있는데 느닷없이 나타난 조끼 입은 토끼를 따라가는 데서 시작한다. 작가는 의식적으로 『이상한 나라의 앨리스』와 상호텍스트성을 취하는 것이다. 상호텍스트성은 주지하다시피 한 텍스트와 다른 텍스트(들)와의 관련성을 일컫는 용어로, 작가가 다른 텍스트를 의식적 또는 직접적으로 인용할 때는 그 텍스트를 통해 특정 목표를 달성하는 데 알맞은 조건을 창출하려는 의도를 노출시킨다. 그리고 이 작품에서는 그 목표가 앨리스가 만나는 이상한 세계, 즉 판타지세계를 제시하려는 것임은 어렵지 않게 읽어낼 수 있다. 그에 따라 『웅철이의 모험』은 장르로서의 판타지를 겨냥하게 된다. 이는 옛이야기의 속성이 강한 동화나 이른바 리얼리즘 계열의 소년소설이 지배적이던 당시 아동문학계를 생각해보면 독보적인 성취라 하겠다.

사실 이 작품은 우리가 알고 있는 장르로서의 판타지의 문법에 익숙한 면모들을 보여준다. 무엇보다도 현실세계와 판타지세계를 잇는 통로가 논리적으로 설득력 있게 제시된다. 웅철이가 친구 애옥이의 큰언니가 읽어주는 『이상한 나라의 앨리스』를 들으며 "토끼가 조낄 입다니! 시곈 또 웬 시계, 하하" 하고 생각하는데 갑자기 머리 뒤에서 "왜요, 토끼는 그래 조끼도 못 입나요?" 하고 말하는 낯선 소리가 들린다. 어리둥절해서 보니까 소리의 주인공은 바로 복돌이네 집에서 기르는 토끼다. 토끼는 사라졌지만 웅철은 복돌이네 토끼니까 복돌이네 집으로 갔으려니 짐작하고 그리로 달려간다. 토끼가 주는 약을 먹고 몸이 줄어든 웅철이가 토끼장 안으로 들어가보니, 그때까지 높은 언덕으로 꽉 막혀 있는 줄로만 알았던 토끼장 뒤에 문이 있는 것이다. 이렇게 해서 웅철이는 땅속나라를 구경하게 된다.

토끼는 자꾸만 안절부절못하며 시계를 들여다보는데, 여기에는 달나라로 가는 시간을 놓치지 않으려는 이유가 있으며, 달나라에 가서 하필이면 계수나무와 방아 찧는 토끼, 거북 왕자 등을 만나는 것은 우리 옛이야기라든가 고대소설, 또는 이솝우화를 통해 개연성이 부여된다. 달나라에서 해나라로, 해나라에서 별나라로, 그리고 다시 현실로 이동하는 것도 전혀 허황되지 않다. 달나라에서는 불개한테 괴롭힘을 당하는 용을 얼떨결에 구해주는데 그 용이 웅철이를 사형장에서 구해준다. 그러나 용의 힘이 부족해 해나라로 끌려가게 되며, 해나라에서는 시험용 로켓을 타겠다고 나서서 별나라로 가게 된다. 그리고 이들 판타지세계에서 현실로 돌아오는 것은 앨리스와 마찬가지로 '꿈'으로 처리된다. 비록 서양 판타지에서 따온 플롯을 큰 틀로 하고 있음에도 우리 옛이야기에 나오는 상상의 동물들을 무리없이 배치시킨다든가, 가장 현대적인 과학기술까지 동원하여 독자를 납득시키는 솜씨는 장르로서의 판타지에 관심이 높은 요즈음에도 흔치 않다.

그렇다면 웅철이는 어떤 세계를 만나는가? 땅속나라에서는 소경 쥐, 즉 두더지들[10]과 풀과 꽃의 정령들을 만난다. 두더지들은 눈뜬 쥐들의 겨울양식을 위해 호콩을 만든다. 복돌이네 토끼에 따르면 그렇게 만든 호콩을 사람들이 훔쳐간다고 한다. 그러나 작가는 웅철이가 곡식이나 음식물을 남몰래 조금씩 훔치는 사람을 비유하여 이르는 인쥐에 대해 오래 생각하게 두지 않고 손가락만한 작은 사람들이 있는 곳으로 웅철이를 이끈다. 바로 풀과 꽃의 정령들이다.

"풀의 정령들은 이 속에서만 사람 모양을 하고 있는 법이지 흙 밖에만 나가면 모두 풀 모양을 하구 있지, 이 속에서 모양으로 사람 모양은 안 하는 법

---

10 웅철이가 두더지를 쥐라고 생각하는 것은 그럴법하지만, 그것이 두더지라는 복돌이네 토끼의 설명이 있는데도 두더지가 아닌 쥐 모습으로 삽화가 그려진 것은 의아하다.

이라우. 그러기 세상 밖에서 아이들이 풀을 뽑아 죽이면 그때마다 이 속에서는 이 정령 하나씩이 죽는 줄을 모두 모르는 것이지요."

여기서도 복돌이네 토끼 말만 전해진다. 풀의 목숨을 하찮게 여기는 결과에 대해 웅철이는 그저 듣고만 있는 것이다. 예의바르지만 능동적으로 반응하는 앨리스와는 대조적이다. 웅철이 행동으로 나서는 것은 꽃 정령 나라와 개미 나라하고 전쟁을 할 때이다. "여름이면 꽃밭으로 쌍쌍이 날아들어서 재미있게 노는 노랑나비, 흰나비, 호랑나비, 이 여러 나비들의 고운 모양이 웅철이 머릿속에 그리어지고 그 나비가 될 수렁이를 모두 먹어버리려고 저처럼 달려드는 개미 떼가 몹시 미워"져 웅철이는 "닥치는 대로 개미를 밟아" 죽인다. 동기야 이해되지만 풀의 목숨이 소중한 것을 안다면 개미 목숨 역시 소중할 터인데, 다른 방법이 없었는지 아쉬운 대목이다. 아니, 굳이 악당 역을 개미한테 맡겨야 했는지 의문이 인다.

이런 아쉬움이 있기는 하지만 여기서 웅철이는 의협심을 가진 아이임이 드러난다. 뿐만 아니라 동정심도 있다. 달나라에서 거북이와의 경주에 진 벌로 평생 절구를 찧어야 하는 토끼 할아버지를 보며 "너무나 측은한 생각이 솟아"올라 "잠시 절구질을 대신해 드릴게 좀 쉬세요"라고 말하려 한다. 처음 용을 보았을 때는 겁이 나서 옴짝달싹 못하기도 하고, 해나라에서는 문지기 그림자가 떡 버티고 서 있는 문밖으로 가끔 여위고 맥없는 그림자들이 왔다가는 쫓겨가고, 왔다가는 쫓겨가는 모습에 호기심을 느껴 다가가보기도 한다. 식민지 치하에서 힘겨운 삶을 남다른 용기로 견뎌내는 아이 모습도 아니지만, 그렇다고 천사같이 미화된 모습도 아닌 그저 보통아이이다.

판타지세계는 현실세계에서는 있을 수 없는 세계이지만, 현실의 독자가 서사의 개연성을 납득해야 하는 것처럼 판타지세계 역시 외부 현실세계와의 관련성을 완전히 상실할 수는 없다. 작중현실이 외부현실을 암시할 수 있는 곳에서는 특히 그렇다. 이 작품에서도 땅속나라의 두더지 처지라든가 달나라의 불합리한 법 등 곳곳에 현실세계와 관련지어볼 수 있는 부분들이 언뜻언뜻 있기는 하지만, 해나라는 특히 그렇다. 마치 허상의 현실에 대한 풍자로도 읽힐 수 있는 것이다. 해나라는 "그림자밖에 다른 물건이 살지 못하는 곳"으로 그려진다. 게다가 거지 그림자들의 말다툼이라니. 재미있는 부분이라 조금 길게 인용해본다.

"이놈아 그래 아무리 거지로서니 양반을 몰라본단 말이냐?" 하는 호령을 하니 다른 한 거지는 맞받아서

"흥! 양반 개 팔아 두냥반은 아니더냐?" 하고 대들었습니다.

"원 저런! 저런 잡놈 보아. 저놈이 그래 양반에게 대한 말버릇이…… 어 참 우리 할아버지 시절만 해도 너 같은 놈은 잡아다가 볼기를 때렸을 게다."

"이놈아 너만 양반인 줄 아니? 우리 팔대조 할아버지는 진사를 하셨다."

"그까짓 거? 우리 이십대조 할아버지는 정승을 지내셨다."

"암만 그래도 너는 동쪽에 살던 상놈 아니냐? 우리 조상네는 서쪽에 살던 양반이다."

"이놈아. 동쪽이 양반이지 서쪽이 양반이야?"

"이놈아. 서쪽이 더 양반이야!"

"이놈아. 동쪽이 양반이야."

하더니 말로는 안 되겠는지 한 거지가 달려들어 다른 한 거지의 뺨을 갈겼습니다.

『이상한 나라의 앨리스』식의 "섬세한 농담이나 말장난, 논리적 역설, 철학적 암시"까지는 아니라도 우리는 여기서 그와 유사한 방식들을 통한 허세의 희화화를 찾아볼 수 있다. 게다가 사람들이 부나 권세를 추구하는 목적은 무엇인가?

땅속에는 여기저기 조개 껍질이 박혀 있는데 그 조개 껍질들을 상하지 않도록 잘 파내서는 물에 씻어 창고에 갖다가 쌓아 놓는 것이 그들의 일이었습니다.

"그 조개껍질은 모두 무엇에 쓰는 것이오?" 하고 웅철이가 그중 한 그림자에게 물어보았더니 그 그림자는 이마의 땀을 씻으면서

"창고에 쌓아 두는 것이지!" 하고 답했습니다.

"건 왜 쌓아두어요?"

"쌓아 두어야 되니깐 쌓아두는 것이지."

이렇게 무슨 소린지 모를 대답을 하므로 웅철이는 그 창고의 주인인 원숭이를 찾아갔습니다.

"얘! 잔나비야, 저 조갑지들은 무얼 하려고 저렇게 많이 쌓아두니?" 하고 묻는 웅철이의 말에 원숭이는 놀랐다는 듯이 눈이 멍해서 한참이나 웅철이를 바라다보더니

"넌 바보로구나 그것두 모르니? 조갑지를 많이 쌓아두어야 높은 사람이 되지."

"어째서"

"그저 그런 법이라니까. 어디서 바보새끼가 왔군."

창고에는 해나라의 가난한 사람들이 먹고사는 달팽이가 푹푹 썩어나도록 많이 쌓여 있는데 주인 원숭이는 달팽이가 썩으면 위생에 해롭고 냄새도 고약하니까 태워버리라고 명령한다. 그러나 썩어가는 달팽이라도 얻어가려던 노인 그림자는 "할 수 없다는 듯이 콧물을 훌쩍 들이마시며" 주춤주춤 산 아래로 내려간다. 이 일련의 사태에 대해 웅철이는 "절반 썩은 달팽이를 태우면 그 냄새가 고약할 것 같아서" 그러면서 역시 슬그머니 꽁무니를 빼고 만다. 이렇게 사회적 모순에 대해 저항은 고사하고 분노조차 없

이 체념해버리는 데서 그치고 마는 것은 문학에 계급성과 투쟁성을 요구하던 1930년대 식민지 상황이 아니라도 못내 아쉬운 부분이다. 또한 웅철이만 국한해서 보더라도 꽃 정령들을 위해 개미를 밟아죽이던 성격에도 일관되지 않는다. 이런 작가의 태도는 어쩌면 『인력거꾼』(1925)이라든가 『개밥』(1927)과 같이 빈궁의 문제를 다루었던 초기작품에서 "빈궁의 원인을 사회구조의 모순에서 찾는다든지 가진 자와 가지지 못한 자와의 갈등과 투쟁을 통해서 찾고 있는 것도 아닌"[11] 것과 맥을 같이하는 것이리라 싶다.

그에 반해 별나라는 일종의 이상향으로 그려진다. 그곳은 아이들 나라이다. "어른이 있으면 그 나라가 미워지고 더러워지고 악해지"기 때문에 "우리 별나라는 언제나 언제나 아름답고 깨끗하기 위해서 어른이라고는 통 안" 생긴다는 설명이다. 동심천사주의와의 친연성이 짚히는 아동관이다. 별나라 아이들은 마음대로 노는 한편 "김매고 물주고 북돋아주는" 노동으로 먹을 것을 마련한다. 또한 "배도 고프고 병도 돌리고 얻어맞기도 하는 지구라는 나라의 아이들"을 위해 횃불을 켜들고 있는 이타적인 마음씨를 갖고 있다. 그러나 웅철은 회오리바람과 함께 이 즐거운 낙원을 떠나게 된다. 다다른 곳은 꿈나라, 즉 "기억"으로 존재하는 나라이고 귀신들의 나라이기도 하다. 특히 복돌이네 토끼가 귀신이 되어 나타나는 장면은 아이들이 좋아하는 귀신 이야기를 연상시킨다.

조끼 입은 토끼를 따라간 아이 『웅철이의 모험』은 발표 연대에서나 기법에서나 우리나라 판타지동화의 계보를 다시 생각하게 한다.

_열린어린이 2003년 6월호

---

11 김영화 『주요섭의 소설 연구』 제주대학교 논문집 1979, 73면 참고.

서로 돕는 모임을 만든 농촌 아이들
노양근 「열세 동무」

노양근(盧良根, 1900~월북)은 일제강점기에 동화집을 펴낸 몇 안되는 작가 가운데 하나로, 『날아다니는 사람』(1938)과 『열세 동무』(1940), 『어깨동무』(1942) 이렇게 세권의 창작집을 해방전에 출간했다고 하는데,[12] 지금 우리에게는 『겨레아동문학선집』 4권에 실린 표제작 「날아다니는 사람」 등 몇편을 제외하면 다른 작품은 쉽게 접하기 어렵다. 이재철의 『세계아동문학사전』과 원종찬의 「동화작가 노양근의 삶과 문학」(『아동문학과 비평정신』 창비 2002)에 따르면 그는 월북작가이고 생몰연대도 정확히 알려져 있지 않다. 김제곤은 동화아카데미의 칼럼 「시집 『응향』과 노양근」에서 노양근이 원산문학가동맹이 출간한 시집 『응향』에 작품을 실은 것으로 미루어 해방 이후 원산에 근거지를 두고 있지 않나 추측한다. 분단은 우리 아동문학의 유산을 살펴보는 데에도 아물기 어려운 상처를 남겨놓았다.

노양근의 장편소년소설 『열세 동무』는 1936년 7월 2일부터 8월 28일까지 47회에 걸쳐 『동아일보』에 연재되었다고 한다.[13] 그러나 『동아일보』의 정간으로 연재를 중단할 수밖에 없었고, 1940년 미완성의 끝을 마무리지어 단행본으로 출간한다. 1962년 경천애인사에서 출간된 판본에서 당시 경무국에서 많이 삭제한 것을 일일이 찾아내 삽입하지 못한 것을 사과하고 있는 것을 보면 훼손되지 않은 글을 이제 어디서 찾아야 할지 안타깝기만 하다.

중학교까지 의무교육이 된 지금으로서는 이해하기 어려운 일이지만, 소

---

12 이재철 「한국아동문학 서지」 『세계아동문학사전』 계몽사 1989 참고.
13 이 글에서는 1962년 경천애인사에서 출간된 『열세 동무』를 참조했다.

학교(지금의 초등학교) 졸업만 해도 큰일이던 시절이 있었다. 중학교 진학은 정말 꿈같은 일로, 동네 경사의 하나였다. 노양근의 『열세 동무』는 바로 그런 시절에 아이들 스스로 서로를 도우며 중학교에 진학해서 마을을 빛내보려던 이야기이다. 주인공 장시환은 '별사람' 즉 별난 사람이라는 별명을 얻을 정도로 생각이 깊고 똑똑한 아이이다. 읍내 아이들은 더러 서울이나 대도시로 나가서 공부를 계속하기도 하지만, 시환을 비롯해 가난한 농촌에 사는 열세 동무는 진학이란 꿈도 꾸지 못한다. 시환 역시 홀어머니 밑에서 사는지라 가정형편이 어렵기는 매한가지지만, 포기하지 않고 열세 동무가 힘을 모아 그 가운데 한 친구를 공부시키자고 제안한다. 제비뽑기에서 윤걸이 뽑혀 서울로 유학을 가고, 남은 친구들은 윤걸의 학비를 대기 위해 갖은 애를 쓴다.

이 작품에 대해서 이재철은 "농도 짙은 저항적 민족의식과 농민문학적 색채가 외형적으로 강하게 풍기는 작품"이지만 "그 작품이 지니는 경향이나 특성을 떠나서 본다면, 그 구성면에 있어서 사상적 깊이는 빈약"하다고 평한다.(『세계아동문학사전』 62면) 그러나 일제의 검열을 생각해보면 '농도 짙은 저항적 민족의식'을 어떻게 외형적으로 강하게 풍길 수 있겠는가. 또한 세세한 작품분석이 되어 있지 않아 '구성면에 있어서 사상적 깊이'가 무엇을 뜻하는지 잘 이해되지 않는다. 만약 원종찬이 지적한 대로 "당대의 민족모순과 계급모순에까지는 생각이 미치지 못하고" "'생활개선'과 '개척정신'이라는 개량주의의 한계에 갇혀"(같은 책 343면) 있음을 뜻하는 말이라면 어느정도 수긍할 수 있겠다.

사실 시환이의 문제의식은 "매년 소학교만 겨우 졸업 맡고 신흥동에서는 더 높은 공부를 하는 사람이 하나도 없는 것은 부끄럽기도 하거니와 이 담에 무식쟁이들만 답답하게 살 모양이니 되겠느냐" 정도로 나타난다. 또한 학비를 대는 방법에서도 열두 아이들이 부칠 만한 논이나 밭을 얻어서 갈고, 우물을 파서 목간통(목욕통)을 만들고, 닭이나 돼지를 치고, 나무를 해다 파는 등 아이들로서는 버거운 것들이 제안된다. 그렇다고 이재철의 평처럼 '지나친 허구성'으로 재단할 일은 아닌 듯싶다. 열세 아이들의 나이가 소학교를 졸업했다고 하지만 열댓살 정도로 설정되어 있기 때문이다. 지금에야 거의 있을 법하지 않지만, 당시에는 늦은 공부가 그다지 드문 일이 아니었다. 게다가 농촌일에 익숙한 아이들이 아닌가. 여름에는 개울에서 멱을 감을 수 있는 사람들에게 돈 내고 목욕하게 한다는 제안의 비현실성은 나중에 아이들의 계산착오로 제시된다. 그렇기는 하지만 목욕통이라는 발상은 당시 농촌의 보건위생 또한 문제삼았던 농촌계몽운동에서 얻은 것이리라 짐작된다.

우리가 흔히 접하는 미담의 주인공과도 유사한 특별한 주인공을 내세워 이야기를 진행시킨다거나(실제 모델이 있으므로 크게 나무랄 일은 아닐지도 모른다), 일을 추진할 때 광철이 아버지를 제외하면 비교적 쉽게 어른들이 도와주겠다고 나선다거나, 아무리 동네어른이 나섰다고는 하지만 그렇게 호락호락한 지주가 있을까 싶게 부칠 땅을 별 어려움 없이 얻는다거나, 만주로 떠나는 아이들이 있음에도 핍박한 현실의 상은 대단히 약화된 채 나타나 있다거나, 신교육을 계몽의 절대조건으로 본다거나, 흠을 잡기로 하면 이것저것 한둘이 아니다.

하지만 장점들이 분명히 있다. 시환이를 중심으로 만들어진 '상조회' 안의 갈등이 그 하나이다. 노상 시환에게 지는 광철이는 사사건건 반대의견을 내놓으며 심술을 부리다가, 결국엔 완전히 모임에서 떨어져나가게 된다. 내부 갈등이 낭만적인 화해로 안일하게 처리되지 않는 것이다. 그렇다고 광철이가 흑백논리로 재단되지는 않는다. 시환이가 우물을 파다가 다쳐 병원에 입원해 있는 동안 "광철이는 매우 마음이 괴로웠다"고 화자는 전한다. 또한 적극적인 여자인물들(열세 동무 중 둘이 여자이다)의 상도 눈길을 끈다. 공부를 계속할 학생들을 뽑을 때 "여자가 뽑혀도 가야 하고 말고. 남녀동등 시댄데 어쩐 말이요!" 하는 발언이 나올 뿐만 아니라, 남자들처럼 우물을 파는 일에 참여하지 못하자, 자진해서 나중에 거름으로 쓸 개똥을 주우러 다닌다. 게다가 서울로 간 윤걸이 처음의 결심과는 달리 활동사진관(영화관)에도 가고, 공연히 일도 없이 명동이나 종로로 오락가락 싸다니는 데 재미를 붙이게 되는 것도 있음직한 일이다. 시환은 걸어서 서울로 윤걸을 찾아가는데, 겨울이라 농사일이 없기 때문이다. 한마디로 『열세 동무』는 "장편에 걸맞게 여러 사건들을 흥미진진하게 엮어가고 있"(원종찬, 같은 책 345면)을 뿐만 아니라, 설령 감상적인 행동처럼 보여도 나름의 이유를 설정하여 내적 리얼리티를 되도록 놓지 않으려 한 노력이 엿보인다.

노양근은 초기작 『광명을 찾아서』(1931) 『칡뿌리를 캐는 무리들』(1932)부터 농촌계몽에 일관된 관심을 보여준다. 이 두 작품에서는 도시나 일본에서 교육을 받은 '선각자'가 농촌으로 돌아와 농촌계몽을 한다. 이런 구도는 어른문학에서도 마찬가지다. 이광수의 『흙』과 심훈의 『상록수』를 생각해보라.

그러나 『열세 동무』에서는 자각이 안으로부터 온다. 비록 '별사람'이라는 별명이 말해주듯 시환이 남달리 뛰어난 인물이기는 하지만, 스스로를 계몽하는 주체로 나선 것이다. 물론 작가는 서울로 윤걸을 찾아간 시환이 윤걸에게 방학 때 고향으로 돌아와 배운 만큼 동무들을 가르쳐줄 것을 요구하게 함으로써, 작가 역시 당대 지식인에 대한 요구를 여전히 버리지 못하고 있음이 드러나기는 한다. 다시 말해 '안으로부터의 자각'은 작가가 의식한 것이 아니라, 계몽활동을 벌이기에 충분히 성숙한 어른 지식인이 아닌 '아동'을 주인공으로 삼아야 한 데서 나온 우연의 산물일 수도 있다. 그러나 작가 의도가 언제나 작품 의도와 일치하는 것이 아님을 고려하면, 비록 작가의 의도는 아니었다 하더라도 '시혜적'인 계몽이 아닌 자발적인 계몽의 가능성을 보여주었다는 점에서 이 작품은 재평가되어야 한다고 여겨진다.

_열린어린이 2003년 8월호

우동집 아이 노마
박태원 「영수증」

우리는 아동문학에서 수많은 고아를 만난다. 올리버 트위스트, 플랜드르의 넬로, 알프스 소녀 하이디, 집 없는 천사 레미, 소공녀 세라, 빨간 머리 앤, 말괄량이 삐삐, 미오 등 떠오르는 주인공들을 되는대로 꼽아보아도 금세 열 손가락이 찬다. 누군가의 보호가 필요한 여리디여린 나이에 의지가지없이 홀로 남았다는 것은 일찍부터 저 혼자 세상과 맞서며 부모의 그늘 밑이 아닌 바깥세상의 다른 면모를 일찍부터 알아야 한다는 것을 뜻한다. 언젠가 세상과 맞닥뜨려야 할 아이에게 세상이 무엇인지, 어떻게 삶이 안겨주는 고난을 극복할 수 있는지를 보여주고 알려주고 싶은 어른의 마음에 고아의 삶은 좋은 소재가 되는 것이다.

박태원(朴泰遠, 1909~월북)의 「영수증」(1933)에 나오는 열다섯살 난 노마

박태환 「영수증」의 삽화, 이경신 그림(『날아다니는
사람』 김유정, 노양근, 박태원 외 지음, 겨레아동문
학연구회 엮음, 보리 1999).

역시 그런 고아이다. 노마는 우동집에서 심부름을 하며 살아간다. 그러나
노마가 있는 우동집은 새로 생긴 우동집 때문에 장사가 안되어 결국 문을
닫는다. 주인집 아저씨는 밀린 월급을 다 못 주는 대신 외상값을 받아 쓰
라고 이른다. 노마는 외상 우동을 먹은 오서방을 찾아가지만 오서방은 이
핑계 저 핑계로 갚을 생각을 하지 않다가 여섯번째 찾아가자 영수증을 써
오라는 구실을 댄다. 노마는 영수증을 써들고 일곱번째 찾아가지만 허탕
을 친다.

줄거리 자체는 크게 기대에 어긋나지 않는다. 말하자면 노마는 고아라
는 설정에 걸맞게 고단한 삶을 살고, 세상은 문 닫은 가게의 외상값을 선뜻
내줄 만큼 만만치 않다는 것을 보여줄 뿐이다. 그런데도 이 작품은 진부하
게 읽히지 않는다. 대체 왜일까.

우선 노마는 자신의 외로움이나 고생살이에 대해 이렇다저렇다 직접
하소연을 늘어놓지 않는다. 노마의 처지를 전하는 것은 오로지 작중화자
이다. 작중화자는 처음에 우동집 심부름하는 아이 이야기를 들려주겠다고
운을 뗀 다음 노마의 겉모습을 알려준다. 그다음 마음씨를 언급하고, 부모

가 없는 고아임을 주목시키면서 "고생살이"를 언급한다. 여기까지 이야기를 진행하면서도 화자는 노마의 서러운 심정에 대해서는 일언반구도 없다. 이렇게 성큼 인물의 내면으로 들어가지 않고 겉에서부터 차근차근 다가가는 점층적인 접근이 마치 천천히 줌인되는 카메라 영상을 보는 듯하다.

이러한 접근방식은 노마의 고생살이를 설명하는 데서도 똑같이 적용된다. 화자는 노마의 서러운 고생살이를 왈왈 쏟아내며 독자의 공감을 구하는 것이 아니라 노마한테 제 이야기를 해보라 한다면 노마는 이야기를 하기 전에 먼저 "후유" 하고 한숨을 쉴 거라고 전하면서 일단 뜸을 들인 후, 노마의 처지를 펼쳐나간다.

"노마야, 새로 연 하나 샀다. 같이 놀리자."
하고 여러분이 노마보고 말씀하셨다 합시다.
그러면 노마는 쓸쓸한 웃음을 입가에 띠고 이렇게 대답할 것입니다.
"고맙다. 그렇지만 어디 놀러 나갈 수가 있니? 이제 사전 가게 골목에 우동 두 그릇 배달해야지. 오는 길에 수동 모퉁이 약국집이 가서 그릇 찾아와야지, 또 서너 군데 외상 값 받아 와야 하구."
그나 그뿐입니까. 그렇게 말하는 중에도 안에서,
"얘, 간장이 없다."
"노마야, 고춧가루 가져오너라."
하고 손님들이 소리를 지르지요.
"네."
하고 들어가서 시중을 들려면 이번에는 또 돈을 바꾸어 오래서 길 건너편 잡화상으로 일 원짜리 지전을 손에 쥐고 뛰어가지요. 담배 사 오라면 담배 사와야지요. 참말 바쁩니다. (11면)

쉴새없이 종종걸음을 쳐야 하는 노마의 모습이 눈앞에 선연하게 그려진다. 이어서 화자는 잠도 제대로 못 자는 나날, 가게문을 닫은 다음에도 첩첩이 기다리는 일거리, 게다가 매서운 추위까지 찾아드는 겨울철의 사정을 이야기하지만, 고작해야 "손등이 겨우내 터지는 것은 말할 것도 없고 발가락이 제일이 빠지는 것같이 아픈 때는 노마는 남몰래 울기까지 합니다"라면서 겉으로 드러나는 노마의 반응을 보여줄 뿐이다. 그런데도 독자는 이태준의 고아 주인공들의 서러운 심정을 듣는 것과 똑같이 서럽고 힘겨운 노마의 처지를 짐작하고도 남는다.

위의 지문에서도 보이듯이 대화는 무엇보다도 이 작품을 생생하게 하는 요소이다. 아울러 이태준이 『문장강화』에서 "담화는 그 글을 쓰는 사람의 것이 아니라 그 글 속에 나오는 인물의 것이다. 글에서 인물의 다른 소유물은 보여줄 수 없되, 담화만은 그대로 기록해 보일 수 있다. 즉 그 인물의 것을 그대로 가져다 보일 수 있는 것은 담화뿐이다. 그런데 담화는 누구에게 있어서나 가장 보편적이요 가장 전적인 표현이다. 그 보편적이요 전적인 표현을 그대로 인용하는 것처럼 그 인물의 인상을 보편적이게, 전적이게 전해줄 것은 없다"고 하면서 담화의 경제성을 이야기하거니와, 이 작품의 대화는 인물들의 성격과 노마가 월급을 받지 못하는 상황을 "그대로" 또 "경제적"으로 그려주는 데 일조한다.

> "그래, 우동 장사는 잘 되는 모양이냐?"
> "아주 세월이 없에요."
> "그래도 요지막은 날씨가 추우니까 더 좀 팔리겠지."
> "웬걸, 그렇지 못해요."
> "웬일일까? 게가 우동 장사하기는 아까울 만치 자리가 좋은데……"
> "그런 게 아니라 그 건넛집이 말이에요."
> "건넛집이라니 잡화상?"

"아니오. 두 집 걸러 왜 담배 가게 있죠?"

"그래 그래."

"그 집에서 한 달 전부터 우동 장사를 시작했답니다."

"허허……"

"그 집인, 주인 집보다 돈두 많죠, 안두 넓죠, 게다가 자전거가 있죠. 그러니 경쟁이 되겠습니까?"

"허허… 그거 안됐구나."

"……"

"그래두 더러야 손님이 있겠지."

"그야 더러두 없어서야 어떡하겠습니까?"

아저씨는 잠깐 고개를 끄덕이다가 생각난 듯이,

"그래두 네 월급이야 주겠지."

"월급이 뭡니까? 이 달째 두 달 치나 못 받았답니다." (17-8면)

박태원은 주지하다시피 "문체탐구에 깊은 관심을 기울임으로써 문학사적인 중요성을 획득한다"(권영민)고 평가되는 작가이다. 그의 대표작으로 꼽히는 「소설가 구보씨의 일일」(『조선중앙일보』 1934)은 고도의 기교를 사용하여 무기력한 지식인의 방황을 하루라는 시간 속에서 공간이동을 통해 그려내고, 「천변풍경」(『조광』 1936~1937)은 카메라 같은 작가의 눈을 통해 작가적 주관을 최대한 억제하며 서울 청계천변 시정인물들의 삶과 풍속 세태를 담아낸다. 작가의 몇 안되는, 아이들을 위한 작품인 「영수증」(『매일신보』 1933)은 위의 두 작품보다 먼저 발표되었지만 이미 이 작품들의 주된 특징들을 내포하고 있다. 그리고 그러한 문체에 대한 관심과 관찰을 기반으로 한 겉보기의 묘사는 자칫 고아라는 소재가 줄 수 있는 감상성을 최대한으로 축소함으로써 오히려 독자의 공감과 감동을 이끌어내는 데 성공한다.

노마는 준비해간 영수증을 찢고 울면서 "어둔 길"을 걸어간다. 작중화자는 어떤 결의나 비전도 노마에게 허락하지 않는다. 이태준의 「눈물의 입학」에서 보이는 것과 같은 기쁨은 말할 것도 없다. 1930년대 식민지 치하에서 지식인의 무력감을 절감하는 작가라면 안일하게 분홍빛 해피앤드를 펼럭여 보일 수 없었을 것이다. 이런 그의 태도는 "기교의 세계가 퍽도 윤택한 대신 사상의 세계는 너무나 수척"(안회남)하다는 평가의 선상에 놓일 수도 있다. 그러나 교훈적인 의도가 뻔한, 섣부른 희망상을 제시하는 것보다는 얼마나 정직한가.

_열린어린이 2003년 9월호

놀이하는 아이들
현덕의 노마 연작

일제강점기의 암울한 시대에도 아이들은 뛰놀며 자란다. 노는 것은 아이들만의 특권이자 어른들의 고단한 삶이 내려뜨린 그늘을 헤쳐가는 비밀이기도 하다. 그러나 우리 아동문학은 암울한 현실 때문이겠지만 그 비밀의 세계를 놓친다. 그 세계를 오롯이 담아내게 된 것은 현덕에 이르러서이다. 바로 우리의 소중한 아이, '노마들'의 세계다.

노마들, 노마와 영이와 똘이와 기동이는 노는 것이 일인 나이의 단짝 친구들이다. 그들은 고양이와 쥐 놀이도 하고, 전차 놀이도 하고, 물고기를 잡으러 가기도 하면서 하루하루를 보내는데, 그 이야기들 한편한편이 여간 맛깔스럽고 실감나지 않는다. 그것은 무엇보다도 형식에서 온다. 원종찬이 말하듯 "단일한 사건과 이어진 구체적인 장면" "반복구조", 반복, 대조, 생략, 의성·의태어 등을 통한 "운과 율을 극대화" "대화글의 생동감"이라는 문장적 특성들이 "한꺼번에 어울려" 맛을 내주는 것이다.[14]

그러나 또 있다. 바로 현재형의 시점이다. 어린시절을 그린 이야기를 보

『너하고 안 놀아』 현덕 동화집, 송진헌 그림, 창비
1995.

노라면 현재의 고단함에서 '좋았던' 옛시절을 돌이켜보는 식의 감상적 회
고조를 종종 발견한다. 하지만 현덕(玄德, 1909~월북)의 노마 이야기는 시종
일관 현재형이다. 현재형이 성공하려면 아이들 내면으로 철저히 들어가지
않으면 안된다. 그것은 우선 눈높이와 관계된다. 아이들은 자기중심적으
로 사고하는데, 화자의 눈도 그런 아이들의 눈높이에 가 있다.

> 기동이는 옥수수 과자를 혼자만 먹습니다. 하나를 먹습니다. 둘을 먹습니
> 다. 셋, 넷을 먹습니다. 그 앞에 영이는 말없이 보고만 있습니다. (…) 그리고
> 기동이는 영이가 더 먹고 싶어하라고 일부러 더 맛있게 먹어 보입니다. 하나
> 를 꺼내 들고 얼마나 맛있는 것인가 한참씩 눈 위에 쳐들고 보다가는 넙죽넙
> 죽 돼지 입을 하고 먹습니다. 그 손이 오르고 내릴 때마다 영이 눈도 따라 움
> 직입니다. (…) 기동이는 영이가 더 먹고 싶어하라고 일부러 더 맛있게 먹어
> 보입니다. 아홉을 먹습니다. 열을 먹습니다. 열하나, 열둘을 먹습니다.(「옥수

---

14 원종찬 『현덕 동화 연구』 참고.

수 과자」)

그러다가 그들의 마음을 좀더 즐거웁게 하기 위하여 조금도 생각지 않았던 것이 나타났습니다. 돼지입니다.(「기차와 돼지」)

기차, 자동차, 코끼리 모두 노마, 기동이, 똘똘이가 어서 보고 싶은 것처럼 노마, 기동이, 똘똘이가 어서 오길 기다리고 있을 것입니다.(「대장 얼굴」)

아이들은 곧잘 상상을 현실로 느낀다. 고양이 놀이를 하면 자기가 고양이가 되고, 전차 놀이를 하면 자기가 전차가 되는 것이다. 화자 역시 아이들의 동일시에 추호의 의심을 하지 않는 화법을 구사한다.

노마는 고양이니까, 아무 장난을 하든 어머니에게 꾸중을 들을 염려는 조금도 없습니다. 왜 그러냐면, 혹 어머니에게 들킨대도 고양이처럼 달아나면 고만, 그걸로 인해 노마가 이전처럼 매를 맞거나 할 리는 없으니까요.(「고양이」)

노마는 전차니까 기운이 셉니다. 그리고 사정 볼 거 아무것도 없지요.
"난 체두 몰라. 체두 몰라."
하고 두루루 기동이를 새끼로 말아 막 뭉깁니다.(「새끼 전차」)

고양이는 고양이니까 아주 앙큼스럽습니다. 어떻게 홀딱 몸을 날려 노마와 영이 사이를 뛰어넘어 담 안으로 뛰어들었습니다. 그러자 쥐는 쥐니까 또 아주 몸이 날랩니다. 잡히지 않고 살짝 몸을 삐치어 담 밖으로 튀어나갔습니다.(「고양이와 쥐」)

이런 예는 얼마든지 들 수 있다. 「삼형제 토끼」 역시 이러한 아이들의 상상 즉 판타지가 생생한 놀이를 그린다. 함박눈이 펄펄 내리는 날 노마는 문득 눈이라는 것을 '발견'한다. 그 경이로움을 작가는 "노마는 오늘 처음으로 노마를 위해서 세상에 눈이라는 것이 내리는 듯싶습니다"고 표현해낸다. 온통 눈으로 덮인 세상은 이제 딴 나라이다. 그러자 딴 노마는 딴 세상이 되었으니까 딴 장난을 하고 싶어진다. 그리고 그림책에서 본 토끼와 늑대 놀이를 하기로 한다. "삼형제 깡충깡충 눈길을 뛰어갑니다." 화자의 눈에도 노마와 영이와 똘이가 토끼로 보인다.

하지만 이런 천진한 놀이세계에도 현실의 그늘이 드리워져 있다. 가난이 그것이다. 그러나 아이들은 그 그늘에 압도당하지 않는다. 노마는 기동이처럼 물딱총을 사갖고 놀 처지가 아니지만 "차츰 어떡하면 물딱총을 만들 수 있을까, 울음을 그치고 곰곰이 생각"해보는 대견함을 보여준다(「물딱총」). 영이는 장사 나간 어머니 대신으로 동생들을 보살펴주며(「조그만 어머니」), 노는 가운데도 어머니 노릇을 해야 한다(「어머니의 힘」). 고무신이 다 찢어져 여자 고무신을 빌려 신고 심부름을 가야 하는 노마지만(「여자 고무신」), 나물을 캐러 가는 영이를 도와 "장난이 아닌 일을 장난을 하듯이 즐겁게 할 수 있는 것이 더욱 즐겁"다(「우정」).

그러나 아이들이 언제나 천사표로 나타나지는 않는다. 구슬을 잃어버리고 친구를 의심하는가 하면(「잃어버린 구슬」), 있는 집 아이라고 뻐기는 기동이와는 함께 놀아주지 않는, 아이다운 앙갚음을 한다(「새끼 전차」 「싸움」 「둘이서만 알고」). 부잣집 아이가 욕심꾸러기로 정형화된 것은 계급문학의 도식을 따른 것 같지만, 기동이 역시 이 놀이세계에서 빠질 수 없는 한 구성원이다. 물론 처음부터 긍정적인 방식으로 참여하기도 하지만(「암만 감아두」 「바람하고」 「기차와 돼지」 「땜가게 할아범」), 놀이에서 당하는 역을 맡는 부정적인 방식으로 참여하거나(「삼형제 토끼」 「고양이와 쥐」 「대장 얼굴」), 다른 아이들이 입지 못한 두루마기를 벗어버리고 함께 토끼처럼 깡충깡충 섞여야 한다(「토끼와 자동차」). 이렇게 섞여드는 모습에서 작가는 도식적인 계급의 식은 아니지만 그의 애정어린 시선이 어디로 향해 있는지를 드러낸다. 예를 들어 「용기」에서 기동이는 아버지가 사준 번쩍번쩍한 칼 때문에 대장 노릇을 한다. 그런데 화자는 노마, 영이, 똘똘이도 그 사실만으로 기동이를 대장으로 "인정한다"고 하지 않고 "인정할 수 있"다고 쓴다. 거리를 두는 것이다. 그러다가 노마도 대장이 되고 싶어한다. 그럴 때 화자는 철저히 노마의 편에 선다.

하지만 대장 될 자격을 다만 대장칼이나 모자 같은 것을 가진 그걸로만 정하는 것은 대단히 불공평한 일입니다.(「용기」)

흔히 놀면서 배운다고 하지만, 함께 논다는 것은 아이들에게 배움 이전에 삶이며 삶의 즐거움이다. "너하고 안 놀아!" 우리는, 우리 아이들은 친구에 대한 토라짐을, 서운함을 얼마나 그 말로 표현해왔고 또 하고 있는가. 그 놀이세계를, 거기서 노는 노마와 영이와 똘이와 기동이라는 아이들을 "구슬을 닦듯" 정성과 애정을 담아 빚어낸 작품들을 갖고 있다는 것은 1946년 그의 동화집 『포도와 구슬』을 두고 박산운이 말했듯 "우리의 행복"이 아닐 수 없다(『현대일보』).

노마들의 이야기는 1938년에서 1939년 사이 주간 『소년조선일보』에 연재되었다. 그 이야기를 쓴 현덕은 1938년 「남생이」로 열렬한 찬사를 받으며 『조선일보』 신춘문예를 통해 등단하여(이미 1932년 「고무신」이라는 동화를 『동아일보』에 발표한다) 2년 남짓 활발하게 작품활동을 하다가 50년 월북했다. 그리고 월북작가의 운명에 따라 그의 작품은 오랫동안 묻혀 있게 되었고, 그의 작품이 재조명을 받게 된 것은 1990년대에 들어서이다. '유년동화에서 뛰어난 고전을 남긴 작가'(이오덕), '동심천사주의 문학과 계급주의 문학의 한계를 극복하고 뭔가 새로운 아동문학의 전형을 보여주

려던 천재적인 작가'(이재복), '리얼리즘 유년동화와 소년소설의 개척자로
서 (…) 우리 아동문학사에 우뚝 선 존재'(원종찬), 이상이 현덕에게 내려진
평가이다. 그리고 이제 그 평가는 자리를 굳히고도 남는다.

_열린어린이 2003년 11월호

부록

해외 도서관의 연구자를 위한 써비스

1. 들어가는 말

우선 국립어린이청소년도서관에서 어린이도서관 관련 업무자와 연구자들의 연구활동을 위한 써비스에 관심을 갖는 것에 대해 아동청소년문학 연구자로서 무척 반갑게 생각합니다. 어린이청소년도서관은 아시다시피 궁극적으로 어린이와 청소년을 위한 도서관입니다. 아이들이 독서를 비롯한 여러가지 문화활동을 할 수 있도록 기회를 제공하는 것이 주된 역할입니다. 하지만 이러한 역할은 여러 지역 어린이청소년도서관에서 분담해야 할 일이기도 합니다. 따라서 연구자들을 위한 연구 정보써비스는 중앙도서관으로서의 고유한 의미를 확인하는 매우 고무적인 일이 아닐 수 없습니다.

저에게 주어진 주제는 해외 어린이청소년 연구 정보써비스 동향이지만, 개인적인 경험을 토대로 한 사례발표라서 매우 제한적입니다. 우선 저는 아동청소년 연구자가 아니라 아동청소년문학 연구자이기 때문입니다. 아동연구나 청소년연구는 아동이나 청소년의 심리라든가 인지, 정서적·사회적 행동을 연구하는 학문으로 아는데, 이에 대해서 저는 아는 바가 거의 없습니다. 아동청소년연구의 정보써비스에 대해서도 일반적인 학문 분야의 도서관을 통한 정보써비스라는 맥락에서 짐작할 따름입니다. 따라서 저는 아동청소년문학 연구자로서 독일과 오스트리아의 몇몇 도서관에서 얻은 경험을 함께 나누면서 어린이청소년연구 정보써비스를 위한 단초를 찾아보는 데 그치고자 합니다.

연구자에게 중요한 것은 무엇보다도 연구자료의 확보일 것입니다. 독일에서 아동청소년문학 연구자가 자료를 얻을 수 있는 곳은 크게 어린이청소년도서관과 연구소도서관으로 나누어볼 수 있습니다. 물론 일반 공공도서관과 대학도서관에서 구할 수 있기도 합니다. 하지만 한눈에 관련자료를 개관하기에는 전문도서관이 훨씬 편리합니다. 이러한 전문도서관 가운데 가장 괄목할 만한 도서관은 세계 최대의 어린이청소년도서관으로 꼽히는 뮌헨의 국제청소년도서관(http://www.ijb.de)일 것입니다.

2. 뮌헨의 국제청소년도서관

뮌헨 국제청소년도서관(이하 뮌헨 청소년도서관으로 줄여 말함)은 1949년에 옐라 레프만(Jella Lepman, 1891~1970)에 의해 세워졌습니다. 나찌의 공포정치와 제2차 세계대전이라는 전쟁의 참혹함을 겪은 후, 독일 미래의 희망은 아이들에게 있다고 본 것입니다. 아시다시피 나찌 시대에는 나찌 이데올로기를 주입하는 선전문학만이 용인되었습니다. 이러한 책을 읽고 자란다면 타인에 대한 이해를 기대하기 어렵습니다. 따라서 레프만은 이 도서관을 통해 아이들이 좋은 책을 접할 수 있을 뿐만 아니라, 아동청소년문학에 대한 담론도 형성할 수 있기를 바란 것입니다. 이 점에서 연구자를 위한 기반이 이미 마련되었다고 볼 수 있습니다. 레프만은 작은 노벨상이라고도 불리는 '한스 크리스티안 안데르센 상'과 국제아동도서협의회(IBBY)의 창립자이기도 합니다.

소장 규모는 약 54만권으로 세계 최대 규모를 자랑합니다. 장서에는 독일어 도서뿐만 아니라 약 130개국에 달하는 세계 각국의 도서들이 포함되며, 종수로는 약 5만종에 달합니다. 연구자들을 위한 2차자료로는 약 3만종을 확보하고 있다고 합니다. 해마다 세계 각국의 1,000여개 출판사에서 기증본이 제공되고, 약 9천권의 책이 새로 들어온다고 합니다. 물론 한국어 도서들도 있습니다. 제가 장학생으로 있던 1999년에는 서가 두 칸이 한국어 도서들이었는데, 지금은 훨씬 늘어났으리라 여겨집니다. 프랑크푸르트 도서전에 꾸준히 참여하면서 많은 책들을 그곳에 기증한다는 소식을 들었습니다. 여담입니다만, 제가 그곳 장학생으로서 협조해야 할 사항은 한국어 도서 정리였는데, 한국어 표기체계 때문에 요청이 취소되었습니다. 당시 담당자 말로는 한국어 표기체계는 두가지가 있는데, 통일되지 않은 상태에서 도서정리를 하다보면 다시 전목록을 바꾸어야 하는 일이 벌어질 수 있다는 것이 그 이유였습니다. 가령 이아무개라는 사람을 Yi 또는 Lee로 달리 표기할 수 있기 때문입니다.

뮌헨 청소년도서관은 1983년에 블루텐부르크 성으로 옮겨왔습니다. 15세기 한 귀족의 사냥궁이었던 이 성에는 현재 도서관뿐만 아니라 미하엘 엔데 박물관, 제임스 크뤼스 탑, 에리히 케스트너 방, 비네테 슈뢰더 진열장, 오트프리트 프로이슬러 아카이브 등이 있습니다. 이 가운데 슈뢰더 진열장과 프로이슬러 아카이브는 2005년 신설된 것으로, 이 박물관들은 독서박물관(Lesemuseum)이라는 이름으로 통칭해서 불립니다.

거듭 강조하거니와 연구자들에게는 연구자료의 확보가 중요합니다. 이점에서 뮌헨 청소년도서관은 연구자들에게 대단히 유용합니다. 일반도서관과 다름없이 이용자들이 자유로이 드나들며 책을 읽고 대여할 수 있는 도서관 외에도 지하의 마가쩐(Magazin)이라는 서고에 약 50만종의 1차자료가 소장되어 있기 때문입니다. 이 자료는 외부대출은 되지 않지만, 요청하면 연구홀(Studiensaal)이라는 곳에서 읽을 수 있습니다. 이 연구홀에는 별도로 약 3만권의 2차문헌과 280여종의 전문잡지, 약 4만종의 각종 카탈로그며 팸플릿이 소장되어 있습니다. 이때 중요한 것은 소장할 만한 도서의 선별이라고 할 수 있을 것입니다. 이를 위해 독일어를 비롯해 영어, 프랑스어, 그리스어, 이딸리아어, 일본어, 네덜란드어, 페르시아어, 루마니아어, 스칸디나비아어, 슬라브어, 터키어, 헝가리어 등 언어권별로 렉토어(Lektor)라고 불리는 전문사서를 두고 있는데, 실제로는 영어, 프랑스어, 이딸리아어를 제외하면 한 렉토어가 여러 언어권을 담당합니다. 한국어 책들은 일본어 담당 렉토어가 관장하고 있습니다.

뮌헨 청소년도서관은 도서관의 활동면에서도 홍미로운 시사점을 던져줍니다. 그 가운데 하나는 전시 프로젝트입니다. '피터 시스'라든가 '이반 간체프' '에리히 케스트너' 전시회처럼 한 일러스트레이터나 작가를 집중조명하기도 하고, '인도의 그림책' '캐나다의 어린이책'처럼 한 나라의 책들을 집중조명하기도 합니다. '어린이문학에 나타난 섬' 또는 '전쟁'과 같이 특정 주제를 잡기도 합니다. 여기서 선별된 책들은 다른 도서관뿐만 아니라 학교나 문화 관련 행사에 순회전시를 하기도 합니다. 책은 무료대여지만, 운송비와 보험비는 전시자 부담입니다. 이때 카탈로그가 별도로 제작되는데, 연구자에게는 관련 주제에 대한 매우 유용한 정보가 됩니다.

물론 아이들을 위한 프로그램도 있습니다. 책과 문학에 관련된 프로그램들인데, 다른 나라와 마찬가지로 여러 활동을 통해 독서에 대한 흥미를 유도하고자 노력합니다. 그림 그리기, 만들기, 그림자극, 인형극 등은 이러한 활동의 예입니다. 제가 참여한 프로그램은 미하엘 엔데의 『모모』를 이용한 독서수업이었습니다. 이 수업을 주관한 것은 일종의 독서지도사들입니다. 사교육의 영역에 머무는 우리나라와는 달리 학교와 도서관이 연

대해서 독서지도사를 활용하고 있는 것에 깊은 인상을 받았습니다.

뮌헨 청소년도서관은 각종 쎄미나와 심포지엄을 열어 순전히 전문연구자들을 위한 장을 마련해주기도 합니다. 이때의 대상은 학술적 연구자들뿐만 아니라 유치원과 학교 교사, 출판 관련 종사자, 사서 등을 다 포괄합니다. 아동과 청소년 책에 관련된 전문가 모두를 포함하는 것이지요. 이러한 행사는 여러 아동청소년문학 관련 학회나 협회, 연구회 등 다른 기관들과의 협력과 연대하에 이루어집니다.

뮌헨 청소년도서관의 출판물로는 앞에서 이야기한 카탈로그 외에도 도서관과 국제 아동청소년문학에 관련된 소식이나 논문을 싣는 반년간지 소책자 『국제청소년도서관 리포트』와 해마다 약 250종의 전세계 중요 신간들을 소개하는 소책자 『흰 까마귀』(The White Raven)가 있습니다. 『흰 까마귀』는 해마다 볼로냐 국제아동도서전을 위해 발행됩니다. 물론 연구자, 사서, 교사, 학부모들이 참고할 수 있는 추천도서목록 작업도 빼놓지 않습니다. 이런 출판물 역시 연구자들에게는 요긴한 참고자료가 됩니다.

외국인 연구자(사서, 일러스트레이터, 작가, 편집자, 독서지도 관련자 포함)로서 주목할 만한 지원은 장학제도입니다. 최장 3개월까지 월 850유로(1999년 제가 갔을 때는 1,500마르크였습니다)가 지원됩니다. 단, 지원은 한번으로 그칩니다. 영어만 알면 얼마든지 지원할 수 있는데, 유감스럽게도 우리나라 지원자는 중국이나 일본과는 달리 거의 없다시피 합니다.

3. 빈의 국제청소년문학연구소 도서관

아동청소년도서관은 원칙적으로 아이들을 위한 도서관이기 때문에 2차자료를 찾을 땐 뮌헨 청소년도서관을 제외하면 대부분 일반도서관이나 대학도서관에 의존할 수밖에 없습니다. 대학도서관은 말할 것도 없고, 일반도서관 역시 특정분야에 관한 전문자료가 아무래도 부족할 수밖에 없습니다. 많은 일반도서관이 같은 건물이나 별개의 건물에 아동청소년도서관을 운영하고 있어도 사정은 마찬가지입니다. 따라서 아동청소년문학 관련 연구소들은 다른 전문연구소들과 마찬가지로 별도의 도서관을 운영합니다. 오스트리아 수도 빈의 국제청소년문학연구소(http://www.jugendliteratur.net)도 그 가운데 하나입니다.

이 연구소는 1965년 창설되어 현재 오스트리아 정부의 지원 아래 활동하고 있습니다. 제가 아동청소년문학 관련 전문자료들이 이렇게 많다는 것을 처음 체험한 곳이 바로 이 연구소 도서관입니다. 뮌헨 청소년도서관보다는 규모가 작아서 6만권의 1차자료와 약 7천종의 2차자료를 소장하고 있습니다. 하지만 중요한 독일어권 2차자료는 대부분 찾아볼 수 있습니다. 뮌헨 청소년도서관과 마찬가지로 2차자료는 2권 이상 소장본이 아니면 대출이 불가합니다. 이 연구소 역시 다른 단체와 연계하여 아이들의 독서진흥을 꾀하는 한편 아동청소년문학 관련 전문가들을 위한 쎄미나와 심포지엄을 조직하고 있고, 2001년부터는 딕시(Dixi) 아동문학상을 주관하고 있습니다. 특히 여름 쎄미나는 2006년에 제40회에 이를 정도로 오랜 역사를 지니고 있는데, 여기서 다룬 주제는 연구자들의 연구 및 관심 영역을 넓혀주고 있습니다. 몇년 전까지 이 연구소 역시 외국인 연구자를 위한 장학제도가 있었지만, 지금은 예산 문제로 없어진 것으로 압니다.

이 연구소의 중요한 활동 가운데 하나는 아동청소년문학 전문서평지 『1000+1 책』(1000 und 1 Buch)의 발간입니다. 오스트리아 아동청소년문학에 중점이 맞춰져 있지만, 언어적 특성상 독일어권 아동청소년문학 전반에 대한 개괄도 충분히 얻을 수 있습니다. 그밖에 뮌헨 청소년도서관과 유사하게 주제별 도서목록 작업과 추천도서목록 작업도 이루어지고, 또 그것을 소책자 형식으로 출간합니다.

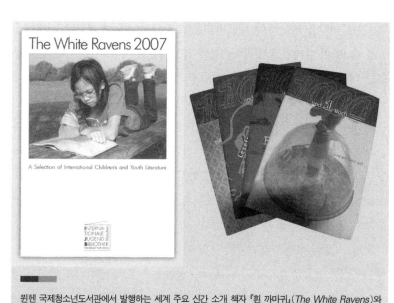

뮌헨 국제청소년도서관에서 발행하는 세계 주요 신간 소개 책자 『흰 까마귀』(The White Ravens)와 빈의 국제청소년문학연구소 도서관에서 발행하는 아동청소년문학 전문서평지 『1000+1 책』(1000 und 1 Buch).

4. 프랑크푸르트 요한 볼프강 폰 괴테 대학부설 청소년문학 연구소 도서관

독일 아동청소년문학 연구는 1960년대와 1970년대에 교사 교육이 대학 교육에 통합되는 것을 계기로 대학 안으로 들어서게 됩니다. 특히 프랑크 푸르트 대학의 '청소년문학연구소'와 쾰른 대학의 '아동청소년문학사 연구회'를 중심으로 아동청소년문학에 중점을 둔 연구가 시작됩니다. 클라우스 도더러를 중심으로 『아동청소년문학사전』(전4권, 1975~1982) 편찬에 들어선 것도 이 시기의 일입니다. 1990년대에 이르면 아동청소년문학 연구가 대학연구소 단위로 진행된다는 특징을 갖습니다.[1]

아동청소년문학 관련 전문연구소를 가진 대학으로는 프랑크푸르트 대학, 쾰른 대학을 비롯하여 루드비히부르크 사범대학, 올덴부르크 대학을 꼽을 수 있고, 빌레펠트 대학이라든가 HU 베를린 대학, 기센 대학, 뤼네부르크 대학, 오스나브뤼크 대학 등 자신의 연구소가 없는 대학에서도 '제도권화된 연구'가 진행되고 있다고 합니다. 독일에서 아동청소년문학 연구에 종사하는 이는 약 150명으로 추정되는데, 대부분은 대학 및 연구소와 관련되어 있고, 아동문학이나 매체 관련 연구소 설립에 관심을 갖는 대학도 점차 늘어나고 있습니다. 슈투트가르트 대학의 '응용아동매체연구소'(Ifak)가 그 대표적인 예이며 뷔르츠부르크, 밤베르크에도 아동 관련 연구소들의 설립이 추진된 것으로 압니다.

독일 최초의 아동청소년문학 전문연구소인 프랑크푸르트의 청소년도서연구소는 아동문학 연구의 대부격인 클라우스 도더러의 뒤를 이어 지금은 한스-하이노 에버스가 이끌고 있는데, 그는 연구의 중점을 아동청소년문학이론과 역사적 아동청소년문학, 간(間)문화적 연구에 두고 있습니다. 이 연구소 역시 독립된 도서관을 갖고 있습니다. 특히 문예이론가 발터 벤야민의 컬렉션을 소장하고 있는데, 이 컬렉션은 고서들이기 때문에 일반인은 접근이 허락되지 않습니다. 이런 특별 소장품이 아니라도 1950년 이전 출간된 1차자료들은 대출이 불가능하고 관내 열람만 가능합니다.

5. 연구자를 위한 정보써비스, 희망사항

앞에서 보았듯이 독일어권의 경우 아동청소년 관련 도서관의 주요 연구 정보써비스는 전문자료의 소장 및 제공, 쎄미나와 심포지엄, 도서전시 등 각종 행사와 그에 관련된 출간물 간행, 서평지 및 추천도서목록 발행으

---

1 이를 한 연구자는 '제도권화된 연구'로 표현합니다.

로 요약해볼 수 있고, 그 가운데 많은 행사는 여러 관련 단체 및 학회와 연계하여 이루어지고 있습니다. 우리 국립어린이청소년도서관 역시 유사한 기획들을 가지고 있고, 또 실천에 옮기고 있는 것으로 보입니다. 물론 내용이 중요하지만 그것은 시간과 함께 채워지리라 기대합니다. 따라서 여기서는 우리 아동청소년문학 연구의 특수한 상황을 고려한 몇가지 요청을 함께 생각해보는 자리를 가질까 합니다.

과문한 탓인지 모르겠으나 우리나라에서는 대학 내에 설립된 아동청소년문학연구소는 거의 없는 것으로 압니다. 연구소도 없는데 부설도서관을 기대하기는 어려운 일입니다. 동화와번역연구소, 한국어린이문학교육학회가 있기는 하지만 연구자의 모임을 넘어서는 인프라를 갖추고 있다고 하기는 어려울 것입니다. 그밖에도 어린이도서연구회, 문학교육학회, 한국아동문학회, 한국아동문학학회 등 명목상으로는 많은 학회나 연구회가 있지만 여기서도 도서관이 운영된다는 이야기는 듣지 못했습니다. 있다고 해도 자료실의 형태로, 포괄적인 기본 연구자료를 제공하기에는 역부족인 실정입니다. 이런 상황에서 국립어린이청소년도서관이 연구 정보써비스에 관심을 갖는다는 것은 매우 고무적인 일이라고 아니할 수 없습니다. 또한 그만큼 어린이청소년도서관에 바라는 바가 커질 수밖에 없습니다.

연구자료의 확보와 데이터베이스화

가능한한 풍부하고 다양한 연구자료를 확보하는 것은 도서관이 해야 할 기본사항일 것입니다. 우리나라 아동청소년문학 연구는 이제야 겨우 시작 단계라고 할 수 있습니다. 특히 역사적 연구는 거의 이루어지고 있지 않습니다. 역사를 모르면 미래도 없다는 말이 있습니다. 이는 아동청소년문학에도 해당되는 말이라고 생각합니다. 역사적 연구를 위해서는 기초자료의 확보가 무엇보다도 중요합니다. 아이들 책은 아이들이 다 자란 후까지 소장하는 경우가 드물다는 점에서 원로 아동문학가들의 소장자료를 기중받는 일은 대단히 중요합니다. 하지만 적극적으로 자료를 찾는 작업도 중요하다고 생각합니다. 뮌헨 청소년도서관은 아동청소년문학역사연구회와 연계해서 고서 컬렉션의 도움을 받고 있습니다.

다른 한편, 희귀본 도서들을 일반 연구자들에게 개방하는 것은 한계가 있기 때문에 이들 자료를 새로 집대성해서 편찬할 필요가 있습니다. 영인본의 형태도 좋지만, 접근성을 위해서는 현대화하는 작업도 필요합니다. 이러한 역사적 자료 편찬작업은 독일의 경우 프랑크푸르트 청소년문학연구소나 쾰른 아동청소년문학회를 중심으로 이루어지고 있습니다. 18세기 계몽주의부터 시작해서 낭만주의, 19세기, 제3제국에 이르기까지 텍스트들을 모아놓은 단행본들이 출간되면서 1차자료들을 쉽게 접할 수 있게 된 것입니다. 이러한 성과물이 나오려면 자료들의 데이터베이스화가 중요함은 말할 것도 없습니다.

뮌헨 청소년도서관은 소장 자료들을 데이터베이스화하여 웹에서 자료 검색이 가능하도록 써비스를 하고 있습니다(webOPAC). 우리 어린이청소년도서관도 검색써비스는 누구에게도 뒤지지 않습니다. 하지만 아직은 단행본이나 학위논문 정도가 검색 결과로 나오는 것을 발견합니다. 특히 해방전 시기의 아동문학은 잡지에 발표된 것이 대부분이기 때문에 옛날 잡지의 데이터베이스화는 연구자들의 수고를 크게 덜어줄 것입니다. 나아가 조금 더 욕심을 부려 여러 도서관에 흩어져 있는 자료들도 데이터베이스화해서 무엇이 어디에 소장되어 있는지 알 수 있기를 기대해봅니다.

아동청소년문학사전 편찬

역사적 연구와 아울러 전문 사전에 대한 필요성도 절실합니다. 사전은 연구의 기본입니다. 개념 정립이 없이는 체계적인 연구가 불가능하기 때문입니다. 프랑크푸르트 대학에 연구소가 생기면서 가장 먼저 이루어진 작업 가운데 하나가 『독일 아동청소년문학사전』의 편찬이었음을 생각해봅니다. 우리나라에도 아동문학사전이 없지는 않았지만 출간된 지 너무 오래되어 그간의 발전 상황을 담아내지 못할뿐더러 이미 절판되어 구하기도 어렵습니다. 연구의 초석조차도 이루어지지 않고 있는 현실입니다. 이 작업을 도서관에 기대하는 것은 지나친 일일 수도 있으나, 데이터베이스화라는 맥락에서 고려해볼 수 있으리라 생각합니다.

서평지와 추천도서목록 작업

지난번 '청소년 독서 진흥 쎄미나'에서도 거론되었지만 아동청소년도서 출판을 전체적으로 조망하고 평가할 수 있는 독립된 서평지는 연구자들뿐만 아니라 도서관 업무 관계자와 출판 관계자들에게도 매우 중요합니다. 물론 조금 관심을 가지면 참고할 만한 서평지들이 없지는 않지만, 어떤 식으로든 출판시장과 이해관계가 얽히지 않은 객관적인 서평지의 필요성은 아무리 강조해도 지나치지 않을 것입니다.

같은 맥락에서 추천도서목록 작업도 이루어져야 할 것입니다. 그 어느 때보다도 독서의 필요성에 대한 인식이 커지고 있는 지금, 여러 곳에서 추천도서목록이 쏟아져나오고 있습니다. 이 목록은 대부분 학년별 분류를 따르고 있는데, 이는 도서시장과 독서시장의 요구를 반영한 것입니다. 특정분야의 책들이 주로 추천도서목록에 오르는 것도 시장의 요구 때문인 것으로 파악됩니다. 시장원리도 중요하지만 정말 필요한 책이 무엇인지, 아직 비어 있는 책은 무엇인지를 파악하기에 이런 목록들은 너무 큰 한계를 지닌다는 한 편집자의 말은 귀담아들을 필요가 있다고 봅니다. 특히 특정 주제를 잡아 전시를 기획하고, 이와 관련한 책자의 편찬은 좋은 보완이 될 것입니다. 특정 작가에 대한 집중조명은 그 작가의 작품세계를 더욱 깊이 들여다볼 수 있게 할 뿐만 아니라, 독자와 작가 사이의 거리를 좁히게 해줍니다. 이와 관련하여 생존하는 작가라면 작가와의 만남을 주선하는 것도 생생한 정보를 제공하는 장이 될 것입니다.

학회행사 및 쎄미나

열악한 상황에서 연구하고 있는 국내의 학회들과 연계한 쎄미나는 당연히 연구자와 아동청소년 도서 관계자들에게 큰 힘이 될 것입니다. 다른 한편, 국내의 학회 동향은 물론, 국제아동도서협의회(The International Board on Books for Young People: IBBY)를 비롯해서 해외 아동청소년문학학회의 행사라든가 쎄미나 정보는 연구자들에게 좋은 자극이 됩니다. 단순히 싸이트를 링크해놓는 것도 좋지만, 동향을 간략하게 요약해서 소개하면 더욱 좋을 것입니다. 이는 국제적 역량의 연구로 나아가기 위한 바탕이 될 수 있으리라 생각합니다.

장학제도

도서구입에서조차 출판사의 기증본을 자체 구입보다 더 반가워해야 하는 현실에서 장학제도를 언급하는 것이 비현실적으로 들릴지도 모르겠습니다. 하지만 장기적으로 우리나라의 아동청소년문학을 알리는 데 이러한 장학제도가 크게 기여할 수 있음은 뮌헨 청소년도서관이나 오사카 아동도서관의 경우에서 증명됩니다.

이상으로 어쩌면 누구나 한번쯤은 생각해봤을 사항일 수도 있지만, 환기의 차원에서 몇가지 희망사항들을 소박하게 적어보았습니다. 그러나 도서관측의 써비스 의지도 중요하지만 연구자 및 관련자들의 적극적인 참여와 활용이 전제되어야 함은 물론입니다. 구슬이 서말이라도 꿰어야 보배니까요.

_국립어린이청소년도서관 쎄미나 2006년 12월

독일 어린이청소년도서관의 어린이를 위한 프로그램

들어가는 말

도서관을 흔히 지식의 창고라고 일컫는다. 이때 지식은 주로 책이라는 매체를 통해 전달되는 것을 전제로 한다. 그러나 다매체시대 정보의 홍수 속에서 살고 있는 지금, 도서관이 전통적이고 수동적인 책의 창고에 머물 수는 없다. 더 큰 매력으로 다가오는 다른 매체들을 과감히 수용해야 하고, 점점 더 책에서 멀어지는 독자들을 적극적인 독자로 키워야 하는 두가지 과제 앞에 직면해 있는 것이다. 독서의 즐거움을 일찍 알수록 능동적인 독자가 되는 것은 당연하다. 이런 맥락에서 아동써비스 프로그램을 계발하려는 도서관들의 노력은 매우 고무적이다.

책 외의 다양한 매체를 도서관에서 수용하려는 노력은 독일 아동청소년도서관에서도 강하게 나타난다. 인터넷 이용은 물론 비디오, 씨디와 디브이디의 대출도 기본이 되었다. 가령 뮌헨의 가슈타이크 시립 어린이청소년도서관에서는 여덟살에서 열두살 아이를 대상으로 초보자를 위한 인터넷 강의를 개설하여 인터넷 이용방법을 알려주기도 한다. 또한『내 이름은 삐삐 롱스타킹』『왕도둑 호첸플로츠』『찰리와 초콜릿 공장』등 아동청소년문학 작품을 토대로 만들어진 영화를 상영하기도 하는데, 무료 제공은 아니고 2유로 정도의 관람비를 내야 한다. 책의 텍스트를 음악과 연결시킨 프로그램도 눈에 띈다. 뮌헨 리하르트 슈트라우스 음악학교 학생들로 이루어진 연주단이 이 프로그램을 제공하는데, 예를 들어 아스트리드 린드그렌의『에밀은 사고뭉치』가운데서 일부 텍스트를 골라 음악과 함께 들려주는 것이다. 이런 프로그램들은 우리에게도 그다지 낯설지 않으며, 아이들을 도서관으로 끌어오는 좋은 계기가 될 수 있다. 그렇기는 하지만 아이들을 얼마나 능동적인 독자로 이끌어가게 될지는 미지수라고 할 수밖에 없다.

도서목록과 전시

책의 세계를 독자에게 제대로 알리기 위해서는 무엇보다 검증된 도서목록이 요청된다. 이와 관련하여 눈에 띄는 도서관은 단연 뮌헨의 국제청소년도서관이다. 옐라 레프만에 의해 1949년 뮌헨의 슈바빙에서 약 4천권의 장서로 시작하여, 1983년부터 블루텐부르크란 이름의 성에 정착하게 된 이 도서관은 글자 그대로 하나의 성이 도서관인 셈인데, 현재 130여개국 50만종 이상의 도서와 3만종이 넘는 전문도서를 소장하고 있어 연구자를 비롯한 아동청소년문학 전문 관계자들에게 참고자료를 제공한다. 물론 일반 이용객과 대출자들을 위한 공간이 열린 서가의 형태로 따로 마련되어 있어 아이들이 와서 책을 읽거나 빌려볼 수도 있다.

국제청소년도서관의 도서목록은 연간 목록인『흰 까마귀』와 그때그때 테마별 도서목록으로 나뉜다.『흰 까마귀』는 독일어권뿐만 아니라 외국에

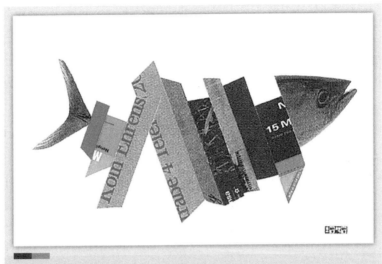

'물고기와 피아노와 바람'
『상상도서관. 아직은 없는 어린이청소년책』에 실린 신동준의 그림(© 신동준).

서 출간된 중요 도서들을 약 80쪽에 걸쳐 소개하는 소책자로, 그 목록이 볼로냐 어린이도서전에서 소개되기도 한다. 테마별 도서목록은 아동청소년문학에서 '섬'이라는 모티프를 다룬 책들을 모은 『로빈슨에서 룸머란트까지』(1995), 18개국에서 출간된 85개 피노키오 판본들을 모은 『피노키오』(1995)를 비롯해 평화와 관용을 다룬 그림책들을 모은 『안녕, 적(敵)아!』(2006) 같은 도서목록이 있는가 하면, 그림책 작가 피터 시스를 소개한 『피터 시스, 네 꿈을 쫓아라…』(1995), 30개국의 일러스트레이터들이 책의 꿈을 그린 『상상도서관. 아직은 없는 어린이청소년책』(2007) 같은 일러스트레이션 목록이 있다.

이들 테마별 도서목록이나 일러스트레이션 목록은 대개 기획전시의 소산으로, 이들 기획전시는 연간 전시로 장기간 계속되거나 순회전시로 독일 내 다른 도서관뿐만 아니라 독일 국경을 넘어 외국에서도 전시가 가능하다.

도서관에서 독자에게 책을 알리는 도서전시는 가장 기본적인 써비스 프로그램이면서도 다른 프로그램과 연계되지 않으면 무관심 속에 묻힐 수 있는 단점이 있다. 프랑크푸르트 중앙어린이청소년도서관은 매해 크리스마스 무렵이면 뢰머 시청사에서 도서전시를 하는데, 마침 연계 프로그램이 없을 때 갔기 때문인지 모르지만 유난히 썰렁했던 기억이 남아 있다. 아마도 그래서인지, 뮌헨 국제청소년도서관 전시에는 학교 프로그램이 연계되어 있다. 예를 들어 평화와 관용을 주제로 한 '안녕, 적(敵)아!' 전시에는 비록 무료는 아니지만 '나와 너—너희와 우리'라든가 '어린이책 다리를 지나 국제청소년도서관까지' '빨강 파랑 초록. 경계와 독선과 화해'와 같은 프로그램을 마련해놓은 것을 발견할 수 있다.

책 읽어주기와 작가와의 만남

독일에서 놀란 것 중 하나는 낭독회가 서점이나 도서관 등 곳곳에서 열린다는 것이었다. 그것도 아이들을 위한 낭독회가 아니라 어른들을 위한 낭독회가 말이다. 그러니 아이들을 위한 낭독회는 말할 것도 없다. 이러한 낭독회는 반드시 주최가 도서관일 필요는 없지만 도서관이 좋은 장을 제공할 수 있음은 분명하다. 함부르크의 아동청소년도서관은 레제벨트(독서세상) 협회 소속 자원봉사자들이 정기적으로 책을 읽어주는 프로그램을 제공한다. 한 은퇴연금생활자에 의해 시작되어 지금은 40명에 이르는 자원봉사자가 참여하고 있다고 한다. 이런 자원봉사 프로그램은 쾰른 어린이청소년도서관에서도 제공된다.

물론 많은 도서관에서는 책 읽어주기 프로그램과 관련하여 작가가 자신의 작품을 낭독하는 프로그램도 제공한다. 작가와의 만남 프로그램에서 인상적이었던 작가는 유타 트라이버였다. 오스트리아의 중견작가로 우리나라에는 『천사의 꽃』(베틀북 2002) 『우리는 모두 낀아이』(온누리 2005) 『둘째 코니는 낀아이』(온누리 2005)가 소개되어 있다. 머리가 희끗희끗한 노인이 기다란 스카프를 소품으로 이용하며 정열적으로 자신의 작품을 소개하는 모습을 보고 작가에게도 뭔가 무대정신이 필요하지 않나 감탄했더랬다. 그에 반해 안데르센 상, 아스트리드 린드그렌 상, 독일 청소년문학상 등 유수한 상을 섭렵하고 우리에게도 『오이대왕』, '프란츠 이야기' 씨리즈, 『수호유령이 내게로 왔어』, 『깡통 소년』 등등 많은 작품으로 알려진 크리스티네 뇌스틀링거는 큰 동작이나 움직임 없이 자신의 작품을 읽어나가면서도 천연덕스러운 유머를 구사했다.

우리도 이제는 작가와의 만남이 드물지 않기에 길게 소개할 필요성은 느끼지 않지만, 한가지 함께 생각할 점이 있다. 처음부터 끝까지 작가의 강연을 듣는 것도 좋지만, 먼저 작가의 작품 가운데 일부를 읽고 그로부터 이야기를 풀어나가면 청중과 작가의 대화가 한결 수월하리라는 점이다.

독서클럽 운영

쾰른의 아동청소년도서관은 독서클럽을 운영한다. 여섯살부터 열두살까지의 어린이로, 쾰른 어린이도서관 도서관증을 갖고 있으면 회원이 될 자격이 있다. 독서클럽의 활동은 읽기, 워크숍, 독서축제 같은 활동과 쓰기 및 그리기 대회로 이루어진다. 가장 인기 있는 프로그램은 '악당을 잡아라'라는 인터액티브(interactive) 프로그램이다. 매주 토요일 4시에 시작하는 이 프로그램은 젊은 배우들이 방송극 형식으로 희생자와 범인의 역할을 맡고 참여 어린이들은 그들을 도와 범인을 잡는다. 유료 프로그램으로 참가자는 5유로를 지불해야 한다. 이 프로그램은 무대를 맡은 사회자와 감독, 음악가가 있고, 그때그때 다른 연기자들이 배역을 맡는다. 대본을 쓰는 작가들도 따로 존재한다.

열살에서 열두살까지의 어린이는 글쓰기대회에 참가할 수 있다. 글감은 특정 도서에 대한 서평이며 분량은 원고지 6매 정도로 이메일이나 우편으로 보내면 된다. 이 대회는 일년에 한 번 열리며, 마감은 8월이고 시상식은 11월에 한다.

퀼른 도서관의 독서클럽은 그밖에도 아이들에게 독서일기를 쓰도록 권장한다. 우리의 독서이력철을 상기시키는 프로그램이라 흥미롭다. 이곳의 독서일기는 책을 읽고 도서관에서 내준 설문지를 채우는 형식인데, 한 설문지를 완전히 채울 때 10점을 부여하고, 20점부터 상을 준다. 20점을 받으면 지우개나 핀을, 200점이 되면 공책이나 배낭 등을 선물한다. 설문지의 내용은 연령에 따라 다른데 각각은 다음과 같다.

* 여섯살에서 아홉살 어린이
─책 제목은?
─작가의 이름은?
─책에서 가장 멋진 부분을 글로 쓰거나 그림으로 그려보기.
─가장 마음에 드는 부분은? 최소한 네 문장으로 간략하게 묘사해보기.
─마음에 들지 않는 부분은? 최소한 두 문장으로 간략하게.
─책을 추천할 만한가, 아닌가? 그 이유는?

* 열살에서 열두살 어린이
─책 제목은?
─작가의 이름은?
─책의 주제는? (예: 우정, 사랑, 폭력, 죽음, 가족. 다른 개념을 써도 좋음)
─어떤 인물이나, 사물이 역할을 맡고 있나?
─책이 쓰여진 방식은? (예: 흥미진진하다, 우습다, 슬프다, 감동적이다.

다른 개념을 써도 좋음)

　―가장 마음에 드는 부분은? 최소한 네 문장으로 간략하게 묘사해보기.

　―마음에 들지 않는 부분은? 최소한 두 문장으로 간략하게.

　―책을 추천할 만한가, 아닌가? 그 이유는?

　* 열세살에서 열다섯살 어린이

　―책 제목과 저자의 이름은?

　―내용을 간략하게 써보기. 최소한 네 문장.

　―읽으면서 가장 중요하게 느껴진 인물의 성격을 써보기. 최소한 다섯 문장.

　―어떤 부분이 가장 마음에 들었고 어떤 부분이 마음에 들지 않았는지 간략히 써보기. 최소한 네 문장.

　―왜 이 책을 골라서 읽었나?

　* 논픽션에 대한 설문지

　―책의 제목은?

　―책의 주제는?

　―어떤 정보가 특히 흥미로웠는지 그림으로 그리거나 간략히 쓰기(10살 이상 어린이는 적어도 세 문장 이상).

　―왜 이 책을 골랐나?

도서관과 친해지기

위의 여러 프로그램들은 이미 우리나라에서도 많이 시도되고 있을 것 같다. 그러나 어떤 프로그램이 제공되어도 아동써비스의 대표적인 써비스는 도서대출을 비롯한 도서관 이용이 아닐까 싶다. 아주 어렸을 때는 어른과 함께 오고, 와서도 아이들이 책을 보고 직접 고를 수 있는 그림책이 대부분이기 때문에 스스로 책을 찾아야 하는 일은 드물다. 하지만 연령이 높아지면서 혼자 도서관에 올 기회가 많아지는데, 만약 도서관 체제에 낯선 아이라면 오는 것 자체가 부담이 될 수도 있다. 이런 측면에서 도서관과 친해지는 프로그램은 의미가 클 것이다.

1999년인가 꽤 오래전에 뮌헨의 가슈타이크 어린이청소년도서관에 갔을 때의 일이다. 한 무리의 어린이들이 2층 서가의 빈 공간에서 어른 인솔자와 함께 카드를 뽑으며 게임 비슷한 것을 하고 있었다. 무엇을 하는 것이냐고 안내하던 사서에게 물으니 어떤 학교의 학생들인데, 도서관 시설이라든가 이용방법을 게임 형식으로 익히고 있다는 대답이었다. 그 이상의 세부사항은 기억나지 않지만, 학교와 공공도서관의 연계활동이라는 점은 여전히 인상적으로 남아 있다.

여름 독서교실이라든가 방과후 독서 프로그램처럼 도서관과 친해지는 도서관 단독의 프로그램을 도입하는 것도 나쁘지 않지만, 이렇게 특별 프로그램에 참여하는 아이의 수는 제한적일 수밖에 없는 반면, 학교 차원에서 도서관과 연계활동을 한다면 한 학급의 학생 모두가 참여할 수 있는 장점이 있다. 이렇듯 도서관과 친해지기 프로그램은 대체로 초등학교 저학년을 대상으로 하지만 최근에는 유치원 어린이까지 포함시키려는 경향을 보인다.

유치원 어린이들을 도서관과 친해지게 하려는 노력은 뮌헨의 가슈타이크 어린이청소년도서관뿐만 아니라 많은 도서관들이 시도하는 것 같다. 가령 뮌스터 북쪽에 있는 작은 도시 그레벤의 도서관에서는 3~5세 유치원 어린이를 대상으로 "첫 도서관 방문"이라는 프로그램을 운영한다. 어린이들은 커다란 천 주위에 둥그렇게 모여앉는다. 그 천 아래에는 그림책이라든가 카세트테이프, 도서관 이용증과 같이 도서관에 있거나 이용할 수 있는 물건들이 들어 있다. 어린이들은 각각 천 아래서 물건 하나를 꺼내 그것이 어떤 물건인지 이야기한다. 어린이들 모두가 물건을 가지면 도서관을 돌아다니기 시작하는데, 이때 자신이 꺼낸 물건이 도서관 어느 자리에 속하고 또 그것으로 무엇을 할 수 있는지 알게 된다. 도서관과 다양한 매체, 그 이용방법을 알게 되는 것이다. 그다음에는 그림책 극장[1]을 감상하고, 이어서 아이들 스스로가 도서관에서 원하는 자료를 찾아볼 시간을 갖는다. 이 활동은 약 50분에서 90분에 걸쳐 이루어진다.

도서관대회

도서관과 친해지기 프로그램이 도서관 사서의 인솔 아래 이루어진다면, 도서관대회 프로그램은 순전히 어린이들 스스로 질문과 답을 찾아가며 도서관을 알아가는 행사이다. 한 학교는 도서관대회에 참여했던 5학년 학생들에 대해서 이렇게 전한다.

저녁 9시 15분 학생들이 도서관 앞에 모였다. 학생들은 어떤 일이 기다리고 있을지 무척 흥미진진해했다. 그들이 도서관으로 들어가자 선생님들이 그들이 해야 할 과제에 대해 설명했다. 학생들은 여섯 그룹으로 나뉘어 각각 쪽지를 받았다. 쪽지에 적힌 질문들에 답하려면 책을 찾아보아야 했다. 우리 도서관의 장점은 책의 분류가 잘 되어 있다는 것이다. 책들은 잡지, 추리소설, 독일 역사 등의 상위개념에 따라 분류되어 있다. 학생들은 받은 질문을 갖고 도서관을 돌아다녔고, 문제를 푸는 과정에서 책의 겉모습, 문제들의 알쏭달쏭함, 그리고 책을 찾아다니는 것을 매우 재미있게 여겼다. 이미 도서관

---

1 아이들이 좋아하는 그림책 일러스트를 슬라이드로 만들어서 영화처럼 보여주고, 동시에 텍스트를 읽어주어 극장 분위기를 만들어주는 것을 뜻한다.

에 와본 경험이 있는 학생들은 문제를 풀기가 쉬웠다. 모든 문제를 풀고 쪽지를 선생님에게 제출한 뒤 학생들은 모두 이 대회에 참가한 것을 기뻐했다.

쪽지에 적힌 질문 대신 사진이 이용되기도 한다.

학생들은 사진을 들고 대회를 시작했다. 우선 도서관에서 오려낸 사진을 찾아 그곳에 숨겨진 질문을 발견하고 그것에 대답한다. 대답이 맞으면 다음 사진이 있다. 틀리면 맞는 대답을 찾아야 하는데, 어떤 아이들은 그것을 절망적으로 느끼기까지 했다.

질문 내용은 다양하다. '매체 이용'을 주제로 한 하겐 시립도서관의 예를 보자.

대상: 5~6학년
시간: 약 30분
아래 질문은 컴퓨터(OPAC:도서관 온라인카탈로그)나 도서관 자료의 도움을 받아 풀어도 좋다.
1) '잠수'라는 주제의 책들이 있는가?
2) 빵 굽는 레시피를 찾아 적합한 분류기호를 적어보라.
3) 아스트리드 린드그렌의 오디오 카세트테이프를 찾아 세 가지 제목을 이야기해본다.
4) 오디오북에서 추리소설을 찾아 몇몇 텍스트들을 읽어보고 마음에 드는 제목을 정해서 적어본다.
5) 해리 포터 5권의 영어 제목은? 어느 분류에 몇 권이 있는가?
6) "여자 교황"이라는 오디오북은 현재 대출할 수 있는가, 아니면 이미 대출되었는가?

7) 교과학습에 도움이 되는 자료는 어디에 있는가?

8) 씨디 서가에 전시된 음악 씨디 제목 세 가지를 말해보라.

9) 사전을 찾아 코모르의 수도가 어디인지 알아보라.

10) 오트프리트 프로이슬러는 언제 태어났는가?

매체의 종류와 장소를 익힐 목적으로 게임식으로 구상된 "안나는 어디 있나?"라는 대회의 과제는 편지 형태로 제공되기도 한다. 대상은 3학년부터이지만 1, 2학년 때 도서관에 와본 경험이 있는 학생들이라는 조건이 붙어 있다. 예상 시간은 약 45분에서 60분. 사전에 편지와 나무블록, 책벌레 인형 안나와 미키, 차 봉지, 세개의 퍼즐조각으로 나눈 안나의 사진들이 각각 해당 지점에 숨겨져 있거나 준비되어 있어야 한다. 과제를 알려주는 편지를 읽어보자.

예1)

친애하는 친구들! 나는 미키라고 해. 책벌레지. 난 가족들과 함께 여기 도서관에서 살고 있어. 우린 너희들의 도움이 필요해! 내 동생 안나가 숨어버렸어! 우린 안나를 찾을 수 없어. 우리가 낮에 돌아다니는 것은 너무 위험해. 우리 집이 있는 데스크로 와주었으면 좋겠어. 그곳에 너희들에게 알려줄 사항이 있거든. 미키가.

예2)

친구들! 우리를 도와주겠다니 정말 고마워. 세 집단으로 나누어 안나의 편지를 찾기 바래. 그럼 나중에 봐. 미키가.

예3)

친구들! 나를 찾으려면 여러 정보와 빨간 나무블록 7개를 찾아야 해. 첫번째 블록은 스포츠 관련 책들(논픽션, 정보책)이 있는 서가에 있어. 거기에 새로운 정보가 있을 거야. 너희 모두 정보를 얻고 빨간 나무블록을 찾으면 어린이도서관 층계참으로 가기 바래. 안나가.

위의 몇 가지 예를 보면 알 수 있듯이 대회의 내용과 형식은 얼마든지 다양하게 바꿀 수 있다. 중요한 것은 아이들이 도서관에 익숙해짐과 동시에 스스로 정보를 찾는 능력을 기를 수 있다는 점이다.

맺음말

앞에서 소개한 프로그램 외에도 많은 프로그램이 운영되고 있음은 물론이다. 뮌헨 시립도서관 전체를 통틀어 일년에 1,500개 이상의 프로그램이 운영되고 있다는 말도 있다. 하지만 많은 것이 정기적으로 운영되는 프로그램이라서 책의 종수로 보면 훨씬 줄어들리라 생각된다. 또한 많은 부분이 우리도 이미 알고 있는 것이다. 하지만 독일 도서관의 프로그램을 살펴보면서 개인적으로 학교와의 연계 프로그램이나 독서환경에서 소외된 어린이들을 위한 프로그램이 더 많이 개발되고 운영되었으면 하는 바람이 생긴다. 이때 각 지역에 속한 도서관의 상황과 조건에 맞는 프로그램을 개발하고 운영하는 것이 무엇보다도 중요할 것이다.

_국립어린이청소년도서관 자료집 2007년 11월호

청소년을 위한 문학생활화 방법

독일의 청소년문학 교수법을 중심으로

1. 들어가는 말

문학의 죽음이니 문학의 찬밥 신세니 하는 말을 들을 때면 인터넷의 수많은 카페가 떠오른다. 젊은이들을 주축으로 하는 온라인소설과 이른바 '팬픽' 싸이트는 수십만의 조회수를 보여주고, 회원들은 직접 자신의 글을 올리기도 한다. 그뿐만이 아니다. 삼행시, 덩달이 씨리즈, 만득이 씨리즈, 사오정 씨리즈 등 그들이 스스로 지으며 즐기는 언어활동은 또 얼마나 많은가. 또한 요즘 젊은이들이 열광하는 랩을 듣고 있노라면 운(그들은 이를 라임이라고 일컫는다)에 대한 감각이 와닿는다. 만약 청소년들이 문학에서 멀어지고 있다면, 그것은 엄밀히 말해 전통적인 개념에서의 문학, 또는 제도문학에서 멀어지고 있을 뿐이라는 인상을 받는다. 이처럼 넓은 의미의 문학에서 생각해본다면 '청소년들의 문학생활화'는 이미 이루어지고 있다고 할 수 있는데 새삼 '청소년들을 위한 문학생활화'를 말해야 하는 이유는 무엇일까 하는 반문이 든다.

그것은 무엇보다도 '질(質)'의 문제가 결부되어 있고, 아울러 이제까지 제도교육 내의 문학교육에 대한 반성 때문이리라 생각된다. 이는 김대행의 22회 기조발제문 「문학생활화의 패러다임」에서 잘 드러난다. 그는 "문학에 관련된 여러가지 사실들이나 개념들을 아는 것보다 문학의 향유가 본질적으로 우선시되어야 한다는 자각"을 이야기하며, 이제까지 제도교육 내의 문학교육은 "문학을 설명 대상인 어떤 것, 혹은 기억해야 할 어떤 것으로 인식하고 교수-학습을 전개"하는 데 주력했다고 비판한다. 그러면서 그는 "수업의 기술이나 과정보다는 자습의 형태로 이루어질 수 있는 기제를 문학교육의 골간으로 삼"는 "방법"의 시각을 제안한다. 수업의 기술과 과정이 자습 내지 생활화를 유도하는 한 결코 양자택일을 요하는 대립개념은 아니리라 여겨지지만, 일단 그의 진술을 바탕으로, 청소년을 위한 문학생활화란 '문학을 어떻게 가르쳐서 또는 접하게 하여 청소년들의 삶에 필수적인 요소로 녹아들게 할 것인가?' 하는 문제로 받아들이기로 한다. 그리고 '문학을 어떻게 가르칠 것인가?' 하는 물음에 종사하는 것은 무엇보다도 문학교수법이므로, 본고에서는 우선 독일의 청소년문학 교수법의 역사적 전개와 주요 쟁점들을 짚어보고, 우리 청소년을 위한 문학생활화를 지향함에 있어 어떤 점들을 더 염두에 두어야 할지 생각해보기로 한다.

2. 독일의 청소년문학 교수법의 역사적 전개

독일에서 문학교수법이 학문으로 제기되기 시작한 것은 1960년대부터이다. 이때 사람들이 관심을 가진 것은 수업을 위한 문학텍스트의 선택 문제였다. 이 무렵까지 문학교수의 대상은 이른바 고급문학이었고, 청소년문학은 사사로운 읽을거리에 머물렀다. 이런 분위기에서 청소년문학을 문학수업에 도입하는 데 중요한 공헌을 한 사람으로는 누구보다도 안나 크뢰거가 꼽힌다. 청소년문학을 문학수업에 도입하는 것 자체가 혁명적이었던 이유는 일반문예학에서의 청소년문학에 대한 부정적인 시각, 말하자면 청소년문학은 문학교육의 수단으로 삼기에 적합한 문학적 질을 갖고 있지 않다는 시각이 일반적이었기 때문이다. 따라서 크뢰거는 1963년 『학교에서 읽는 책으로서의 아동청소년문학』이라는 저서를 통해 일차적으로 청소년문학 가운데도 일정한 문학적 질을 갖춘 작품들이 있음을 증명하는 데서 출발한다.[1] 다른 한편 그에 따르면 일반문학이 아닌 청소년문학을 수업에 도입하면 또다른 가능성과 의의가 있다. 청소년문학은 이른바 고급문학에 비해 과도한 요구를 하지 않기 때문에, 더욱 넓은 층의 청소년들을 교육할 수 있고, 또 그들이 읽는 것에 대해 '비판적인 자세'를 취하도록 교육할 수 있다는 것이다. 그는 말한다.

수년 동안 자신이 읽은 텍스트들에 대해 비판적이고 생생하게 자신을 표현할 수 있는 데 익숙해진 사람은 성숙한 독자가 되는 길에 들어선다.[2]

여기서 우리는 크뢰거가 문학교수의 궁극적인 목표로 삼고 있는 것이 '성숙한 독자'임을 알 수 있다. 앞질러 말하자면 '성숙한 독자'는 독일 문학교수법의 궁극적인 목표이기도 하다. 그렇다면 그들이 추구하는 궁극적인 목표, 성숙한 독자란 어떤 내용을 지니는지, 랑게의 정리를 들어보자.

　―가능한한 안정된 독서 동기를 소유하고 있는 사람
　―문학수업을 통해 자신이 어떤 것을 읽을 것인지 그 선택을 독자적으로 결정할 수 있는 능력을 지닌 사람

1　Anna Krüger, *Kinder- und Jugendbücher als Klassen Lektüre. Analysen und Schulversuche*, Weinheim 3. Aufl. 1973(초판은 1963) 참조.
2　위의 책, S. 29면.

─도서관, 서점, 연극, 영화, 텔레비전, 라디오 방송 등과 같은 사회의 문화적 장치들과의 교류를 감당할 능력이 있는 사람

　─수용능력을 갖추고 있어 자신의 독서태도를 의식적으로 조정하고 다양한 읽기 역할을 받아들일 수 있는 사람

　─텍스트 분석 능력을 갖추고 있어 각종 텍스트를 그때그때 적절하고 반성적으로 접하고 평가할 수 있는 사람

　─이해능력이 있어 한 텍스트의 여러 다른 해석들, 모순과 모호성을 인식하고 견디어내며 그것들과 대결할 수 있는 사람

　─생산능력을 갖추고 있어 단지 "자신과 무관하게" 문학과 대결하는 것과는 다른 방식으로도 대결할 수 있는 사람

　─마지막으로 문학의 도움을 받아 생각의 한계를 넘고, 상상력을 발전시키며, 삶과 사회에 대한 대안적인 구상들을 연습해보고, 자신의 경험 및 의식공간들을 확대하며, 이들을 통해 스스로 자율성과 자기정체성을 획득할 수 있게 된 사람[3]

　쓰는 용어는 다르지만 '성숙한 독자'는 많은 부분 '문학생활화'와 통한다고 할 수 있다. 이렇게 본다면 청소년들이 실제로 읽는 것들을 통해 문학에 접근하게끔 하는 것은 제도 문학교육에서 취할 수 있는 문학생활화 방법의 첫걸음으로 받아들여도 좋을 것이다. 실제로 1960년대 문학교수법, 다시 말해 문학수업을 위한 텍스트의 선택 문제는 '삶의 도움' '서구적 제가치' '체험교육학'과 같은 표어들에 따라 결정되었다.[4]

　68학생운동으로 표출되듯이 독일의 1960년대말에서 1970년대초는 변

3　Günter Lange, Zur Didaktik der Kinder- und Jugendliteratur, in *Taschenbuch der Kinder- und Jugendliteratur*, hrsg. v. Günter Lange. Bd. 2. Baltmannsweiler 2000, S. 947면.

4　Literaturdidaktik, in *Metzler Literatur Lexikon*, Begriffe und Definitionen. Hrsg. v. Günther und Irmgard Schweikle. 2., überarb. Aufl. Stuttgart 1990 참조.

혁과 개혁의 요구가 거센 시기였다. 문예학은 물론 문학교수법에서도 이런 시대적인 요구에 따라 그때까지 지배적이었던 "작품내재적 해석방식"을 문제삼으며, 문학과의 교류에 새로운 물음들을 제기하고 새로운 방법론들을 모색하게 된다. 당시 논쟁의 표어들을 요약해보면 사회비판과 사회변화, 이데올로기비판, 교수법에서의 학생 지향 원칙, 학교 및 수업 개혁 등으로 나타난다.[5] 사회현실과 학교, 사회와 문학을 이으려는 노력이 문학교수법에서도 전면에 부각되는 것이다.

독일 문예학은 이렇게 1960년대말 문학과 사회의 관계를 성찰하며 이른바 고급문학뿐만 아니라 대중문학, 통속문학에도 눈길을 주기 시작한다. 시문학(Dichtung)만을 문학으로 인정하고 연구대상으로 삼던 태도에서 문학개념을 확대시켜 대중문학, 통속문학도 연구대상 범위에 포함시키기 시작한 것이다. 문학교수법, 특히 청소년문학교수법 역시 이러한 확대된 문학개념을 받아들여 청소년들이 실제로 읽는 것들, 그러니까 문학적 질을 인정받은 청소년문학뿐만 아니라 문학시장에서 제공되는 모든 형식, 예를 들어 통속·오락문학과 만화들까지 수업에 도입한다. 이러한 문학교수법의 목표는 학생들을 여러 질을 지닌 문학과 접하게 하고 또 이들과 비판적으로 대결하게 함으로써 궁극적으로는 고급문학의 독자로, "성숙한 독자"로 끌어올리려는 것이다.

1970년대에는 프랑크푸르트 학파의 비판이론에 강한 영향을 받아 문학을 역사적·정치적 관계의 반영으로 보면서 사적·변증법적 유물론 및 노동자 계급의 이해라는 의미에서 문학의 당파성에 관심을 두는 경향이 대두된다. 이들은 사회비판적인 문학의 도움을 받아 부르주아사회를 변화시키고 학생들에게 이와 상응하는 영향을 주는 한편, 부르주아문학(통속문학과 아동·청소년문학을 포함해)을 이데올로기비판적으로 분석하여 그

---

5 Günter Lange, *Zur Didaktik der Kinder- und Jugendliteratur*, S. 944f 참조.

이데올로기적 성격을 폭로하는 데 주안점을 둔다. 즉 문학을 "해방의 수단"으로 간주한 것이다.[6] 이제 사람들은 이러한 태도의 의도와 궁극적 목적을 인정하지만, 다른 한편으로는 문학의 고유성에 대한 물음을 제기하지 않을 수 없게 된다. 어떠한 의도와 궁극적 목적을 갖고 있든 문학을 철저히 수단으로 파악하는 경우에는 역시 똑같은 물음에 봉착하게 될 것은 자명하다. 아무튼 배타적인 이데올로기비판적 입장은 비록 단명에 그쳤으나 그후 문학을 바라보는 시각에 큰 영향을 끼친다.

1970년대말에는 수용미학과 관련을 맺으며 독자의 수용에 관심을 두는 교수법이 등장한다. 주지하다시피 수용미학 역시 문학과 사회의 관계에 대한 반성에서 비롯한 것이다. 이른바 작가와 작품의 관계에만 주목하던 종래의 '생산미학'과 달리 작품과 독자의 관계에 있어 역동적 역사 과정을 주제로 하는 '수용미학'의 입장에서 보면 작품의 수용은 시대적·문화적 상황에 따라 다른 지평을 보일 수밖에 없다. 이 입장에 따르면 작품의 해석은 절대적인 것이 아니라 시대적·문화적으로 규정되는 것이다. 이와 관련하여 독자들의 다양한 수용 양태와 독자와 텍스트 사이의 상호작용이 중점적으로 분석된다. 특히 청소년이라는 수용자에게 청소년문학은 의미있는 읽기재료와 해석재료를 제공한다는 점에서 시야의 중심에 위치한다. 어떤 텍스트의 해석에 정답이 있을 수 있느냐 하는 문제는 학생들 자신의 독서방법 및 이해방법에 대한 권리로 답변된다. 이 입장은 문학수업에서 진정 진지하게 학생을 지향한다는 점에서 중요한 교수법적 입장으로 자리잡는다.

문학에서 수용자가 눈에 들어왔다는 것은 바로 패러다임의 전환, 다시 말해 "주체와 객체 관계의 전환"[7]을 뜻한다. 특히 늘 교육대상을 염두에

---

6 *Metzler Literatur Lexikon*, S. 274면 참조.

7 Gerhard Haas, *Handlungs- und Produktionsorientierter Literaturunterricht*, Seelze: Kallmeyer 1997, S. 7면.

두어야 하는 교수법의 경우 이 전환은 혁명적인 것이었다. 이러한 전환과 더불어 '성숙한 독자'는 오랫동안의 훈련과 교육으로 문학적 역량을 지니게 된 소수들만이 되는 것이 아니다. 이미 문학에 접근하는 과정 자체에서 그때그때 수준에 따라 선택과 결정을 할 수 있는 독자 역시 '성숙한 독자'에 포함된다. 이러한 패러다임의 전환을 바탕으로 모색된 것이 1970년대말에서 1980년대초에 등장한 이른바 '행위 및 생산지향적 문학수업' 방법이다.

이 방법은 수십년간 문학수업을 지배해온 분석적 방법에 의문을 제기하면서, 학생들의 행위와 생산을 통해 학생들을 이해 과정에 끌어들이고자 한다. 학생들은 읽기와 쓰기, 바꿔 쓰기, 반대해서 쓰기, 놀이, 다른 매체로 옮겨보기 등, 인지 과정을 통한 이해와는 다른 방식을 통해 원 텍스트의 이해과정을 강화하는 것이다. 물론 이 방법에 문제점이 드러나지 않은 것은 아니다. 때로는 이런 방법 자체가 자기목적이 되는 식의 수업이 되는 것이다.

여기서 나는 우리나라의 이른바 NIE교육을 떠올린다. 딸이 초등학교 4학년일 때 신문의 글자들을 찾아 오려서 문장을 만드는 숙제를 하는 것을 보았다. 글자 찾기의 목적이 일차적으로 글자를 익히기 위한 것이라면 이미 글자 자체는 충분히 익혔다고 가정할 수 있는 4학년 학생에게 주어진 그런 식의 과제는 흥미를 유발한다기보다 짜증을 일으키기 십상이다. 그래서 학생들의 행위와 생산을 유도할 때는 언제나 텍스트와 텍스트의 이해 가능성에 비추어 다시 한번 반성해봐야 한다는 점을 잊어서는 안된다고 이 교수법의 옹호론자들은 경고한다.

텍스트와 관련된 행위와 생산을 통해 텍스트를 이해하고, 이 과정에서 텍스트의 인물, 문제, 구조들 속으로 직접적으로 들어가보는 가운데 학생들이 그것들과 의미 있는 대결을 할 수 있게 되는 것, 바로 이것이 이 교수법의 의의가 될 것이다. 그리고 이러한 교수법의 실천에 가장 적합한 텍스트가 청소년들에게는 청소년문학임은 말할 것도 없다.

이러한 역사적 전개를 바탕으로 1990년대의 문학교수법에서는 "주체와 텍스트를 동시에 지향하는 문학수업의 제관점"이 논구되는데, 슈피너는 이 논쟁들에서 나타나는 네가지 중점을 다음과 같이 짚는다.

1. 수용 및 성향의 역사를 도입함으로써 형식 및 내용 분석과 작가의 의도를 도출하는 데 주안점을 둔 텍스트 분석에 한정하는 수업을 극복한다.

2. 생산지향적 시도에서 적극적인 수용자로서의 학생의 참여에 중점을 둔다.

3. 포스트구조주의적 문학이론과 포스트모던한 의식상태는 텍스트가 어떤 통일적인 의미를 지니고 있다는 관념을 해체한다. 전통적인 해석을 행하는 대신 모순과 모호성, 텍스트들간의 상호관련성을 다루는 작업이 등장한다.

4. 문학텍스트에 대한 대화는 이제 텍스트를 이해하는 수단으로써만 파악되는 것이 아니라 고유한 목적으로 파악되며, 학교라는 제도적 조건을 통한 왜곡이라는 관점에서, 또 그러한 대화가 지니는 교육가치 속에서 분석된다.[8]

물론 의도와 목적이 언제나 실제와 일치하는 것은 아닐 것이며, 설령 지금의 방법론이 타당하다 해서 그것이 시대와 상황을 초월해서 타당하지는 않을 것이다. 그러나 우리의 주제인 '청소년을 위한 문학생활화 방법'을 고려할 때, 이제까지 독일 문학교수법적 역사적 전개와 쟁점들은 중요한 시사를 던져준다고 하겠다. 우리나라의 상황을 떠올리며 몇가지를 다시 한번 생각해보자. 첫째, 문학의 개념을 넓힐 필요가 있다. 이른바 고급문

---

8 Kaspar H. Spinner, Literaturdidaktik der 90er Jahre, in *Bremerich-Vos, Albert (Hrsg.): Handlungsfeld Deutschunterricht im Kontext*, Frankfurt/M. 1993, S. 23면.

학, 또는 고전만이 문학에 속할 자격이 있는 것은 아니다. 어떤 식으로 접근하느냐에 따라 어떤 텍스트든 문학수업에 충분히 도입될 수 있다. 이와 관련하여 청소년들의 문학생활화에서는 청소년문학이 중요한 위치를 차지함을 인식할 필요가 있다. 둘째, 누구를 주체로 한 수업인가를 늘 염두에 둔다. '하화(下化)의 본능'이 자신의 지식을 절대적인 것으로 전수시키려는 의지와 결합되어서는 안될 것이다. 셋째, 교육적 관점에서 보면 문학은 늘 수단일 수밖에 없지만, 문학 자체의 고유성에 대한 지식 역시 소홀히 할 부분은 아니다. 문학의 고유한 메커니즘을 알 때 문학적 향유의 질도 높아질 것이기 때문이다(청소년문학 자체가 이미 성인문학과 거의 구별되지 않는 수준으로 발전해 있음을 상기하자).

3. 독일과 미국 문학수업의 몇가지 사례

먼저 독일에서 이야기되고 있는 '행위 및 생산을 지향하는 수업'이 구체적으로 어떻게 이루어지는지 하스의 입을 통해 간략하게 살펴보자.

1. 텍스트에 대해 미리 의견을 말해보기
2. 삽화 그리기
3. 그림과 텍스트 콜라주 만들기
4. 서평을 쓰고, 광고 플래카드를 만들어보기
5. 텍스트를 갖고 놀이하기(예: 퀴즈)
6. 한 텍스트를 신문기사로 다시 써보기
7. 줄거리의 한 인물을 비판하고 옹호해보기
8. 비슷한 텍스트, 반대의 텍스트(예: 패러디), 설명 또는 논평하는 텍스트 끼워넣기

9. 행위 인물들에 대해 부가해볼 수 있는 표현을 구상해보기

10. 한 이야기를 여러 관점에서 이야기하기

11. 줄거리의 진행과 의미가 강조되는 부분을 도형이나 그림으로 나타내보기

12. 인물들의 목록을 만들고 주(主)인물과 부(副)인물들의 특징을 알아보고 인상서를 작성하기

13. 한 텍스트를 음악 또는 몸짓-팬터마임으로 옮겨보기

14. 서사적 텍스트를 라디오 방송극 또는 텔레비전 방송극으로 만들어보기

15. 텍스트를 바꿔 써보기(의미와 문체가 일치하도록)[9]

물론 한 텍스트에 대해 위에서 든 예들을 모두 적용할 수 있는 것은 아니며, 모든 연령 단계에서 동일한 정도로 실행할 수 있지도 않다. 각 텍스트마다 적절한 행위와 생산을 선택해야 하는 것은 당연하며, 이것을 이끌어내는 것이 교사가 할 일일 것이다. 이러한 수업방법을 택할 때에는 우선적으로 텍스트 선정이 중요함은 말할 나위가 없다. 또한 선택된 텍스트의 장르에 따라 어떤 활동에 중점을 둘 것인가 역시 달라지는 것은 당연하다. 이때의 장르는 시, 소설, 드라마 등 허구적 텍스트만을 이야기하는 것이 아니다. 독일어권과 영어권의 아동문학 또는 청소년문학의 논의에서는 허구적 텍스트는 물론 비허구적 텍스트까지 이들 문학의 범주에 포함된다.

외국의 청소년문학을 이야기하면서 아동문학을 이야기하는 이유를 이자리에서 간략하게 살펴보기로 하자. 영미권에서는 청소년을 'Young Adult' 또는 'Teenager'라고 부르며 독일어로는 'Jugend'라고 한다. 그리고 청소년문학을 일컫는 용어는 일반적으로 각각 'Young Adult Literature'

---

9 Gerhard Haas, *Handlungs- und Produktionsorientierter Literaturunterricht*, S. 152-91면 참고.

(물론 'Teenagerliterature'라고 부르는 이들도 간혹 있다)와 'Jugendliteratur'이다. 'Teenager'는 그 대상이 되는 연령대가 비교적 명확하지만 'Young Adult'의 연령대에 대해서는 합의가 되어 있지 않은 것으로 보인다. 이 경우는 흔히 열세살부터(때로는 열한살부터 생각하는 이도 있다) 20대 초반까지를 지칭하는 것으로 안다. 그렇기는 하지만 영어권의 경우 'Young Adult Literature'는 'Children's Literature' 안에서 함께 이야기되는 경우가 많으며 독일어권의 경우에도 'Kinder- und Jugendliteratur'라는 용어에서 보이듯 그 경계 구분이 선명하지 않다.

예를 하나 들어보자. 영국에서 필립 풀먼이라는 작가가 2002년도 휘트브레드 문학상을 받았다. 이 상은 보통 일반문학 부문과 아동문학(Children's Literature) 부문으로 나누는데, 풀먼은 아동문학 수상자이면서 동시에 전체 문학상의 수상자가 되어 영어권 아동문학계를 떠들썩하게 했다. 그러나 그의 수상작 『황금나침반』은 일반적으로 'Young Adult Literature'로 분류된다. 이처럼 청소년문학과 아동문학은 그 경계가 선명하지 않으며, 비록 역어상으로는 아동문학을 이야기하고 있을지라도 우리식으로는 청소년문학에 적용될 수 있는 경우가 많다는 것이다. 아마도 김상욱이 로이스 로리의 『기억 전달자』(비룡소 2007)[10]를 아동문학의 범주에 넣어 이야기한 것도 그 때문일 것이다. 줄여 말하면 독일어권과 영어권의 아동문학 또는 청소년문학에 대한 논의를 참고할 때에는, 비록 선명하게 구별되지는 않는다 할지라도 우리 경우에는 어디에 더 적용되는 이야기인가를 염두에 둘 필요가 있는 것이다.

영어권의 문학수업 역시 독일어권과 비슷한 양상을 보이는데, 미국에서는 '활동'(Activity)이라는 말을 채택한다. 미국의 문학수업에 대해서는 미

---

10 원제는 'The Giver'이다. 이 작품은 보통 중학교 수업에서 다루어지며, Amazon.com에서도 'Young Adult' 문학으로 분류된다.

국 동부에서 잠시 딸을 8학년(중학교 2학년)에 보냈던 한 친구에게서 이야기를 들을 기회가 있었다. 그 친구의 딸이 받아온 책읽기 과제물의 내용은 바로 그러한 '활동' 중심의 수업 진행방식을 짐작할 수 있게 하므로 이미 「청소년문학, 어떻게 이해할 것인가」에 소개한 적이 있지만 여기서 다시 소개해보겠다.

1. 모험―'화자가 없는 드라마'인 모험 이야기들은 대개 강력한 갈등구조(흔히는 인간 대 자연)를 갖는다. 갈등이 가장 치열한 장면을 하나 골라서 두 페이지 이상의 드라마로 써보라. 화자가 없으므로 등장인물들 자신이 갈등의 본질을 드러낼 수 있어야 한다.

2. 일반적 허구―매년 많은 책들이 상을 받는다. 일반적인 허구 작품 중에 수상작을 선정해보라. 그 상의 다섯가지 기준을 정하고 이 작품이 어떻게 그 기준에 맞는지 설명하라. 상장(트로피)을 디자인하여 만들어보라. 그리고 수상작 선정의 기준과 이유를 밝히는 발표문을 써라.

3. 10대의 갈등―주인공의 입장에서 일기를 써보라. 그 갈등상황을 해결하는 데 있어 그(또는 그녀)가 직면한 선택을 보여줄 수 있어야 한다.

4. 판타지―이야기의 신빙성을 얻기 위해 작가는 독자가 보고 듣고 느낄 수 있는 장치를 마련해야 한다. 그 장치를 상세히 그려(만들어)보라.

5. 스포츠―책에서 다루어진 문제들 중 하나(가령 선수들의 연봉문제라든가)를 택하여 스포츠 기사를 하나 써보라. 진짜 기사처럼 제목을 붙이고 사진을 곁들여라.

6. 논픽션―작가의 에이전트와 대형방송사 간부 사이의 통화(에이전트는 별로 내키지 않아하는 방송사 간부에게 그 이야기가 텔레비전 영화로 만들어지면 얼마나 근사할지 설득한다)를 녹음한 테이프를 만들어보라. 두가지 다른 음성을 사용하라.

7. 일반적 논픽션―책의 내용을 보여주는 웹페이지를 만들어보라. 주제의

다양한 측면을 고루 보여줄 수 있어야 한다.

8. 전기—모모씨를 인터뷰하려 하지만 바쁜 스케줄에 쫓겨 그 사람의 전기를 읽을 시간이 없다. 그 사람으로 하여금 자신과 자신의 삶에 대해 털어놓도록 만들 열가지 통찰력 있는 질문들을 만들어보라. 그리고 가장 어려운 질문에 답해보라.

9. 싸이언스픽션—싸이언스픽션의 작가들은 아직 실현되지 않은 과학적 발전이나 기술을 상상하여 줄거리를 만들어낸다. 신빙성을 얻기 위해 그들은 (1) 그 기술을 상세히 묘사하거나 (2) 그런 기술 및 기술의 결과를 확고히 믿는 인물을 등장시키거나 (3) 그 과학기술이 만들어낸 사회를 보여준다. 작가가 이 세가지 테크닉을 어떻게 사용하여 신빙성을 획득하는지, 찬찬히 밝힌 글을 써보라.

10. 역사—'미래에 살기 위해서는 과거로부터 배워야 한다'는 말이 있다. 오늘날의 사회교사가 되어, 책의 내용에 담긴 '미래를 위한 교훈'을 보여줄 20분짜리 수업을 준비해보라. 창의성을 보여야 한다!

11. 유머—유머책의 작가들은 사회, 정치, 시사 문제 등에 대해 나름대로의 논평을 한다. 책의 의도를 제대로 이해했는지 보여줄 수 있도록, 책이 표적으로 삼은 문제에 관한 유머러스한 대화를 써보라.

12. 미스터리—긴장이 가장 고조된 장면을 드라마로 만들어 실제로 연출해보라(반 친구들을 등장시켜보라! 이 과제에는 특별 가산점수가 부과됨!)

13. 자서전—자서전은 일반적인 전기보다 책을 쓴 사람의 내적인 생각과 감정들을 더 잘 보여준다. 책을 다시 검토하여 그런 대목들을 찾아내고, 주인공의 입장에서 그 대목들에 감정을 넣어 읽어보라.

우리는 이미 이 과제물에서 학생들을 위한 문학생활화 방법을 엿볼 수 있다. 이런 수업을 받은 이들은 문학이 생활에서 먼 일이라고 결코 여기지 않을 것이며, 아울러 문학과 장르 각각의 고유 메커니즘에 대한 지식이 전문적인 지식이라고 치부하지 않을 것이다. 그러나 지정 교과서가 존재하지 않는 상황에서 문학수업을 맡은 교사들은 텍스트 선정에서부터 각각의 텍스트에 맞는 활동까지 이끌어내야 할 부담을 안게 된다. 그러한 부담을 줄이고자 미국의 문학수업 교사들은 인터넷을 통해서도 문학수업 활동에 대한 수많은 정보를 교환하고 있다.

그밖에도 청소년들의 문학생활화가 학교에만 맡겨져 있지 않다. 집 가까운 곳에서 언제든지 책을 빌려볼 수 있는 도서관에서도 각종 독서장려 활동을 벌인다. 물론 독서와 관련된 여러 단체들의 활동도 있다. 독일의 예를 들어보면 'Stiftung Lesen'이라는 전국 규모 독서재단이 가장 활발한 활동을 벌이고 있는데, 여기서는 이른바 독서지도자를 양성하는 데 주력하는 것이 아니라 아동과 청소년을 위한 갖가지 독서활동들을 조직하고, 교사들의 수업을 위한 여러 자료들을 제공하는 것이 활동의 큰 부분을 차지한다.

4. 맺음말

다시 처음으로 돌아가서 생각해보자. 청소년들은 그 질이야 어떻든 문학생활화에서 멀리 있지 않다. 문학생활화에서 멀리 있는 것은 무엇보다도 많은 청소년이 더욱 본격적으로 문학을 체험할 수 있도록 도와주어야 할 제도교육 내지 공교육이라고 하겠다. 그나마 제도 문학교육의 생활화 방식 시도로 꼽을 수 있을 일기 쓰기(중학교에 오면 더는 시행되지 않는다)라든가 독후감 쓰기는 그 접근방법의 한계로 말미암아 학생들에게는 지겨운 강제로 느껴지기 일쑤다. 출판사들의 독후감 대회는(때때로 교사들의 권유가 작용하지 않는다고 할 수는 없지만) 학생들의 관심이 만만치 않은 것을 보면 강제가 아닌 유도, 말을 바꿔 자습에의 동기부여가 얼마나 중요한지 알 수 있다. 그러나 이런 행사는 어디까지나 일회적이거나 이벤트적 성격이 크다. 이를 지속화할 수 있는 것은 무엇보다도 청소년들의 일상에서 가장 큰 부분을 차지하는 학교일 것이며, 이에 대해서는 앞에서 간략히 살펴본 독일과 미국의 문학수업 방법에서 좋은 시사를 얻을 수 있다.

그러나 문학수업이 한권의 교과서로가 아니라 실제 문학시장에서 구할 수 있는 (넓은 의미의) 문학작품들로 이루어지고, 아울러 가까이 있는 도서관을 통해 원하는 책을 쉽게 접할 수 있는 독일과 미국을 볼 때, 우리는 문학생활화를 거론하는 출발 조건부터 다르다. 이러한 기본전제들이 개선되지 않는 한, 문학수업이나 문학생활화에 대한 논의는 자칫 강단의 논의에 머물 확률이 높다. 설령 방법이 모색된다고 하더라도 사교육 형태라든가 대부분 상업적 원칙에 종속되는 대여 형태와 같이 파행적으로 시행될 우려가 있다고 여겨진다.

_문학교육학 2002년 1월호

독서문화운동의 현황과 21세기의 전망

독일의 경우

독일에서 '독서문화운동'은 'Leseförderung'이라는 표현을 씁니다. 이는 '독서장려' 혹은 '촉진'이라는 뜻으로, 운동이든 장려든 둘 다 독서에 대한 관심을 환기시키고 독서에 힘쓰도록 한다는 점에서 같은 뜻으로 이해해도 좋을 것입니다. 독서운동 혹은 독서문화운동은 무엇보다도 독서문화의 부진이나 변화라는 인식에서 출발하는데, 이는 독일의 경우도 다르지 않습니다. "독서문화의 몰락"이니 "붕괴"니 하는 표현들을 흔히 만날 수 있으니까요.[1]

---

1 1999년 라이프찌히 도서박람회의 심포지움에서 힐데스하임 대학 문화정치학 교수 볼프강 슈나이더는 독일의 현재 독서문화가 "붕괴"되었다고 보면서 "독서교육"(Lesepädagogik)이 있어야 한다고 주장합니다.

1. 독일의 독서문화

독일에서도 아이들은 책을 읽고 싶어하지 않고, 읽는다 해도 어른들이 달갑게 여기지 않는 종류의 책들을 더 좋아한다는 한탄이 도처에서 들립니다. 그러나 독일에서 독서문화라는 것을 역사적으로 따져보면 그다지 오래된 현상은 아닙니다. 포괄적인 독서문화가 형성되기 위해서는 읽기능력이 형성되어 있어야 하는데, 의무교육이 실시된 것은 약 100년 정도의 일이고, 그전에는 독서활동이 특권계층에 국한되어 있었습니다. 독서문화는 시민계층의 부상과 더불어 생겨난 현상이며, 이때 '의도적 아동청소년문학'²이 생겨나기 시작합니다.

이러한 의도적 아동청소년문학은 생겨날 때부터 무엇보다도 교육적인 목적에 이바지하는 것이어야 했습니다. 따라서 예술적인 질이나 재미보다는 교육성을 중요하게 여겼습니다. 그렇지만 이미 당시부터 아이들은 어른들을 기쁘게 하는 쪽으로 책을 읽지는 않았습니다. 말하자면 통속적인 것, 재미있는 것을 더 좋아한 것이지요. 독일의 대문호로 꼽히는 괴테 역시 어렸을 때 『틸 오일렌슈피겔』이라든가 『영원한 유대인』과 같은 값싼 보급판으로 보급되는 책들을 "삼키듯이" 읽었다고 이야기합니다. 물론 괴테가 어렸을 때는 의도적 아동청소년문학이 생겨나기 전이었지만, 아무튼 한 시대의 정신을 대표하는 사람의 경우에도 어렸을 때 이른바 고급문학보다는 통속문학을 더 재미있게 읽고 좋아했다는 것을 알 수 있습니다.

20세기초에 와서야 하층계급 아이들까지 글을 읽을 수 있게 되는데, 이

---

2 독일에서는 아동문학과 청소년문학을 함께 묶어 '아동청소년문학'이라고 부릅니다. 이는 역사적으로 아동과 청소년의 개념이 딱히 구별되지 않고 쓰여온 관행에서 비롯된 것으로서, 아동과 청소년이 어느 정도 분리 개념으로 사용되는 우리의 경우에서 볼 때는 조금 낯선 용어입니다. 소년소설까지 포함된 넓은 의미의 아동문학이라고나 할까요.

때 시장에는 싸구려 읽을거리들이 범람합니다. 『버팔로 빌』이라든가 『닉카터』 같은 씨리즈물이 그 예인데, 아이들은 출신계층을 막론하고 이렇듯 단순한 형태의 오락문학에 즐겨 달려듭니다. 교육자들이나 도서관 사서 같은 어른들이 보기에는 심히 못마땅한 일이지요. 그래서 나쁜 책, 다시 말해 "조잡하고 더러운 글"(Schund und Schmutz)에 반대하는 운동이 벌어집니다.[3] 보통 'Schund'는 문예미학적으로 부족한 글을 이야기하고 'Schmutz'는 도덕적으로 열등한 글을 이야기하는데, 우리 식으로 말하자면 불량소설은 물론 명랑소설, 순정소설, 모험소설 등 아이들이 좋아할 만한 것들입니다. 1950년대에 와서는 만화도 당연히 이 나쁜 책에 포함됩니다.

1999년 6월 26일 함부르크에서 오일렌호프 출판사와 잡지 *Bulletin Jugend＋Literatur* 주최로 열린 어린이매체회의에서 호르스트 하이트만은 독일의 독서문화를 이렇게 요약합니다.

첫째, 아이들이 좋아하는 책은 어른들이 아이들에게 유익하다고 생각하는 책과 일치하지 않는다.

둘째, 어른들 역시 책을 읽는다 해도 통속적이며 오락적인 책들(오락잡지라든가 황색물들 포함)을 더 즐겨 읽는다.

우리 이야기가 아니라 독일 이야기입니다.

2. 매체환경의 변화와 독서문화의 새로운 정의(모색)

이렇게 열악한 것으로 판정되어온 독서문화를 가뜩이나 위태롭게 하는

---

3 그 대표적인 예가 19세기말 "청소년 도서 운동"입니다.

주요원인으로 꼽히는 것이 바로 대중매체의 확산입니다. 텔레비전을 비롯해 워크맨, 비디오, 씨디, 전자게임기, 컴퓨터 등 아이들이 이용할 수 있는 매체들은 무척 다양합니다. 따라서 독일의 가장 광범위한 독서재단인 'Stiftung Lesen'은 재단의 목적을 "전자매체 시대에 독서문화의 증진"으로 규정하고 있습니다.

매체환경이 다양하다는 것은 물론 책 읽을 시간을 빼앗긴다는 뜻도 되지만, 다른 한편 각 매체의 경우에도 어떤 독점적인 위치를 주장할 수 없다는 뜻이 됩니다. 새로운 매체들에 어른들보다 더 개방적인 어린이들의 경우에는 더욱 그렇습니다. 다시 말해 책과 같은 옛 매체들이 사라지는 것도 아니고, 또한 인쇄매체 편에서도 새로운 형식과 기능을 얻을 수 있다는 것입니다.

1994년과 1995년 청소년도서관들의 설문조사에 따르면, 열네살에서 열아홉살 사이의 청소년들은 책과 신문, 잡지를 보는 시간이 지난 10년 동안 하루 56분에서 24분으로 줄어들었지만, 청소년책의 오락적인 기능은 시청각매체와의 경합에도 불구하고 계속 중요한 것으로 나타납니다. 이때 흥미로운 것은 청소년이 즐겨 읽는 것(스티브 킹, 마리온 침머 브래들리, 톨킨순)과 어른들이 즐겨 읽는 것 사이의 경계가 사라지고 있다는 점입니다. 아울러 현실적인 소재보다는 판타지적 소재에 대한 관심이 강해지고, 영화화된 작품이나 영화적 기법을 즐겨 쓰는 작가들을 좋아하는 것으로 나타납니다. 독일에서 가장 많이 팔리는 작가들(라이너 뷔트너, 크리스 카터, 멜 길덴, 안나 레오니, 에드워드 W. 마쉬 등)은 작가의 이름이나 뛰어난 이야기 재능 때문이 아니라, 오락영화 혹은 텔레비전 씨리즈물의 인기를 등에 업고 있기 때문입니다.

이런 상황에서 아동청소년도서 출판사들은 "영화책"과 같이 다른 매체에서 차용된 소재를 갖고 있는 책 출판에 관심을 보이는데, 예를 들어 독일에서 가장 큰 어린이책 출판사의 하나인 라벤스부르거 출판사는 최근에 디즈니사의 위니 더 푸 책과 스스로 다매체적 광고를 하는 오스트리아 작가 토마스 브레찌나(우리나라에도 소개되어 비교적 잘 팔린 것으로 알고 있습니다)의 저작권을 사들였습니다. 그만큼 현재 독일에서는 다른 매체들을 어떻게 잘 이용하느냐가 어린이책의 성공을 좌우하고 있다고 합니다.

전통적인 독서문화 쪽에서 보면 참으로 안타까운 상황이 아닐 수 없습니다. 그래서 '운동'이나 '장려'가 필요한 것이겠고요. 하지만 이쯤해서 왜 독서인가라는 질문을 던져볼 때가 된 것 같습니다. 정보기능과 오락기능이 다른 매체에서 더 재미있고 효과적으로 충족된다면, 독서를 군이 강조할 필요가 없다고 여길 수도 있기 때문입니다.

작년 5월인가요, 문화관광부가 '전국민책읽기운동'을 연중 캠페인으로 펼치겠다고 발표한 적이 있습니다. 『경향신문』 보도에 따르면 "문화부는 국민들의 문화시민 소양을 확보하고 21세기 지식정보사회에 맞는 신지식인을 양성, 제2건국의 초석을 다지기 위해 독서운동이 필요하다고 강조"했다고 합니다. 그에 대해 시민들은 일반적으로 "독서는 개인의 사사로운 지적 행위로서 구시대적인 국민계몽식의 정부 캠페인으로 해결될 문제가 아니라"고 반응했고, 한 출판 관계자는 "문화시민 소양 확보와 출판문화의 발전을 위해서는 이벤트성 행사보다 언제 어디서 누구나 책을 볼 수 있는 출판문화의 인프라 구축이 더 시급하다"는 지적을 했다고 합니다. 독서를 개인의 사사로운 지적 행위로 파악하는 것은 독서를 좁은 의미로 파악하고 있는 것이며, 획일주의 문화정책에 대한 기억으로 관 주도 독서캠페인을 반대하는 것은 충분히 이해가 되지만, 관의 개입 자체를 배제한다기보다는 오히려 행사 내용이나 지원 형태에 대해서 비판이 가해졌더라면 더 좋았으리라는 것이 제 생각입니다. 그러나 무엇보다도 아쉬운 것은 "문화시민의 소양 확보"니 "신지식인의 양성"이니 하는 식의 독서의 중요성에 대한 추상적 파악이라고 여겨집니다(적어도 기사에 따르면 그렇습니다).

그에 반해서 1998년 12월 4일자 『베를린 모르겐포스트』(*Berliner Morgenpost*)에 실린 '독일 독서재단'과의 대담 기사는 큰 시사를 던져줍니다. 독일 독서재단의 대변인 클라우스 링 박사는 독서가 직업활동에 왜 중요한가 하는 물음에 이렇게 답변합니다. "세계화의 대열에서 우리 노동세계는 점점 더 복잡해지고, 개개인에 대한 요구는 점점 높아지고 있습니다. 이러한 새로운 세계에 종사하기 위해서 어린이들은 언어라는 추상적 매체를 통해 상상력과 창의력을 발전시켜야 합니다." 링이 말하는 독서는 언어능력과 관련된 넓은 의미의 읽기라는 점에서 흥미로웠습니다. 텔레비전이나 컴퓨터가 독서의 정보기능과 오락기능을 떠맡는다고 하더라도, 전통적인 독서에는 결코 다른 매체로는 대신할 수 없는 부분이 있음을 시사합니다.

"연구조사에 따르면 동영상은 두뇌활동에서 볼 때 언어와는 다른 부분에서 작용합니다. 텍스트에 종사하는 능력은 읽기와 쓰기에서만 배울 수 있으며, 텔레비전 시청은 집중력을 방해합니다. 읽기는 새로운 매체들과 책임 있게 관여할 수 있게 하는 데 필수적인 첫걸음입니다. 오직 이렇게만 아이들은 어떤 정보가 중요한지 결정하는 법을 배웁니다." 연구조사의 타당성을 떠나 독서의 중요성을 구체적으로 명시한다는 점에서 무척 설득력 있게 들리는 논거입니다. 링의 결론은 물론 "미래의 매체사회에서 읽기는 더욱 중요하다"입니다. 그는 이렇게 단언합니다. "언어 없이는 아무것도 되지 않습니다."

3. 독서장려를 위한 여러 활동

독일의 '아동문학연구회'[4]에서는 독일어권(독일과 오스트리아, 스위스)

아동청소년문학에 관련된 인물, 기관, 연구소, 문학상 등에 관한 종합적인 정보를 『파란 책』(Blaubuch)이라는 책으로 펴내고 있습니다. 이 책은 계속 증보되는 것으로 알고 있는데, 제가 갖고 있는 것은 1997/98년판입니다. 여기에는 아동청소년문학에 관련하는 기관으로 대학 부설연구소와 도서관, 교사, 작가, 일러스트레이터 모임들을 포함하여 약 70여개가 소개되어 있습니다. 그 가운데서 독서장려 활동과 관련되는 단체로는 단연 '독일 독서재단'(Stiftung Lesen)이 돋보입니다.

1988년 독서문화의 퇴보와 문맹증가를 막기 위해 설립된 이 독서재단은 연방 대통령 로만 헤어초크의 비호를 받고 있으며, 무엇보다도 부모와 교사, 사서, 서적상들을 대상으로 하여 "읽기의 즐거움을 일깨우기"라는 모토에 맞게 여러 독서장려 기획들을 전개하고 있습니다. 추천도서목록은 기본이고(사실 대부분의 어린이문학 관련 단체들은 나름의 추천도서목록을 작성하고 있습니다), 연령에 따라 이야기를 낭독해주기, 이야기를 그림으로 그려보기, 연극으로 나타내보기, 이야기 지어내기, 혹은 글짓기대회 등의 행사를 벌이고 각종 정보를 제공합니다. 이때 특히 눈에 띄는 것은 온갖 매체들과의 협력입니다. "책, 신문, 잡지, 영화, 라디오, 텔레비전, 컴퓨터, 이 모든 매체들은 파트너이지 경쟁자가 아니다"라는 입장에서 영화라든가 텔레비전 프로그램, 인터넷 등을 적극적으로 활용하는 움직임을 보입니다.

예를 들어 20세기폭스사의 영화 "타이타닉"과 관련하여 아이들에게는 인쇄매체를 소개해주고, 교사들에게는 『타이타닉 호의 자취를 찾아서 ―

---

4 이 단체는 '국제청소년도서위원회'(IBBY)의 독일 지부로서, 독일연방공화국 아동청소년문학의 지붕 역할을 맡고 있습니다. 40여개의 회원단체 외에도 220여명의 아동문학 관련 전문가들이 소속되어 있습니다. 1955년 에리히 케스트너라든가 엘라 레프만 같은 작가, 사서, 출판인, 정치가들이 공동창립했고, 1956년부터 '독일청소년문학상'을 주관하고 있습니다. 전문잡지 JuLit와 여러 연구서적들을 펴내고 있으며 연방 가정복지부로부터 재정적 지원을 받고 있습니다.

수업을 위한 아이디어』라는 작은 책자를 제공합니다. 영화를 본 아이들은 책을 읽게 되고, 또 "바다에서는 어떻게 항해를 하는가? '타이타닉 호'의 전설은? 미국은 왜 고전적인 이민국이 되었나?" 등의 질문을 탐구하게 됩니다. 아울러 영화에 대한 퀴즈도 풀지요. 이렇게 일깨워진 탐구정신은 학교 수업에만 한정되는 것이 아닙니다. 아이들은 쉬는 시간에 새로 얻은 지식에 대해 서로 대화를 나누게 됩니다. 책과 신문, 잡지, 인터넷에서 정보를 얻은 아이들은 다음에 영화를 보러 갈 때 영화의 내용과 제작방식에 대해 전혀 다른 눈으로 보게 될 것이라는 견해입니다.

기차여행을 하며 책을 읽는 프로그램도 있습니다. 현재는 독일 철도청의 후원으로 슈투트가르트와 함부르크를 왕복하며 기차에 설치된 여행도서관에서 책을 빌려볼 수 있습니다. 여행도서관의 도서들은 3개월마다 교체됩니다. 이 기획은 대단히 성공적이어서 다른 구간에도 확장할 계획을 세우고 있다는데, 올해는 17,000명의 학생들이 신청했다고 합니다. 이밖에도 '세계 책의 날'(3월 21일) 행사를 주관하고, 독서에 관한 연구서를 편찬하는 등 크고 작은 행사를 기획하고 있습니다.

독서문화가 후퇴하고 15%의 청소년들이 제대로 읽고 쓸 줄 몰라 실습자리를 찾지 못하고 있다는 자아비판이 날카롭지만, 독일 독서재단의 목표의식과 여러 시도들은 우리 독서문화운동의 현실에서 볼 때 생각할 점이 많습니다.

그밖에 독일 독서재단과 니더작센 문화부, 니더작센 학문 및 예술부의 공동기획으로 운영하는 '독서버스'라는 프로그램이 눈에 띕니다. 니더작센 주의 학교나 도서관들의 요청을 받으면 이 버스팀들이 찾아가 어떤 독서장려 프로그램들이 있는지 보여주는 것이지요.

또 독일서적상협회에서 주관하는 낭독대회와 '책 읽는 교실'이 있습니다. 이 낭독대회는 1959년부터 열리고 있는데 해마다 50만여명의 학생들이 참여하여 자기가 가장 좋아하는 책을 낭독한다고 합니다. '책 읽는 교실'은 1학년부터 8학년까지의 학생들을 초대하는데, 문학적 체험에 중점을 둡니다.

그밖에 여러 도서관과 주 소재 아동문학단체들의 독서장려 활동들이 있는 것으로 압니다.

4. 결론

독일의 독서문화운동은 새로운 매체사회에서 읽기의 중요성을 구체적으로 파악하고, 변화된 독서환경과 독서 수용자들의 상황에 대응하려는 움직임을 보여주고 있습니다. 특히 독서습관은 15세 전후에 완전히 형성된다는 인식 아래 어린이와 청소년의 독서를 대단히 중요하게 여깁니다. 독서는 개개인의 지적활동이지만, 그것이 국가의 정신적 자산이며 나아가 경제적 자산의 기초가 된다는 인식을 바탕으로, 학술적 연구에 대해서는 물론 독서문화운동에도 정부나 유관단체들의 협력과 지원이 이루어지고 있습니다.

_어린이도서연구회 쎄미나 2000년 5월

독서와 '뉴미디어', 배타적 관계인가

「 '호모 디지쿠스' 시대의 청소년독서진흥방안에 대한 연구」를 읽고

이정춘 선생님의 귀한 발표 「'호모 디지쿠스' 시대의 청소년독서진흥방안에 대한 연구 — 국립어린이·청소년도서관의 역할을 중심으로 — 」 잘 들었습니다. 매체 경쟁의 시대에 독서의 위기에 공감하고, 청소년들을 위한 독서진흥프로그램을 모색하는 도서관 관계자들에게 방법론적으로 매우 시사하는 바가 많은 발표가 되었으리라고 생각합니다. 하지만 청소년문학에 관심을 갖고 있다는 이유 하나만으로 토론자로 내세워지게 된 저로서는 원고를 읽으면서 과연 자신이 적당한 토론자인가 하는 물음이 끊임없이 들었습니다. 제가 잘 아는 주제는 하나도 없었기 때문입니다. 그렇기는 하지만, 인터넷과 게임과 애니메이션에 빠진 주변의 아이들 덕분에 매체시대의 독서라는 것에 대해 생각해볼 기회가 아주 없지는 않았고, 이 선상에서 그동안 느꼈던 생각들을 함께 짚어보는 기회를 갖고자 합니다.

1. 뉴미디어, '악의 축'인가?

발표자께서는 무엇보다도 뉴미디어로 인한 독서의 위기를 논의의 출발점으로 삼고 계십니다. 발표자께서도 인용하셨듯이 조지 윌이나 닐 포스트먼과 같은 미디어비평가들의 뉴미디어에 대한 우려('하향평준화' '바보만들기' '갈수록 퇴행하는 사회' 등)를 듣고 있노라면, 뉴미디어는 과장되게 표현하여 마치 '악의 축'이라 여겨질 정도입니다. 게임중독이라든가 인터넷중독이라는 용어가 마약중독이라는 용어와 같은 맥락에서 쓰인 지는 오래되었습니다. 주변을 조금만 둘러보아도 이 새로운 매체들의 위험성 때문에 자녀들과 갈등을 일으키고 있는 부모들을 발견합니다. 아이가 온라인게임에 빠져 학교를 떠나 집안에 틀어박히는 경우도 있는데, 그럴 때면 부모들은 실망과 염려를 넘어 두려움과 절망을 느끼기까지 합니다. 이러한 상황을 더욱 탈출구가 없는 것으로 느끼게 하는 것은 대화의 단절입니다.

만약 아이가 빠져 있는 게임을 끊어야 할 악으로 규정하기에 앞서 대화의 통로로 삼는다면 상황이 조금 달라질 수도 있습니다. 뜻밖에도 건전한 판단력을 유지하고자 노력하고 있는 아이를 발견할 수도 있는 것입니다. 또한 아이가 오프라인에서 요구되는 사회성을 게임을 통해 형성된 커뮤니티에서 기르고 있음을 발견할 수도 있습니다. 이런 일련의 가능성을 보며 제가 느낀 것은 기존의 잣대로 새로운 미디어를 평가하는 것은 무리일지도 모르겠다는 것이었습니다. 그러다가 얼마 전 스티븐 존슨의 『바보상자의 역습』(윤명지·김영상 옮김, 비즈앤비즈 2006)이라는 책을 만났습니다. 그의 주장의 정당성 여부를 떠나, 아이들의 공부와 정신건강에 '악의 축'으로 그려지던 매체에 대해 평가 잣대를 바꾸어볼 수도 있겠다는 점에서 얼마나 반가웠는지 모릅니다.

발표자께서도 이 책을 인용하고 있지만, "지금 우리가 쓰레기라고 폄하하는 대중문화가 가치 있는 것일 수 있다고 주장"하는 다른 의견의 예로 간단하게 언급하고 지나갈 뿐, 이 책의 주장에는 그다지 동의하지 않는 것으로 보입니다. 물론 발표자의 주제는 매체들의 평가가 아니라 독서진흥 방안입니다. 그럼에도 불구하고 뉴미디어에 대한 태도를 이야기하는 것은 발표자께서 미디어환경으로 인한 독서의 위기를 전제로 하고 있기 때문입니다. 새로운 미디어들을 '악'으로 치부하는 한, 이들은 독서행위와는 경쟁적·배타적 관계로 설정되고, 그 결과 상호보완 관계로의 모색은 논거를 상실하기 십상입니다.

2. 뉴미디어와 독서, 배타적 관계일까?

독서의 의미를 문자능력과 비판적 사고력에서 찾고, 문자매체 가운데서 특히 책이라는 인쇄매체 형식을 높이 평가하는 이러한 진단과 결론은 지금 대부분의 사람들이 공유하고 있는 것으로 압니다. 저 역시 오랫동안 그러한 우려에 동참했습니다. 하지만 발표자께서 각주로 가볍게 소개한 스티븐 존슨은 이러한 평가에 대해 재치 있을뿐더러 설득력 있는 반론을 보여줍니다. 수십년간 비디오게임이 아이들의 여가시간을 채웠는데 어느 날 활자가 가득 적힌 책이란 것이 등장해서 눈 깜짝할 사이에 엄청난 인기를 얻게 되었다면 책에 대해 어떤 견해가 표명될지 하는 부분인데, 혹시 아직 읽지 못한 분이 있을지도 몰라 비교적 길지만 인용해보겠습니다.

책을 읽으면 만성적으로 감각기능이 저하된다. 비디오게임이 움직이는 영상과 음향효과로 가득 찬 3차원세계를 선사하고 복잡한 근육활동을 촉진한다면 책은 단순히 종이에 단어가 나열된 것에 불과하다. 책을 읽는 동안 우리 뇌는 문자를 해독하는 극히 일부가 활성화될 뿐이지만 게임을 할 때 뇌는 감각과 운동에 관여하는 광범위한 부위를 모두 사용한다.

그뿐만 아니라 독서는 아이들을 고립시킨다. 게임은 여러 명이 즐길 수 있으며 다 함께 새로운 도시를 건설하고 세상을 탐험할 수 있다. 그러나 책은 다른 아이들과의 소통을 단절시키고 독자를 혼자만의 공간에 가둔다. 폭발적으로 그 수가 늘고 있는 '도서관'의 광경은 걱정스럽기 짝이 없다. 보통 같으면 다른 이들과 활발한 의사소통을 하고 있을 십여 명의 아이들이 책상에 혼자 앉아 주위 사람에는 아랑곳하지 않고 말없이 책에만 몰두하고 있다.

많은 아이들이 독서에 빠져 있는 것은 안타까운 현실이다. 일각에는 책이 상상력을 키워준다는 주장도 있다. 하지만 수많은 사람들에게 책은 그림의 떡이다. 무려 1,000만 명의 미국인이 난독증으로 고생하고 있다. 인쇄매체가 등장하기 전에는 존재하지도 않았던 병이다.

그러나 무엇보다 우려되는 것은 책이 한 방향으로만 진행되는 이야기라는 점이다. 어떤 방법으로도 이야기를 변화시킬 수 없으며 단순히 앉아서 주입되는 이야기를 들어야만 한다. 양방향 이야기에 길들여진 기성세대에게 책의 이런 특징은 그저 경악스러울 따름이다. 다른 사람이 이끌어가는 모험담이 무슨 재미인가? 불행히도 젊은 세대는 남이 해주는 모험에 푹 빠져 있다. 우리 아이들은 점점 수동적이 되어가고, 자신들이 처한 상황을 바꿀 능력이 없다는 자괴감에 빠질 수도 있다. 책 읽기는 능동적 행위가 아니며 참여를 유도하지도 않는다. 독서는 순종적 행위며 책 읽는 아이들은 줄거리를 자신이 써나가는 대신 남의 줄거리를 따라가는 법을 배우게 된다.(『바보상자의 역습』 30~1면)

물론 이것은 어디까지나 가정입니다. 하지만 매우 흥미로운 시사를 던져줍니다. 그 가운데 하나는 이런 태도는 독서의 위기를 논하면서 다른 매체의 위험성을 강조하는 것과 유사하다는 것입니다.

역사적으로 위기상황이라는 것은 권력자들이 즐겨 조장하면서 권력을 유지하는 데 사용하곤 했습니다. 그렇다면 책의 위기라는 것도 기존의 독점적 배타적 권위를 갖고 있던 매체의 기득권 주장과 어떻게 다를까, 생각해봅니다. 이제는 독점적은 아니지만 우리가 책이라는 매체에 여전히 우월한 가치를 부여하고 있는 것은 얼마나 진실일까요?

여기서 예를 하나 들어보겠습니다. 그다지 종이책 독서를 즐기지 않는 한 중학교 2학년 아이가 이문열의 『삼국지』를 책장이 너덜너덜해질 정도로 숙독하는 것을 보고 기특해서 물으니, 게임 '삼국지'를 더 잘하고 싶어 그랬다고 대답했습니다. 제가 이 예에서 말씀드리고 싶은 것은 게임을 옹호하거나 여타 뉴미디어를 옹호하겠다는 것이 아니라, 각 매체간의 관계는 위계적 관계나 배타적 관계가 아니라 독서의 동기를 부여해줄 수 있는 상호보완적 관계일 수도 있다는 것입니다. 그렇지 않다면 극단적으로 말해 독일 독서재단의 독서진흥프로그램에서 보이듯 멀티미디어와 손잡고 다양한 프로그램들을 개발할 근거가 없다고 봅니다.

발표자께서는 영상매체의 위험성을 뇌의 기능에서 설명하기도 합니다. 과도한 시청은 "비언어적이고 비논리적"인 우측 뇌기능을 강화시키지만 동시에 "가장 큰 부분의 언어능력의 출처"인 좌측 뇌기능을 뚜렷이 약화시키며, 그렇게 되면 인간의 사고는 정보를 "아무 생각 없이" 수용하게 된다고 단언합니다. 감성지수(EQ)의 중요성이 제기되고 있는 지금, 문자언어와 논리력, 인식력이 과연 직관이나 느낌과 같은 감성적 능력보다 우위에 두어야 할 것인지에 대해서는 좀더 생각해봐야 하겠지만, 일단 독서의 고유한 의미를 언어능력이라는 측면에서 강조하고 있다고 받아들이겠습니다.

1998년 12월 4일자 『베를린 모르겐포스트』와의 대담에서 독일 독서재단의 대변인 클라우스 링 박사도 비슷한 맥락에서 독서의 고유한 의미를 강조합니다. "연구조사에 따르면 동영상은 두뇌활동에서 볼 때 언어와는 다른 부분에서 작용합니다. 텍스트에 종사하는 능력은 읽기와 쓰기에서만 배울 수 있으며, 텔레비전 시청은 집중력을 방해합니다. 읽기는 새로운 매체들과 책임 있게 관여할 수 있게 하는 데 필수적인 첫걸음입니다. 오직 이렇게만 아이들은 어떤 정보가 중요한지 결정하는 법을 배웁니다." 새로운 매체들과의 책임 있는 관여를 부각시키는 링 박사의 진술은 타매체의 위험성을 강조하는 것과는 다른 태도입니다.

또하나, 제가 주목하는 것은 발표자의 우려가 주로 TV로 대표되는 영상 매체에 향해 있다는 점입니다. 그런데 TV는 뉴미디어 가운데 구매체에 속합니다. 요즘은 많은 이들이 인터넷을 통해 TV를 보고 영화를 봅니다.

3. 인터넷과 독서

발표자께서는 뉴미디어의 부정적 측면을 부각시키면서 "문자가 지닌 가치나 의미를 보지 못하고 정보나 지식을 그림이나 도식, 영상에서 수용하게 된다"는 찌까낸코의 발언에 동의를 표합니다. 저 역시 이미지에 대해서는 때때로 회의적으로 생각합니다. 가령 동화나 그림책의 삽화는 활자 매체가 제공할 수 있는 풍부한 이미지를 그림작가의 이미지로 제한하는 결과를 낳기도 합니다. 『바람과 함께 사라지다』의 오하라를 비비안 리라는 배우와 떼어서 상상할 수 없게 되는 것과 유사한 현상입니다. 그렇기는 하지만 정보와 지식을 도식과 영상으로 수용하게 되는 것 자체를 부정적 측면으로 생각하지는 않습니다. 넓은 의미의 언어를 생각해보면 문자언어만 있는 것이 아니기 때문입니다.

또한 발표자께서는 전통적인 문화기술인 '읽기'와 '쓰기'가 앞으로 거의 소용없게 될 거라는 미디어비평가들의 예견에 공감을 보냅니다. 같은 맥락에서 "발달된 책"이라고 평가되기도 하는 인터넷의 경우도 회의적인 매체로 간주됩니다. 발표자께서는 한마디로 "정보화시대에도 인터넷은 필요한 정보를 얻을 수 있는 수단이 될 수는 있어도 독서를 대신할 수 없다"는 결론을 내립니다. 독서능력은 어린시절부터 독서를 생활화함으로써 증진될 수 있다는 데는 공감합니다만, "인터넷 정보는 체계적인 의식 내용 대신에 대충 알기에 적합한 정보와 지식으로 채워지는 단문장의 내용일 수밖에 없다. 따라서 정보화시대에도 인터넷은 필요한 정보를 얻을 수 있는 수단이 될 수는 있어도 독서를 대신할 수 없다"는 단언에 대해서는 제한적으로 동의합니다.

인터넷은 필요한 정보를 얻는 수단이자 정보의 보고입니다. 쓰레기같은 정보가 넘쳐나는 것도 사실이지만, 인터넷의 정보는 결코 단문장의 내용으로만 존재하지는 않습니다. 가령 영미권의 퍼블릭 도메인은 꼭 e-book 형태가 아니라도, 풍부한 기록문화의 자료들을 제공합니다. 연구소나 연구자들의 홈페이지에서는 구하기 어려운 논문을 통째로 구하는 행운을 얻기도 합니다. 따라서 인터넷의 정보가 '대충 알기에 적합'하다거나 '단문장의 내용'이라는 말에는 동의하기 어렵습니다. 어떤 정보를 얻어내느냐가 문제이지, 인터넷이라는 매체 자체가 문제는 아닌 것입니다. 이는 인쇄매체에도 해당합니다. 책이라고 해서 다 유용하고 유익한 정보만 있지는 않습니다. 심지어는 나무를 두번 죽인다 싶은 책들도 있습니다. 이는 매체 자체가 내용의 우월성을 보증하지는 않는다는 뜻으로 보아도 좋을 것입니다.

또한 미디어비평가들이 "공통적으로 제시하고 있는 것은 전통적인 문화기술인 '읽기'와 '쓰기'가 앞으로 거의 소용없게 될 것"이라는 진단에는 동의하기 어렵습니다. 블로그로 대표되는 1인 미디어의 등장은 읽기와 쓰기의 생활화를 구현하고 있습니다. 여기서 문학의 죽음에 대한 단언들이 떠오릅니다. 몇년 전 '문학의 생활화'에 대해 발표하는 자리에서 저는 이런 질문을 던졌습니다.

문학의 죽음이니, 문학의 찬밥 신세니 하는 말을 들을 때 내게는 회원들이 직접 글을 주고받는 인터넷의 수많은 카페가 떠오른다. 젊은이들을 주축으로 하는 온라인소설과 이른바 '팬픽' 사이트는 수십만의 조회수를 보여주고, 회원들은 직접 자신의 글을 올리기도 한다. 그뿐만이 아니다. 삼행시, 덩달이 씨리즈, 만득이 씨리즈, 사오정 씨리즈 등, 그들이 스스로 지으며 즐기는 언어활동은 또 얼마나 많은가. 또한 요즘 젊은이들이 열광하는 랩을 듣고 있노라면 운(그들은 이를 라임이라고 일컫는다)에 대한 감각이 와닿는다. 만약 청소년들이 문학에서 멀어지고 있다면, 그것은 엄밀히 말해 전통적인 개념에서의 문학, 또는 제도문학에서 멀어지고 있을 뿐이리라는 인상을 받는다. 이처럼 넓은 의미의 문학에서 생각해본다면 '청소년들의 문학생활화'는 이미 이루어지고 있다고 할 수 있는데, 새삼 '청소년들을 위한 문학생활화'를 말해야 하는 이유는 무엇일까 하는 반문이 떠오른다.(「청소년을 위한 문학생활화 방법」『문학교육학』 2002)

여기서 제가 말하고 싶었던 것은 이른바 문학의 죽음은 전통적인 의미에서 문학의 죽음을 뜻하지, 문학 자체의 죽음은 아니라는 것입니다. 문학적 즐거움의 죽음은 더더욱 아닙니다. 같은 맥락에서 인터넷의 읽기와 쓰기는 '전통적인' 의미에서 '읽기'와 '쓰기'가 문제되고 있지, 읽기와 쓰기 자체가 문제되고 있는 것은 아니라고 파악할 수 있습니다. 스티븐 존슨도 같은 맥락의 진술을 하고 있습니다.

이메일과 인터넷 서핑을 통해 우리는 과거 어느 때와 다름없이 많은 양의 문자를 읽고 더 많은 양의 글을 쓰게 됐다. 그러나 역사적으로 중요하게 여겨졌던 특정한 형태의 읽기는 확실히 줄고 있다.(175면)

특정한 형태의 읽기는 줄고 있지만 다른 형태의 읽기는 쓰기와 함께 더욱 활발해지리라는 것은 1인 미디어의 왕성한 융성이 증명하고 있거니와, 개인화가 강화되는 쪽으로 웹의 패러다임이 바뀌고 있는 요즈음 충분히 예견할 수 있는 일이라고 봅니다.

물론 그것이 옥인지 석인지를 가려낼 수 있기에는 '기초지식'이 필요합니다. 그리고 그러한 기초지식은 독서력을 바탕으로 이루어진다는 데는 전적으로 동의합니다. 독서력은 발표자께서 말씀하신 대로 "문장과 그 조직을 읽고 이해하여 그 내용을 의식에 담는 숙련의 과정"에서 터득되는 능력입니다. 이 점은 타매체의 가치에 관대한 스티븐 존슨도 인정합니다. 그는 슬리퍼 커브(sleeper curve, 우리가 바보상자라고 믿어온 TV나 게임, 영화, 인터넷이 지금 와서 보니 우리의 뇌를 명민하게 만드는 상향 트렌드)의 부정적인 측면, 즉 지금의 글 읽기가 채울 수 없는 부분으로, "하나의 전제는 그 이전에 제시된 전제 위에 세워지고, 한가지 생각을 펼쳐내는 데 하나의 챕터가 고스란히 할애되는 기승전결의 작업은 컴퓨터 스크린의 세상에는 맞지 않는다"고 지적합니다. 그리고 닐 포스트먼을 인용하여 "활자로 쓴 단어를 읽는다는 것은 생각의 길을 따라 걷는 것을 의미한다. 따라서 독서에는 머릿속으로 분류하고, 추론하고, 결론을 도출하는 고도의 활동이 요구"되는데, 뉴미디어들은 이 활동을 대신할 수 없다고 보는 것입니다. 그는 특히 인쇄매체를 통한 독서의 고유성을 다음과 같이 요약합니다.

다른 사람의 마음속에서 무슨 일이 벌어지는지 재창조하고, 다른 사람의 경험을 대신하는 것처럼 이입하게 하는 데 책만큼 훌륭한 매체는 역사상 없었다.(…) 이렇게 감정적으로 몰입하기 위해서는 장시간 책을 집중해서 읽는 물리적 몰입이 필요하다.(…) 슬리퍼 커브를 통해 우리가 듣게 된다는 나쁜 소식은 대중문화가 일방형의 장문활자 이야기에 익숙해지도록 우리 두뇌를 훈련하지는 못한다는 것이다. 실제로 부모는 아이들이 어릴 때부터 책 읽는 즐거움에 눈뜨게 해줘야만 한다. 스포크 박사는 단지 다른 매체의 중요성을 간과했을 따름이다.(『바보상자의 역습』 175~77면)

저로서는 이렇게 다른 매체의 중요성을 인정하면서 독서의 고유한 가치를 확인하고, 이를 통해 다른 매체와 상호보완적인 관계로 들어갈 필요성을 역설하는 것이 훨씬 설득력이 있다고 생각합니다. 또 그래야만 발표자께서 제안하시는 '모바일독서'로의 독서패러다임의 변화 내지 확대 시도도 좀더 설득력이 있지 않을까 생각합니다.

저는 이른바 종이 맛을 아는 인쇄매체 시대의 사람이기 때문에, 화면상의 글을 읽는 데는 익숙하지 않습니다만, 화면에 익숙한 세대에게는 모바일로도 진지한 독서가 가능할 수 있으리라 생각합니다. 독서가 반드시 종이책을 매개로 할 필요가 없다는 점에 대해서는 저도 전적으로 동의합니다. 기실 이번 프랑크푸르트 도서전 조직위원회가 낸 통계를 보면 전체 전시품목 중 '종이책'은 43%로 절반에도 못 미치며, 문구류라든가 팬시용품을 제외하고 약 30%가 디지털북과 온라인 데이터베이스 등 디지털화된 품목들이라는 이야기도 들었습니다. 말하자면 설령 모든 책이 디지털화된다고 하더라도 책의 개념이 변하는 것이지, 책이 사라지는 것은 아니라고 할 수 있을 것입니다. 그러나 이 매체가 전통적인 읽기의 뒤를 이을 독서행위를 유발할 것인지는 지켜보아야 할 일이라고 생각합니다.

한마디로 종이책의 위기가 독서의 위기라고 말하기는 어려울 수도 있습니다. 독서의 개념을 넓히면 요즘 사람들은 그 어느 때보다도 더 많이 읽고, 심지어는 쓰고 있는 것입니다. 이 점에서 저는 스티븐 존슨의 결론에 공감합니다.

우리가 인터넷에서 너무 많은 시간을 보낸다는 사실은 또 하나의 중요한 반론을 유도한다. 우리는 이제 문학작품을 읽는 데 시간을 덜 할애한다. 그런데 이건 독서에 한정된 것이 아니다. 인터넷 덕분에 우리는 이전에 해오던 모든 것에 시간을 덜 쓰고 있다. (…) 만약 감소하고 있는 것이 독서량뿐이라면, 이건 분명 경고의 메시지로 해석할 수 있다. 그러나 모든 구세대 매체에서 이런 현상이 발견된다면? 독서가 앞으로도 우리 문화 활동의 일부로 존재하고, 앞으로도 계속 우리의 두뇌활동을 보상해주는 새로운 대중문화가 발생한다면, 당분간 정신적인 퇴화는 없을 것이다.(174면)

4. 매체시대에 청소년독서진흥을 위한 도서관의 역할

발제자께서는 미디어환경이 야기하는 독서의 위기와 독서와 국가경쟁력의 상관관계를 논거로 선진국의 다양한 청소년독서진흥프로그램 사례를 소개하고 있습니다. 여기서 다시 한번 게임을 위해 『삼국지』를 꼼꼼하게 읽은 아이 이야기를 꺼내겠습니다. 아이가 이러한 독서를 통해 서울대에 수석합격한 최모군과 유사한 내용을 수용했으리라고 보기는 어렵지만, 단순히 독서행위 자체에 초점을 맞춘다면, 중요한 것은 동기화임을 쉽사리 간파할 수 있습니다. 이 점에서 독서에 대한 동기를 부여해주고자 노력하는 독일 독서재단의 독서진흥프로그램의 소개는 매우 유익하다고 여겨집니다.

하지만 독일을 비롯해 영국, 일본, 브라질 등에서 시도되고 있는 다양한 독서진흥프로그램은 사실 크게 새롭지도 않고, 우리나라에서도 더러 시도되고 있는 것들이 대부분입니다. 독일의 '국민대학'(저는 평생교육기관의 뉘앙스가 강한 시민대학이라고 옮깁니다)과 같은 평생교육은 실제 여러 교육기관과 사설기관에서 문화강좌라는 형태로 이미 자리잡고 있습니다. 따라서 물론 효과에 대한 천착없이 과시적인 프로그램 운영도 있을 수 있겠지만 독서진흥프로그램의 부족을 이야기하기는 어렵다고 봅니다.

제가 보기에 청소년의 독서진흥을 위해서는 무엇보다도 독서를 위한 동기화가 중요하다고 봅니다. 이러한 동기화를 저해시키는 가장 큰 요인은 미디어환경보다는 오히려 교육제도에서 찾아야 하는 것이 아닌지 생각해봅니다. 미디어환경으로 인한 독서 기회의 축소는 청소년만의 특수한 조건이 아니기 때문입니다. 초등학교 아동인 경우는 그나마 상황이 낫습니다만, 청소년 독서의 속내를 들여다보면 시험, 특히 논술시험을 대비한 독서로 요약할 수 있습니다. 이렇게 경쟁논리에 종속된 강박적 독서로 칭할 수 있는 지금 같은 방식의 책 읽기를 강요하면 독서의 장기적인 동기화는 이루어지기 어렵다고 생각합니다. 저는 자발적 독서를 가장 중요하게 여기고, 거기서 얻는 즐거움을 가장 귀하게 여깁니다. 물론 이러한 개개인의 즐거움이 상상력과 창의력으로 이어져, 독창적이며 풍부한 문화의 거름이 될 가능성을 닫아두지는 않습니다. 독서의 즐거움을 골자로 한 독서의 동기화, 그리고 학교와의 연계활동 모색이 청소년도서관의 중요한 역할이 아닌가 생각합니다. 그리고 이 선상에서 발표자께서도 강조하고 있는 모(母)도서관으로서 국립어린이청소년도서관의 역할을 기대합니다.

_국립어린이청소년도서관 쎄미나 2006년 12월

찾아보기

우리들의 타화상
아동청소년문학의 세계

초판 1쇄 발행 2008년 12월 22일
초판 2쇄 발행 2015년 11월 17일

지은이 ● 김경연
펴낸이 ● 강일우
책임편집 ● 김민경
외주교정 ● 성경아
디자인 ● 권혜원
조판 ● 신혜원
펴낸곳 ● (주)창비

등록 1986년 8월 5일 제85호
주소 10881 경기도 파주시 회동길 184
전화 031-955-3333
팩스 031-955-3399(영업) 031-955-3400(편집)
홈페이지 www.changbikids.com
전자우편 enfant@changbi.com